btb

Aus Freude am Lesen

Grönland, Mitte des 15. Jahrhunderts. Das Inuitmädchen Naaja wächst als Halbwaise bei ihrem Vater auf. Nach dessen Tod kehrt sie in ihr Dorf zurück und heiratet. Doch die Ehe bleibt kinderlos, und so sucht Naaja Rat bei einem Schamanen. Als die zweite Ehefrau ihres Mannes ein missgebildetes Kind zur Welt bringt, wird sie von den Dorfbewohnern beschuldigt, aus Eifersucht dem Kind geschadet zu haben. Sie sind der festen Überzeugung, dass Naaja über Zauberkräfte verfügt, mit denen sie Unheil über das Dorf bringen will und verstoßen sie. In der Eiseskälte des grönländischen Winters bedeutet dies für Naaja den sicheren Tod. Doch sie findet Unterschlupf in einer kleinen verlassenen Jagdhütte. Sie rettet dem isländischen Jäger Mikjáll das Leben und pflegt ihn gesund. Als der Sommer beginnt, bittet Mikjáll sie, ihn in sein Heimatdorf zu begleiten, doch auch dort bringen ihr die Siedler Misstrauen entgegen: Ist sie als Ungläubige nicht doch mit den Mächten des Bösen im Bunde?

Vilborg Davídsdóttir, geboren 1965, ist eine bekannte isländische Journalistin und Autorin preisgekrönter historischer Romane. Nach »Das Feueropfer« und »Der Liebeszauber« ist »Die Winterfrau« ihr dritter Roman, der auf Deutsch erscheint.

Vilboerg Davídsdóttir

Die Winterfrau

Aus dem Isländischen von
Gisa Marehn und Anika Lüders

btb

Die isländische Originalausgabe erschien 2005
unter dem Titel »Hrafninn« bei Mál og menning, Reykjavík.

FSC
www.fsc.org
MIX
Papier aus verantwortungsvollen Quellen
FSC® C083411

Verlagsgruppe Random House FSC-DEU-0100
Das für dieses Buch verwendete
FSC®-zertifizierte Papier *Pamo House*
liefert Arctic Paper Mochenwangen GmbH.

1. Auflage
Deutsche Erstveröffentlichung November 2011,
btb Verlag in der Verlagsgruppe Random House GmbH, München

Umschlaggestaltung: semper smile, München
Umschlagmotiv: © iStockphoto/mecaleha; Lake County Museum/Corbis
Satz: Uhl + Massopust, Aalen
Druck und Einband: CPI – Clausen & Bosse, Leck
LW · Herstellung: BB
Printed in Germany
ISBN 978-3-442-74223-3

www.btb-verlag.de

Für Björgvin

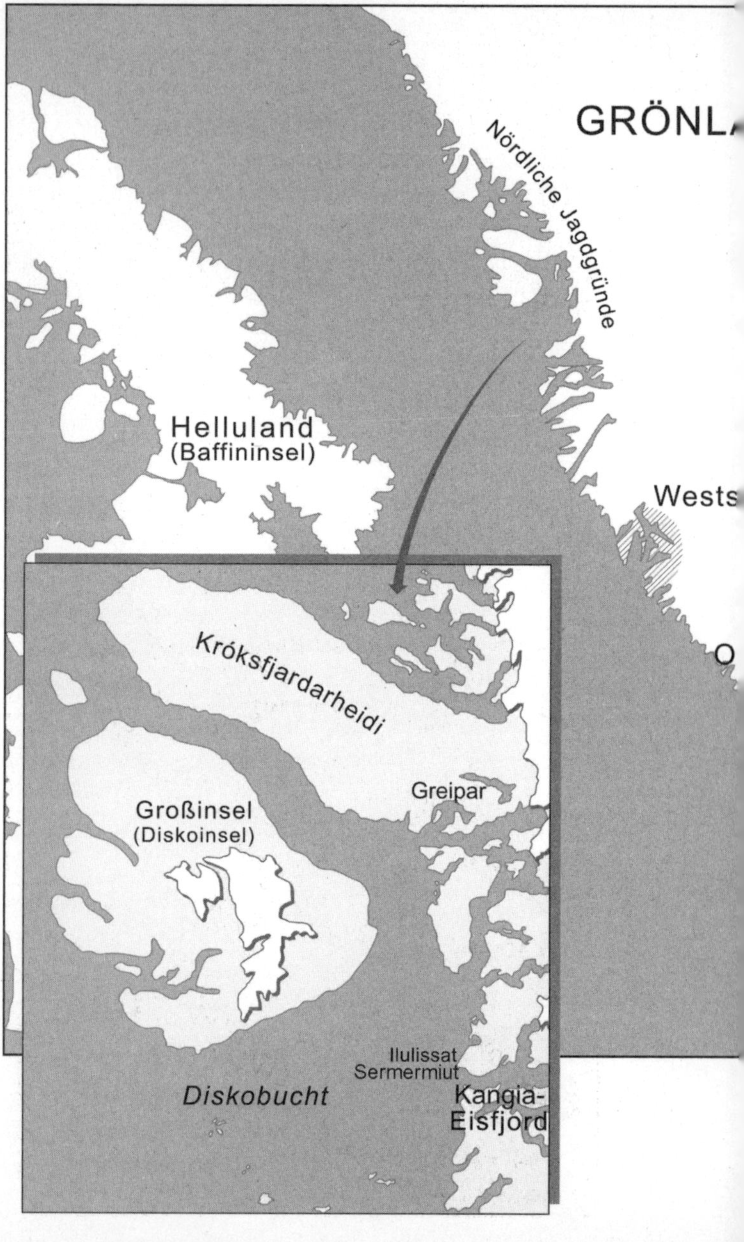
GRÖNL
Nördliche Jagdgründe
Helluland
(Baffininsel)
Wests
O
Króksfjardarheidi
Greipar
Großinsel
(Diskoinsel)
Ilulissat
Sermermiut
Diskobucht
Kangia-
Eisfjord

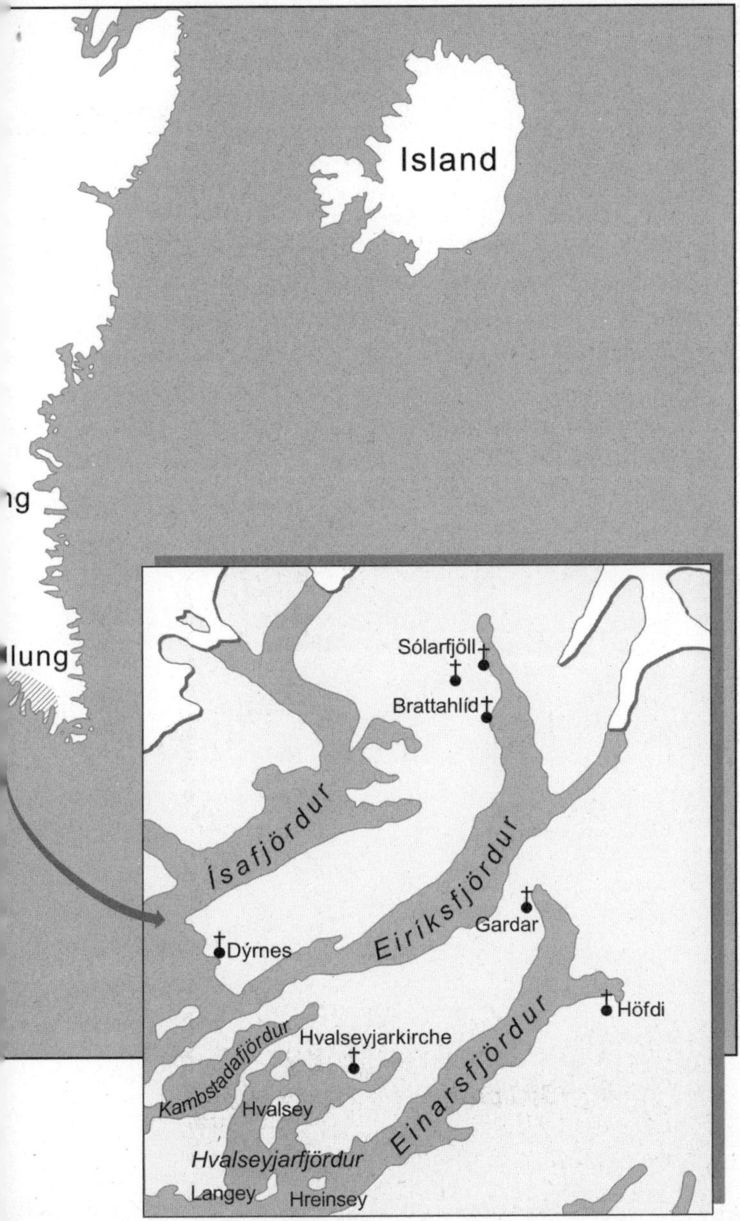

Island
ng
lung
Sólarfjöll
Brattahlíd
Ísafjördur
Eiríksfjördur
Gardar
Dýrnes
Höfdi
Einarsfjördur
Hvalseyjarkirche
Kambstadafjördur
Hvalsey
Hvalseyjarfjördur
Langey
Hreinsey

Der Rabe und die Möwe

Es waren einmal ein Rabe und eine Möwe, die um einen Fleischbrocken rangen. Der Rabe kämpfte für die Inuit, die Möwe kämpfte für die weißen Menschen. Sie kämpften tagelang, wochenlang, monatelang. Der Ausgang des Kampfes würde entscheiden, welches Geschlecht die Oberhand in der Welt erhielte. Sie setzten ihre Krallen und ihre Schnäbel mit ärgster Grausamkeit ein. Am Ende war die Möwe überlegen. Die Weißen wurden also mächtiger und zahlreicher als die Inuit. Doch als die Möwe endlich mit ihrer Beute davonflog, war besagter Fleischbrocken schon längst verdorben.

Kajak drekkhladinn af draugum
(Ein Kajak vollbeladen mit Geistern)

I

»Schau mal, kleine Möwe!« Papa zeigte in den sternenklaren Winterhimmel, und Naaja sah hinauf. Schläfrigkeit hatte sie überkommen. »Dort hat das Rentier begonnen, sich auf die Hinterbeine aufzurichten!« Sie folgte seiner Handbewegung und erblickte die Sterne. Einer, zwei, drei, vier im Quadrat, die vorderen ein klein wenig weiter oben als die hinteren und von dem höchsten gehen noch drei weitere ab. Der Hals und der gehörnte Kopf des Tieres strecken sich hoch in das blauschwarze Himmelsuniversum. Langsam wird es Abend. Sie kuschelte sich wieder tief in das warme Fell, das ihr Vater fest um sie gewickelt hatte, und blickte vom Hundeschlitten hinauf in die Höhe über sich. Der Schlitten glitt rasch über das blanke Eis und es waren keine Geräusche zu hören, außer das Zischen der Kufen, das Keuchen der Hunde, vereinzeltes Peitschenknallen und hin und wieder fernes, dumpf tönendes Krachen tief aus den Abgründen des Eises auf dem Fjord.

Der volle Mond erhellte mit seinem Schein das Gesicht ihres Vaters, dunkel, schön, vertraut. Ataata hatte breite, hohe Wangenknochen und kräftige Gesichtszüge, die Lippen waren schmal und der Ausdruck um seinen Mund ein wenig verbissen. Er sah konzentriert nach vorn und behielt die Peitsche in der Luft, bereit, die Hunde an Hindernissen aus aufgetürmtem Schnee oder unerwarteten Eisschollen vorbeizuleiten. Naaja gähnte mit Behagen und ihr Atem bildete in der frostigen Luft eine Säule weißen Dampfes. Ihr Vater blickte herab, seine Miene wurde zu einem milden, warmen Lächeln. »Du bist mir die Liebste von allen«, sagte er und lachte. »Asavavkit.« Ich liebe dich. Sie erwiderte sein Lächeln, legte ihre Wange zurück an seine Brust und schloss die Augen. Es war noch weit bis zum Ziel ihrer Reise.

*

Das ist die schönste Erinnerung, die sie an ihn hat: Die Reise über das Eis, vor langer Zeit, als sie sieben Jahre alt war und er sagte, dass sie ihm die Liebste von allen wäre. Diese Erinnerung wärmte Naaja das Herz und es war, als würde sich ihr Inua erheben und freudig seufzen. So ist es leichter, die Dinge fortzuscheuchen, bei denen man besser nicht verweilt, sie weit in das Dunkel zu schieben, dorthin, wo keine Sterne scheinen und nicht einmal der Mann im Mond sie zu sehen bekommt. Die Dinge, die kurz darauf geschahen, in der Dunkelheit unter den Fellen auf dem Schlafpodest, als Mama bereits in das Land der Verstorbenen gegangen war und der kleine Bruder ihr schnell folgte, als er in ihr langes Haar weinte, die Augen voll Kummer schwarz wie von Ruß, mit ihren Locken zwischen seinen kurzen, dicken Fingern spielte und sie bat, gut zu ihm zu sein. Lieb.

Der Geist ist dennoch wie ein ungehorsamer Welpe, der immerzu an verbotene Stellen zurückkehrt, auch wenn er zum Lohn dafür gewiss Peitschenhiebe erhält. Wieder und wieder. Er sagte ihr, dass sie ihn so sehr an ihre Mutter erinnere, weil Naaja dieselben sonderbaren Augen wie sie habe. Manche erschauderten, wenn sie ihr in die Augen sahen, und sagten, sie seien farblos, voll von Wasser, so wie bei dem bleichen Geistervolk, den Kavdlunât, von denen es hieß, sie lebten weit im Süden. Doch ihre Augen waren keineswegs farblos. Einmal, als sie im Frauenboot unterwegs waren, hatte Papa auf das Meer gezeigt, dorthin, wo es blauer war als anderswo. »Hier ist es tief«, hatte er gesagt. »Genau diese Farbe haben deine Augen.«

Die Augen waren schuld daran, dass es geschah. Wieder und wieder. Doch es war ihre Schuld, dass er starb. Sie hatte ihn getötet.

*

Es kam für sie schrecklich unerwartet, als Papa beschloss zu gehen. Die Vorgeschichte war jedoch lang. Die Leute in Sermermiut waren ihm seit langer Zeit aus dem Weg gegangen, ihnen beiden aus dem Weg gegangen. Niemand besuchte sie, und sie erhielten die schlechtesten Stücke der Robbe, wenn die anderen erfolgreich gejagt hatten. Wenn sie denn überhaupt etwas abbekamen. Die Erwachsenen lächelten ihr zu, wenn sie zu Besuch kam, doch sie sprachen sie fast nie von sich aus an, und die Kinder luden sie selten ein, mit ihnen zu spielen. Sie waren ausgegrenzt, und Papa ertrug es kaum. Sie konnte gut verstehen, dass er weggehen wollte. Trotzdem fiel es ihr sehr schwer, als es so weit war. Es gab keine Erklärungen, er wies sie nur an, ihm zu helfen ihr kleines Fellzelt abzubauen und die Häute zum Kajakliegeplatz zu tragen. Er trug das Kajak hinab zum Ufer, befestigte die Felle mit Riemen vor dem Sitz und glitt daraufhin selbst hinein.

»Ich werde für uns einen anderen Ort für den nächsten Winter suchen«, sagte er, als er das Boot mit dem Ruderriemen vom Land abstieß. »Geh zum Bruder deiner Mutter, er gibt dir Essen. Ich komme vor dem Herbst zurück und hole dich und die Hunde.« Dann war er fort. Sie starrte ihm hinterher, als er aus der Fjordmündung hinauspaddelte, zu sehr vor den Kopf gestoßen, um ihm hinterherzurufen, dass er nicht fahren sollte. Es hätte wohl auch nichts gebracht, denn er war schon immer seine eigenen Wege gegangen.

Der Sommer verging, und unterschiedliche Gefühle zerrten an Naaja. Sie vermisste ihren Vater, der noch nie zuvor so lange von ihr weg gewesen war, und wünschte sich, dass er so schnell wie möglich zurückkäme. Doch mit der Zeit begann sie zu hoffen, dass er seinen Plan ändern oder sich sogar damit abfinden würde, dass sie zurückblieb. Onkel und Nappa, seine Frau, waren schließlich gut zu ihr. Sie bekam genug zu essen, und die beiden erlaubten ihr, bei ihnen zu schlafen, an der Seite ihrer eigenen Kinder, ganz so, als wäre sie eines von ihnen. Das alles beschied ihr ein wunderbares und lang vergessenes Gefühl von Sicherheit.

Nappa hatte sogar davon gesprochen, dass es nun Zeit wurde, Naaja ihre erste Linie aufs Kinn zu tätowieren. Sie hatte schon seit langem Blutungen, und die unverheirateten Jungen hatten angefangen, ein Auge auf sie zu werfen. Obwohl sie inzwischen dralle Brüste und Hüften hatte und so groß gewachsen war, dass sie größer als die meisten anderen Frauen war und sogar größer als einige der Jungen, würde keiner von ihnen auch nur einen Schritt tun, bevor die Tätowierung nicht zu verstehen gäbe, dass sie voll entwickelt und heiratsfähig sei. Die Blicke brachten sie in Verlegenheit und erfüllten ihr Inneres zugleich mit einem sonderbaren Hochgefühl. Sie wusste zu gut, dass Ataata keinen von ihnen mochte. Einige waren zu faul und keine wirklich guten Jäger, andere gingen bei der Jagd viel zu töricht vor und würden ihre Ehefrauen jung zu Witwen machen. Er würde eines Tages einen Mann aus einer anderen Siedlung für sie finden, sagte er, schließlich sei noch genug Zeit. Trotzdem, und ohne genau zu verstehen, warum, begann sie, immer mehr Zeit darauf zu verwenden, ihr rabenschwarzes, hüftlanges Haar zu kämmen bis es glänzte, und bemühte sich, alle Aufgaben, die Nappa ihr auftrug, sorgfältig auszuführen.

Doch eines Tages, als der Herbst kurz bevorstand und es nicht mehr lange dauern würde, bis sie die Zelte abbrechen und heim in die Wintersiedlung in Sermermiut ziehen würden, war Papa gekommen, um sie zu holen. Sie widersprach nicht, denn sie wusste, dass er ohne sie nicht durchkommen würde. Wer sollte seine Kleider nähen und den Fang ausnehmen? Wer außer ihr, die sie sein einziges Kind war? Er hatte sich keine neue Frau gesucht, nachdem Anaana gestorben war, und das einzige Mal, als Naaja dieses Thema anschnitt, war er wütend geworden und hatte sie der Faulheit beschuldigt. Er hatte gesagt, sie sei nicht zu gut, um sich um seine Kleider zu kümmern. Er, der sie sonst niemals ausschimpfte. Sie schwieg deshalb und nahm das, was kam, ohne zu murren hin. Nappa half ihr dabei, Bündel mit ihren Habseligkeiten zu schnüren: eine steinerne Tranlampe ihrer Mutter und ihr schöner Nadelköcher mit den geschnitzten Flügeln, das Fell vom Schlaflager, ein kleiner Vorrat an getrocknetem Robbenfleisch, Speck in einem Lederbeutel, ein Feuerstein und das Ulu. Zum Abschied schenkte Nappa ihr außerdem einige Rentiersehnen zum Nähen und Fellhäute für Winterschuhe.

»Wo wirst du den Winter verbringen?«, fragte der Onkel Papa. Er antwortete nicht sofort, sondern schüttelte nur den Kopf. »Im Norden«, antwortete er schließlich. »Ziemlich weit im Norden.« Weiter nichts. Weder einen Ortsnamen noch eine Beschreibung, wie man dorthin gelangte, noch, wie viele Tage die Reise dauern würde, noch ein einziges Wort darüber, wie gut man dort jagen konnte. Naaja blickte zu Onkel und erwartete, dass er weiterfragen würde, doch das tat er nicht. Er zuckte nur mit den Schultern. Zweifellos war er froh, sie loszuwerden. Er und Ataata waren nie gut miteinander ausgekommen, auch nicht bevor Mama und ihr kleiner Bruder starben. Naaja fühlte den Zorn in sich aufsteigen und wusste doch nicht, auf wen sie wütend war. Sie schämte sich.

*

Das Wetter war ruhig, der Himmel wolkenlos und die Sonne schien, so dass Naaja bald warm wurde und sie einige Kleider ablegte. Die Bündel drückten auf ihrem Rücken, jedoch nicht so sehr, dass sie nicht mit Papa mithalten konnte. Sie war kräftig, und der Packen, den sie mit einem breiten Lederriemen über der Stirn trug, daher für sie keine übermäßige Last. Ihre Hunde, fünf an der Zahl, waren ebenfalls auf beiden Seiten gut bepackt. Alle außer dem alten Gamli, der bald schon zu kraftlos war, um mehr als sich selbst zu tragen. Papa hatte Onkel seinen Schlitten für Felle und getrocknetes Fleisch verkauft, so dass er ihnen im Winter einen neuen würde bauen müssen.

Sie hielten sich zuerst an der Uferlinie des Fjordes, gingen dann über eine flache Hochebene in eine kleine Bucht und machten dort in der ersten Nacht Rast. Papa antwortete kaum, als Naaja ihn über die neue Siedlung ausfragte. Er war noch schweigsamer als gewöhnlich und winkte nur mürrisch ab, als sie fragte, ob dort viele Leute wären und ob sie dort Verwandte hätten. Sie zogen weiter, um die Bucht und in einen kleinen Fjord, über einen flachen Berg mit abfallenden Hängen, über den nächsten Berg, zwischen den mit zahlreichen Gipfeln gekrönten Bergen auf der Halbinsel Nuussuaq hindurch und die zerklüftete Küste mit ein wenig Flachland entlang. Der niedrige Pflanzenwuchs aus Heide und Birkensträuchern war dabei, sich in Herbstfarben zu kleiden, so dass die Berghänge weithin flammend rot und rot-gelb anzusehen waren. Wo sie auch rasteten, es gab prallreife Krähenbeeren und Blaubeeren in Hülle und Fülle. Naaja brauchte nicht lange, um den Beutel zu füllen, in dem sie zuvor das getrocknete Fleisch als Proviant aufbewahrt hatte. Am siebten Tag, auf dem Weg hinein in einen großen Fjord am Fuße eines majestätischen, steil ansteigenden Berges, zeigte Papa endlich nach vorn.

»Uummannaq. Der Berg, der die Form eines Herzens hat.«

Naaja erblickte eine kleine Erhebung nah am Meer, unweit der Fjordmündung: ein flach gebautes, ringförmiges Torfhaus. Sie sah Papa zögernd an. Das war wohl kaum der Ort, oder?

»Wohnt dort jemand?«, fragte sie.

»Ich«, sagte er.

»Wo sind die anderen Leute?«

»Hier sind keine anderen«, antwortete er. »Ich brauche keine anderen.«

Alle waren auf andere angewiesen. Wie konnten Leute auskommen, wenn sie einander nicht halfen? Naaja senkte den Blick und sah niedergeschlagen vor sich hin. Jemand, der allein war, war des Todes gewiss, wenn etwas schlecht lief. Aus der Siedlung verstoßen zu werden war daher eine so grausame Strafe, dass sie nur über Menschenmörder und Wahnsinnige verhängt wurde.

»Wir sind zu zweit«, fügte Ataata hinzu, so als hätte er ihre Gedanken gelesen. »Wir beide zusammen kommen ausgezeichnet zurecht.«

Das Haus stand an einer geschützten Stelle unter dem steilen Berg, der in seiner Form an ein Robbenherz erinnerte. Es war in einem ziemlich guten Zustand, die Wände waren sorgfältig geschichtet worden, und es hatte den Anschein, als wären die früheren Bewohner nur für einen kurzen Moment weggegangen. In einem kleinen runden Fensterschirm flatterte noch ein Fetzen Darmhaut. Auf dem Schlafpodest waren sogar Matten aus geflochtenen Walbarten zurückgelassen worden, verschlissen zwar, aber immer noch ausgezeichnet zu gebrauchen. In den Torfwänden befanden sich Knochenhaken für Kleidung und Jagdausrüstung.

Naaja musste nicht lange suchen, bis sie geeignete, kantige Steine in der Mitte des grasbewachsenen Fußbodens entdeckte, die sie aufschichten konnte, um ihre dreieckige Tranlampe darauf zu platzieren. Unter dem Schlafpodest fand sie einen großen Harntrog aus ausgehöhltem Speckstein. Er war sicherlich für zu schwer befunden worden, um ihn mitzunehmen. Die ersten Wochen verbrachte sie halb in der Erwartung, die Besitzer des Hauses würden mit ihren Zelten aus dem Sommerlager zurückkehren, wo auch immer dieses liegen mochte. Doch die Zeit verging, ohne dass sie einer Menschenseele in diesem großen Fjord begegneten.

Das neue Heim war klein und nur für eine einzige Familie gebaut worden. Es glich in keinster Weise dem, was sie von zu Hause in Sermermiut kannte, wo oft zwei oder drei Familien zusammenlebten und Vorhänge aus Fellen zwischen ihren Wohnräumen aufspannten. Der Tunneleingang lag tief und die dicken Mauern aus Torf und Stein waren ebenfalls tief eingegraben. Beides würde es einfacher machen, das Haus im Winter warm zu halten. Es hatte noch nicht lange leer gestanden, als Papa es fand, vielleicht nur einen oder zwei Winter. Der Gang war an zwei Stellen teilweise eingefallen, aber das war schnell repariert. Ebenso das Dach, das mit dicken Walrippen, die draußen neben einer Mauer zurückgelassen worden waren, neu aufgerichtet und mit Fellhäuten bedeckt werden musste, um darüber dann Grassoden zu schichten. Als sie den Fußboden vom Gras zwischen den Steinplatten befreit und das Haus ringsum mit den Fellen ihres Sommerzeltes bespannt hatten, war es warm und behaglich geworden, nicht zuletzt, weil Naaja die Tranlampe angezündet hatte und im Topf frisches Robbenfleisch köchelte.

Es war zwar viel kleiner, aber trotzdem keineswegs schlechter als ihr altes Haus, das eigentlich das Haus von Angak war, dem Bruder ihrer Mutter. Sie waren ihm oder seinen Leuten nie ebenbürtig, obwohl Papa bei weitem kein schlechterer Jäger war. Es gab andere Ursachen, doch Naaja hatte nie genau erfahren, welche dies waren. Irgendwann, vor langer, langer Zeit, als sie noch ein Baby im Amauti war, hatten Papa und Angak einen Singstreit gegeneinander ausgefochten und Papa hatte verloren.

Naaja hatte einmal einen Singstreit zwischen zwei Männern

gesehen, die um eine Frau stritten. Das war ein schrecklicher Anblick gewesen. Während der eine aus vollem Halse spottete und alle möglichen Kränkungen sang, musste sein Gegner bewegungslos dastehen, zuhören und alles schweigend hinnehmen. Derjenige, der gerade das Wort hatte, durfte seinem Konkurrenten zwischen den Spottversen sogar ins Gesicht schlagen und dieser durfte nichts sagen, bevor es an ihm war zu singen. Als sie fertig waren, hatten beide Nasenbluten und geplatzte Lippen. Derjenige, der nach Ansicht der Anwesenden, die das Geschehen verfolgten, den Kürzeren zog, hatte aus der Siedlung fortziehen müssen.

»Dein Papa ist ein sonderbarer Kerl«, hatte Nappa zu Naaja gesagt, als sie einmal versuchte, sich danach zu erkundigen, was diese andauernde Missgunst zwischen den Schwägern entfacht hatte. »Engstirnig, das ist er gewiss, und es fällt ihm schwer, sein Temperament zu zügeln. Derjenige, der im Singstreit verliert, soll sich nicht anmerken lassen, dass er beleidigt ist, obwohl man das zunächst gut verstehen könnte.« Naaja nahm an, dass das stimmte, dennoch war sie etwas verletzt an Ataatas Stelle. Er war gerecht und großzügig, wenn er gut gejagt hatte, und auch wenn er jähzornig gegen andere sein konnte und seinen Zorn nicht zurückhielt, was sich unter Erwachsenen überhaupt nicht schickte, so war er doch immer gut zu seiner Tochter. Fast immer, flüsterte eine dünne Stimme in ihrem Inneren. Nicht immer.

In dem Fjord gab es viele Robben, in einem nahegelegenen Fluss Lachse und Forellen und am Strand überall Eiderenten. Papa war ein sehr guter Jäger und hatte geschickte Hände. Lange bevor der Fjord zufror, stand ein neuer Hundeschlitten bereit, mit Kufen aus Walknochen, die früher als Zeltstangen gedient hatten. Anfangs hatte Naaja so viel zu tun, dass sie keine Zeit hatte, irgendetwas oder irgendjemanden zu vermissen oder sich Gedanken darüber zu machen, was diese selbst auferlegte Verbannung in der Zukunft mit sich bringen könnte.

Papa fuhr jeden Tag, an dem gutes Wetter zur Jagd war, mit dem Kajak auf den Fjord hinaus und brachte meistens eine Robbe mit nach Hause. Naaja kam mit dem Enthäuten, Ausnehmen und Verarbeiten kaum hinterher. Fleisch in Streifen schneiden, es auf das Trockengestell hängen, so hoch, dass die Hunde nicht darankämen, Fellhäute schaben und aufspannen, die Innereien reinigen und verarbeiten und nicht zuletzt den Robbenblubber und Speck in Bälgen sammeln. Zwischendurch schnitt sie Fellhäute für neue Stiefel zurecht, besserte Papas Fellhosen und seinen Anorak aus und durchstreifte die Berghänge, um Moos als Lampenanzünder für den Winter und Gras für die Kamikken, die neuen Stiefel, zu sammeln. Am Ufer suchte sie nach verschiedenen Algen und Seetang.

Als es kälter wurde, errichteten sie Steinmauern um die Fleischvorräte. Sie würden diesen Winter nicht hungern, wenn die Jagd weiter so erfolgreich verlief. Bevor es ganz dunkel wurde, nahm Papa Naaja an manchen Abenden mit und stellte Eiderenten und Schneehühnern nach. Vögel waren eine willkommene Abwechslung zum Robbenfleisch und die Eiderentenbälge konnten für warme Unterwäsche im Winter Verwendung finden.

»Wenn kein Sohn vorhanden ist, muss man sich damit zufrieden geben, die Tochter zu lehren«, sagte Ataata. »Du musst lernen, mit dem Vogelspeer umzugehen.« Sie nickte folgsam und nahm das lange Wurfgerät entgegen, das er in einer für ihre Hände passenden Größe geschnitzt hatte. Er zeigte ihr wieder und wieder voller Geduld, wie sie den Schaft schwingen und den Griff um den Speer im rechten Moment lösen musste, so dass er mit großer Kraft aus der Führungsschiene im Schaft herausschoss. Dann ließ er sie üben, indem er ein Strohbündel in einiger Entfernung aufstellte, das sie treffen sollte. Anfangs war sie nicht besonders treffsicher, machte jedoch schnell Fortschritte. Ataata lächelte zufrieden, als sie endlich Nahrung in den Haushalt mitbrachte: ein fettes männliches Schneehuhn, das jedoch kaum für eine Mahlzeit reichte.

»Vor dem Winter ist mir nicht bange«, sagte er. »Jetzt sind zwei Jäger im Haus.« Naajas Wangen erröteten bei dem Lob, und sie nutzte weiterhin jede freie Minute, um zu üben. Nach und nach erlangte sie eine gute Kontrolle über die Waffe, und bei der nächsten Jagd gelang es ihr, zwei Schneehühner mit einem Schuss zur Strecke zu bringen. Das eine wurde von einem der spitzen Seitenzacken des langen Speerschaftes getroffen und das andere von der messerscharfen Spitze.

*

Die Tage wurden kürzer, und es kühlte sich immer mehr ab. Am dritten Mond nach ihrer Ankunft in Uummannaq fiel der erste Schnee, kurz darauf begann der Fjord zuzufrieren. Die langen Dunkelmonate zogen ins Land. Als das Eis sicher geworden war, ging Papa mit der Harpune hinaus und suchte nach Atemlöchern von Robben, hatte jedoch wenig Glück. Plötzlich war es, als wären alle Robben aus dem Fjord hinausgeschwommen, und Ataata war schlecht gelaunt, als er gegen Abend nach Hause kam, durchgefroren und müde, nachdem er seit dem Morgen erfolglos über einem Atemloch oder einer Strömungsrinne gestanden hatte. Naaja begann, am Tran in der Lampe zu sparen.

II

Der Wind wirbelte den Schnee auf dem Eis in pfeifenden Säulen auf. Naaja stand an der Scheide zwischen Land und Eis und spähte beunruhigt auf den Fjord hinaus. Sie war nicht sicher, wie weit der Tag schon fortgeschritten war. Es war zu trübe, um die Sterne zu sehen, und sie spürte an ihrem leeren Magen, dass es bereits weit über ihre gewöhnliche Essenszeit hinaus war und Papa längst zu Hause sein müsste. Irgendetwas war passiert. Vielleicht ist er in ein Eisloch gefallen und liegt nun auf dem Meeresboden mit Augen, die auf Fische und Seehunde starren, ohne sie zu sehen. Sie dachte eine Weile über diesen Gedanken nach, war seltsamerweise unberührt und empfand weder Angst noch Erleichterung. Es würde wenig nutzen, nach ihm zu suchen, wenn er schon tot wäre. Andererseits könnte er sich verletzt haben und nun irgendwo verwundet und hilflos liegen, in der Kälte auf den Tod wartend. Ein Walross oder gar ein Eisbär könnte in den zugefrorenen Fjord hineingetrottet sein. Sie blickte hinab auf ihre weiße Bärenfellhose. Nappa, Onkels Frau, hatte ihr geholfen, sie aus dem Fell eines Tieres zu nähen, das Onkel und Papa mit Unterstützung der Hunde erlegt hatten. Die Hunde waren nach dem Kampf alle zerkratzt und blutig, daran erinnerte sie sich, und einer war so übel zugerichtet, dass er getötet werden musste. Papa würde einen Bären nicht allein bezwingen können.

Die Hunde waren daheim beim Haus angebunden, alle bis auf die Hündin, die sie mitgenommen hatte und die draußen auf dem Eis mit dem tosenden Wind um die Wette heulte, nicht weit von Naaja, die wie erfroren am Ufer stand. Sie überlegte noch einen Moment. Der Nordwind pfiff ihr um die Ohren und biss in ihre Wangen, so dass sie die Kapuze von ihrem Fellparka fester band. Schließlich traf sie eine Entscheidung. Ihre Fleischvorräte waren zur Neige gegangen. Sie hatte in ihrem Leben selten gehungert, aber die Erfahrungen in einem schweren Winter in Sermermiut vor einigen Jahren, als während einer langen Periode nichts gefangen wurde, waren ihr noch deutlich in Erinnerung. Sie musste ihn suchen.

Sie brauchte eine ganze Weile, um die Hunde vor den Schlitten zu spannen. Sie konnte die Handgriffe, denn sie hatte ihrem Vater und anderen viele Male zugesehen, wie sie das Gespann auf der Erde ausbreiteten, und dabei geholfen, alle Schlaufen in der richtigen Richtung auszulegen und sie über den Kopf und die Vorderbeine der Hunde zu streifen. Es war jedoch so, als hätte sie die Hunde mit ihrer Nervosität angesteckt, denn anstatt still zu stehen, wichen sie ihr aus und verhedderten ihre Riemen, so dass Naaja immer wieder die Peitsche über ihren Köpfen knallen lassen musste. Am Ende gelang es dann doch. Sie setzte sich auf den Schlitten und trieb die Hunde mit Rufen und Peitschenknallen hinaus auf das Eis.

»Los, vorwärts!«

Die Sicht war schlecht. Der blaue Dunst der Winterdämmerung hatte sich herabgesenkt, und am Himmel waren wegen der Wolken keine Sterne zu sehen. Die Furcht in ihrem Inneren wurde größer. Hin und wieder rissen die Wolken vor dem fast vollen Mond auf und in seinem Schein konnte sie ein Stück weit voraus sehen. Der Nordwind der letzten Tage hatte viele harte, zungenförmige Schneeverwehungen gebildet, die alle in die gleiche Richtung zeigten, den flachen Rand mit dem Wind. Naajas Mut erstarkte ein wenig, denn das würde es ihr erleichtern, sich zu orientieren und wieder nach Hause zu finden.

Die Aussichten, Papa zu finden, waren nicht besonders gut, denn der Fjord war breit und tief eingeschnitten. Am Morgen hatte sie gesehen, wie sich Ataata in Richtung Süden über den Fjord bewegt hatte, doch es war genauso möglich, dass er seine Meinung geändert hatte und später am Tag in eine ganz andere Richtung gegangen war. Sie schob die Sorgen von sich, denn sie musste sich voll und ganz darauf konzentrieren, sich umzuschauen und sich jede Schneedüne und Anhöhe einzuprägen.

Auf einmal wurden die Hunde schneller, ohne dass sie ihnen ein Signal dazu gegeben hatte, und begannen kräftig zu bellen. Sie starrte nach vorn auf das weiße Eis und sah zuerst nichts, doch dann erschien die tödliche Gefahr. Unmittelbar vor ihr und den Hunden tat sich ein riesiges, pechschwarzes Eisloch auf. Sie schrie den Hunden zu und knallte zugleich unablässig links von ihnen mit der Peitsche, um sie rechts daran vorbeizulenken.

»Rírírírírí!« rief sie und schaffte es gerade eben, sich auf dem Schlitten zu halten, als die Hunde eine scharfe Kurve vorbei an dem Eisloch und einer dunklen Erhebung unweit daneben fuhren. Die Hunde ließen sich schlecht kommandieren, und sie musste die Peitsche ohne Zurückhaltung einsetzen, um sie zum Anhalten zu bewegen. Trotz ihrer Rufe drehten die Hunde wieder in Richtung der Erhebung, auf dem Eis. Naaja sprang vom Schlitten und wollte sie wegscheuchen, doch da bewegte sich diese Erhebung, und es war beinahe so, als ob sie knurrte. Die Hunde wichen nur ein kleines Stück zurück, denn sie hatten den Geruch von Blut gewittert.

In dem Moment, als Naaja erfasste, dass nicht ihr Vater dort lag, sondern ein tödlich verwundeter Walrossbulle, stürzten sich die Hunde auch schon mit Gebell und Gekläff auf ihn, obwohl sie noch fest in ihren Schlittenriemen waren. Das Walross schlug mit den Flossen um sich und versuchte, die riesigen Stoßzähne einzusetzen, aber einer der Hunde, Aaveq, der von allen der größte und stärkste war, hatte sich augenblicklich im Nacken des Tieres festgebissen und seine scharfen Reißzähne tief in das Rückenmark gestoßen. Das Walross brüllte elendig. Dann war alles vorbei, und es lag reglos auf dem blutroten Eis.

Naaja scheuchte die Hunde zur Seite, um an das Tier zu gelangen, und sah, dass es schon mit dem Tod gerungen hatte, als sie ankamen. Tief im Herzen steckte die Robbenharpune ihres Vaters und in der rechten Seite sein großer Stichspeer mit gebrochenem Schaft. Ringsum war das Eis dunkel vom Blut, das aus den Wunden geflossen war. Sie zog die Handschuhe aus, nahm ein wenig Schnee in ihre warmen Hände und kniete bei dem langbärtigen Walross nieder.

»Bring der Mutter unsere Dankbarkeit, großes Aaveq«, flüsterte sie und ließ den geschmolzenen Schnee aus ihrer Handfläche in das klaffende Maul fließen. Ein Schluck Wasser zum Dank für sein Leben. Danach zog sie die Waffen heraus. Die prall mit Luft gefüllte Seehundblase, die als Schwimmer verwendet wurde, war zum großen Glück unbeschädigt, aber sie konnte nirgendwo den kleinen Vorderschaft der Harpune sehen. Er musste sich im Kampf gelöst haben. Naaja sah sich um und entdeckte eine blutgetränkte Spur, die von ihr weg in die Dunkelheit führte.

Die Hunde dachten keineswegs daran, all das Fleisch liegen zu lassen. Sie wollten für ihre Arbeit entlohnt werden, angestachelt vom Blutgeruch und Hunger, doch Naaja gab nicht nach und ließ die Peitsche auf sie niedergehen, bis sie gehorchten. Die Spur ging in Richtung Osten und war endlos lang. Sie war erstaunt, wie weit das Walross mit der tief im Rumpf steckenden Harpune und dem Speer gekommen war.

Papa schien auf den ersten Blick unverletzt. Er lag bewusstlos bäuchlings auf dem Eis, und seine Wange fühlte sich warm an, so dass er erst seit ganz kurzer Zeit bewusstlos sein konnte. Das Blut ringsum konnte ebenso gut von dem Walross stammen. Naaja atmete erleichtert auf, doch als sie ihn umdrehte und die Arme unter seine Achseln schob, um ihn auf den Schlitten zu ziehen, sah sie, dass das rechte Hosenbein seiner Robbenfellhose in einer Blutlache auf dem Eis festgefroren war. An der Vorderseite des Oberschenkels war eine große Wunde. Sie hatte nichts mitgenommen, das sich zur Versorgung einer Wunde eignete! Wenn sie den Blutfluss nicht stoppen konnte, würde er wahrscheinlich schon tot sein, bevor sie mit ihm auch nur den halben Weg nach Hause zurückgelegt hätte. Ihr Blick fiel auf sein Messer, das auf dem Eis lag. Sie hob es auf, wog es einen Moment in der Hand und begann dann, den Fuchspelzbesatz von Ataatas Anorakkapuze abzutrennen. Die Rentiersehnen waren hart wie Stein, doch das Messer war scharf, und ehe sie sich's versah, hatte sie den Fellstreifen oberhalb der Wunde um das Bein ihres Vaters gebunden und fest zusammengeknotet. Im Anschluss schleppte sie ihn mit Mühe auf den Schlitten und legte den Pelz wärmend über ihn.

Die Hunde stürzten los, sobald sie im Schlitten saß, und nahmen Kurs auf das Walross, entlang der blutroten Spur. Sie wusste, dass sie niemals auch noch den ganzen Leib des Tieres auf dem Schlitten unterbekommen würde. Zu viel Zeit wäre nötig, um die Haut abzuziehen und das Tier zu zerlegen, so dass sie es dabei bewenden ließ, die Leber, die Zunge und ein gutes Stück aus der Brust herauszuschneiden, um diese mit nach Hause zu nehmen. Sie würde das Walross holen, sobald es morgen heller werden würde. Naaja lächelte. Das Fleisch von diesem großen Tier würde ihnen für viele Monde reichen.

Die Heimfahrt verlief gut. Die Wolken hatten sich verzogen, und der Mond erhellte ihr den Weg, so dass sie nie an der richtigen Richtung zweifelte. Es war sehr wahrscheinlich, dass die Hunde mit ihrem Instinkt sowieso wussten, wohin die Fahrt gehen sollte. Die Erfahrung hatte sie zweifellos gelehrt, dass es den Lohn für ihre Mühen erst bei der Ankunft zu Hause gab.

Es stellte sich als eine weit schwierigere Aufgabe heraus, Papa ins Haus zu kriegen. Der Tunneleingang war ein wenig eingeschneit, und sie musste anfangs den Schnee mit den Händen wegschaufeln, denn der große Walknochen, den sie für derartige Tätigkeiten benutzten, befand sich drinnen. Ihr Vater murmelte leise vor sich hin, als sie ihn vom Schlitten wälzte, öffnete aber trotzdem nicht die Augen und schien genauso ohnmächtig zu sein wie zuvor. Der in die Tiefe gegrabene Gang war niedrig, so dass sie sich rückwärts auf den Knien bewegen und ihn durch den langen Tunnel hinter sich herziehen musste.

Im Inneren war es nur wenig wärmer als draußen und noch dazu stockdunkel, aber sie brauchte nicht lange, um den Feuerstein und das Moos zu finden und das Feuer der Tranlampe anzuzünden. Das Haus war klein, und sie kannte seine Innenausstattung in- und auswendig. Alles war in Reichweite und befand sich an seinem festen Platz. Als die Flamme gut loderte, atmete sie erleichtert auf. Erst jetzt gab es Raum, sich auf das Geschehene zu besinnen und wie nah sie beide an die Grenzen zum Land der Toten gekommen waren. Das schwarze Eisloch hätte ihr Grab werden können, oder Papa wäre auf dem Eis verblutet. In Wahrheit war es geradezu befremdlich, dass dieses mächtige Tier Papa nicht erdrückt hatte, als er hilflos dalag, sondern stattdessen die Flucht in Richtung Eisloch ergriffen hatte, denn Walrosse sind normalerweise angriffslustig, insbesondere, wenn sie verwundet sind. Ein Schaudern durchfuhr Naaja, und sie schüttelte diese Gedanken ab. Papa war noch nicht außer Gefahr, und sie musste irgendwie Wärme in ihn bringen, wenn es nicht schlimm ausgehen sollte.

Sie hängte einen Topf an den Deckenhaken oberhalb der Lampe, füllte ihn mit Schnee und dann mit kleinen Stücken Walrossfleisch, damit es bald kochte. Während das Fleisch vor sich hin köchelte, zog sie ihrem Vater die Kamikken aus und sah zu ihrer großen Erleichterung, dass er trockene Füße hatte, obwohl das rechte Hosenbein innen und außen von Blut durchnässt war. Sie musste die Fellstreifen lösen, die sie um die Wunde gewickelt hatte, um die gefrorene Hose von ihm loszubekommen. Sofort begann das Blut am Bein herabzulaufen. Es war jedoch nicht viel, und als sie die Verletzung genauer untersuchte, sah sie, dass sie nicht tief war und dass kein größeres Blutgefäß betroffen zu sein schien. Die Ränder waren ausgefranst und schrecklich anzuschauen, er war offensichtlich gebissen worden. Sie legte ein haarloses Stück Robbenleder über die Wunde und verband sie aufs Neue, zog ihren Vater hoch auf das Schlafpodest und breitete über ihm alle Felle aus, die sie besaßen.

In dem Augenblick, da sie seinen Kopf etwas anhob und einen Becher mit heißer Fleischbrühe an seine bläulichen Lippen führte, erwachte er endlich aus der Bewusstlosigkeit. Er berührte mit der Hand seinen Kopf und zuckte zusammen. Erst jetzt bemerkte Naaja, dass er eine höllische Beule am Hinterkopf hatte. Wahrscheinlich war er rücklings auf das Eis gefallen und durch den Sturz bewusstlos geworden. Vielleicht hat das sein Leben gerettet, dachte sie bei sich. Das Walross hielt seinen Gegner für tot und hat sich deshalb nichts daraus gemacht, mit ihm zu kämpfen.

Papa umschloss mit beiden Händen den Becher und trank die kochend heiße Flüssigkeit in großen Zügen. »Ajajaja. Das tut gut«, sagte er. »Reich mir nun die Leber von diesem Walrossschuft.«

*

Als Naaja sich ausgezogen hatte und unter die Felldecken an Papas Seite geschlüpft war, müde und erschöpft, durchfuhr sie ein bohrender Schmerz tief unten im Rücken. Sie betastete das Innere ihrer Hose. Es bestand kein Zweifel, ihre Mondzeit hatte begonnen. Sie war zu müde, um aus den Fellen hervorzukriechen und nach der Moschusochsenwolle zu suchen, die sie aufbewahrte, um sie sich zwischen die Beine zu legen. Das konnte bis zum Morgen warten. Zur selben Zeit als der Schlaf sie überwältigte, beschlich sie hinter den bleischweren Lidern ein undeutliches Gefühl des Unbehagens, welches sich beständig ausbreitete. Plötzlich öffnete sie die Augen und starrte voller Entsetzen in die Dunkelheit. Während der Blutungen darf eine Frau keine offenen Wunden berühren, denn sie verheilen dann niemals ganz.

Naaja wusste nicht, wie lange sie geschlummert hatte, fühlte sich aber, als hätte sie gar nicht geschlafen. Nappa hatte ihr vor langer Zeit beigebracht, wovor sie sich an den Tagen der Blutung in Acht nehmen musste. Sie durfte nicht dort auf dem Eis Harn lassen, wo Männer bei der Jagd waren, keine Nahrung aus den Händen anderer annehmen und niemals, zu keiner Zeit, eine blutende Wunde berühren.

Ihr kam der Gedanke in den Sinn, vor ihrem Vater zu verbergen, dass ihre Mondzeit begonnen hatte. Es war, als wohnten in ihr zwei kleine Geister die miteinander darüber haderten, was zu tun sei. Sie konnte nicht mit Sicherheit sagen, wann die Blutungen begonnen hatten, beruhigte sie der eine Geist, ob es war, bevor oder nachdem sie die Wunde verbunden hatte. Der andere kleine Geist aber meinte, sie hätte die Schmerzen, die immer damit einhergingen, bereits draußen auf dem Eis verspürt, ihnen jedoch keine Beachtung geschenkt. Sie hatte sogar zum Mond hinaufgesehen und bemerkt, dass der Vollmond kurz bevorstand, und ihre Mondzeit war immer die gleiche. Über das, was Papa nicht weiß, muss er nicht zornig werden, entgegnete der erste. Ach papperlapapp, sagte der zweite, du bist ein Angsthase. Getan ist getan. Man muss es nun so nehmen.

Wenn er nichts weiß und die Wunde gut heilt, dachte Naaja,

dann beweist es, dass die Blutungen erst begannen, nachdem ich die Wunde verbunden hatte. Wenn sie schlecht heilt, gibt er mir sowieso die Schuld daran. Wie soll ich ihn dazu bringen, die Wunde selbst zu versorgen, ohne ihm die Wahrheit zu sagen? Und wie entgehe ich seinen Berührungen, wenn wir unter den Bettfellen liegen? Naaja horchte auf die eifrigen Stimmen in ihrem Kopf und seufzte schwer.

Genauso gut konnte sie aufstehen und den Walrossleib holen, bevor die Füchse zu ihm gelangten. Sie glitt vorsichtig unter den Fellen hervor und tastete sich im stockdunklen Haus voran zu dem Bord mit den Feuerutensilien. Es ließ sich nicht umgehen, die Lampe anzuzünden. Im Haus war es wieder kalt geworden. Außerdem musste sie ein Wollbüschel finden und es sich in die Hose legen.

Sie hatte gerade eben die Wolle platziert und war dabei sich wieder zu verschnüren, als sie ihren Vater hinter sich nach Luft schnappen hörte. Sie drehte sich langsam um und begriff in dem Moment, wo sie seinem erschrockenen Blick begegnete, dass er alles gesehen hatte.

»Wann?«, fragte er, die Stimme ein wenig rau. »Heute oder gestern?«

Naaja blieb das Wort im Halse stecken, und die Zankgeister in ihrem Kopf schwiegen mit ihr zusammen wie ein Grab. Papa richtete sich auf dem Podest auf und jammerte dabei leise. »Gestern«, beantwortete er seine eigene Frage und besah sich sein verbundenes Bein. Als er sie wieder anblickte, war die Furcht in seinen Augen einer Anklage gewichen.

»Du hättest mich ebenso gut auf dem Eis liegen und dort verrecken lassen können, das hätte nicht so lange gedauert.« Er erhob die Stimme nicht, aber der Zorn in seinen Worten war so deutlich, dass Naaja zurückwich.

»Ich wusste es nicht, ich wollte nicht …«

»Wusste nicht, wollte nicht«, unterbrach er sie. »Was ändert das? Und wie willst du zurechtkommen, wenn du mich umgebracht hast? Wer soll dann jagen?«

Sie starrte ihn an, zu fassungslos, um wütend zu werden oder zu antworten. Die Gedanken, die sie am Tag zuvor am Ufer eingeholt hatten, schossen plötzlich erneut an die Oberfläche und sie errötete. Er las die Schuld in ihrem Gesichtsausdruck und vergaß darüber, dass er verletzt war. Ataata wollte aufstehen und nach ihr greifen, aber das Bein versagte ihm geradewegs den Dienst, und er sank stöhnend und fluchend nieder. Naaja rettete sich zum Gang und kroch nach draußen. Wenn Papa in dieser Laune war, war es am besten, sich davonzumachen.

*

Es wurde bereits hell, und das Wetter war ruhig. Die Hunde, die in der Nacht im Gang geschlafen hatten, liefen wild und bellend auf dem Hofplatz umher, denn sie hatte vergessen, sie am Abend vorher festzubinden. Sie folgten trotzdem schnell Naajas Rufen, bestimmt auch weil sie wussten, dass sie zu dem Walrosskörper zurückfahren würden, der draußen auf dem Eis auf sie wartete.

Sie hätte gern etwas gegessen, bevor sie sich mit dem Schlitten auf den Weg machte, doch in dieser Situation war es nicht zu empfehlen, noch einmal hineinzugehen. Sie hatte sich zum Glück gestern Abend einen ordentlichen Bissen von der Walrossleber genommen, das würde ihr für den Tag reichen.

Das Walross hatte begonnen zu gefrieren und war noch von Füchsen und Raubvögeln unberührt, doch als sie begann, es zu zerteilen, hörte und sah sie einen einsamen Raben in niedriger Höhe darüberfliegen.

»Du bist zu spät, guter Krummi!«, rief sie dem Vogel zu. Er antwortete mit einem heiseren Krächzen und flog davon, ganz bestimmt enttäuscht. Die Hunde waren dermaßen aufdringlich, dass sie ständig die Peitsche gegen sie einsetzen musste. Daher zerkleinerte sie ihnen Teile der Innereien und warf sie so weit sie konnte von sich. Die Hunde sausten der Mahlzeit kläffend hinterher, und als sie endlich Ruhe vor ihnen hatte, erschien ihr die Arbeit viel einfacher und ging schneller. Sie hatte nie zuvor allein ein Walross zerlegt. Als sie die Haut abgezogen hatte, begnügte sie sich damit, das Tier so zu zerteilen, dass sie das Fleisch auf dem Schlitten unterbringen konnte. Die Eingeweide würde sie verwenden und verarbeiten, sobald sie nach Hause kam. Sie lächelte, als sie sah, was alles möglich war. Die Nierenmembran war ein ausgezeichneter Beutel für Moos, die Blase und die Magenhöhle konnte man mit Tran füllen und darin Fleisch und Fisch aufbewahren, und nichts eignete sich so gut wie Darmhäute für wasserdichte Kleidungsstücke und Fensterschirme.

Sie war gerade fast fertig damit, das Fleisch auf den Schlitten zu laden, als ihr der Rabe wieder in den Blick fiel. Er hatte sich ein Stückchen von ihr entfernt auf das Eis gesetzt und stakste nun vorsichtig näher an das leere Blutfeld heran. Sie zog die letzten Riemen fest, setzte sich für einen Moment auf den Schlittenrand und beobachtete den Vogel. »Ach, du Schlingel«, murmelte sie und angelte nach dem Jagdmesser ihres Vaters, das sie in einen ihrer Stiefel gesteckt hatte. »Du kommst um vor Hunger und hier verschwindet ein ganzes Festmahl vor deiner Nase.« Sie schnitt dem Walross ein Auge aus und schleuderte es in die Richtung des Raben. »Da, nimm das zur Entschädigung.«

Der Rabe schlug mit den Flügeln und erhob sich, setzte aber trotzdem nicht zum Flug an, denn er erkannte schnell den Leckerbissen. Sie beobachtete ihn eine Weile, wie er an dem Auge pickte und blitzschnell mit der Mahlzeit fertig war. Er war groß, größer als alle Raben, die sie je zuvor gesehen hatte. Oder schien ihr das nur so, weil er ihr derart nah war?

Naaja erhob sich und rief nach den Hunden. Hoffentlich würde Papa sich beruhigt haben, wenn sie nach Hause kam. Gerade als sie sich auf den Schlitten setzen wollte, erinnerte sie sich an den kleinen Vorderschaft der Harpune und blickte sich noch einmal um. Er war für ihren Vater kostbar, denn er hatte ihn aus einem Narwalzahn geschnitzt und ein kleines Bild von einer Robbe eingraviert, um die Seelen der Jagdtiere anzuziehen. Sie ging auf dem vom Blut verfärbten Eis hin und her und kniff die Augen zusammen, um besser sehen zu können, und endlich war ihre Suche erfolgreich. Der Schaft war in den Schnee eingetreten worden, und nur das Ende mit dem Robbenbild ragte heraus.

Die Heimfahrt ging schnell, jetzt da es hell und die Sicht in alle Richtungen gut war, aber es kostete Naaja viel Zeit, das Fleisch sicher in der Steinmiete nahe beim Haus unterzubringen. Die runden Steine waren groß und schwer. Eine weitere Schicht musste außen um die Fleischlaibe aufgereiht werden, damit weder Füchse noch Hunde mit ihrer diebischen Nase darankämen. Die Steine gehorchten ihr nicht, entglitten ihrem Griff und wollten einfach nicht an ihrem Platz liegen bleiben. Es fehlte nicht viel und es wäre schlimm ausgegangen, denn als sich einer von ihnen löste, schaffte sie es gerade eben noch, ihm auszuweichen, so dass er ihr nicht auf die Füße fiel. Es war schon spät am Tag, als sie endlich in den Gang hineinkroch. Im Haus war es kalt und dunkel. Und still.

Im schwachen Licht durch den Fensterschirm konnte sie dennoch sehen, dass Papa wach war, denn er saß aufrecht auf dem Schlafpodest und lehnte sich gegen die Wand. Er war still und grüßte sie nicht. Naaja beeilte sich, mit ihren erfrorenen Fingern das Feuer der Tranlampe zu entzünden. Papa hatte das Licht der Lampe nicht am Leben halten können, da er solche Frauentätigkeiten ebenso wenig konnte wie andere Männer. Sie sah unruhig zu ihm. Warum sagte er nichts?

»Ich habe das Walross geholt und es in die Steinmiete gelegt«, sagte sie leise und wich demütig seinem stechenden Blick aus. Er war noch immer zornig, sehr zornig.

»Du warst lange weg«, sagte er nach ausgedehntem Schweigen. »Das Feuer in der Lampe ist erloschen.« Seine Stimme war beißend wie der Nordwind.

»Verzeih«, flüsterte sie und neigte den Kopf noch tiefer. »Verzeih, lieber Ataata.«

Er schnaubte. »Ich bin hungrig.«

Sie nickte und war etwas erleichtert. Er hatte den Vorfall von heute Morgen nicht erwähnt, und er würde sich bestimmt besser fühlen, sobald er sich am Walrossspeck satt gegessen hätte. Vielleicht würde alles gut. Sie setzte schnell den Topf auf und sah, dass darin noch Stücke von dem Fleisch waren, das sie am Abend zuvor gekocht hatte. Naaja blickte verwundert über die Schulter zu ihrem Vater. Warum hatte er nicht das gegessen, was da war? Er bemerkte ihren Blick nicht, weil er die Augen wieder zusammengekniffen hatte. Sein Gesicht war von Qualen verzerrt, seine geballten Fäuste ruhten auf dem rechten Oberschenkel. Er drehte sich schnell weg, da er nicht wollte, dass sie sah, wie stark seine Schmerzen waren. Schuldgefühle überkamen sie wieder, und sie musste die Zähne zusammenbeißen, um zu verhindern, dass ihr die Tränen in die Augen schossen.

Tu nicht so, du willst doch, dass er stirbt, flüsterte die Stimme des garstigen Geistes in ihrem Kopf. Ist das nicht die Wahrheit, du undankbares Mädchenbiest?! Nein, überhaupt nicht!, erwiderte der andere jammernd. Sie wollte einfach nicht von Onkel und seinen Leuten weg. Das hat er davon, wenn er mit uns hierherzieht. Hier ist niemand, der helfen kann, kein Angakoq oder Schamane, der uns einen Rat geben kann. Wenn er stirbt, ist seine Schuld genauso groß wie ihre.

Naaja legte beide Hände vors Gesicht und seufzte tief. Seid

still, alle beide, fauchte sie im Inneren. Wenn er stirbt, so ist es meine Schuld, und ich tue alles, was ich kann, um ihm zu helfen, alles!

*

Am dritten Tag nach Papas Kampf mit dem Walross war klar, dass es böse um die Wunde stand. Sie strömte einen unangenehmen Geruch aus, und unter dem Verband aus Robbenleder begann eine grünliche Flüssigkeit hervorzusickern. Der Oberschenkel hatte begonnen dunkel anzulaufen und sich zu entzünden. Papa dämmerte klitschnass vom Wundfieber vor sich hin und jammerte zum Herzerbarmen, so dass Naaja in der Nacht kein Auge zutat. Bei Tagesanbruch hatte sie eine Entscheidung getroffen. Sie musste einen Angakoq aufsuchen, das war seine einzige Hoffnung. Nur ein Angakoq konnte wissen, wie der Fluch ihrer Berührung rückgängig zu machen war, sofern das überhaupt möglich war, und nur ein solcher Geisterbeschwörer konnte seine Hilfsgeister bitten, die kleine Seele wiederzufinden, die aus dem verletzten Bein herausgeflogen war.

Papa war viel zu schwach, um eine Fahrt auf dem Schlitten durchzustehen. Nach Sermermiut wäre es eine Reise von vielen Tagen, und wenn sie ihn allein zurückließ, würde er erfroren sein, noch bevor sie dort angekommen wäre. Möglicherweise war es aber kürzer zu der menschlichen Siedlung nördlich von ihnen, vielleicht eine Reise von nur ein oder zwei Tagen.

»Nein!«, sagte er und schnappte nach Luft, als sie ihm von ihrer Idee erzählte. »Geh nicht von mir, lass mich nicht allein zurück!«

»Aber vielleicht gibt es eine Siedlung hier in der Nähe, im nördlichen Fjord könnte ...«

»Nein, nein sage ich! Ich sterbe allein, wenn du gehst!«

»Du stirbst, wenn ich nicht gehe«, widersprach sie mit leiser Stimme.

»Es ist mit dem Kajak eine Tagesreise den Fjord hinaus und in den nächsten hinein«, stöhnte er und tastete mit glühend heißer Hand nach ihr. »Du bräuchtest noch viel länger mit dem Schlitten, ungeschickt, wie du mit den Hunden bist, und ich habe dort nirgendwo ein Haus gesehen, als ich im Sommer auf der Jagd war. Das führt zu nichts.« Er legte eine Sprechpause ein und schloss die Augen. Zuckungen durchfuhren sein rotwangiges Gesicht. »Ich sterbe, und du musst hier sein, bis es vorbei ist.« Seine Stimme wurde schwächer, und er hauchte die letzten Worte so leise, dass sie sich über ihn neigen musste, um sie zu verstehen: »Wenn ich tot bin …, dann geh wohin du willst. Verräterische Ausgeburt, du.«

*

Über allem lag in dem kleinen Haus der Gestank, und als es Naaja schien, Papa wäre endlich eingeschlafen, schlich sie sich den Gang hinaus. Sie fütterte die Hunde und ging dann langsamen Schrittes zum Strand hinunter. Das Wetter war still und ruhig, die Sonne schien und glitzerte auf dem Packeis. Ihr war schwer ums Herz, und, ganz und gar ungewohnt, die Streithähne in ihrem Kopf waren still. Sie spähte auf den Fjord hinaus und sah im Westen die dunklen Wolkenbänke, die sich langsam näher bewegten. Es würde zum Abend auffrischen und sogar Niederschlag geben. Bei solchem Wetter hinaus in die Ungewissheit zu gehen wäre nicht vernünftig, sondern lebensgefährlich. Doch das spielte nun keine Rolle. Ihr kam es nicht in den Sinn, ihrem Vater nicht zu gehorchen – er lag im Sterben, und sie riskierte, dass er sie im Tode verfolgen würde, wenn sie ihn auf dem Sterbebett ärgerlich stimmte. Naaja wurde stutzig. Sie hatte ihn wahrhaftig schon längst verärgert. Es war ihre Schuld, dass er im Sterben lag! Natürlich würde er im Haus herumspuken und Vergeltung suchen, denn sein Tarneq fände keinen Frieden, und es gab keinen Weg, das zu verhindern. Sie müsste fortgehen und versuchen, sich den Leuten am Gletscher anzunähern, als verwaister Abschaum und, das Schlimmste von allem, als Vatermörderin.

Sie würde ihnen berichten müssen, was geschehen war, und der Angakoq würde ihr vielerlei Verbote und Tabus auferlegen, um zu verhindern, dass das Unglück jene überkäme, die mit ihr verkehrten. Sie würde die schlechtesten Bissen der Robbe zu essen bekommen, und weil sie einen Verstorbenen mit bloßen Händen berührt hatte, dürfte sie für viele Monde weder Essen zubereiten noch ihre eigene Mahlzeit schneiden. Sie müsste ihr Gesicht zur Wand drehen, wenn sie auf dem Schlafpodest säße, so wie es der alte Nutik den ganzen Winter tun musste, nachdem seine Frau gestorben war. Und doch hatte er eine Öffnung in die Giebelwand des Hauses gerissen und die Leiche dort hinausgezogen, um zu verhindern, dass sie zu einem Spuk wurde. Naaja dürfte mit den anderen nicht über die Jagdtiere reden, weil sie dann entschwinden könnten. Ihr wäre es nicht erlaubt, in das Frauenboot an derselben Stelle einzusteigen wie die anderen. Vielleicht würde man ihr überhaupt nicht gestatten, sich in der Siedlung aufzuhalten!

Ein schrecklicher Schauer durchfuhr Naaja und sie presste unwillkürlich eine Hand auf die Brust, dort wo der Eisbärenzahn, ein Talisman ihrer Mutter, den sie an einem dünnen Lederband um den Hals trug, auf ihrer Haut lag. Mitten im Winter bedeutete Verbannung den sicheren Tod. War es dann nicht besser, hier auszuharren und allein durchzuhalten, zumindest bis der Frühling da und die Zeit der Untersagungen vorüber war? Immerhin würden die Fleischvorräte noch viele Wochen reichen, vielleicht für länger, wenn sie sparsam mit ihnen umging. Doch durch Geister, von denen man heimgesucht wurde, konnte man wahnsinnig werden …

In genau diesem Moment flüsterte ihr der garstige Geist zu, was sie tun könnte. Was sie tun müsste.

Als sie kurz darauf hereinkam und Ataata berührte, war er glühend heiß und hatte alle Felle von sich geschoben. Der Schweiß perlte auf dem nackten Körper, und die langen Haare klebten auf Stirn und Wangen, das rechte Bein war dunkel und geschwollen. Die Bettfelle waren fleckig und rochen übel, denn er hatte ins Bett gemacht. Seine Augen waren geschlossen, doch sie war nicht sicher, ob er schlief oder bewusstlos war, und stieß ihn gerade so fest an, wie sie es sich getraute. Er röchelte ein wenig, öffnete aber nicht die Augen. Auf seiner Brust, die sich mit langen Pausen zwischen jedem Atemzug hob und senkte, lag sein Talisman, den er seit seiner Geburt bei sich trug: der Fuß eines Eistauchers, der ihn zu einem ausgezeichneten Kajaklenker machte.

Naaja zögerte einen Augenblick. Sie benötigte den Fuß nicht selbst, doch eines Tages würde sie einen Sohn bekommen, und dann wäre es gut, dem Kind ein mächtiges Schutzamulett zu übergeben, das schon so lange Zeit Kraft in sich aufgenommen hatte. Papa hat nicht länger Verwendung für einen Talisman, dachte sie bei sich, als sie ihr Ulu hervorholte, den Eistaucherfuß mit zittrigen Händen von seinem Band abschnitt und fest an das Band mit dem Eisbärenzahn knotete. Dieser hatte lange Zeit auf der Brust ihrer Mutter und dann auf der des kleinen Ulioqs geruht, dem er Kraft und Ausdauer bei der Jagd hatte verleihen sollen.

Sie durfte nicht länger warten. Naaja biss die Zähne zusammen und nahm dann zwei Ecken des Felles, auf dem Ataata lag, und zog mit aller Kraft. Das Schlafpodest war zwar nicht höher als ihr Unterarm, doch trotzdem war ein schrecklicher Aufschlag zu hören, als ihr Vater von dem Podest glitt und sein Kopf auf die Kante schlug. Zum Glück rutschte er nicht vom Fell, so dass sie ihn hinter sich her zum Gang ziehen konnte. Seine Arme rollten machtlos an den Seiten herum, und er murmelte leise vor sich hin. Auf diese Weise würde sie ihn nicht durch den niedrigen Gang hinausbekommen. Es war schauderhaft, ihn so erbärmlich zu sehen, splitternackt, schweißgebadet und schmutzig.

Was dachte sie sich eigentlich? Sie musste ihn zuerst ankleiden. Sein Anorak und die Hose hingen an einem Haken beim Podest. Sie versuchte, sich zusammenzureißen während sie sich abmühte, ihm den Anorak über den Kopf zu ziehen, doch ehe sie sich's versah, hatte sie angefangen zu schluchzen. Er rührte keinen einzigen Muskel, lag völlig schlaff da und sein Atem war kaum noch zu hören. Noch schwieriger war es, ihn in die Hose hineinzubekommen, doch am Ende gelang es ihr. Zu guter Letzt zog sie ihm die wasserdichten Kamikken an, die sie selbst für ihn aus unzähligen verschiedenfarbigen Fellstückchen genäht hatte, und schnürte sie dicht an den Beinen zu. Papa sollte keine kalten Füße bekommen, wenn er sich auf den Weg hinüber ins Totenland machte.

Um ihn nach draußen zu ziehen verfuhr sie genauso, wie sie ihn vier Tage zuvor hineingebracht hatte, sie rutschte rückwärts auf den Knien durch den Gang und zog ihn hinter sich her. Seine Hände faltete sie vor der Brust und zog ihn unter den Achseln.

Die Hunde reagierten sonderbar, als sie sie sahen. Anstatt bellend angelaufen zu kommen, wie sie es sonst taten, bis sie wieder fortgescheucht wurden, blieben sie in einiger Entfernung mit hängenden Schwänzen stehen und winselten leise, fast so als hätten sie Todesangst. Einer von ihnen kam zögerlich näher und stupste mit der Nase verwundert an das Kajak, das sie früh am Tag vom Trockenpodest heruntergenommen und zum Haus hochgezogen hatte. Hinten am Heck war es offen. Sie hatte die Felle hinter dem Sitz an der Oberseite gelöst, so dass es einfacher war, Papa darin unterzubringen.

Später konnte sie gar nicht mehr begreifen, wie sie das alles an jenem entsetzlichen Tag bewerkstelligt hatte. Trotzdem gelang es ihr irgendwie, ihren Vater in das Kajak hineinzuhieven und das Boot Schritt für Schritt über den Schnee ein gutes Stück vom Haus weg und zu einem niedrigen Höhenzug unterhalb des Berghanges zu ziehen. Dort setzte sie sich auf einen Stein, starrte auf Papas blassgraues Antlitz und wartete.

Die Atemzüge wurden immer flacher. Tränen strömten ihre Wangen hinab, ab und an trocknete sie mit dem Ärmel ihr Gesicht. Der Wind war stärker geworden, doch sie schenkte ihm keine Aufmerksamkeit. Es begann zu schneien, und große weiße Flocken legten sich eine nach der anderen auf das Kajak und den Mann, der darin ruhte. Schneekristalle setzten sich in seine dicken, buschigen Augenbrauen, so dass sie weiß wirkten, wie die eines Greises. Naaja streckte die Hand aus und wollte den Schnee aus seinem Gesicht streichen, zuckte aber jäh wieder zurück. Papa hatte die Augen geöffnet!

Sie beugte sich vorsichtig über das Kajak und begegnete seinem fernen und leeren Blick. »Mein lieber Papa. Sei mir nicht böse. Du weißt, dass ich die Wunde nie berührt hätte, hätte ich gewusst…«

Ein Schleier lag über seinen Augen, und es war nicht auszumachen, ob er sie hörte. Er starrte geradewegs nach oben und blinzelte nicht einmal gegen den Schnee. Viel Zeit verstrich, bis ihr dämmerte, dass das Warten ein Ende hatte. Mit ihrer behandschuhten Hand schloss sie seine Augenlider, wälzte unter großer Anstrengung das Kajak herum, so dass seine Unterseite nach oben zeigte, und platzierte einen großen Geröllbrocken darauf. Das Begräbnis musste bis zum Frühjahr warten, wenn der Frost nicht mehr in der Erde saß.

Sie hatte den Leichnam zu keiner Zeit mit bloßen Händen berührt.

III

Das Unwetter, das in der Nacht losbrach, dauerte viele Tage. Naaja blieb meist drinnen, und die Hunde schliefen im Gang. Sie nutzte die Zeit, um die Innereien des Walrosses zu verarbeiten, schabte die Därme, die Blase und dann die massige Haut so gut sie konnte. Die Arbeit nahm viel Zeit in Anspruch und ging ziemlich mühevoll vonstatten. Ihr halbmondförmiges Ulu schnitt nicht gut genug, daher schärfte sie es und machte es so messerscharf, dass sie versehentlich zwei Löcher in das dicke Leder machte, zusätzlich zu denen, die durch die Waffen ihres Vaters entstanden waren. Dennoch war sie einigermaßen zufrieden, als sie das Fell über Stangen an der Giebelwand gegenüber vom Podest gespannt hatte und sich ihr Werk besah. Die Haut war so groß, dass sie die halbe Wand bedeckte. Ihr eigenes Walross. Ihres und Aaveqs. Und Papas.

Naajas Augen wanderten zu Ataatas Speer und Harpune, die ebenfalls an der Wand hingen, zusammen mit einem Bogen aus Walbarten und Pfeilen. Ein Jäger musste seine Robbenharpune mit sich in das Land der Toten nehmen, er konnte ohne sie nicht auskommen. Wie hatte sie einen so wichtigen Punkt vergessen können? Sie erhob sich vom Podest, ging zur Harpune und nahm sie herunter. Obwohl sie nie eine solche Waffe eingesetzt hatte, kannte sie all ihre Bestandteile und wusste, dass jeder einzelne von Bedeutung war und vollkommen in Ordnung sein musste: die scharfe zweischneidige Spitze aus Narwalzahn, der kleine geschnitzte Vorderschaft, der dicke, aus Treibholz gefertigte Schaft, der an der Wasseroberfläche schwimmt.

Naaja legte prüfend eine Hand in die kleine Aussparung des Schaftes und wog die Waffe bedächtig in ihrer Hand. Wie viele Seelen mag sie in all den Jahren hinab zur Mutter des Meeres geschickt haben? Die Enden der beiden Schäfte steckten in einem kleinen Verbindungsstück. Eine dünne Leine, die von der Spitze durch ein Öhr in der Mitte des hinteren Schaftes gefädelt wurde, spannte den Schaft und die Spitze zusammen, bis die Harpunenspitze in ihr Opfer eintauchte, sich drehte und im Fleisch des Tieres stecken blieb. Die Leine musste unnachgiebig und fest sein, um dem Gewicht einer ausgewachsenen Robbe standzuhalten. Diese Leine hier war es ganz sicher, gefertigt aus der astdicken Haut einer Bartrobbe. Die Schwimmerblase am Ende der Leine war noch ziemlich neu, sie hatte sie selbst erst im Herbst aus einer Robbenblase hergestellt. Am Ende des Schafts war eine Eisaxt befestigt, die wie die Spitze aus Narwalzahn bestand und benutzt wurde, um in der Eisoberfläche das Atemloch der Robben zu vergrößern. So war es möglich, das Tier auf das Eis hochzuziehen.

Naaja seufzte. Es war nicht gewiss, dass das Walross bis zum Frühjahr reichen würde. Sie würde lernen müssen, mit der Harpune umzugehen, daher war sie zu kostbar, um mit Papa ins Land der Toten zu gehen. Doch ohne Harpune sollte er auch nicht sein. Die Toten konnten alles vergrößern, was auch immer ihnen mit ins Grab gegeben wurde. Sie schnitzte daher für Papa eine winzige Harpune aus dem vordersten Teil eines Walrosszahnes. Möglicherweise war es der, der ihm die tödliche Wunde zugefügt hatte. Die Harpune erinnerte eigentlich mehr an einen kleinen Pfeil mit zweiteiligem Schaft, da sie keine Übung im Schnitzen hatte und der Zahn sehr hart war. Aber als sie ihr kleines Werk befestigt und eine kleine Schwimmerblase aus einem Stückchen Darmhaut gefertigt hatte, war unverkennbar, um was für eine Waffe es sich handelte. Mit mehr Übung wurde es für sie bald einfacher den Zahn zurechtzuschneiden, und sie bemerkte, dass ihr die Arbeit eine gewisse Linderung der Schuld verschaffte, die wie ein Albtraum auf ihr lastete. Mit jedem Span, der von ihrem Messer wie eine Schneeflocke wegstob, wurde ihr ein winziges bisschen leichter ums Herz, und sie beschloss, auch noch die Nachbildung eines Vogelspeeres für Papa zu schnitzen.

Naaja war so überzeugt, dass er sie heimsuchen würde, dass sie in den ersten Nächten vor Unruhe kaum Schlaf fand. Aber er lag ruhig und friedlich in seinem Kajak. Sie hatte trotzdem das Gefühl, dass seine Seele noch nicht in das Land der Toten gewandert war. Seine Gegenwart füllte noch immer das kleine Haus und lag in der Luft wie eine unsichtbare Barriere, wohin sie sich auch wandte. Vielleicht wartete er auf seine Jagdwaffen.

Das Herz pochte ihr in der Brust, als sie sich vom Haus durch die Schneewehen und den Hang hinauftastete. Das Unwetter war vorüber und das Kajak mit dem großen Stein war unter dem Schnee verschwunden. Es gab nur eine leichte Wölbung in der Schneedecke. Sie schaufelte den Schnee mit der Walknochenschaufel vom Kajak, beeilte sich dabei aber keineswegs, denn wenn es so kalt war, war es lebensgefährlich zu schwitzen. Nach einer Weile konnte sie hinten mit der Hand unter den Rand des Kajaks schlüpfen und es weit genug heben, um die Gegenstände hineingleiten zu lassen.

»Nun kannst du los, Ataata«, sagte sie. Doch augenblicklich legte sie die Hand erschrocken auf den Mund. Was hatte sie sich bloß gedacht? Jetzt hatte sie ihn angesprochen, und das durfte man niemals tun! Jetzt würde er genötigt sein, ihr zu antworten!

Am Abend lag sie lange wach und starrte in die Dunkelheit, verängstigter als jemals zuvor, fand aber schließlich ein wenig

Schlaf. Vielleicht war sie sogar wach, und es war kein Traum, als er kam. Sein Haar war von Raureif bedeckt und das Gesicht bläulich vor Kälte. Er sah sie mit stechendem Blick an. Die Verachtung in seinen kleinen Augen war so massiv, dass sie sich fühlte, als würde sie von unzähligen Eisnadeln gestochen. Sie hielt es nicht aus und kroch weinend unter die Felle.

»Du hast mich umgebracht.« Seine Stimme klang hohl und unheimlich. »Ich hätte nie geglaubt, dass du so wagemutig bist.« Seine Lippen spannten sich über den Zähnen zu einem verächtlichen Grinsen.

Naaja lag totenstill. Es war am besten, ihm nicht zu antworten. Sie durfte ihn nicht noch mehr herausfordern, als sie es bereits getan hatte.

»Jetzt kann ich dich nicht mehr darum bitten, mir gut zu sein«, fuhr er fort, als sie nicht antwortete. »Keine Wärme mehr von weiblichem Fleisch für einen bedauernswerten Ataata.« Er streckte beide Arme vor und zeigte ihr seine erfrorenen Finger, die Fingerkuppen schwarz von Verwesung. Unvermittelt beugte er sich vor und riss die Bettfelle von ihr. Naaja konnte einen Schrei nicht zurückhalten. Er entfuhr ihren Lippen, ohne dass sie darüber jegliche Macht gehabt hätte. Wut und Schmerz, die jahrelang in ihrem Inneren verborgen gewesen waren, brachen wie ein Gletscherabbruch, der mit Krachen und Getöse vorwärtsstürzte, hervor. »Nein!«, schrie sie. »Nie, nie wieder, hörst du das! Geh weg!« Sie entriss ihm die Felle und zog sie wieder zu sich. »Geh, ich hasse dich! Lass mich in Frieden!«

Er wich mit verwunderter und verletzter Miene zurück. »Du hasst mich?«, fragte er. »Ich verstehe nicht, liebste von allen … Du hast mir immer gestattet … Du weißt, dass wir allein einander, dass wir nur uns haben.« Bevor es ihr gelang wieder Worte zu fassen und ihm zu sagen, dass sie ihn natürlich nicht hasste, dass das, was er ihr angetan hatte, keine Rolle spiele, und dass er ihr auch der Liebste von allen wäre, war Papa wieder verschwunden. Nichts war mehr da. Nur ihrer beider Erstaunen über das, was sie gesagt hatte.

*

Die Dunkelmonate schienen kein Ende nehmen zu wollen, die Tage zogen unendlich langsam dahin. Einer glich dem anderen, nur die kurzlebige, matte Helligkeit zur Mittagszeit unterschied sie voneinander und bei bedecktem Himmel nicht einmal diese. Sobald Naaja morgens erwacht war, sah sie durch das kleine Fenster nach dem Wetter. Wenn es sternenklar war, eilte sie hinaus, um nachzusehen, ob die Männer im Singstreit am südlichen Himmel erschienen waren. Diese beiden hellen Sterne würden ihr sagen, dass die Dunkelheit begonnen hatte sich zurückzuziehen und die Tage sich von nun an ausdehnen würden.

Oh, wie sehr sie die Sonne vermisste. Und die Geschichten. Die Geschichten und Gesänge des grauen Tulugaqs, der immer die langen Winterabende zu verkürzen pflegte. Als sie die Augen wieder schloss, erschien vor ihrem inneren Auge das Gesicht des Angakoqs in aller Lebendigkeit, mit schelmischem Blick und voller Erzählfreude. Wenn sie sich noch mehr konzentrierte, konnte sie beinah sein Summen hören. Abend für Abend erzählte er in der Dämmerung seine Geschichten, eine nach der anderen, ganz so als würde sein Vorrat nie aufgebraucht. In einer endlosen, monotonen Abfolge seines Singsangs erzählte er oft so lange, bis der Schlaf jene überwältigt hatte, die ihm zuhörten. Manchmal erzählte er die gleiche Geschichte noch einmal, doch dann war sie genauso schön, denn er hatte etwas hinzugefügt oder sie mit anderen verknüpft, so dass sie neu und dennoch vertraut war.

Als sie nun versuchte, diese Geschichten wiederzubeleben, erinnerte sie sich nur an einige Fetzen, überwiegend an die schaurigsten. Solche, die von Kämpfen gegen das Lausevolk berichteten, gegen Riesen und gegen das Hundekopfvolk, das weit im Landesinneren am großen Gletscher lebte. Und an Erzählungen wie sich an jenen, die gegen Tabus verstoßen hatten, auf fürchterliche Weise gerächt wurde: mit Hunger, Kinderlosigkeit und Heimsuchung durch Wiedergänger.

Dennoch waren die Nächte zum Glück ebenso ereignislos wie die Tage. Papa lag still.

*

Die Hündin Aija war trächtig und hatte Wehen bekommen, daher erlaubte Naaja ihr, drinnen in der Wärme bei der Lampe zu schlafen. Am selben Tag, als sie vier Welpen gebar, starb Gamli, der älteste Hund, ganz so, als hätte er Platz machen wollen für die neu angekommenen kleinen Welpen. Sie fand ihn erfroren vor dem Haus und war froh; Papa hätte ihn schon vor langem von seinen Qualen befreien sollen.

Die Welpen waren bezaubernd hilflos und purzelten blind einer über den anderen, um an eine Zitze zu gelangen. Doch Naaja wusste, dass sie sie nur eine kurze Weile am Leben lassen durfte. Die Hunde benötigten Fleisch, und ihr reichten die vier erwachsenen Hunde, um den Schlitten zu ziehen. Sie waren groß und stark, gut gezähmt und hatten nur für eine kurze Zeit gehungert, damals, als der Hunger auch am Menschenvolk nagte und jeder von ihnen leidlich diebisch daherkam. Es lag näher, die Welpen zu töten, als das ganze Rudel hungern zu lassen, wenn die Fleischvorräte schrumpften.

Doch sie musste sich darum nicht sofort Sorgen machen. Solange sie noch blind waren und gesäugt wurden, konnte sie sich erlauben, sie zu liebkosen, zu streicheln, ihre Wärme zu spüren und darüber zu lachen, wie tollpatschig sie waren. Drei von ihnen waren männlich und hatten graues Fell, doch der vierte Welpe war eine dunkle Hündin mit weißen Ringen um die Augen und mit weißer Brust wie die Mutter. Obwohl sich Naajas Furcht davor, dass Papa wiederkommen könnte, mit jeder ruhig verlaufenen Nacht verringerte, fand sie es unglaublich wohltuend, die Welpen und die Hündin drinnen im Haus zu haben, so nahe am Schlafpodest, dass sie bloß ihre Hand in die Dunkelheit strecken musste, um ein weiches Fell oder eine feuchte Nase zu spüren.

Plötzlich war diese Zeit vorbei. Eines Morgens sah Naaja, dass in den dunklen Augen der kleinen Hündin, Nukâraq oder Kleine Schwester, wie sie sie nun rief, ein Spalt schimmerte. Die anderen Welpen waren zum Glück noch immer gänzlich blind, dennoch würde die Aufgabe schwer genug werden. Noch hatten sie kein eigenes Inua bekommen, das Bewusstsein um sich selbst. Sie riss sich zusammen, denn diese Aufgabe hinauszuzögern machte alles nur noch schlimmer. Sie griff einen nach dem anderen im Nacken und nahm sie hoch, setzte sie in einen Lederbeutel, band mit entschlossenen Handgriffen eine lange und feste Leine um die Öffnung und machte sich auf den Weg auf das Eis hinaus, mit düsterem Blick, einem Stock in der Hand und dem Beutel über der Schulter. Irgendwo würde es ein offenes Strömungsloch im Eis geben.

Sie fand ein Eisloch, in dem eine große Gruppe Eiderenten schwamm, und Naaja erinnerte sich daran, wie ihr einmal gesagt wurde, dass Seevögel immer Eislöcher aufsuchten, an denen es Futter für sie gab, und deshalb gäbe es Kabeljau in den Eislöchern, wo sich die Vögel aufhielten. Sie könnte dort fischen und Vögel harpunieren. Sie lächelte und vergaß die Welpen für einen kurzen Moment. Das Lächeln verschwand jedoch von ihrem Gesicht, als ihr aufging, dass sie den Vogelspeer nur an Land oder auf dem Eis benutzen konnte. Sie hatte weder eine Möglichkeit, ihn aus dem Meer zurückzubekommen noch den Vogel zu greifen, wenn er mehr als eine Armlänge vom Eisrand entfernt war. Am Vogelspeer müssten eine

Leine und eine Schwimmerblase sein wie an der Robbenharpune. So könnte sie ihn und die Jagdbeute wieder zu sich heranziehen, wenn der Wurf gelang. Ja, warum nicht? Sie könnte vielleicht ein Loch in den Schaft bohren und dort die Leine der Harpune durchfädeln.

Die Welpen heulten elendiglich in dem Beutel und erinnerten Naaja an ihr Vorhaben. Sie näherte sich mit langsamen und vorsichtigen Schritten dem Eisloch. Je weiter sie kam, desto dünner wurde der Eisrand, schien aber trotzdem tragfähig. Einige der Enten flogen auf, doch die meisten schwammen einfach geradewegs hinüber zum anderen Ende des Eisloches und sammelten sich dort. Aus dieser sicheren Entfernung verfolgten sie Naaja wie ein neugieriges und aufmerksames Publikum. Sie musste die Schnur, die sie um die Öffnung des Beutels gebunden hatte, ein wenig lösen, damit die eiskalte See schnell genug hineinlaufen konnte, denn je schneller, desto besser. Dann ginge alles schneller vorüber. Sie zog die Handschuhe aus, um die Schnur aufzuknüpfen, aber es war, als wäre die Schlaufe festgefroren. Die Welpen weinten, und Naajas kalte Finger zitterten, als sie mit den Schnüren kämpfte. Sie wollte die Öffnung nur ein kleines bisschen vergrößern, doch als sie die Schnur löste, steckte Nukâraq ihr dunkles Köpfchen durch die Öffnung und sah sie mit blinzelnden Augen an.

»Nein, hinein mit dir!« Sie wollte ihren Kopf zurückdrücken, doch Nukâraq hatte genug davon, in dem Beutel festzusitzen, und wich schnell aus. Bevor Naaja sie zurückhalten konnte, war sie hinaus aufs Eis gesprungen. Naaja band den Beutel schnell zu, so dass die anderen Welpen nicht auch noch entkamen, und lief hinter Nukâraq her. Die kleine Hündin war unendlich drollig in ihren Versuchen, auf dem Eis Fuß zu fassen, erstaunt über diese weiße und helle Welt, die sie nun zum ersten Mal erblickte. Es war nicht schwierig, sie wieder einzufangen, sie selbst schien sich darüber sogar am meisten zu freuen, denn sie kuschelte sich sofort in Naajas Halskragen und suchte energisch mit Nase und Zunge nach einer Zitze um zu saugen und sich zu beruhigen. Es kitzelte Naaja, und sie musste lachen. Es war unmöglich, diese närrische kleine Hündin nicht lieb zu haben. Sie hob den Welpen hoch. Die Augen waren ganz geöffnet, und in ihnen spiegelte sich eine Lebenskraft, die nicht kleiner oder schwächer war als ihre eigene. Kleine Schwester hatte ihr eigenes Inua erhalten.

Naaja stopfte den Welpen in ihren Anorak, schnürte ihn zu und ging zurück zu dem Eisloch. Die anderen gaben keinen Laut von sich, als sie den Beutel hochnahm und ihn an der Leine in das gletscherkalte Meer sinken ließ. Vielleicht waren sie durch die Kälte vom Eis schon betäubt, ihr Fell war ja noch so dünn. Zuerst schwamm der Beutel an der Wasseroberfläche, doch sie drückte ihn mit dem Stock, den sie dabeihatte, nach unten und hielt mit der anderen Hand die Leine fest. Sie wollte die Jungen nicht ganz verlieren, sondern das weiche Welpenfell für hübsche Besätze verwenden. Ein paar Luftblasen strömten an die Oberfläche und platzten. Der Beutel wurde schwerer, aber sie wartete trotzdem zur Sicherheit noch eine ganze Weile, bevor sie ihn wieder hochzog und sich auf den Weg nach Hause machte.

Es hatte zu schneien begonnen, und im Westen türmten sich dicke Wolkenbänke.

*

Sie ließ ihre Idee, die Harpunenleine am Vogelspeer zu befestigen, vorerst wieder fallen und fand erst einige Tage später, als das Unwetter vorüber war, Gelegenheit, sie auszuprobieren. Der Erfolg war nicht besonders groß: Nach vielen misslungenen Versuchen gelang es ihr nur, eine Eiderente zu schießen, die so nah an den Eisrand gedümpelt war, dass sie sie fast greifen konnte. Die schwere Lederleine bremste den Flug und änderte die Richtung des leichten Speeres, als er aus dem Wurfschaft hervorschoss. Es fehlte nicht viel, und sie hätte alles zusammen verloren, als sie den Speer so weit in das Eisloch schleuderte, dass sie nur mit knapper Not die luftgefüllte Blase am Ende der Leine fassen und alles wieder zu sich zurückziehen konnte. Die Vögel flogen auf, kamen aber immer nach einer Weile zurück. Sie war eifrig dabei und wollte nicht aufgeben, so dass das kurzlebige Tageslicht verschwunden war, ehe sie sich versah, und die Dunkelheit hereinbrach.

Der Schnee hatte alle Kennzeichen auf dem Eis verschluckt, und kurz nachdem das Eisloch außer Sichtweite war, hatte sie sich bereits verirrt. Es gelang ihr rasch, sich an den Sternen zu orientieren und den Eisbären und die beiden Jäger, die ihm nachstellten, auszumachen. Sie war beinahe sicher, dass die Richtung zum Land dieselbe wäre, in die der Eisbär strebte, doch als sie einige Zeit gegangen war, kam sie wieder an ihre eigenen Fußspuren. Der Eisbär hatte sich am Himmel weiter nach oben bewegt, und sie begriff, dass sie einen großen Kreis gelaufen war. Obwohl es fast sternenklar war, schenkte der Neumond nur wenig Licht, und in ihrer Brust begann Angst sich auszubreiten.

Plötzlich hellte es auf, und sie blickte nach oben. Die Polarlichter tanzten in allen Farben am schwarzen Winterhimmel. Sie blieb einen Moment ruhig auf der Stelle stehen und erinnerte sich an die alte Geschichte, dass die Lichter von den Namensseelen verstorbener Kinder herrührten, die am Himmel spielten und ihre Mutterkuchen als Ball benutzten, während sie darauf warteten, einen neuen Körper zu erhalten, um darin zu wohnen. Niemand in Sermermiut hatte bisher seinem Kind den Namen ihres kleinen Bruders gegeben. Ulioq hatte er geheißen, Muschel, so wie ihr Großvater, Mamas Vater, der vor langer Zeit gestorben war und viele Jahre darauf gewartet hatte, ein Kind hüten zu können. Doch dann hatte der kleine Ulioq nur einen Mond gelebt.

Naaja setzte ihren Zeigefinger und den Mittelfinger an die Lippen und pfiff laut, denn dies war ein sicheres Mittel, um die Seelenlichter näher zu rufen. Fast im selben Augenblick rollte ein großer kugelförmiger Lichtschleier heran und zog einen blaugrünen Saum über das Himmelsgewölbe hinter sich her, so dass die Umgebung erhellt wurde. Sie hörte ein leises, aber deutliches Flüstern, das die Nordlichter stets begleitete, wenn sie der Erde so nahe kamen. Es war, als hätte jemand den Ball über Glatteis geschossen. In dem grünlichen Schein war es nicht schwierig Uummannaq auszumachen, den herzförmigen Berg, der sich nördlich über den Fjord erhob. Naaja war gerettet und rannte auf den Berg zu.

IV

Die Robbenharpune hing lange unberührt an ihrem Wandhaken. Die schlechte Erfahrung mit der Vogeljagd saß tief, und Naajas Selbstvertrauen hatte einen herben Rückschlag erlitten. Die Idee, den Vogelspeer wie eine Harpune einzusetzen, erschien am Anfang großartig und simpel, aber jetzt sah sie, wie dumm der Einfall in Wirklichkeit gewesen war. Ihre mangelnde Voraussicht hätte sie das Leben kosten können. Es war nicht möglich, einen Vogel oder irgendein anderes Tier auf dem Meer zu fangen, außer aus einem Kajak, und diese Kunst war weit außerhalb ihrer Reichweite.

Alle Knaben erhielten von frühesten Kindesbeinen an Unterweisung und eine strenge Schulung im Kajakfahren, bis sie das Aufrichten eines umgekippten Bootes aus eigener Kraft sicher beherrschten. Obwohl Mädchen, wenn sie das einzige Kind waren und es zum Überleben notwendig war, jagen lernen durften, war es ihnen allzeit streng verboten, sich dem Boot der Männer zu nähern, es sei denn, sie kontrollierten die Lederhäute, um Risse und schlechte Nähte auszubessern.

Schreckliches Unheil konnte von der Missachtung dieser uralten Gebote ausgehen. Jagdtiere mochten ihr Leben nicht denen schenken, die ihnen keine gebührende Achtung entgegenbrachten, sondern machten sich auf und davon. Je mehr Naaja darüber nachdachte, desto mehr fürchtete sie die Folgen ihrer Taten, ob nun absichtlich oder unabsichtlich begangen. Zudem war es gut möglich, dass sie Tabus gebrochen hatte, die sie nicht kannte. Es gab so viele Verbote, dass niemand außer alten und weisen Angakoqs sie alle kennen konnte.

Die Robbenjagd auf dem Eis erforderte unendliche Geduld und Ausdauer. Um einen verletzten Seehund heraufzuziehen und zu bändigen, bedurfte es großer Kraft, von der sie bezweifelte, dass sie über sie verfügte. Man musste stundenlang absolut regungslos über dem Atemloch stehen können, wie kalt es auch war, und blitzschnell reagieren, sobald die Robbe auftauchte, um Luft zu holen. Wie hatte sie sich einbilden können, sie hätte ein guter Jäger werden können, sie, die nur eine Frau war und nie etwas anderes als Frauenaufgaben verrichtet hatte? Auf diese Weise redete sie sich ihren Mut aus und beschäftigte sich an den langen, einsamen Winterabenden, indem sie alle möglichen Tiere und Vögel aus den Walrosszähnen schnitzte. Dabei sang sie Lieder, die sie beim Singen erst erfand, über was auch immer ihr gerade in den Sinn kam. Sie spielte viel mit Nukâraq, die schnell größer wurde und immer mehr zu fressen brauchte. In naher Zukunft würde der Welpe mehr Nahrung benötigen als die anderen vier Hunde, obwohl Naaja sie seit Neuestem nur jeden dritten Tag fütterte.

Noch war sowohl Robben- als auch Walrossfleisch in der Steinmiete, doch sie sah sich dennoch genötigt, mit der Harpune in der Hand aufs Eis hinauszugehen. Der Grund war einfach: Der Tran für die Lampe würde bald zur Neige gehen, und ohne die Wärme des Feuers, das in der flachen Steinlampe brannte, konnte niemand leben. Sie hatte mehr Tran für die Lampe benötigt, um nach Papas Tod das Haus aufzuheizen. Als sich Nukâraq in der Nacht auf das Schlafpodest stahl, hatte sie sich an sie geschmiegt, froh und verlegen zugleich, anstatt den Welpen vor in den Gang zu den anderen Hunden zu jagen. Sie hatte noch niemals zuvor allein geschlafen, und in der Einsamkeit war es unter den Bettfellen kälter, als sie jemals geahnt hätte. Zu warten bis der ganze Tran aufgebraucht war, wäre nicht nur unvernünftig, es könnte lebensgefährlich werden.

*

Die Sonne hing tief am Himmel und glitzerte auf dem Eis. Naaja war in der Morgendämmerung losmarschiert und hatte den grauen Leithund in der Hoffnung bei sich, er könnte ihr dabei helfen, ein Atemloch zu finden. Er hatte ihren Vater manchmal auf der Jagd begleitet und wusste offenbar, was von ihm erwartet wurde, denn er lief ihr schnüffelnd voraus, die Nase auf dem Eis, und stöberte hin und wieder in kleinen Schneehäuflein auf der ansonsten glatten Eisfläche. Naaja trug vom Scheitel bis zur Sohle Kleidung aus Bärenfell und hatte ihr langes, rabenschwarzes Haar sorgfältig unter der Kapuze verborgen. So ausstaffiert hatte sie beinah die gleiche Farbe wie ihre Umgebung, was die Wahrscheinlichkeit verringerte, dass die Robben den ungebetenen Gast oberhalb des Atemloches ausmachen würden.

Aaveq blieb stehen und scharrte mit den Vorderpfoten auf einer kleinen, gewölbten Erhöhung. Naaja eilte zu ihm, hockte sich hin und schob eine dünne Schneeschicht zur Seite. Der Hund hatte für sie eine Jagdstelle gefunden! Das Eis war ordentlich dick, aber es war deutlich erkennbar, dass die Robbe das Atemloch regelmäßig aufsuchte, denn es war weder Schnee noch Eisschlamm darin. Sie benutzte die messerscharfe Eishacke am Harpunenschaft, um die Öffnung zu erweitern. Ihr Glaube an sich selbst wuchs mit jedem Eisbrocken, den sie abschlug und mit dem Schaftende aus dem Wasser herausangelte. Vielleicht würde es ja trotz allem gelingen. Als das Loch groß genug war, verhüllte sie es so gut sie konnte wieder mit Schnee, so dass die Robbe nichts Verdächtiges bemerkte. Sie hatte einen Sitz mitgenommen, den ihr Vater beim Jagen auf dem Eis benutzt hatte. Das Einbein hatte einen angespitzten Fuß, der auf der glatten Oberfläche des Eises Halt fand, und ein kleines Brett am anderen Ende, auf das sie sich kauern konnte, während sie darauf wartete, dass die Robbe zu ihrem Loch kam. Sie platzierte den Sitz so, dass sie ihre Füße auf beiden Seiten des Loches aufstellen konnte, und hielt die Harpune direkt darüber. Die prall mit Luft gefüllte Blase und die Leine der Harpune, die zwar dünn aber gleichzeitig auch sehr stark war, weil sie aus dicker Bartrobbenhaut hergestellt worden war, lagen zu ihren Füßen. Doch würde sie in der Lage sein, die Leine zu halten und die Robbe hochzuziehen, wenn sie es tatsächlich schaffte, die Harpune in sie zu treiben? Naaja hatte plötzlich einen Einfall, und ohne weiter darüber nachzudenken nahm sie die Leine und wickelte sie sich einmal um den Leib, erhob dann erneut die Harpune und zielte auf die Öffnung.

Die Zeit verging, ohne dass etwas geschah. Ihre Arme wurden immer müder, und die Harpune, auch wenn sie nur einen kurzen Holzschaft hatte und relativ leicht war, wurde immer schwerer, bis sie den Eindruck hatte, sie wäre aus Stein gefertigt. Sie starrte auf das Atemloch und versuchte sich die Robbe vorzustellen, wie sie ankam, um Luft zu holen, wie sie ihr Inua zu sich rief. Doch je mehr ihre Arme schmerzten, desto schwieriger wurde es. Ihr Geist wanderte immer öfter ins Blaue, und ihre Augen wanderten von der Öffnung weg, über das Eis und das vor ihr liegende, schneebedeckte Land. Aaveq war ein gutes Stück in Richtung Land gelaufen, und sie konnte seine Umrisse nur erkennen, wenn sie die Augen zusammenkniff. Sie begann, Stiche in den Schläfen und hinter den Augen zu spüren. Um sich in dem gleißenden Sonnenlicht gegen die Schneeblindheit zu schützen, hatte sie einen Augenschutz aus Knochen getragen, ihn aber abgenommen, um besser in das Loch sehen zu können.

Robben hatten meist mehrere Atemlöcher, und vielleicht wurde dieses hier heute nicht benutzt. Zu Hause in Sermermiut gingen immer viele Jäger zusammen zum Jagen auf das zugefrorene Meer und konnten so die Atemlöcher auf einer größeren Fläche überwachen. Wie so vieles andere war dies leichter, wenn sich die Menschen gegenseitig halfen. Naaja erinnerte sich auf einmal daran, dass Papa immer ein winziges Stück Treibholz dabeihatte. Dieses legte er in das Loch, um die Wellenbewegung besser zu sehen, die immer, kurz bevor die Robbe die Nase herausstreckte, zu sehen war. Das hatte sie bis eben völlig vergessen.

Kaum hatte sie diesen Gedanken zu Ende gedacht, da hörte sie ein leises Plätschern, und ein dunkler Schatten erschien blitzschnell im Atemloch. Eine Nase und ein Bart blitzten auf, und fast im selben Augenblick war die Robbe wieder verschwunden. Naaja traute kaum ihren eigenen Augen. Sie hatte es nicht einmal geschafft, die Harpune zu werfen! Sie ließ enttäuscht die Arme sinken und jammerte eine ganze Weile. Ihre Schultern und Finger waren von dem verkrampften Griff um die Harpune steif geworden. Die Waffe rutschte ihr aus der Hand und fiel mit einem dumpfen Schlag auf das Eis.

Sie stand auf, ging umher und schwenkte abwechselnd die Arme, um sich aufzulockern. Ihr angeborener Optimismus gewann rasch wieder die Oberhand. Das lange Warten war nicht umsonst gewesen, denn nun wusste sie sicher, dass das Atemloch benutzt wurde. Irgendwann würde der Seehund wiederkommen, und dann wäre sie bereit und nicht wie ein unerfahrener Naseweis mit den Gedanken ganz woanders. Sie stellte sich wieder an dem Atemloch auf und legte sich die Lederleine erneut um den Bauch. Während sie wartete, ging sie im Geiste wieder und wieder durch, wie sie es anstellen sollte. Sobald die Harpune in den Kopf der Robbe gejagt war, war es wichtig, sie geschwind umzudrehen und so abzusichern, dass sich die Harpunenspitze vom Vorderschaft löste und sich quer im Fleisch festsetzte.

Wieder begannen ihre Arme zu schmerzen, und die Kälte kroch durch die Sohlen ihrer Kamikken und die Fellstrümpfe die Beine hinauf. Es fühlte sich ganz so an, als würde sie von unzähligen spitzen Nadeln in jeden einzelnen Muskel gepikst. Doch statt mit den Gedanken wie zuvor abzuschweifen, erlaubte sie sich jetzt, bei dem Schmerz zu verweilen, fest entschlossen ihn zu bezwingen, und ließ ihre Augen keinen einzigen Atemzug vom schwarzblauen Wasser im Atemloch abweichen.

Als es dann geschah, war es wie im Traum, blitzschnell und unwirklich. Die Robbe hatte kaum mit der Nase aus dem Wasser herausgeschaut, als die Harpune in ihre Kehle drang. Naaja drehte flugs den Schaft, ließ ihn los und ergriff die Leine, die sich sofort um ihre Taille spannte. Die Robbe war schrecklich schwer und stieß erbärmliche, heisere Schreie aus, als sie um sich schlug, nur mit dem Kopf oberhalb des Wassers. Aaveq kam angelaufen und bellte aus voller Kehle. Die Ruhe, die noch einen Moment zuvor geherrscht hatte, war in tausend Stücke zerborsten.

Naaja legte sich die Leine um die Schulter und entfernte sich stöhnend unter der Last Schritt für Schritt rückwärts von der Öffnung. Obwohl ihre Kamikken mit stumpfen Seehundflossen besohlt waren, zog die Robbe sie zurück und verschwand mit dem Kopf wieder im Wasser. Sie zerrte wie toll an der Leine, und für eine kurze Weile, die ihr wie eine halbe Ewigkeit erschien, konnte sie kaum mit der um Taille und Hände geschlungenen Leine dagegenhalten. Nach und nach wurde das Gezerre jedoch schwächer, und sie konnte beginnen, das Tier zu sich zu ziehen. Als der Körper wieder in der Öffnung auftauchte, schien er nahezu kein Lebenszeichen mehr von sich zu geben. Sie nahm ein letztes Mal all ihre Kräfte zusammen, und als die Robbe endlich auf dem Eis lag, weinte sie fast vor Freude.

Es war eine annähernd ausgewachsene Ringelrobbe, der Bauch war silbergrau und der restliche Körper ganz mit dunklen, ringförmigen Flecken übersät. Doch sie war noch nicht tot. Gerade als sich Naaja nach dem Jagdmesser ihres Vaters, das sie im Stiefel aufbewahrte, bückte, hob die Robbe den Kopf und schnappte nach ihr, fauchte und schlug mit den Flossen. Blutstriemen liefen aus ihrem Maul und große, spitze Zähne blitzten auf.

Naaja wich einige Schritte zurück, gab aber acht, den Griff um die Leine nicht zu lockern und erinnerte sich wieder an das Messer. Ihr Herz schlug heftig, aber sie hatte keine Angst, im Gegenteil. In ihren Adern rauschte ein Jagdglück, das sie zuvor nicht gekannt hatte, und als sie nach vorn sprang und das Messer tief in den Nacken der Robbe rammte, ertönte aus ihrer Kehle ein lauter Siegesschrei: »Ai!«

Die Ringelrobbe warf sich erneut hin und her, bevor sie endlich regungslos liegen blieb. Mit bebenden Händen kratzte Naaja etwas Schnee zusammen, schmolz ihn zwischen ihren Handflächen und ließ ihn in das Maul ihrer Beute tropfen, während sie der Robbe dankte und darum bat, dass der Lebensgeist, der nun den Körper verließ, Grüße zur Mutter des Meeres brächte, die ihm eine neue Wohnstätte verschaffen würde.

Niemals zuvor hatte Naaja etwas so Köstliches probiert wie die lauwarme Leber ihrer ersten Robbe.

V

Sie flog über einen großen Fjord. Unter ihr lag die dunkelblaue See, und weit entfernt trieben Eisberge auf dem Wasser, viele groß, manche eher klein. Sie hielt auf die Bergkette südlich des Fjordes zu, flog an den steil aufsteigenden Felswänden hoch, spürte, wie sie der Aufwind trug, und stieg höher und höher. Sie sah über die Berge, erkannte den tiefen Eisfjord und erblickte seine Mündung und mit ihr die Landzunge, wo die Leute am Gletscher wohnten. Das Land lag vor ihr, doch nirgendwo waren Lebenszeichen zu sehen, und sie spähte verzweifelt in alle Richtungen. Wohin waren sie gegangen? Sie flog etwas tiefer, als sie endlich eine Bewegung weiter vorne ausmachte, und plötzlich befand sie sich einem großen Vogelfelsen gegenüber, an dem es von allen möglichen Seevögeln nur so wimmelte. Der Felsen war überzogen von weißem Möwenmist, und auf jedem Felsvorsprung befand sich ein Nest voll mit Eiern oder Küken. Das lärmende Kreischen füllte ihre Ohren. Sie hielt Ausschau nach einem freien Felsabsatz, denn sie war müde und sehnte sich nach einer Rast. Sie suchte sich einen Platz weit oben am Felsen und hatte sich noch nicht ganz niedergelassen, als ein großgewachsener Eissturmvogel angeschossen kam und nach ihr hackte, so dass sie ausweichen musste. »Geh weg«, kreischte er bösartig. »Du hast hier nichts verloren. Hier ist kein Platz für deinesgleichen!« Sie verlor das Gleichgewicht und fiel vornüber, und zu ihrer großen Bestürzung fand sie nicht wieder in den Flug zurück. Sie begann unkontrolliert abzustürzen, tiefer und tiefer und tiefer …

Naaja setzte sich abrupt auf und warf die Bettfelle von sich. Sie war klitschnass, ihr Herz pochte heftig in ihrer Brust, und sie schluchzte schwer. Nukâraq, die bei ihr gelegen hatte, sprang auf und stieß lautes Gebell aus. Ein weiteres Mal hatte sie diesen Albtraum gehabt. Es war so eine schreckliche Schmach. Nur kleine Kinder, die noch keine Vernunft hatten, konnten böse träumen, aber doch nicht Erwachsene. Und sie war seit langem erwachsen, inzwischen sogar alt genug, um zu heiraten und eigene Kinder zu bekommen. Seufzend legte sie beide Hände vor das Gesicht. Die Hündin stupste mit der feuchten Nase gegen ihren Fuß und winselte leise, so als ob sie sie trösten wollte. Naaja legte ihre Arme um den Hals der Hündin und vergrub ihr tränennasses Gesicht in dem warmen, dichten Fell. Nach und nach beruhigte sie sich wieder, der Traum löste sich auf und wich einem dringlichen Gedanken, mit dem sie am Abend zuvor eingeschlafen war: Die Zeit war gekommen, sie durfte es nicht länger hinausschieben. Sie seufzte leise. Endlich hatte das Eis auf dem Fjord begonnen aufzubrechen, und auch der Boden taute auf.

Das Fleisch in der Steinmiete war mittlerweile fast aufgebraucht. Jedes Mal, wenn es das Wetter in den letzten Wochen erlaubt hatte, war sie mit der Robbenharpune in der Hand aufs Eis hinausgegegangen, jedes Mal ohne Erfolg. Die Robben wussten, dass sie ihrer nicht wert war, und kamen nicht zu den Atemlöchern, wie lange sie auch betäubt von Müdigkeit und Hunger in der beißenden Kälte wartete. Mächtige Schneeschichten hatten es den Seehunden außerdem erleichtert, sich von ihr fernzuhalten, denn sie hörten ihre knirschenden Schritte, wenn sie über das schneebedeckte Packeis ging.

Durch ihre sehr sparsame Verwendung des Trans war es ihr gelungen, äußerst lange damit hauszuhalten. In der Hitze der Tranlampe kochte sie ausgemergelte Schneehühner, die so arglos und einfältig waren, dass sie sie an den Hängen fjordeinwärts fast mit bloßen Händen ergreifen konnte. Am Ufer harpunierte sie neuerdings mit großer Fertigkeit fast täglich Eiderenten und Erpel. Sie hatte die ausgehungerten Hunde mit Kabeljau gefüttert, den sie vor einer großen Felsnase, die in das Meer hinausragte, mit einem Haken angelte. Obwohl sich die Hunde den Fisch wohl schmecken ließen, waren sie so dürr, dass ihre Rippen unter dem zerlumpten Pelz deutlich zu erkennen waren. Hin und wieder zernagten sie ihre Gurte, die aus zusammengedrehten Robbenlederstreifen bestanden, nicht um auszureißen, sondern einzig und allein aus Hunger.

Nukâraq, die jetzt fast ausgewachsen war, war als Einzige nicht so bedauernswürdig abgemagert. Naaja hatte bald bemerkt, dass die anderen Hunde die kleine Hündin fortjagten, wenn sie sie fütterte, und ihr die erhaschten Bissen erbarmungslos wieder entrissen. Die Hunde hatten ihre eigene Rangfolge. Aaveq ging voran, sowohl im Gespann als auch wenn sie fraßen. Es war, als hätten sie den Welpen von Anfang an mit anderen Augen gesehen. Zweifellos war es ihre eigene Schuld, denn Nukâraq hatte ins Haus gedurft, ganz wie es ihr selbst beliebte. Sie wurde nie angebunden und nachts schlief sie auf dem Podest zu Naajas Füßen. Sie hatte deshalb den Ausweg gefunden, die Hündin meist allein zu füttern, seitdem sie selbst fressen konnte. Keiner der anderen Hunde war jemals weiter hineingelassen worden, als gerade eben in den Gang, und das auch nur, wenn es besonders kalt war. Sie waren wilde Tiere, auch wenn sie gelernt hatten, Schlitten zu ziehen und Lasten für ihren Besitzer zu tragen. Doch Kleine Schwester war anders als die anderen, sagte sich Naaja und versuchte so die Stimme zum Schweigen zu bringen, die sie für dieses Verhalten tadelte.

*

Der Geruch war grauenvoller als jeder Gestank, den Naaja jemals in ihrem Leben wahrgenommen hatte. Sie hatte früh am Morgen begonnen, das Grab auszuheben, und nahm dazu sowohl den Torfspaten als auch den Walknochen, den sie sonst als Schneeschaufel benutzte. Im selben Augenblick, als sie angefangen hatte, war ihr aufgegangen, dass es eine Rolle spielte, wie das Grab zur Sonne stand. Kleinkinder sollten mit dem Gesicht in die Morgendämmerung ausgerichtet sein, denn sie starben zu Beginn ihres Lebens, alte Leute hingegen wurden mit dem Gesicht in Richtung des Sonnenuntergangs begraben. Papa war weder jung noch alt und sein Kajak lag zum Glück in Richtung der Mittagssonne, so dass sie das Grab parallel dazu anlegen konnte.

Das Unterfangen war schwer und langwierig, denn der Boden war steinig und die Erde durchnässt von Frostwasser und Frühlingsregen. Das Grab musste ein kleines bisschen größer sein als das Boot und tief genug, damit keine Tiere die Erde von dem Leichnam wühlen und Teile davon forttragen konnten. Aber würde überhaupt ein Tier hierherkommen? Nukâraq war mit ihr zum Kajak gekommen und hatte neugierig daran herumgeschnüffelt, war aber schnell zurückgewichen und mit eingezogenem Schwanz wieder nach Hause gelaufen. Anfänglich fiel es Naaja schwer, sich nicht zu übergeben, aber zu ihrem großen Glück kam im Laufe des Vormittages Wind auf, der den meisten Gestank in die entgegengesetzte Richtung trug. Um die Mittagszeit war das Grab knietief, und sie beschloss, es dabei zu belassen.

Die Nähte am Boden des Kajaks waren undicht geworden, was nach so vielen Wochen im Schnee zu erwarten war, und hier und da klafften offene Stellen. Sie überlegte, ob sie ihre Nadel holen und die größten Löcher zusammenziehen sollte, entschied sich dann aber dagegen. Im Land der Toten war es am wichtigsten, dass man selbst komplett war und alle Knochen an ihrem Platz. Papa würde von nun an auf dem Meeresboden jagen, und da spielte es keine Rolle, ob das Kajak seefest war oder nicht. Sie schob das Boot so nah wie möglich an den Rand, kroch dann auf den Knien an seine Seite und wälzte es um, so dass es mit einem dumpfen Plumps direkt in das Grab hineinfiel.

Der Anblick, der sich ihr bot, war so unheimlich, dass sie auf die Beine sprang und nach Atem rang. Es sah aus, als wäre Papa aus dem Körper gewichen, hatte aber sein Gerippe und seine Haut zurückgelassen. Die Augen waren verschwunden, ebenso wie Nase und Lippen, so dass alle Zähne zu sehen waren und der Mund auf diese Weise wirkte wie ein in alle Ewigkeit erstarrtes Lächeln. Sie konnte nirgendwo die kleine Harpune und den Vogelspeer erblicken, die sie zum Ausgleich für die Waffen geschnitzt hatte, die sie für sich selbst behalten hatte. Das machte sie froh, denn er hatte die Waffen offenbar akzeptiert und mit sich ins Totenland genommen.

Nachdem sie Erde über ihn geschaufelt hatte, wälzte sie die runden Steine, die sie im Winter auf das Kajak gelegt hatte, auf die nasse Erde und reihte zusätzlich alle sich in Reichweite befindlichen Steine auf, bis das Grab vollständig bedeckt war.

Nun konnte sie nach Hause zurückkehren.

VI

Die Tränen kullerten eine nach der anderen aus den Augenwinkeln und liefen dann hinunter zu ihren Ohren und in die Gehörgänge. Naaja kniff die Augen wieder zusammen, während sie auf dem Schlafpodest lag, den Kopf in Nappas Schoß. Der leise Singsang der älteren Frau machte sie benommen, die Worte flossen ineinander. Sie konnte die einzelnen Wörter nicht mehr voneinander unterscheiden und war allein mit ihren Gedanken, die sich nur darauf richteten, dem Schmerz standzuhalten und keinen Laut durch die zusammengepressten Lippen entweichen zu lassen.

Nappa, die mit ausgestreckten Beinen bei ihr saß, stach eine hauchdünne Knochennadel durch die Haut ihrer Stirn und zog eine rußgefärbte Sehne hindurch. Dies tat sie wieder und wieder, so dass eine schmale, blauschwarz gepunktete Linie in einem hohen Bogen von ihrer Schläfe, über die dunkle Augenbraue und hinunter zur Nasenwurzel entstand. Eine zweite Linie würde hinzukommen, die von dort zum Haaransatz an der anderen Schläfe führte, so dass die Tätowierung, wenn alles vollendet war, an ausgebreitete Vogelschwingen erinnern würde.

In regelmäßigen Abständen tauchte Nappa die Sehne in ein Schälchen mit einer schwärzlichen Brühe, von der ein kräftiger Geruch nach Harn und Lampenruß ausging. Naaja spürte ein schmerzhaftes Brennen und ab und an zuckte sie unter den Nadelstichen zusammen, aber Nappa hielt ihren Kopf mit der linken Hand ruhig, während sie die Tätowierung mit der rechten stach. Blutstropfen quollen aus den Stichwunden, kamen jedoch nicht weit. Nappa beugte sich blitzschnell vor und leckte sie mit ihrer roten, heißen Zunge auf. So belebte sie die Kraft ihres eigenen Blutes mit dem der jungen Frau. Vor einiger Zeit hatte sie bereits eine dunkle Linie auf Naajas Kinn gemacht, eine Zierde, die sie vor eineinhalb Jahren hätte bekommen sollen, als ihre Blutungen begannen. Doch die bogenförmigen Konturen, die Nappa jetzt auf ihre Stirn stach, waren nicht minder bedeutend. Sie würden ihre Fruchtbarkeit steigern und die Aussichten, dass sie Sammik einen gesunden Jungen gebar, verbessern. Sammik, der mit Bewunderung gesagt hatte, dass sie eine starke und tüchtige Frau sei. Niemand hatte je zuvor etwas Ähnliches über sie gesagt. Ein warmes angenehmes Gefühl durchströmte Naaja, wenn sie an Sammik dachte. Und er hatte sie eine Frau genannt. Vor allen hatte er das an dem Tag gesagt, an dem sie im Zeltlager bei Onkel und zwei anderen Familien aus Sermermiut erschien, allein und verwaist, nichts als Haut und Knochen, erschöpft nach der tagelangen Reise.

Sie waren alle wie vom Donner gerührt. Wie hatte sich der Tod ihres Vaters zugetragen? Hatte sie die Verbote beachtet, die für die Angehörigen von Verstorbenen gelten? Wie hatte sie es zustande gebracht, die Dunkelmonate allein auszuhalten? Hatte sie wirklich ganz allein eine Robbe erjagt? Und wieso war sie nicht sofort zurückgekommen? Die Fragen waren an den ersten Tagen wie Hagelkörner auf sie eingeprasselt. Sie hatte sie alle, so gut sie konnte, beantwortet, nur das eine, woran zu denken so unerträglich war, geschweige denn darüber zu reden, hatte sie unausgesprochen gelassen. Zum Glück hörten sie mit der Zeit auf, Fragen zu stellen. Stattdessen bewunderten sie all die kleinen Tiere, die sie aus den Zähnen des Walrosses geschnitzt hatte, und strichen hin und wieder mit der Hand über den Pelz, den sie so lange bearbeitet hatte, bis er weich wie der eines neugeborenen Welpen war.

Sammik kam oft zu Besuch in das Zelt von Onkel und Nappa und gab ihnen die besten Stücke von jedem Seehund, den er erlegte, und überließ Naaja das Fell mit der Bitte, daraus etwas für ihn zu nähen. Es war offensichtlich, dass er sie zur Frau nehmen wollte. Erst vor kurzem, als im Herbst alle Leute in der Wintersiedlung in Sermermiut zusammengekommen waren, gaben Angak und Nappa ihm die Erlaubnis. Sammik kam, holte sie und ging mit ihr in sein eigenes Haus, wo sie die Nacht zusammen verbrachten und seitdem als Paar einander gehörten. Er war ein guter Jäger, und Naaja wusste, dass er nicht nur ihr selbst, sondern auch Onkel und Nappa gut gefiel. Zunächst hatte sie natürlich so getan, als wolle sie ihn nicht sehen, denn so gehörte es sich. Zweifellos wollten sie, Nappa und Onkel, sich so lange wie möglich an seinen Geschenken erfreuen.

Naaja öffnete die tränennassen Augen einen Moment und sah in das konzentrierte, grob gezeichnete Antlitz der Frau, die für sie wie eine Mutter war. Nappa hatte sie nie Tochter genannt, und eine Adoption wurde nie angesprochen, aber sie hatte trotzdem immer, seitdem Mama und Ulioq gestorben waren, Naaja in allem unterwiesen, was auch immer eine gute Ehefrau und Mutter können und wissen musste. Sie kniff die Augen wieder zu, denn das Brennen in der Stirn war entsetzlich – sie hatte das Gefühl, ihr Schädel brenne lichterloh. Sie versuchte, ihre Gedanken auf etwas anderes zu lenken, auf das Kind, das vielleicht gleich im nächsten Frühling geboren würde. Sollte sie es Muschel nennen? Ohne dass sie es beeinflussen konnte, holte dieser Gedanke blitzschnell Bilder ihres kleinen Bruders hervor, ein schwarzhaariges Köpfchen, ein winziges rundes Gesicht, das am Anfang dunkelhäutig und gesund war, dann aber immer blasser wurde, durch ständigen Hunger eingefallene Wangen bekam und am Ende einen gelbgrünen Schimmer annahm. Keine der anderen Frauen, die Kinder im Amauti trugen, hatte genug Milch für ihn übrig gehabt, so dass sie und Nappa ein winziges bisschen Bauchfett auf seine bläulichen Lippen gestrichen und ihm gekauten Speck und gekochten Fisch gegeben hatten. Aber er hatte alles wieder erbrochen. Es war fast eine Erleichterung, als das mitleiderregende Wimmern für immer und ewig verstummte.

Ein Schaudern durchfuhr sie bei der Erinnerung, und Nappa lächelte mitfühlend. »Das tut weh, aber da kann man nichts machen.« Sie schob einen Bissen Mattak, köstliche Walhaut, zwischen Naajas Lippen. »Saug daran«, sagte sie und fuhr mit ihrem Werk fort. »Es ist gleich geschafft.«

*

Nappa hatte sie gut unterrichtet. Es war nicht schwierig, Sammiks Bedürfnissen nachzukommen, und meistens gelang es Naaja, sie zu erkennen, bevor er sie in Worten ausdrückte. Sie enthäutete die Robben, die er jagte, bearbeitete die Felle und schneiderte aus ihnen Kleidung. Sie kochte, gab auf das Feuer der Tranlampe acht und richtete den Moosdocht so am Lampenrand aus, dass sie so wenig wie möglich rußte. Sie hielt stets trockenes Schuhwerk für Sammik bereit und half ihm abends aus den Sachen, krempelte seine Kleider um und hängte sie über Nacht zum Trocknen auf. Im Grunde waren ihre täglichen Verrichtungen die gleichen wie zu den Zeiten, als sie mit Papa zusammengelebt hatte. Aber jetzt trug sie ihr Haar nicht mehr offen über den Schultern, sondern in einem hohen Knoten, sie war nun eine Ehefrau und Schwiegertochter. Sammiks Mutter Mipik wohnte bei ihnen.

Mipik war hochbetagt, klein und dünn von Statur, und ihr dünnes Haar seit langem schneeweiß. Wenig entging ihrem habichtsäugigen Blick, obwohl ihre Augen in dem greisen Gesicht kaum zu erkennen waren. Wenn Naaja etwas übersah, war ihre Schwiegermutter geschwind dabei, sie darauf hinzuweisen. Auch wenn Sammik überwiegend zufrieden mit Naaja war, ob es nun die Essenszubereitung, das Bearbeiten der Felle oder Nähen war, Mipik konnte meistens etwas finden, was besser gemacht werden könnte. Sie kannte ihren Sohn natürlich besser als irgendjemand sonst und hatte alle Häute seiner erlegten Tiere so sorgfältig gekaut, dass ihre Zähne fast ganz abgenutzt waren. Dafür und für vieles mehr gebührte ihr Respekt. Sie hatte vier gesunde Kinder aufgezogen, auch wenn ihr Ehemann kein ganz so erfolgreicher Jäger war wie Sammik. Sie wurde nie müde, ihre junge und kinderlose Schwiegertochter daran zu erinnern.

*

Nappa war zu Besuch gekommen. Naaja holte den Anorak hervor, den sie sich gerade aus dem Pelz der Ringelrobbe nähte, und zeigte ihn ihr voller Stolz. Sie hatte hinten einen Amauti, eine Kapuze, die groß genug war, um ein Baby darin aufzunehmen, angeschnitten und sie mit daunenweichem Welpenfell ausgefüttert.

Nappa prüfte die Nähte mit eindringlichen Blicken und strich über das Fell. Sie lächelte und nickte. »Es wird dem Kind gut gehen, wenn es kommt.«

»Es kann kein Glück verheißen, den Amauti zu nähen, bevor das Kind gezeugt wurde«, sagte Mipik mit leiser Stimme. »Es scheint ja noch auf sich warten zu lassen.«

Naaja errötete und wich Nappas fragenden Blicken verlegen aus. Was konnte sie antworten? Ihre Schwiegermutter hatte in gewisser Weise Recht. Gewiss war bald ein ganzer Winter vergangen, seit sie Sammiks Frau geworden war, und noch immer war sie nicht schwanger. Es mangelte jedenfalls nicht an Versuchen, ein Kind zu zeugen – fast jeden einzelnen Abend. Davor war ihr mehr bange gewesen als vor allem anderen, aber als es dann so weit war, war es nicht so schlimm. Sammik erinnerte sie trotzdem unangenehm an Papa, wenn er sie überall berührte und schwer in ihr Ohr atmete, aber er ließ sich zum Glück nicht viel Zeit. Er hatte zuerst ein Weilchen ihre Brüste befühlt, dann ihre Leisten, hatte sich dann auf sie gelegt, und nach ein paar Stößen war es vorbei. Er hatte laut gestöhnt, sich von ihr heruntergewälzt und war eingeschlafen. Eigentlich ähnelte Sammik Papa in seinem Äußeren, wenn sie recht darüber nachdachte. Er war so groß wie sie, seine Augen waren klein und immer zusammengekniffen, die Nase gerade und ziemlich lang, die Lippen dünn und das schwarze, dicke Haar schulterlang. Seine Hände waren klein, aber kräftig, so wie Papas, und die Finger kurz und dick. Er war schweigsam wie Papa, und das Plaudern und Lachen der Frauen, die manchmal zu Besuch kamen, ödeten ihn an.

»Mit Worten soll man sparsam umgehen, so wie mit Blicken. Sie sollen nicht an nichtsnutzige Dinge verschwendet werden«, antwortete er kurz angebunden, als sie ihn einmal daran erinnerte, wie sehr sie es in der Einsamkeit von Uummannaq vermisst hatte, jemanden zum Reden zu haben. »Man soll nur über das sprechen, was wichtig ist, und das vor den Augen haben, was eine Rolle spielt.« Sie hatte zustimmend genickt. Genauso wie andere Männer war er natürlich erzogen worden, die Gedanken jederzeit auf die Beute zu richten und die Robbe ständig vor dem inneren Auge zu haben. So riefen die besten Jäger die Tiere zu sich. Ihre Welt war eine andere als die der Frauen, die all ihre Aufgaben zuhause verrichteten und sich möglichst wenig bewegen sollten, solange die Männer draußen auf dem Eis waren, um die Seehunde nicht zu verschrecken.

Wenn Sammik schlecht gelaunt war, hatte er manchmal ein Funkeln in seinen dunklen Augen, das bei ihr die Befürchtung weckte, unter seiner sanften Oberfläche könnte sich ein kaltblütiger Mann verbergen. Aber sie konnte sich nicht beklagen, bis jetzt war er ihr gegenüber noch nicht böse gewesen. Vor kurzem hatte er allerdings in die Sticheleien seiner Mutter gegen sie eingestimmt, und sie konnte es ihm nicht einmal übel nehmen, dass er an diesem Tag schlecht gelaunt war. Sie hatte ihm sagen müssen, dass ihre Mondzeit gekommen sei, ein weiteres Mal.

Naaja seufzte. Was, wenn sie unfähig war, ein neues Leben zu gebären? Sie wagte kaum, diesen Gedanken zu Ende zu denken. Dann würde Mipik erst recht dafür sorgen, dass ihr Dasein ganz und gar unerträglich wurde. Wenn eine Hungersnot herrschte, kamen Unfruchtbare am schlechtesten davon. Es kam vor, dass sie auf das Eis hinausgejagt wurden, um zu sterben. Die Seele einer Frau, die kinderlos starb, kam nie wieder zurück.

Ihre Schwiegermutter lachte leise, ganz so, als hätte sie Naajas Gedanken erraten. »Ja, einigen von ihnen, den Kinderlosen, war bestimmt entsetzlich kalt geworden«, murmelte sie vor sich hin. Naaja erzürnte augenblicklich. Das Weibsstück genoss es, sie zu erniedrigen, und es steigerte offensichtlich noch ihr Vergnügen, dass Nappa Zeugin des Ganzen wurde. »Keine Seele sehnt sich danach, in diesem Haus geboren zu werden, während du hier bist, boshaftes Weib«, stieß sie unwirsch hervor. Mipik schnappte nach Luft und starrte ihre Schwiegertochter an, die den Blick ohne zu wanken erwiderte.

»Jetzt hat sie dem Trog den Boden ausgeschlagen!«, stöhnte die alte Frau auf, als sie endlich ein Wort hervorbrachte. »Dem Mädchen hat man ganz offensichtlich keine Manieren beigebracht!« Sie blickte scharf zu Nappa, als sie die letzten Worte ausspuckte. Naaja traute kaum ihren eigenen Ohren! Die Alte hieb auf Nappa ein, die keine Schuld traf und darüber hinaus ihr Gast war! Doch Nappa lächelte nur und legte ihre Hand beruhigend auf Naajas Arm. »Niemandem ist damit gedient, mit spitzer Zunge daherzureden«, sagte sie leise aber bestimmt. »Weder Jungen noch Alten.«

Doch Mipik war tief gekränkt und hatte nicht vor, das auf sich sitzen zu lassen. »Das Mädchen ist nicht gerade weit vom Jähzorn«, presste sie hervor, »und hat obendrein diese bösen Augen, voll von Meer! Ich hatte Sammik vor ihr gewarnt, aber er wollte einfach nicht auf mich hören. Er wird gehörig stutzen, wenn er erfährt, dass seine eigene Mutter beschuldigt wird, eine Hexe zu sein!«

Naajas Zorn wich der Verwunderung. »Was meinst du?«, fragte sie überrascht. »Ich habe nichts dergleichen gesagt.«

»Du hast gesagt, ich sei an deiner Kinderlosigkeit schuld, und überdies hast du mir noch den Tod gewünscht. Nappa hat gehört, wie du es gesagt hast, es wird dir also nichts bringen, es zu bestreiten.« Ihrer Schwiegermutter fiel es schwer, die Siegesfreude in ihrer Stimme zu verbergen.

Naaja fand keine Worte und blickte ratlos zu Nappa, die traurig den Kopf schüttelte und einen Finger auf die Lippen legte. Besser Naaja sagte nichts mehr und schwieg. »Am besten gehe ich jetzt nach Hause«, sagte sie. »Die Männer müssten bald kommen.« Sie erhob sich, drehte sich aber in der Öffnung des Ganges noch einmal um und warf Mipik einen scharfen Blick zu. »Wenn die Männer müde von der Jagd kommen, wollen sie am wenigsten das Gejammer der Frauen hören.«

Die alte Frau schnaubte nur.

Als Sammik nach Hause kam, verlor Mipik kein einziges Wort über das, was vorgefallen war. Auch nicht am nächsten Tag und ebenso wenig am darauf folgenden. Sie war sogar ungewohnt freundlich zu ihrer Schwiegertochter, nicht zuletzt in Sammiks Gegenwart, und lobte sie sogar für ihre gut gearbeiteten weißen Robbenfellbesätze von Jungtieren auf dem neuen Anorak.

Naaja atmete auf. Gewiss bereute ihre Schwiegermutter ihre Boshaftigkeit und wollte es wieder gutmachen. Sie war also noch nicht ganz verloren.

*

Einige Tage später spürte Naaja zu ihrer bitteren Enttäuschung die Schmerzen im Unterleib, die die Blutungen stets begleiteten. Ihre Augen füllten sich mit Tränen. Sollte es ihr nie vergönnt sein, Mutter zu werden? Sie biss die Zähne zusammen und versuchte, sich nichts anmerken zu lassen. Es würde leichter sein, Sammik am Abend unter den Bettfellen zu informieren als jetzt in Mipiks Anwesenheit. Ihre Schwiegermutter saß auf dem Podest, schien nichts bemerkt zu haben und knetete die Stiefel ihres Sohnes weich, wie sie es jeden Morgen getan hatte, seit er alt genug für die Jagd war. Diese Aufgabe oblag eigentlich der Ehefrau des Jägers, doch Mipik hatte hartnäckig darauf bestanden, sie weiter auszuführen, und Naaja hatte es ihr überlassen. Es gab immer noch genügend Aufgaben, die sie zu bewältigen hatte.

Als Sammik hinausgegangen war, holte sie ihr Säckchen mit der Wolle hervor und schielte zu ihrer Schwiegermutter, entschlossen, jede der hämischen Bemerkungen mit Schweigen hinzunehmen, die Mipik fallen lassen würde, wenn sie es mitbekäme. Aber die alte Frau schwieg, ganz entgegen ihrer sonstigen Gewohnheiten. Naaja spürte ihren Blick auf sich ruhen, während sie sich beugte, um eine Lage Wolle im Zwickel der Unterhose zu platzieren. Sie sah flugs zu ihr, während sie sich wieder verschnürte. Ihre Schwiegermutter sah weg, aber nicht schnell genug, so dass Naaja bemerkte, wie sie absonderlich in sich hineinlächelte.

Als Sammik am selben Abend seine Handfläche auf Naajas

nackte Brust legte, schob sie seine Hand behutsam zur Seite, so wie sie es einmal in jedem Monat getan hatte, seit sie geheiratet hatten.

»Nicht jetzt«, flüsterte sie. »Es geht nicht.«

Sammik stöhnte schwer und drehte sich von ihr weg, ohne ein Wort zu sagen. Sie lagen eine Weile still und regungslos, doch Naaja hörte an seinen Atemzügen, dass er noch wach war. Hinter ihm, aus der Ecke des Schlafpodestes, ertönten leise Schnarchgeräusche von Mipik.

»Es tut mir leid«, sagte sie flüsternd, den Tränen nahe.

»Es spielt keine Rolle«, murmelte er kurz angebunden. »Schlaf.«

Nur mit großer Mühe gelang es ihr, das Schluchzen in ihrer Brust zu ersticken. Als sie endlich doch noch einschlief, träumte sie von den Möwen am Felsen. Eine von ihnen hatte das Gesicht ihrer Schwiegermutter.

Mipik schritt am nächsten Morgen zur Tat. Sie hatte weder vergeben noch vergessen. Sammik hatte sich auf dem Rand des Podestes niedergelassen, hatte schon die Hose an und wartete, während Mipik seine Stiefel walkte und sich ausgiebig nach dem Schlafen kratzte.

»Deine Mutter wird nicht mehr lange hier sein, um deine Kamikken für dich weich zu machen«, sagte sie und seufzte schwer. »Deine Kinder werde ich nicht mehr zu sehen bekommen.«

»Was für ein Unsinn, Anaana«, erwiderte er und gähnte. »Du wirst noch lange leben.«

»Das wünschen sich wohl nicht alle in diesem Haus.« Sie warf einen missbilligenden Blick in Naajas Richtung, die bei der Lampe hockte und das Feuer schürte. »Deine junge Frau sagt, hier werden keine Kinder geboren, solange die Hexe, die dich zur Welt gebracht hat, hier lebt. Da ist es wohl am besten, ich stürze mich in den Kerlingagljúfur, die Schlucht der alten Weiber, damit hier ein Kind gezeugt werden kann!«

Sammik sah seine Mutter verwundert an. Mipik nickte, um ihre Worte zu unterstreichen, und verschränkte die Arme vor der Brust. »Nappa hat es auch gehört, sie hat das im Beisein eines Gastes in deinem Haus von sich gegeben.«

»Nuliaq?« Seine Stimme war eigenartig rau, als er seine Frau ansprach.

Naaja suchte panisch nach einer Antwort. Sammik erhob sich. Sicherlich war sie unhöflich gewesen, aber sie hatte Mipik schließlich nicht den Tod gewünscht, zumindest nicht direkt. Sie sah auf und wollte ihm das sagen, doch seine geballte Faust schlug gegen ihre Schläfe, bevor sie ein Wort hervorbrachte. Naaja schlug rückwärts auf dem steingepflasterten Boden auf, und ihr wurde schwarz vor Augen. Er trat sie mit erbarmungsloser Härte in den Bauch. Sie bekam keine Luft mehr. Einmal, und dann wieder. Zum Glück war er barfuß. Das war ihr letzter Gedanke, bevor sie das Bewusstsein verlor.

Sie kam wieder zu sich, hörte ein leises Winseln und spürte Nukâraqs raue Zunge in ihrem Gesicht. Sie lag immer noch auf dem Boden und war allein im Haus. Die Hündin hätte sich sonst niemals durch den Gang hineingewagt. Es hatte lange gedauert und viele Klapse gekostet, Kleiner Schwester zu vermitteln, dass das, was sie ihr in Uummannaq erlaubt hatte, keinesfalls andernorts gestattet war. Sammik hatte es mit ihr beinah schon aufgegeben, aber Naaja hatte um Gnade für die Hündin gebeten. Weil Nukâraq trotz allem das Zeug zu einem ausgezeichneten Schlittenhund hatte, hatte er seiner Frau den Gefallen getan und sie am Leben gelassen.

Naaja richtete sich mühsam auf und schleppte sich zum Schlafpodest, wo sie sich auf die Felle niedersinken ließ. Es rauschte in ihren Ohren, sie hatte grauenhafte Kopfschmerzen und verspürte in der Rippengegend ein schmerzhaftes Stechen auf beiden Seiten. Nukâraq war augenblicklich wieder an ihrer Seite und rieb den Kopf an ihrer tränennassen Wange.

Naaja jammerte. Von dem Faustschlag war ihr Gesicht ganz geschwollen.

»Geh nach draußen, Nukâraq«, sagte sie unglücklich und schob die Hündin von sich. Nukâraq gab einen Laut von sich und sprang vom Schlafpodest auf den Boden. Sie blieb am Gang stehen und starrte Naaja an, ihr für gewöhnlich aufgestellter und gekringelter Schwanz baumelte leblos zwischen ihren Beinen.

»Hinaus mit dir«, wiederholte Naaja so barsch sie konnte. »Schnell!« Der Hund war kaum außer Sichtweite, als Mipiks weißhaariger Kopf in der Gangöffnung erschien.

»Na, bist du endlich wieder bei Bewusstsein«, brummte sie und kroch herein. Naaja antwortete nicht und drehte sich zur Ecke. Die alte Frau setzte sich auf das Podest und legte ihr die Hand auf die Schulter. »Lass mich dein Gesicht sehen«, sagte sie, nicht unfreundlich. Naaja drehte sich halb um und blickte ihre Schwiegermutter mit so viel Verachtung an, wie sie irgend vermochte. Mipik nahm ihr Kinn in die Hand, ohne die Miene zu verziehen, und schnalzte mit der Zunge. Die Berührung ihrer Handfläche war kalt. »Armes Ding. Geschwollen wie eine Mützenrobbe.« Sie streckte sich nach dem Holzbottich, den sie mit hereingebracht hatte, nahm eine Handvoll Schnee heraus und legte ihn auf die Schwellung, die begonnen hatte, sich von der rechten Schläfe über den Wangenknochen auszubreiten. »Das Auge wird wieder abschwellen«, murmelte sie. »Na, nun weißt du jedenfalls, was dich zur Vernunft bringt.

Naaja erwiderte nichts.

»Er hat dasselbe Temperament wie sein seliger Papa«, fuhr die alte Frau im Plauderton fort. »Selten wütend, aber wenn es dann vorkommt …« Sie beendete den Satz nicht, sondern ließ die Worte in der Luft hängen und schwieg für einen Moment. »Mein Sohn braucht aber nicht lange, um zu verzeihen«, fügte sie dann hinzu und umfasste Naajas Schulter erneut. »Du machst alles für dich noch schlimmer, wenn du ihm das nachträgst. Er war vollkommen im Recht, dich zu bestrafen, das weißt du.«

Ja, Naaja wusste es nur zu gut. Ehemänner durften und sollten ihre Frauen zurechtweisen, wenn ihr Verhalten unangebracht war. Auf diese Weise zeigten sie ihre Liebe. Sie waren leicht bei ihrer Ehre zu packen, und es war ihnen nicht egal, wie ihre Ehefrauen sich verhielten. So war es immer gewesen und würde es zweifellos immer sein. Aber wenn jemand zu rabiat war, konnte die Frau ihn verlassen und wieder zu ihrer Familie ziehen. Ihre Brüder oder ihr Vater konnten sogar Vergeltung üben, wenn sie meinten, dafür Anlass zu haben. Das war gewiss ein paarmal vorgekommen und hatte zu Blutrache von beiden Seiten geführt. Wenn Onkel und Nappa sie adoptiert und sie Tochter genannt hätten, hätte sie bei ihnen Zuflucht suchen können. Doch auch wenn es so gewesen wäre, war es ungewiss, ob sie nicht der Ansicht gewesen wären, dass sie die Bestrafung verdient hatte. Ihre Söhne hingen nicht weniger an ihrer Mutter wie Sammik an Mipik. Und warum hatte sie so erbittert auf die Bemerkungen ihrer Schwiegermutter über ihre Kinderlosigkeit reagiert, statt sie wie Wind durch ihre Ohren ziehen zu lassen, so wie ihre übrigen Beanstandungen? »Weil du unfruchtbar bist, und du bist selbst schuld daran«, flüsterte eine bösartige Stimme in ihrem Inneren. »Du hast ein Tabu gebrochen und deinen Vater getötet!« Der scheußliche Geist war wieder da, er, der die ganze Zeit geschwiegen hatte seit Papa gestorben war. Er schäumte vor Bosheit, als er hinzufügte: »Und du traust dich nicht, die Wahrheit zu gestehen, weil du verlogen und nichts wert bist!«

»Nein, das ist nicht wahr«, schluchzte sie mit halberstickter Stimme in die Bettfelle und war sich nicht bewusst, dass sie laut gesprochen hatte. »Es ist nicht wahr.«

»Gewiss ist es das«, sagte ihre Schwiegermutter scharf. »Du hast Glück, dass er zur Jagd gegangen ist und deine Arroganz und Dreistigkeit nicht hört.« Sie war gerade dabei, sich zu erheben, als Naaja sich jäh aufsetzte, so dass der ganze Schnee von ihrem geschwollenen Gesicht fiel und sich auf den Fellen verteilte. Sie umfasste mit beiden Händen Mipiks schmale Schultern.

»Vergib mir«, sagte sie flehend. »Verzeih, wie ich mich benommen habe. Ich hätte nicht sagen sollen, was ich gesagt habe. Es war gehässig von mir.«

Mipik sah sie erstaunt an.

»Bitte, verzeih, Liebe, Beste, vergib mir!« Naaja umfasste die Schultern der alten Frau fester, so dass sie zusammenfuhr.

»Na na, es ist nicht nötig, so unbeherrscht zu sein.« Mipik wand sich, und Naaja ließ sie los. »Wir wollen es nun vergessen«, sagte sie nach einer Weile milder gestimmt. Sie beugte sich nach einer weiteren Handvoll Schnee und drückte Naaja wieder auf das Podest zurück. »So, nun lieg still, und behalte das auf dem Gesicht, um dich zu kurieren. Die alte Mipik ist nicht unversöhnlich.«

Am Abend, als sie alle unter den Fellen lagen, legte Sammik seinen Arm um Naaja und zog sie sanft zu sich, ohne ein Wort zu sagen. Sie legte ihre schmerzende Wange an seine Brust und sein regelmäßiger Herzschlag geleitete sie in den Schlaf.

*

Der Rabe war groß. Als er über ihren Kopf flog, verdunkelte seine Flügelspanne die Sonne und warf einen gigantischen Schatten auf das Fjordeis unter ihren Füßen. Sie war wieder nach Uummannaq gekommen. Er zog einige Kreise über ihr, senkte dann seinen Flug mit langsamen, majestätischen Flügelschlägen und landete nicht weit von ihr. Naaja verfolgte ihn mit bangem Blick. Als sie ein Kind war, hatten die Erwachsenen sie hin und wieder damit geängstigt, dass Krummi käme und die unartigen Kinder holte. War nun der Tag der Abrechnung gekommen?

Er trippelte näher heran. Die Sonne blitzte in seinen kohlschwarzen Augen, die durch sie hindurchzublicken schienen. Sie wollte zurückweichen, aber ihre Füße waren wie festgefroren, sie konnte sich nicht rühren.

»Du musst dich vor mir nicht fürchten, Naaja.« Die Stimme des Raben war heiser und wispernd, so als käme sie aus weiter Ferne, tief aus seinem Inneren. »Du hast mir einmal ein Walrossauge geschenkt. Dafür schenke ich dir einen schärferen Blick, wie auf der Erde, so in der Luft und im Meer. Du wirst das sehen, was kein Menschenwesen vorher gesehen hat.«

Tulugarsuaq, großer Rabe, hab vielen Dank, wollte sie sagen, doch wie so oft in Träumen bekam sie keinen Ton heraus. Ihre Stimme war festgefroren wie ihre Füße.

Ein ohrenbetäubendes Krachen zerriss die Stille, und vor ihren Füßen bildete sich ein Spalt, der sich rasant ausdehnte, sich plötzlich weiter öffnete und Naaja in die Tiefe des Meeres stürzen ließ …

VII

Gigantische Eisberge schieben sich auf ihrer gemächlichen Fahrt zum Meer durch den tiefen Eisfjord. Sie sind die blauweißen Eilande von Kujalleq, jener kolossalen Gletscherzunge, die sich von dem mächtigen Eisschild in den Fjord erstreckt und dort unablässig neue Eisberge hervorbringt. Sie stürzen ins Meer und stoßen mit fürchterlichem Krachen und starkem Wellengang aneinander, haben Gipfel und spitze Zacken, ganz so, als hätten sie sich mit ihren Wurzeln losgerissen und sich auf den Weg in neue Heimatgefilde gemacht. An der Fjordmündung verweilen die Eisberge eine Zeit lang und versammeln sich zu einer dichten Schar an einem unsichtbaren Gebirge, das von Geröllmassen durch die Jahrtausende hindurch auf dem Meeresboden aufgeschichtet wurde. Dort schrammen sie sich von unten zurecht und überschlagen sich, einer über den anderen, bis der Druck von den hinterherkommenden Eisbergen so groß wird, dass sich die hinteren über die vorderen Berge wälzen. Dies geschieht mit einer derartigen Wucht, dass sich manchmal hohe Flutwellen bilden. Dann reisen sie weiter hinaus in den großen Strom, der sich vor ihnen auftut und nach der großen Insel in seiner Mitte benannt wurde, Qeqertarsuup Tunua.

Naaja legte die Hand über die Augen und betrachtete die Eisberge, die in den blauen Himmel ragten und das Farbenspiel von ihm aufnahmen, so dass sie eher hellblau als weiß erschienen. Auf der steil abfallenden Kante des Eisberges, der dem

Land am nächsten war, saßen Möwen in einer langen Reihe Seite an Seite. Jede einzelne blickte erwartungsvoll und konzentriert zum Meer, so wie ein Steuermann am Steven eines Umiaks, der nie den Blick von der vorausliegenden Route wenden darf, denn ein Eisberg kann sich unverhofft spalten oder umkippen. Wellen von ihm könnten auf der Stelle alle an Bord zu Nerrivik hinabschicken, der Mutter des Meeres.

Naaja war früh am Morgen aufgebrochen zu einem Spaziergang den Hang von Seqinniarfik hinauf, gleich nachdem Sammik aufs Meer gefahren war. Sie hatte sich nicht um das Nörgeln von Mipik gekümmert, der es seltsam vorkam, dass Naaja allein oben in den Bergen sein wollte, obwohl die Frühjahrsaufgaben riefen. Wie gewohnt drohte Mipik damit, sich bei ihrem Sohn zu beklagen. Gewiss gab es genug zu tun. Bald würde es an der Zeit sein, ins Sommerlager aufzubrechen, und zuvor mussten die Dächer von den Häusern abgenommen werden, um den Winter hinauszulüften, die Bodenschicht musste ausgeschaufelt und die Zeltfelle durchgesehen werden.

Doch Naaja verspürte immer öfter ein drängendes Verlangen, für sich allein zu sein, und wenn dieses Bedürfnis sie überkam, legte sie ihre Näharbeiten und andere Aufgaben zur Seite und sagte ohne Umschweife, dass sie auf den Berg gehen werde. Weder die Beschimpfungen ihrer Schwiegermutter noch Sammiks Ohrfeigen konnten sie aufhalten. Sie musste weg, und wenn es ein paar leichtere Schmerzen bedeutete, dann sollte es eben so sein. Sie gab dennoch darauf acht, diese Wanderungen nicht zu lang werden zu lassen und nahm ihren Vogelspeer mit. Nicht selten konnte sie mit zwei oder drei Schneehühnern zurückkehren, und auch wenn Sammik die Vögel »Elendskost« nannte, bereicherten sie doch ihre Küche. Außerdem ließen sich aus den Gefiederbälgen sehr warme und hübsche Anoraks fertigen.

Die Einsamkeit in Uummannaq musste sie wunderlich in

ihrer Art gemacht und ihr den Verstand geraubt haben, hatte Mipik ärgerlich gebrummt, und Naaja war im Grunde der gleichen Meinung. Obwohl sie damals des Öfteren die Gesellschaft von anderen herbeigesehnt hatte, erinnerte sie sich jetzt sehnsuchtsvoll an die Zeit in Uummannaq, als sie niemandem untergeben war außer den Kräften der Natur, und auf niemanden hören musste als auf den eigenen Magen.

Die Leute in Sermermiut engten sie in jeder Hinsicht ein, und sie konnte den Tag kaum erwarten, an dem sie sich in ihre weithin verteilten Sommergebiete zerstreuten. Zwei oder drei Familien suchten zusammen die Orte auf, die sie für die erfolgversprechendsten Jagdgebiete hielten.

Es wussten natürlich ausnahmslos alle, wie es um ihre Ehe stand, und dass die junge Frau von Sammik immer noch nicht guter Hoffnung war. Die mitleidigen Seitenblicke und das Getuschel entgingen ihr nicht. Wenn die Frauen Mipik besuchten, warteten sie nie lange, bis sie sich danach erkundigten, auch wenn sie es höflich und beinahe zufällig taten. Derweil priesen sie die eigenen Kinder oder Enkelkinder, die allesamt hübscher und wohlgenährter waren, als alle anderen in der großen weiten Welt.

Nappa hatte ihr vor kurzem zur ersten noch zwei weitere Linien aufs Kinn tätowiert, allerdings hatte dies bisher genauso wenig geholfen wie alles andere. Jedenfalls bis jetzt. Naaja strich mit den Fingerkuppen übers Kinn. Die Tätowierung war schnell verheilt, die Linien fein und schön anzusehen. Breite Streifen auf dem Kinn einer Frau wiesen darauf hin, dass sie zu albern und damit nicht arbeitsam genug war. In der letzten Zeit hatte sie nicht häufig gelacht, dachte Naaja im Stillen. Gleichzeitig legte sich dennoch ein Lächeln über ihr Gesicht, denn direkt vor der Klippe, wo sie saß, watschelte ein klitzekleines, wackeliges Vogeljunges, das sich aus seinem Nest ein Stück weit entfernt hatte. Sie spitzte die Ohren und hielt nach einem Elternteil Ausschau. Einen Moment später sah sie die Schneeammer, die angsterfüllt über den vegetationslosen Klippen ein wenig weiter oben am Hang umherflatterte und mit ihrem Gesang versuchte, die Aufmerksamkeit des Menschen von ihrem Nachwuchs abzulenken. Naaja pfiff zur Antwort, und der Vogel fing lauthals an zu piepsen, noch ängstlicher als zuvor. Sie beobachtete lächelnd das Junge, wie es auf unsicheren Beinchen zwischen den Halmen in die Richtung trippelte, aus der der Gesang der Mutter kam. Dann erhob sie sich und machte sich auf den Weg den Berg hinab, leichtfüßiger als am Morgen, als sie sich von Sermermiut auf den Weg gemacht hatte. Die Natur war nach dem Winterschlaf erneut zum Leben erwacht. Vielleicht würde der Sommer ebenso ein Leben in ihrem Inneren entfachen.

*

Am Abend bevor sie die Reise zum Sommerjagdplatz antreten wollten, kam Tulugaq überraschend zu Besuch. Der Angakoq von Sermermiut war nie zuvor zu ihnen gekommen, obwohl sie während des Winters oftmals in seinem großen Haus gewesen waren, das er zusammen mit den Familien seiner beiden Söhne bewohnte, um seinen Geschichten zu lauschen. Naaja beeilte sich, ihm Mattak zu reichen, das sie glücklicherweise vorrätig hatte, obwohl fast alles schon in Bündeln für die Reise verpackt war. Tulugaq nahm auf dem Podest bei Sammik und Mipik Platz. Naaja kümmerte sich um den Docht der Tranlampe und schielte aus dem Augenwinkel zu ihrem Ehemann und ihrer Schwiegermutter. Beide schienen sich nicht im Geringsten über den Besuch zu wundern. Sammik wechselte mit dem Angakoq einige Worte der Höflichkeit und binnen kurzem lachten und scherzten sie. Nichts schien alltäglicher, als dass der ehrwürdige Tulugaq in diesem niedrigen Haus zu Besuch war. Dennoch war es, als läge etwas in der Luft. Doch erst als der Angakoq sich anschickte, sich wieder auf den Weg zu machen, kam heraus, um was es sich handelte.

»Nuliaq.« Sammik richtete seine Worte plötzlich an Naaja. Sie sah zu ihm auf, senkte aber augenblicklich wieder den Blick. Es war ein Zeichen von ausgesprochener Unverfrorenheit, in die Augen des Ehemannes zu blicken, wenn er sprach. »Du gehst jetzt mit Tulugaq und bleibst den Sommer über bei ihm.«

»Schickst du mich weg von dir?« Sie war so vor den Kopf gestoßen, dass sie sämtliche Höflichkeitsformen vergaß und ihn verblüfft anstarrte.

»Nur diesen Sommer«, antwortete er. »Wir sehen uns wieder, wenn es Herbst wird.«

»Weshalb?« fragte sie, glaubte jedoch in dem Moment, als ihr die Worte über die Lippen kamen, zu begreifen. »Wirst du dir eine andere Frau nehmen?«

»Ich habe es noch nicht entschieden. Wenn es nicht klappt, denke ich, dass ich es tun werde.« Seine Stimme zeugte von Ungeduld.

»Das ist eine große Ehre«, warf Mipik ein. »Für uns alle.«

Naaja sah sie verständnislos an. »Eine Ehre?«

»Der Angakoq verfügt über Kräfte, die andere nicht haben«, erläuterte Sammik langsam, so als würde er mit einem Kleinkind sprechen. »Ein Junge, der von ihm gezeugt wurde, wird ein großer Jäger und besitzt mehr Energie als andere.« Tulugaq nickte mit seinem wolfsgrauen Haupt und lächelte Naaja zu. »Ein Junge, den ein Angakoq für andere zeugt, ist natürlich der Sohn des Ehemannes der Frau«, ergänzte Sammik, und Tulugaq neigte erneut zustimmend seinen Kopf.

»Aber er ...« Naaja gelang es gerade noch rechtzeitig, nicht weiterzusprechen. Aber er ist so alt, hatte sie sagen wollen. Er erlegte keine Seehunde mehr und ruderte nicht länger ein Kajak. War er überhaupt noch in der Lage, Kinder zu zeugen? Sie wusste, dass Tulugaq Vater einer jüngeren Tochter und zweier erwachsener Söhne war, die ihrerseits selbst Frauen und Kinder hatten. Seine Frau war vor einigen Jahren bei einer Entbindung verstorben, erinnerte sie sich. Ja, Tulugaqs Frau hatte zwei Kinder auf einmal geboren, die Arme, und sie sind auch beide gestorben. War er möglicherweise gar nicht so schrecklich alt? Sie betrachtete ihn verstohlen. Er hatte viele Runzeln, vor allem um die Augen, aber trotzdem nicht so viele wie ihre Schwiegermutter. Er war also zumindest jünger als Mipik. Seine Augen waren lebhaft und von hellerem Braun als gewöhnlich, dennoch lag es nicht an ihnen, dass sein Gesichtsausdruck sich von allen anderen unterschied, sondern an seiner großen Nase, die nicht wie bei anderen Leuten gerade verlief, sondern eingebogen und spitz wie der Schnabel eines Vogels war. Sein graumeliertes Haar reichte ihm bis zu den eher schmächtigen Schultern und wirkte gepflegt. Um den Bauch trug er einen breiten Ledergürtel, an dem zahlreiche kleine Kostbarkeiten von Leuten befestigt waren, denen er auf vielerlei Art geholfen hatte, Tierzähne, Fellstückchen, ein Ledersäcklein und ein grüner Stein mit einem Loch in der Mitte.

Tulugaq lächelte ihr zu, und Naaja wurde klar, dass sie ihn eingehend gemustert hatte. Sie schämte sich und senkte mit glühenden Wangen den Kopf.

»Wir sollten jetzt gehen, es ist spät geworden.« Der Angakoq erhob sich und nahm den letzten Bissen der Walhaut, mit der Naaja ihn bewirtet hatte. »Du musst keine Lampe mitnehmen, nur Kleidung und Ähnliches. Wir brechen morgen zeitig auf.«

Sie zögerte einen Moment und sah zu Sammik. »Können unsere Familien nicht zusammen zelten, damit ich deine Felle weiter verarbeiten kann?«

Sammik schüttelte den Kopf. »Du weißt, dass das nicht möglich ist. Dein Onkel und ich jagen nicht in der gleichen

Gegend wie Tulugaqs Söhne. Sie ziehen immer nordwärts nach Pâkitsoq. Aber ich werde nicht weit entfernt sein, so dass wir uns im Laufe des Sommers treffen können. Wir wollen zusammen oben beim Gletscher auf Rentierjagd gehen.«

»Ich habe mich um seine Felle gekümmert, bevor du gekommen bist, und kann es gewiss noch einen weiteren Sommer tun«, sagte Mipik in milderem Ton, als Naaja es sonst erdulden musste. »Du musst Tulugaqs Schwiegertöchtern zur Hand gehen und dich nützlich machen, damit du der Familie keine Schande bereitest«, fügte sie in härterem Ton hinzu und war sich selbst wieder ähnlicher. »Dort wird man dich nicht gewähren lassen, wie es dir passt. Einfach die Berge hinaufzurennen zum Beispiel.«

Naaja nickte und wusste nicht, ob sie traurig oder froh war über diese unerwartete Wendung der Dinge. Sie griff nach dem Bündel unter dem Schlafpodest, in das sie bereits ihre Habseligkeiten und die Sommersachen gesteckt hatte. Ihr Vogelspeer und der Wurfschaft, in den Papa einen passenden Griff für ihre schlanken Finger eingearbeitet hatte, befanden sich zusammen mit Sammiks Waffen an den Wandhaken gegenüber vom Schlafpodest. Sie sah ihn fragend an, während sie auf den Speer zeigte.

Er zuckte mit den Schultern. »Der Schaft ist zu klein für mich.«

Sie lächelte ihn dankbar an. Es war stets ein gutes Gefühl, dem Speer hinterherzuschauen, wenn er mit einem leisen Zischen aus dem Wurfschaft sauste, durch die Luft glitt und sich in die Beute bohrte. Der Vogelspeer, der sie in Uummannaq vor dem Hungertod bewahrt hatte, war der einzige Gegenstand, den sie mit Fug und Recht ihr Eigen nennen konnte. Alles andere, was sie mit in den Haushalt eingebracht hatte, war jetzt das Eigentum ihres Mannes.

Das Umiak war beinahe überladen, als alles Notwendige hineingestapelt worden und sie alle an Bord gegangen waren: Tulugaq, die vier Frauen, fünf Kinder und zwölf Hunde, die so unbändig waren, dass der Angakoq lautstark schimpfen musste, um sie dazu zu bringen, sich hinzulegen. Vor Naaja ruderte Pamio, die halbwüchsige Tochter Tulugaqs, und auf der anderen Seite ruderten seine Schwiegertöchter, Aviak und Pappaja. Ihre Kinder suchten sich Plätze auf Bänken und Gepäckstücken hier und da im Boot. Der Angakoq selbst saß im Steven und steuerte das Frauenboot sicher an den großen Eisbergen vorbei, die langsam von der Fjordmündung zum Meer trieben, und durch den Eisschlamm, der überall im Wasser trieb und für ihr Umiak und die Kajaks mit Tulugaqs Söhnen nicht weniger gefährlich war als die großen Eisschollen. Ein Zusammenstoß mit einer scharfen Eisspitze konnte leicht ein Loch in die Lederbespannung der Boote reißen. Die beiden Brüder waren geübte Paddler und wichen mit ihren behänden Fahrzeugen blitzschnell und scheinbar mühelos den Eisstücken aus. Schon sehr bald waren sie dem schweren Ruderboot eine gutes Stück voraus.

Das Wetter war ruhig und der Himmel klar. Am Horizont thronten im Westen, auf der Großinsel draußen in der Bucht, die zackigen Gipfel der Basaltberge. Nach Pâkitsoq, wo die Familie des Angakoqs während der Sommermonate zu verweilen gedachte, war es eine Fahrt von zwei Tagen gen Norden. Am Abend gingen sie inmitten einer großen Kormorankolonie in einer Bucht an Land, die den treffenden Namen Oqaitsut trug, die Kormorane. Sie aßen so viele von den köstlichen Seevogeleiern, dass Naaja das Gefühl hatte zu platzen, wenn sie noch ein einziges weiteres Ei vertilgte. Die Kinder sammelten am Ufer Treibholzstückchen, die Frauen entzündeten ein Feuer, und als die schwache Sichel des Mondes am Abendhimmel erschien, hatten sie sich alle unter die Bettfelle rings um das Feuer gelegt. Naaja war nach dem Rudern erschöpft, und trotzdem fühlte sie sich wohl. Ihr war warm, und sie war satt. Als Tulugaq seine Stimme erhob und begann, die Geschichte von der Sonne und dem Mond vor sich hin zu singen, schien es ihr zum ersten Mal seit langer Zeit, als ob alles so wäre, wie es sein sollte …

Der Mond wohnte mit mehreren anderen zusammen in einem großen Haus. Seine Schwester, die Sonne, lebte auch dort. Abends spielten sie manchmal das Spiel »Löschen wir die Lampen« und tauschten in der Dunkelheit die Partner. Der Mond ging dann immer zur Sonne und schlief bei ihr, doch er war stets aus den Bettfellen verschwunden, sobald der Morgen anbrach. Sie wollte aber wissen, wer da immer zu ihr kam, und beim nächsten Mal, als die Lampen gelöscht waren, trug sie Ruß auf ihre Hände. Als sie zusammenlagen, rieb sie Ruß in das Gesicht des Mondes. Am Morgen sah die Sonne endlich, wer ihr Liebhaber war. Da war sie sehr erschrocken und nahm ihr Ulu, schnitt sich eine Brust ab, warf sie ihm zu und sprach: »Wenn du so begierig nach mir bist, dann friss mich doch!« Sie sprach dies und ergriff einen Stab, wickelte Moos um das eine Ende, tauchte es in Lampentran und entzündete daran ein Feuer. Dann lief sie so schnell sie ihre Füße trugen hinaus. Sie lief so geschwind, dass sie sich von der Erde hoch hinauf in die Luft erhob. Als der Mond hinauskam und sah, dass sie zum Himmel hinaufgestiegen war, lief er wieder hinein und steckte Lampenmoos auf seinen Sermîaut, entzündete es und rannte dann seiner Schwester hinterher. Als er sich in die Luft erhoben hatte, erlosch jedoch das Feuer im Moos, und zurück blieb nur ein winziges bisschen Glut. Da fing er an, in die Glut zu blasen, so dass Funken in alle Richtungen stoben. So sind die Sterne entstanden. Der Mond scheint aus diesem Grund nicht so hell wie die Sonne. Manchmal muss er zur Erde hinuntersteigen und Robben jagen, doch die Sonne hingegen scheint immer hell und strahlt Wärme aus, denn ihr

Lampenmoos lodert fröhlich, seit sie sich auf den Himmelsfirst erhob. Der Mond folgt der Sonne, doch sie ist schneller und entkommt ihm immer. So ist es der Leidenschaft des Mondes zu verdanken, dass die Nacht dem Tag folgt …

*

»Sammik«, sagte Tulugaq und wies mit einer kleinen Kopfbewegung in Richtung Land, wo ein Umiak und zwei Kajaks in eine kleine Bucht hineinsteuerten. Naaja kniff die Augen zusammen und erkannte ihren Ehemann im vorderen Kajak und ihren Onkel im hinteren. Sie sah, dass Tarte, Nappas und Onkels älteste Tochter, ihren Platz im Frauenboot eingenommen hatte und vor Mipik ruderte. Nappa ruderte allein auf der anderen Seite. Die jüngeren Kinder saßen auf den Bänken zwischen den Rudernden. Ihre Familie schien die Nacht ebenfalls in der Nähe der Kormorankolonie verbracht zu haben, auch wenn niemand sie bemerkt hatte, denn in der Mitte des Bootes stand zwischen den Packen ein großer Korb voller Eier, genau wie auch bei ihnen selbst. Tulugaq winkte und grüßte und aus den anderen Booten antworteten sie auf die gleiche Weise.

Wir hätten zusammen reisen und die letzte Nacht gemeinsam verbringen können, wenn Sammik es gewollt hätte, dachte Naaja für sich, merkte aber gleich, dass es ihr eigentlich egal war, ja, sie war im Grunde froh. Sammiks unablässige Versuche, ein Kind zu zeugen, ermüdeten sie und bereiteten ihr in einem fort Enttäuschungen. Hin und wieder weckten seine Berührungen warme Empfindungen in ihr und ließen ihr Herz schneller schlagen. Dann fühlte sie sich, als würde ihr Inua fliegen wollen. Doch der Verkehr war stets von so kurzer Dauer, dass dieses Gefühl sich schnell wieder auflöste und jenes Bewusstsein, das nicht zu neuem Leben erwachen wollte, steckte in ihrem schlank gewachsenen Körper weiterhin fest.

Sie sah Tulugaqs Enkel vor sich, die nicht im Entferntesten

still sitzen konnten, sondern ununterbrochen im Umiak vor- und zurückliefen, lachend und sorglos. Sie musste lächeln. Die zwei kleinen Jungen und drei Mädchen waren allerliebst, alle in dem Alter, wo keine anderen Forderungen an sie gestellt wurden, als dass sie einen guten Appetit hatten und fröhlich waren. Ihnen wird alles vergeben, weil sie noch keine Vernunft erlangt haben, und Ateq, die Namensseele, hat beide Hände voll damit zu tun, die Kinder vor Unglücken zu bewahren.

Sie konnte sehen, dass Tulugaq besonders große Stücke auf seine jüngste Enkelin hielt, die so temperamentvoll war, dass sie lautes Geschrei ausstieß, wenn sie ihren Willen nicht sofort bekam. Sie hatte eine besonders starke Namensseele und hieß Katiak. Es war der Name von Tulugaqs Mutter, die in dem Land weit im Westen, jenseits des Meeres, eine sehr mächtige Angakoq gewesen war. Er rief das kleine Mädchen deshalb immer Anaana, Mama. Die Kleine bezauberte in der Tat alle mit ihren hübschen Augen und den tiefen Grübchen in ihren runden Wangen. Naaja hatte ihr inzwischen schon versprochen, ihr eine Puppe aus dem Stück Treibholz zu schnitzen, das das Mädchen am Strand bei der Kormorankolonie gefunden hatte.

Die Frauen waren ihr gegenüber freundlich, wenn auch ein wenig distanziert. Das Gleiche galt für den Angakoq. Er hatte keinen Versuch unternommen, unter Naajas Bettfelle zu gelangen, obwohl er in diesen ersten beiden Nächten an ihrer Seite geschlafen hatte. Der Gedanke an diese gewiss kommende Stunde war nicht mehr ganz so abstoßend wie am Anfang. Wer weiß, vielleicht zeugt er mir ein Kind, dachte sie. Genau in diesem Augenblick drehte sich Tulugaq um, sie sahen sich in die Augen, und sein betagtes Antlitz erhellte sich zu einem warmherzigen Lächeln. Sie erwiderte sein Lächeln, verbarg es dann jedoch hinter ihrer Hand und senkte verlegen ihren Blick, so wie es sich geziemte.

Es begann bereits dunkel zu werden, als die Boote in eine

schmale Meerenge zwischen den beiden Landstreifen hineinfuhren, die Pâkitsoq den Namen gaben. Dann ging es weiter in den Wasserarm hinein, am Südstrand des großen hakenförmigen Fjordes entlang, der sich hinter der Meerenge auftat. Drinnen war es völlig windstill, es regte sich kein Haar und das Meer lag spiegelglatt. Nichts unterbrach die Stille, nur das sachte Plätschern der Ruderzüge und vereinzeltes Vogelgezwitscher waren zu hören. Hohe, gewölbte, gletscherzerfurchte Bergrücken schützten den Fjord vor den westlichen Meereswinden. Das Tiefland entlang der Strände war bis hinauf an das mächtige Inlandeis, das an der östlichen Seite aufragte, grasbewachsen. An der Fjordspitze gingen sie an Land, und trotz der einsetzenden Dämmerung benötigte Tulugaqs Familie nur kurze Zeit, um in dem üppigen Gras für die Zelte die Steinringe vom letzten Jahr wiederzufinden. Sie entluden das Umiak noch nicht und begnügten sich stattdessen damit, es auf den Walknochen, die den Winter über oben auf dem Uferkamm aufbewahrt worden waren, weit hinaufzuziehen. Es war sowieso Tageslicht nötig, um die Zeltfelle zusammenzuknüpfen. Die Frühlingsnacht war einigermaßen mild, und sie wärmten sich zudem auch gegenseitig.

Naaja schmerzte jeder einzelne Muskel vor Erschöpfung, und es war gut, sich endlich schlafen zu legen. Die Moospolster unter ihr waren weich und über ihr blinkten die Sterne, die immer mehr wurden, je weiter die Nacht voranschritt. Tulugaq legte seine Bettfelle an ihre Seite so wie vorher, und sie schmiegte sich an ihn, als wäre nichts selbstverständlicher. Der Angakoq schnurrte leise und legte seinen Arm sanft um die junge Frau.

»Sei willkommen im Fjord hinter der Enge, liebe Möwe«, flüsterte er ihr ins Ohr. Doch Naaja antwortete nicht. Sie schlief bereits tief und fest.

VIII

Zuvorderst in der Herde gingen Renkühe mit ihren neugeborenen Kälbern, zusammen mit einigen trächtigen Kühen, deren große, dicke Bäuche anzeigten, dass die Kalbung kurz bevorstand. Ihre breiten Hufe sanken unter ihrem Gewicht tief in den Boden der Tundra. Nach ihnen kamen jüngere Kühe und hinter ihnen junge Bullen, die in Wirklichkeit noch Kälber waren, sich auf ihren langen Beinen aber trotzdem aufführten, als wären sie voller Stärke und Kraft. Sie waren hochnäsig und selbstzufrieden, auch wenn ihre Geweihe kaum mehr als spannenlang waren und es noch lange dauern würde, bis ihre Zeit gekommen war. Die erwachsenen Rentierbullen, die bis zu zweimal so groß sein können wie die Kühe, waren irgendwo weiter entfernt in einer eigenen Herde. Bereits seit Beginn des Frühjahrs waren die zwei Herden getrennt, also seit die ersten Kälber zur Welt gekommen waren. Der Sommer war noch jung, und die Bullen würden sich den Kühen erst wieder zur Brunftzeit am Ende des Sommers nähern, wenn sie untereinander gekämpft und die stärksten Bullen bestimmt hatten. Sie trotteten langsam auf dem Rentierpfad vorwärts und fraßen fast alles, was ihnen vor die Nase kam, weißes Rentiermoos, Beerensträucher, Pilze, Gräser, Flechten, Weidenzweige und Birkensträucher.

Naaja konnte ihren Herzschlag fast hören. Das Blut rauschte in ihren Ohren, und sie musste sich auf die Lippen beißen, um nicht vor Nervosität loszukichern. Sie lag flach auf dem Bauch, außer Reichweite der Rentiere, auf einem Höhenzug etwas westlich der Herde. Sie näherten sich Schritt für Schritt, gemächlich weidend und wussten nichts von den Frauen und Kindern ringsum, die nur darauf warteten, sie in eine kleine Schlucht weiter vorn zu jagen. Die Schlucht war eine von der Natur eingerichtete perfekte Falle, in der die Tiere in die Schussweite der Männer kamen, die sich dort mit ihren Bogen und tödlichen Pfeilen verbargen.

Ab und an sah eines der Tiere auf und schüttelte verärgert den Kopf über die Aufdringlichkeit der erbarmungslosen Stechmücken, senkte ihn aber genauso schnell wieder zur Erde herab und knabberte weiter an den köstlichen frischen Trieben. Es bestand die Gefahr, dass sich die Tiere dazu entschlossen, an einer Seite der Schlucht vorbeizuziehen. Östlich lag eine abfallende, grasbewachsene Ebene. Um zu verhindern, dass die Tiere sich in diese Richtung bewegten, standen dort in einer Senke einige mannshohe Steinwarten, die vor langer Zeit aufgeschichtet und seitdem jeden Sommer ausgebessert worden waren, von Generation zu Generation. Ein frisch gestochener Torfklumpen von der Größe eines menschlichen Kopfes schmückte nun jede der Warten. Eine leichte Brise wiegte die Halme und Hahnenfüße, die die Erdklumpen verzierten, und trug dazu bei, dass sie wie lebendige Menschen wirkten.

Hinter zwei der Warten kauerten Pamio und Aviak, westlich warteten Naaja und Pappaja mit den Kindern.

»Wann dürfen …?« Die kleine Katiak verstummte mitten im Satz unter den strengen Blicken von Naaja und ihrer Mutter. Das Mädchen zog eine Miene, die größten Unmut zum Ausdruck brachte. Immerhin hatte sie sich seit dem frühen Morgen auf dem Höhenzug ruhig verhalten, und die Sonne erreichte bald ihren Zenit. Ohne Zweifel war sie inzwischen hungrig. Pappaja gab dem Kind ein Zeichen, zu ihr zu kommen, und öffnete den Anorak, so dass das Mädchen an ihre Brust kam. Das munterte die Kleine sofort auf. Sie strahlte über beide Ohren und folgte der Einladung geschwind. Naaja musste lächeln, als sie sah, wie das Kind eifrig die Muttermilch trank. Gleichzeitig verspürte sie jedoch in ihrem Innern das vertraute Stechen der Eifersucht.

»Maanna! Jetzt, schnell!« Der Ruf ertönte aus der Ebene. Naaja wandte ihren Blick schnell von Mutter und Tochter ab und sprang auf. Das Warten hatte ein Ende. Pamio und Aviak befanden sich jetzt vor den Steinwarten und fuchtelten rufend und johlend mit den Armen. Die Rentierherde war in Richtung Schlucht unterwegs, änderte jedoch abrupt ihren Kurs und schwenkte nach Westen. Pappaja schubste ihre Tochter augenblicklich von sich und rief nach den anderen Kindern. Doch das war gar nicht nötig, denn sie stellten sich schon in Windeseile den Tieren in den Weg. Die Frauen folgten ihnen laut schreiend und klatschend.

Die Rentiere blieben auf der Stelle stehen, als ihnen die Menschen entgegenkamen, wandten sich verwirrt in die andere Richtung und verfielen in einen eiligen Trab. Als östlich von ihnen die Warten und die ebenfalls schreienden Frauen dazwischen auftauchten, scheuten sie jedoch gleich wieder. Jetzt stand ihnen nur noch ein Weg offen: hinein in die Schlucht.

Die Männer schossen ihre Pfeile ab und legten sogleich wieder neue an die Sehnen. Das leise Zischen der Geschosse ging in den Rufen der Menschen und dem lauten Gebrüll und Getrampel der verschreckten Tiere völlig unter. Eine der dickbäuchigen Kühe stürzte brüllend mit Pfeilen in Hals und Bauch, danach auch ein junger Bulle, dann ein zweiter. Es dauerte eine Weile, bis die Tiere begriffen, dass ihre Feinde sie von allen Seiten eingekreist hatten. Plötzlich sah Naaja, dass eine Renkuh mit geblähten Nüstern und schnaubend auf sie zuraste. Sie schaffte es nur mit knapper Not, sich zur Seite und aus dem Weg der durchgedrehten Kreatur zu werfen. Das Geweih streifte ihre Hand, und die großen Hufe schleuderten Erde und Gras über sie, als das Tier aus der Schlucht und an ihr vorbeischoss. Die noch stehenden Tiere der Herde liefen der Kuh hinterher, zwei davon mit tief im Rumpf steckenden Pfeilen. Am Ende würden sie durch den Blutverlust ermüden, und ihre Spur zu verfolgen wäre dann ein Leichtes.

Das Donnern entfernte sich und verklang allmählich. Die Frauen konnten damit beginnen, die im Sterben liegenden Rentiere zu töten und dann zu häuten und zu zerteilen.

*

»Die Ränder des Inlandeises sind ein gefährliches Gebiet«, sagte Tulugaq und biss ein großes Stück aus dem heißen Herzen, das er, um sich die Hände nicht zu verbrennen, mit einem kleinen Zweig aus der brodelnden Blutsuppe gefischt hatte. »Hier an der Spitze des Fjordes, weit im Landesinneren, kann viel Unerwartetes geschehen, denn hier halten sich das Hundekopfvolk und andere Feinde von uns Menschen auf.«

Es war Abend geworden. Sie hatten sich alle um die Feuerstellen versammelt und ließen sich die Innereien der Rentiere schmecken: die Herzen und die köstlichen Därme, die mit säuerlicher, hellgrüner, halbverdauter Nahrung der Tiere gefüllt waren. Die Frauen waren weit damit gekommen, das Fleisch in lange, dünne Streifen zu schneiden, die sie auf der Erde zum Trocknen ausbreiteten. Es war so viel erjagt worden, dass sie mehrere Tage benötigen würden, um alle Rümpfe zu zerlegen, den Talg von den Häuten zu schaben und die zähen Sehnen zu bearbeiten.

Doch jetzt machten sie erst einmal Pause. Alle durften so viel essen, wie sie nur konnten. Je mehr sie jetzt aßen, desto weniger mussten sie aus der Schlucht zurück zu den Zelten tragen, die vom Ufer eine Tagesreise weit ins Landesinnere verlegt worden waren. Nun befanden sie sich hinter der Anhöhe und waren von der Schlucht aus nicht zu sehen.

Naaja wartete still darauf, dass der Angakoq fortfuhr. Sie wusste, dass er im Begriff war, eine Geschichte zu erzählen, und in den Gesichtern seiner Familie war zu erkennen, dass sie dasselbe erwarteten.

In den vergangenen Wochen, seit sie nach Pâkitsoq gekommen waren, hatte Naaja das Zelt mit Tulugaq und seiner Tochter geteilt. Es verging kaum ein Abend, an dem er nicht sang oder von Ereignissen aus der Vorzeit berichtete. Sein Sagenschatz schien unerschöpflich. Die meisten hatte er von seiner Mutter gehört, als er im Land auf der anderen Seite des Meeres aufwuchs. Viele Geschichten, so sagte er, seien ihm aber in der Tat selbst in seinem langen Leben widerfahren, oder Leuten, die er in jüngeren Jahren auf seinen Reisen getroffen hatte.

Bisher hatte er erst einen Versuch unternommen, mit Naaja ein Kind zu zeugen. Obwohl beide guten Willen zeigten, hatte der Angakoq keine Standhaftigkeit erlangen können. Er hatte vorerst mit den Worten von ihr abgelassen, sie brauche sich keine Sorgen machen. Er würde ihr einen Sohn zeugen, sobald die Rentierjagd begann. Dann würde er Herz und Leber von Rentierbullen bekommen, um sich zu stärken. Jetzt lächelte er ihr zu und senkte seine großen, weißen Zähne in das rotbraune Fleisch. Naaja erwiderte sein Lächeln verschämt und wusste, dass er sich an sein Versprechen erinnerte und es halten würde. Bei diesem Gedanken stieg die Erwartung in Naaja, und sie fühlte ein Kribbeln.

»Die Eingeweidediebin Aukjuk hält sich an der Eiskante auf«, sprach Tulugaq weiter, und seine Stimme wurde beinah zu einem Flüstern, als er den Namen jenes grausigen Scheusals erwähnte. Die Kinder japsten nach Luft und rückten dichter an ihre Mütter. »Sie ist auf die Innereien der Rentiere versessen, so wie wir.« Er schwenkte den Zweig mit dem halb aufgegessenen Herz, um seine Worte zu unterstreichen. »Mehr versessen ist sie jedoch auf die Gedärme der Menschen. Daher liebt es Aukjuk, schlafende Menschen zu überraschen, ihnen die Därme herauszusaugen und sie dem Mann im Mond zum Fressen zu bringen … Ajaija, aja, jaija!« Irgendwo aus dem Halbdunkel der Sommernacht tönte ein langgezogenes und unheimliches Winseln, genau als er das letzte Wort gesprochen hatte. Naaja zuckte zusammen, glaubte aber fast im selben Moment den Ruf der Schneeeule zu erkennen.

Der Angakoq sah sich um und lauschte mit gerunzelter Stirn. Für einen Augenblick war es still. Dann wandte er sich wieder an seine Zuhörer und verkündete geradeheraus: »Es ist jemand auf dem Weg hierher. Vielleicht sind es Freunde, vielleicht nicht.«

Sie sahen einander auf einmal völlig verunsichert an. Papik, Tulugaqs älterer Sohn, erhob sich. »Ich gehe ihnen entgegen«, sagte er, nicht ganz ohne Zögern. Gleichzeitig hörten sie deutlich näher kommendes Hundegebell, und ein leises Gemurmel ging durch die Gruppe. Nur Menschen führten Hunde mit sich. Oder nicht?

»Ich gehe mit dir«, sagte Sorkrak, der jüngere Bruder, Vater von Katiak und Pappajas Ehemann.

Tulugaq nickte. »Nehmt die Bogen mit.« Seine Söhne gehorchten und eilten den Hang hinauf in die Richtung, aus der das Bellen ertönt war. Kaum waren sie über den Höhenzug verschwunden, da verdoppelte sich das Gebell. Wenige Augenblicke später erschienen sie lachend mit zwei Männern und einer Schar Hunde. Ein kurzes Stück hinter ihnen gingen zwei Frauen.

»Sammik ist gekommen, um seine Frau aufzusuchen«, sagte der Angakoq und lächelte. »Er ist verliebt wie ein alberner Jüngling und kann nicht ohne sie sein!«

Alle lachten schallend, auch Naaja. Welch eine Erleichterung, dass die Ankömmlinge Menschen und keine Geister waren. Sie hatte ganz vergessen, dass ihre Familie und ihr Onkel genau um diese Zeit herum eintreffen sollten. Die Männer hatten davon gesprochen, einander bei der Rentierjagd zu unterstützen. Dennoch war sie etwas enttäuscht. Weshalb musste Sammik heute Abend auftauchen, wo doch Tulugaq das erste Mal unter ihre Bettfelle kommen wollte?

Die Ankömmlinge setzten sich zu ihnen um das Feuer. Sammik nickte Naaja munter zu und ließ sich neben ihr nieder. Nappa und ihre Tochter Tarte nahmen auf der anderen Seite Platz, Angak setzte sich ihnen gegenüber neben Tulugaq. Die alte Mipik und die jüngeren Kinder waren bei den Zelten zurückgelassen worden. Sie tauschten Neuigkeiten über die Züge der Rentiere aus und Onkel sagte, dass sie eine Spur von frischem Mist auf dem Weg von Süden gesehen hätten, in der Umgebung des Sees auf der Ebene. Es war daher gut möglich, dass sich ganz in der Nähe eine weitere Herde aufhielt.

Pappaja und Aviak verteilten Fleisch und Innereien an die Gäste, die die Nahrung dankbar entgegennahmen. Sie waren nach dem dreitägigen Marsch von ihrem Zeltlager ausgehungert und erschöpft. Tarte wurde als Letzte bewirtet und sie strahlte über beide Ohren, als sie ein großes, pralles Stück Rentierdarm entgegennahm. Sie wollte gerade hineinbeißen, als Nappa einen leisen Schrei ausstieß und ihr das Essen entriss.

»Nein, das darfst du nicht essen!«

Tarte sah sie verständnislos an, ebenso wie Naaja. Für alle war die Füllung von Rentierdärmen die reinste Köstlichkeit.

»Warum nicht?«, fragte das Mädchen. Die Enttäuschung in ihrer Stimme war unverkennbar. Der Grund ging Naaja im selben Moment auf, und sie musste nach Luft schnappen. Trotzdem glaubte sie kaum ihren Ohren, als Nappa ihrer Tochter mit leiser Stimme antwortete: »Das Kind, das du unter deinem Herzen trägst, kann zu einer Schlange werden, wenn du Rentierdärme isst.«

Naaja starrte zu Tarte und dann zu ihrem Mann, die dunkelblauen Augen voller Fragen. Es waren kaum zwei Monde vergangen, seit sie in ihre Sommerlager gezogen waren.

Sammik war ein wenig verlegen, konnte aber trotzdem seine Freude nicht verbergen. »Ich habe mir Tarte zur Frau genommen«, sagte er schnell. »Sie ist sehr fruchtbar.«

»Sammik jagt genug für zwei Frauen. Ihr werdet beide ausreichend zu tun haben.« Nappa sprach tröstend, beinah entschuldigend.

Naaja ließ den Kopf hängen und versuchte, den Kloß in ihrem Hals hinunterzuschlucken. Sie hatte gewusst, dass es eines Tages dazu kommen würde. Aber das es so schnell ging? Noch dazu hatte Sammik die kleine Tarte gewählt, die ihre erste Kinntätowierung erst Ende des Winters erhalten hatte. Tarte, die in dem Sommer, als Papa in der Ferne war, an Naajas Seite geschlafen hatte. Als sie klein waren, hatten sie oft zusammen gespielt, so getan, als wären sie verheiratet und hätten Kinder. Sie hatten voreinander mit ihren imaginären Ehemännern geprahlt, welch großartige Jäger diese wären und wie viel Arbeit es ihnen, den Ehefrauen, machte, Schuhwerk und Kleidung anzufertigen.

Vielleicht war es ja sogar am besten so, dass es Tarte war und nicht irgendeine Unbekannte. Trotzdem war es bitter. Naaja spürte, dass ihre Augen sich mit Tränen füllten. Warum war sie nicht stolz darauf, einen Mann zu haben, der die Mittel hatte, zwei Frauen zu versorgen? Sie fühlte die Blicke der anderen auf sich, die alle auf ihre Reaktion warteten. Sie wischte sich die Nase mit dem Handrücken ab und lächelte Tarte, so freundlich sie konnte, an. »Ich freue mich auf das Kind«, sagte sie ein wenig heiser und räusperte sich. »Wann soll es geboren werden?«

»Wenn die Sonne nach den Dunkelmonaten wieder auf den Seqinniarfik-Berg scheint«, antwortete Tarte flüsternd und verbarg ihr schüchternes Lächeln hinter ihrer Hand. Naaja rechnete in Gedanken und seufzte. In sieben Monden also. Er hatte Tarte demnach geheiratet, unmittelbar nachdem Naaja außer Sicht war. Aber er hatte doch gesagt, er wolle warten und sehen, ob Tulugaq ihr ein Kind zeugen könnte. Nun gut. Daran war nun nichts mehr zu machen. Männer konnten ihre Meinung ändern, ohne es ihren Frauen mitzuteilen. Sie war wenigstens Sammiks erste Frau und noch dazu die ältere von beiden. Die Arbeiten würden sich auf mehrere Schultern verteilen. Plötzlich musste Naaja an ihre Schwiegermutter denken, die herrschsüchtige, ständig nörgelnde Mipik. Ein Lächeln zeigte sich auf Naajas Lippen. Tarte und Naaja könnten gegen das alte Weib zusammenhalten. Jetzt wurde in der Familie ein Kind erwartet.

Das änderte jedoch nichts daran, dass sie fest entschlossen war, selbst ein Kind zu bekommen. Womöglich würde es heute Nacht gezeugt werden. Sie blickte zum Angakoq, der mit seinen Gedanken woanders zu sein schien und wie in Trance in das erlöschende Feuer starrte. Der rotgelbe Schein der Glut spiegelte sich in seinen gelbbraunen Augen, so dass sie zu lodern schienen. Er strahlte Kraft und Ruhe aus. Allein dadurch wurde ihr leichter ums Herz. Alles würde gut werden. Das musste es.

»Tulugaq, erzähl uns noch mehr von denen im Landesinneren«, bat sie ihn. »Erzähl uns von den Erqigdlit, dem Hundekopfvolk.«

Der Angakoq sah bedächtig nach beiden Seiten, und die Erwachsenen nickten ihm auffordernd zu. Die jüngsten Kinder waren bereits in den Amautis eingeschlafen, und die Heranwachsenden waren dabei einzunicken.

»Das Hundekopfvolk kriecht auf vier Pfoten umher«, begann er mit dem betörenden Tonfall, der immer dann in seiner Stimme lag, wenn eine lange, schöne Geschichte bevorstand. Das letzte Wort sang er in schleppendem Ton. »Sie wohnen weit im Landesinneren, oben am mächtigen Gletscher, in Häusern, die den unseren ähnlich sind. Es ist schon vorgekommen, dass Männer mit Hundeköpfen unsere Frauen geraubt, mit ihnen zusammengelegen und ihnen Kinder gemacht haben. Ihre Blagen können uns gleichen, manchmal ähneln sie jedoch eher ihren Vätern und haben sowohl einen Schwanz als auch einen Hundekopf. Sie können sehr schnell laufen und jagen Füchse, indem sie sie einholen und die Füchse vor Atemlosigkeit zerplatzen.

Naaja schüttelte sich und schmiegte sich näher an Sammik, der seinen Arm sanft um ihre Schulter legte und sie sachte an sich drückte. Sie lehnte ihren Kopf an seine Schulter und schloss halb die Augen.

»Aber in Wirklichkeit ist das Hundekopfvolk nicht sonderlich gefährlich. Sie sind überwiegend sehr schüchtern gegenüber normalen Menschen«, fuhr Tulugaq fort. Seine Stimmlage hatte sich jedoch verändert, sein Ton war ein klein wenig härter geworden. Naaja öffnete die Augen und sah, dass er sie direkt anschaute. Seine Miene war geheimnisvoll. »Sie haben eine entsetzliche Angst vor Hunden. Blut tropft aus ihren Augen, wenn sie Hunde erblicken, so dass sie meistens einzig und allein aus Angst sterben. Deswegen hat das Hundekopfvolk stark abgenommen, und man braucht sich nicht vor ihnen zu fürchten.« Plötzlich verstummte er und erhob sich. »Es ist schon spät geworden und wohl das Beste, wenn wir uns jetzt ausruhen. Sammik und Tarte können im Zelt bei Papik schlafen, Nappa und Angak bei Sorkrak.«

Naaja war etwas überrascht von den Worten des Angakoqs und sah, dass es den anderen genauso ging. In Tulugaqs Zelt war am meisten Platz, es war das größte, und außer ihm selbst und Naaja schlief dort nur die kleine Pamio. Die fünf Enkelkinder schliefen bei ihren Eltern. Doch dann ging ihr ein Licht auf, und sie lächelte in sich hinein. Er wollte sein Wort halten und legte währenddessen nicht viel Wert auf die Gegenwart der anderen.

*

Sie hörte an seinen Atemzügen, dass er wach war, und wartete eine Weile ab. Pamio schlief tief und fest und machte sich im Innersten des Zeltes breit. Sie lag mit von sich gestreckten Armen und Beinen auf dem Rücken und ein sanftes Schnarchen war aus ihrem offenen Mund zu vernehmen.

»Tulugaq?« Sie lüftete das weiche Robbenfell, das er über sich gelegt hatte, und schmiegte sich an ihn. Seine Haut fühlte sich warm an, und sie verspürte wieder dieses Kribbeln, das sie am Abend gehabt hatte. Der Angakoq wandte sich ihr zu und strich ihr zärtlich durchs Haar, das jetzt offen war und sich wie ein ausgebreiteter Rabenflügel über ihre Brüste ergoss.

»Du erinnerst mich an meine erste Ehefrau«, sagte er mit brüchiger Stimme. »Sie hieß Arnannguaq, die Sucherin. Sie war die schönste Frau in unserer Siedlung im Westen, und es gab viele, die sie begehrten, auch nachdem ich sie geheiratet hatte. Einmal musste ich zu einem Faustkampf mit einem Mann antreten, der der Meinung war, einen Anspruch auf sie zu haben.« Seine schwieligen Finger tasteten sich langsam herab auf ihre Brust und beschrieben Kreise um die rotbraune Knospe während er sprach. Naaja merkte, wie ihr Atem rascher wurde. »Sie machte mir klar, dass ich ein Angakoq werden sollte, als die Albträume begannen mich heimzusuchen.«

»Albträume?«, flüsterte sie verwundert und musste an ihre eigenen Träume denken. »Erwachsene können schlecht träumen? Warum?«

»Die Geister sprachen im Schlaf zu mir, und ich antwortete ihnen so laut, dass Arnannguaq erwachte. Sie verstand, was da passierte. Damals wusste ich selbst nicht, dass solche Träume bedeuten, man solle Angakoq werden. Die Schutzgeister können sich bemerkbar machen, wenn man schläft. Ich wusste nur, dass niemand ein Angakoq wird, weil er es möchte. Das hatte mir meine Mutter Katiak erklärt. Man wird immer von den Geistern berufen. Um wahre Weisheit zu erlangen, muss er oder sie große Schmerzen durchleben, fern von anderen Menschen in der mächtigen Einöde.«

Seine Hände führten ihre Erkundungsreise über ihren Körper fort und streichelten nun liebevoll die seidenweiche Haut an der Innenseite ihrer Schenkel. »Entbehrungen und Leiden sind das Einzige, was den Geist eines Menschen gegenüber dem öffnen kann, was anderen verborgen bleibt. Das sagte meine Mutter immer. Sie wurde selbst eine Angakoq, als sie eine Feuerkugel in den Kopf bekam. Sie war allein draußen auf dem Eis, nachdem die Geister sie angerufen hatten. Seit dieser Stunde konnte sie verlorene Seelen finden und Kranke heilen, in die Zukunft sehen und in sich die Geheimnisse von anderen spüren. Sie und mein Vater gaben mir die Namensseele eines ihrer Schutzgeister, eines Raben. Er wurde so eifersüchtig, als sie meinen Papa heiratete, dass er sie verließ.«

Tulugaq nahm Naajas Hand und legte sie auf sein Glied. Es war hart wie ein Knochen und bereit. »Sie hofften, dass die Namensgebung den Raben versöhnen würde und ihn sogar zu mir heranziehen möge. Doch er ward nie wieder gesehen.« Er öffnete ihre Schenkel und führte sein Glied in das feuchte, warme Dunkel. Während er sich ganz langsam vor- und zurückbewegte, sprach er weiter. »Mein erster Tôrnaq, der im Traum zu mir kam, war eine Möwe … genau wie bei dir … Naaja.« Er war kurzatmig geworden und sprach in Bruchstücken. »Dann … kam … die große Bärin … Qaqortoq … die weiße.« Er schwieg und stieß einen leisen Schrei aus. Seine rhythmischen Bewegungen wurden schneller und kräftiger.

Naaja fühlte, wie er in ihr größer wurde. Ihr Körper presste sich an den seinen, als sein Glied zuckte und sich der heiße

Samen in sie ergoss. Tulugaq bettete sein wolfsgraues Haupt auf ihre Brust und war eine Weile still. Sie waren beide außer Atem. »Als ich noch jung war, sagte die Bärin zu mir, ich würde einen so scharfen Blick bekommen, dass ich das sehen könnte, was anderen verborgen bleibt. Das ist in Erfüllung gegangen«, flüsterte er ihr schließlich ins Ohr. »Trotzdem gelingt es mir nicht zu sehen, was dich in der Zukunft erwartet, kleine Naaja. Du behütest Geheimnisse, von denen niemand etwas weiß, und meine Schutzgeister weigern sich, mir von ihnen zu erzählen.«

Naaja sah mit heftig pochendem Herzen schweigsam in die Dunkelheit und antwortete nicht. Sie hatte nichts zu sagen. Nicht zu ihm. Nicht zu irgendwem sonst.

*

Früh am nächsten Morgen zogen die Männer nordwärts. Sie folgten der Rentierspur und hatten die Hunde dabei. Tarte und Aviak gingen auch mit. Sie würden wenn nötig die Fußbekleidung in Ordnung bringen und kochen, auch wenn niemand davon ausging, dass sie lange weg sein würden. Die Rentiere, die am Tag zuvor verwundet wurden, konnten nicht weit gekommen sein.

Alle waren guter Stimmung, die Erwachsenen wie die Kinder, obwohl viel Arbeit vor ihnen lag. Alle scherzten und lachten. Die beste Zeit des Jahres war angebrochen, und die Jagd hatte gut begonnen. Den ganzen Sommer lang würde es jeden Tag genug zu essen geben. Nappa, Pamio und Pappaja plauderten fröhlich miteinander, während sie mit ausgestreckten Beinen dasaßen, auf ihren Schößen die Häute, von denen sie mit ihren frisch gewetzten, messerscharfen Ulus sorgfältig den Talg abschabten. Die kleinen Kinder liefen unbekleidet in der Sonne umher und kreischten vor Freude. Das einzig lästige waren die aufdringlichen Mückenbiester. Naaja befasste sich ein Stück entfernt mit einem Haufen Sehnen, die in Streifen zerteilt worden waren. Sie nahm einen Streifen und begann ihn mit der flachen Hand an ihrer Wange auf und ab zu rollen, so dass er sich drehte. Die gleichförmige Bewegung war beruhigend, und es war leichter, die wirren Gedanken zu ordnen, wenn sie nicht an der Unterhaltung der anderen Frauen teilnehmen musste.

Sie musste verstehen, was sich hinter all dem verbarg, was Tulugaq gesagt hatte. War denn der Rabe, der in Uummannaq zu ihr gekommen war, ein Tôrnaq gewesen? Das konnte nicht sein. Wie konnte sie eine Angakoq sein? Sie, die das größte Tabu von allen gebrochen hatte, als sie als kleines Mädchen ihrem Ataata gut gewesen war, so als wäre sie seine Ehefrau, und das obendrein lange bevor sie ihre erste Tätowierung am Kinn bekommen hatte. Und das Blutungstabu hatte sie auch gebrochen, mit schrecklichen Folgen für den armen Ataata.

Tulugaqs Schutzgeister wussten von beiden. Würden sie weiterhin über ihre Geheimnisse schweigen, jetzt, da er mit ihr gelegen und seine Lebenskraft mit ihr geteilt hatte? Naaja erschauderte. Was sollte sie tun, wenn aus der letzten Nacht kein Kind entstand und er ihr auftragen würde, begangene Tabubrüche zu gestehen? Wenn sie von allem berichtete, würden sie sie wohl davonjagen, und sie müsste erneut in die Einsamkeit hinausziehen. Diesmal wäre sie des Todes gewiss. Wenn sie schwieg, würden die Geister ihr ganz bestimmt weiterhin ein Kind verwehren. Anders konnte es nicht sein. Und in einer Hungerszeit hatte eine Unfruchtbare keine Daseinsberechtigung in der Gemeinschaft, denn sie hatte nichts beizutragen. Naajas Gedanken kreisten verzweifelt in ihrem Kopf herum wie ein Fuchs in einer Steinfalle. Tulugaqs Schutzgeist hatte ihm einen scharfen Blick verliehen, dadurch würde er die Wahrheit erfahren. Sie erinnerte sich an die Worte des Raben, als er ihr für das Walrossauge dankte. »Dafür schenke ich dir einen schärferen Blick, wie auf der Erde, so in der Luft und im Meer«, hatte er gesagt. »Du wirst das sehen, was kein Menschenwesen vorher gesehen hat.«

Tief in Gedanken versunken legte sie eine fertig gedrehte Rentiersehne neben sich und nahm die nächste auf. War es möglich, dass sie auserwählt war? Dass die Geister ihr kein Kind geben wollten, weil ihre Vergehen sie gekränkt hatten? Oder weil … ja, warum? Weil sie leiden musste, um Einsicht zu gewinnen, möglicherweise? Gab es eine Qual, die schlimmer war, als niemals das Heranwachsen eines neuen Lebens im Inneren zu fühlen? Kein Kind zu haben, bei dem er im Alter leben konnte? Ein Angakoq musste große Prüfungen und Nöte durchstehen. Und Entbehrungen. Naaja seufzte. Was war mit der Hungersnot in Uummannaq, bevor das Eis begonnen hatte aufzubrechen, als sie so abgemagert war, dass sie ihre Rippen zählen konnte?

Eine unfruchtbare Frau konnte wohl kaum eine mächtige Angakoq werden. Niemand würde sie ernst nehmen, denn wem sollte diese Person helfen können, wenn sie nicht einmal sich selbst helfen konnte? Sie schüttelte den Kopf. Das ging hinten und vorn nicht auf. Wenn sie nur Tulugaq um Rat fragen könnte. Doch das war zu gefährlich. Er könnte Verdacht schöpfen, denn er wusste schon, dass sie etwas verschwieg. Auf einmal hatte sie eine Idee. Der Rabe … Wenn er in Wirklichkeit ein Tôrnaq war, müsste sie ihn zu sich rufen und bei ihm Antworten finden können. Vielleicht war er derselbe, der Tulugaqs Mutter Katiak verlassen hatte. Sie könnte den Angakoq fragen, wie er es anstellte, wenn er mit seinen Schutzgeistern sprechen wollte.

Naaja sah verträumt vor sich hin. Vielleicht war etwas Anderes und Besseres für sie vorgesehen, als den Leuten am Gletscher eine Last zu sein.

IX

»Weshalb möchtest du etwas über meine Schutzgeister hören?« Tulugaq sah die junge Frau forschend an. »Sie mögen es nicht, wenn ich unnötig über sie rede.«

Naaja fand keine Worte. Sie durfte sich keine Lügen ausdenken, doch manchmal war es möglich, Dinge unausgesprochen zu lassen. Das war es, was sie sich vorgenommen hatte. Doch jetzt, als sie vor ihm stand und seine hellbraunen Augen direkt in ihre Seele zu blicken schienen, hatte sie plötzlich das Verlangen, ihm alles anzuvertrauen, was sie belastete, die Tabubrüche, die sonderbaren Träume und die nagende Furcht, die seit ein paar Tagen noch größer geworden war. Die Blutungen hatten ihre vage Hoffnung zerstört, dass der Samen des Angakoqs stark genug sei, alle bösen Geister, die ihr eine Schwangerschaft verwehrten, zu vertreiben. Sie wich seinem bohrenden Blick aus und machte sich im Stillen Vorwürfe, ihn überhaupt gefragt zu haben. Das war viel zu gefährlich.

Sie waren allein in Tulugaqs großem Zelt. Er lag flach ausgestreckt da und ruhte sich aus, während Naaja ihm gegenübersaß. Sie hatte kleine, zurechtgeschnittene Stücke von Rentierfell und Sehnenstreifen im Schoß und war dabei, neue Unterhosen für sich zu nähen. Die Stückchen hatten unterschiedliche Farben, mit hellen Haaren vom Bauch und Hals des Rentiers und mit dunklen vom Rücken. Sie reihte die Stücke im Wechsel auf, so dass ein hübsches Rautenmuster entstand. Die Sehne glitt aus dem Öhr der Knochennadel, und sie beugte sich über die Näharbeit. Sie konzentrierte sich schweigsam darauf, den Faden wieder einzufädeln und vermied es so, ihm zu antworten. Die verdrehte Nähsehne war widerspenstig in ihrer Hand und sträubte sich wie ein Wurm vor dem Nadelöhr, fast so als wäre sie lebendig. Naaja wurde noch nervöser.

Strömender Regen trommelte seit dem frühen Morgen des vorangegangenen Tages gegen die Zeltfelle. Eine Matschpfütze hatte sich auf der festgetretenen Fläche zwischen den nunmehr vier Zelten gebildet, denn die Frauen hatten aus Rentierfellen ein Zelt für die Ankömmlinge zusammengenäht. Sammik hatte Naaja trotz allem nicht aufgefordert, herüberzukommen und bei ihnen zu schlafen. Er würdigte sie kaum eines Blickes und schenkte alle Aufmerksamkeit seiner jüngeren Frau, der werdenden Mutter, die schon ziemlich füllig war, obwohl erst ein Drittel der Schwangerschaft vergangen war. Naaja war in den Sinn gekommen, dass Tarte vielleicht Zwillinge erwartete, und ihr Herz begann bei diesem Gedanken schneller zu schlagen. Wenn dem so wäre, müsste das zweite Kind nach der Geburt nicht wie gewöhnlich getötet werden. Sie selbst könnte es annehmen und aufziehen. Doch dafür müssten beide Kinder Jungen sein, denn Sammik würde keinen weiblichen Zwilling am Leben lassen. Er hatte bereits genügend Lasten in seinem Leben, da er für zwei Frauen und zusätzlich für seine Mutter jagen musste.

Es war viel Zeit vergangen, bis sie eine günstige Gelegenheit gefunden hatte, mit Tulugaq unter vier Augen zu reden. Nachdem die Männer die Kadaver der beiden in der Schlucht verwundeten Tiere gefunden hatten, hielten sie auf ihrem Weg von Norden zurück ins Lager nach einer weiteren Rentierherde Ausschau, und es gelang ihnen tatsächlich, noch drei weitere Renkühe zu erlegen. Sorkrak war gekommen, um die Kinder und Frauen zu holen. Alle mussten dabei helfen, die zerteilten Körper zu den Zelten zu tragen und das vorhandene Fleisch in

Steinmieten zu verstauen. Die Märsche hin und zurück dauerten viele Tage. Dann begaben sich die Männer auf die Hochheide, fanden dort schnell noch eine Herde und brachten noch viele weitere Tiere zur Strecke. Es waren wahrlich wunderbare Tage, es wurde wenig geschlafen, dafür umso mehr gearbeitet, und die Speisefeste dauerten bis spät in die Nacht. Am Ende entschieden sie, mit dem Zeltlager weiter nach Norden zu ziehen. Das war leichter, als die Tiere den ganzen Weg zurück zu den Zelten zu bringen. Wenn der Herbst näher kam, würden sie denselben Weg zurück nehmen und die Fleischvorräte in Etappen zum Strand transportieren.

»Ajaija aja. Kleine Möwe.« Tulugaq brach als Erster das Schweigen. »Nun sag mir, warum du fragst, dann will ich dir womöglich antworten.«

»Ich möchte wissen, was… wie du dich an sie wendest«, stammelte Naaja verlegen. »Ich meine… als ich klein war, war ich einmal mit Papa und Mama in deinem großen Haus. Du hast deine Schutzgeister angerufen, dich zur Mutter des Meeres zu begleiten, um die Jagdtiere, die sich in ihrem Haar verfangen hatten, auszukämmen. Wir alle zusammen haben sie dir herbeigesungen. Können die Möwe und die Bärin dir aber nicht auch allein erscheinen, wenn du es möchtest? Wenn du einmal bei ihnen Rat suchst?« Sie war ganz aufgelöst, als sie endlich die passenden Worte gefunden hatte. Hätte sie aufgesehen, wäre es ihr nicht entgangen, dass der Angakoq sie argwöhnisch ansah.

»Du hast mir noch nicht gesagt, warum du das wissen möchtest«, sagte er mit leiser Stimme.

»Ich habe Sonderbares geträumt«, antwortete sie ohne aufzusehen.

»Oft?«

»Einige Male.«

»Was geschieht in deinen Träumen?«

Naaja legte die Näharbeit zur Seite. Ihre Hände waren feucht und kalt und zitterten zu sehr, als dass sie den Faden hätte einfädeln können. »Ich fliege durch den Himmel, gehe auf dem Meeresboden umher. Vögel sprechen zu mir. In Uummannaq habe ich von Seevögeln in einem hohen Felsen geträumt, wieder und wieder. Es war schrecklich, sie haben mich fortgejagt… Im Winter habe ich von einem Raben geträumt, der zu mir sprach. Er ist vor einigen Nächten wiedergekommen. Ein riesengroßer Rabe. Er war anders als die Möwen. Ich glaube, dass er es gut mit mir meint.«

Tulugaq richtete sich halb aus den Fellen auf. »Ein Rabe? Und was sagt er zu dir?« Seine Stimme klang anders als zuvor. Der Angakoq war verblüfft.

»Er versprach, mir einen schärferen Blick zu verleihen, um das zu sehen, was anderen verborgen bleibt. Auf der Erde, in der Luft und im Meer.« Naajas Stimme wurde leiser und endete in einem Flüstern. »Aber ich sehe nichts und begreife nichts, Tulugaq. Ich habe Angst und weiß nicht, was ich machen soll.«

Er setzte sich ganz auf, nahm ihre beiden Hände und drückte sie fest. »Du brauchst nichts zu fürchten, Naaja. Die Schutzgeister suchen nur jene auf, die stark genug sind, ihrem Ruf zu folgen.«

Sie sah ihn voller Misstrauen und Zweifel an. »Aber ich bin unfruchtbar, und Sammik wird vielleicht unzufrieden sein.«

»Es ist für jeden Ehemann eine Ehre, eine Angakoq zur Frau zu haben. Sie kann ihm dabei helfen, das Wohlwollen und die Achtung der Jagdtiere zu erhalten. Mach dir keine Sorgen.« Tulugaq lächelte väterlich und strich ihr über den Handrücken. »Vielleicht können dir deine eigenen Geister dabei helfen, ein Kind zu bekommen. Der Rabe ist ein mächtiger und gescheiter Tôrnaq. Er versteht sich darauf, als Erster dort zu sein, wo Nahrung zu finden ist. Du musst nun die Frage beantworten, ob du bereit bist, das Erforderliche auf dich zu nehmen. Es dauert sehr lange und bedarf großer Beharrlichkeit, ein großer Angakoq zu werden und das Wissen um all die Dinge zu erwerben. Was erweckt den Groll des Mannes im Mond oder der Mutter des Meeres? Was vertreibt die Jagdtiere und kann bei den Menschen Krankheiten hervorrufen? Viele Winter bin ich bei meiner Mutter in der Lehre gewesen, bis zu ihrem letzten Tag, doch ausgelernt hatte ich erst lange danach. Es ist mehr nötig, als im Traum von einem Tôrnaq aufgesucht zu werden, auch wenn das zweifellos ein Zeichen dafür ist, dass du berufen bist. Und es ist nicht ungefährlich.«

Naaja versuchte, einen klaren Gedanken zu fassen. Ein Angakoq wurde von allen respektiert, von Sammik nicht weniger als von den anderen. Er wäre stolz auf sie. Und Mipik ebenfalls. Sie würde nicht länger verachtet werden. Vielleicht könnte der Rabe mit den Kräften verhandeln, die ihr ein Kind verwehrten, so dass sie die Tabubrüche nicht preisgeben müsste und sie weiter geheim halten könnte. Niemand würde etwas erfahren, und sie würde auch nicht mehr in der Gefahr leben fortgejagt zu werden. Sie schielte zu Tulugaq und sah, wie ein kleines Lächeln um seine Lippen spielte. In seinen Augen lag ein zufriedenes Funkeln, von dem sie nicht sofort verstand, woher es kam. Plötzlich jedoch begriff sie, und ihre Erleichterung war so groß, dass sie fast aufgelacht hätte. Tulugaq glaubte, dass die Träume das Geheimnis waren, über das seine Schutzgeister beharrlich schwiegen.

»Was muss ich tun?«, fragte sie nach kurzem Schweigen.

Tulugaq löste ein kleines Ledersäckchen von seinem Gürtel, schüttete den Inhalt auf seiner Handfläche aus und zeigte ihn Naaja. Zwei kleine Steine kamen zum Vorschein, der eine schwarz, flach und vom Meer glattgeschliffen, der andere weiß und durchsichtig wie ein Eisstückchen mit unregelmäßiger Form und spitzen Ecken. Er nahm den weißen Stein zwischen

Daumen und Zeigefinger und hielt ihn in die Höhe. »Dies ist der mächtigste Ârnuaq, den ich in meinem Leben bekommen habe. Diesen Stein habe ich von Anfang an verwendet, um meine Schutzgeister zu mir zu rufen. Ich habe ihn vor langer Zeit am Strand unterhalb unserer Siedlung gefunden, als ich noch ein junger Mann mit rabenschwarzem Haar war. Er hat dort lange Zeit zwischen Land und Meer gelegen und ihre Kräfte und die von Sila, dem Geist von Wind und Wetter, in sich aufgesogen. Allein solch ein Stein, der am Strand niemals ganz austrocknet, sondern sich stets zwischen Ebbe und Flut befindet, kann einem Angakoq dazu verhelfen, seine Schutzgeister zu erreichen.«

Naaja war nicht länger zum Lachen zumute. Sie sah andächtig auf den Kristall zwischen seinen Fingern, und ehe sie sich's versah, streckte sie die Hand danach aus. In dem Moment, wo sie diesen sonderbaren Eisstein berühren wollte, zog der Angakoq seine Hand rasch zurück und steckte ihn wieder in das Ledersäckchen.

»Der weiße ist mein, solange ich lebe, und er ist zu heilig, als dass andere ihn berühren dürften«, sagte er. »Den anderen Stein möchte ich dir geben.« Er reichte ihr wieder die geöffnete Hand, und sie sah auf den schwarzen Kieselstein, der völlig gewöhnlich anzuschauen war.

»Das ist der Geisterstein meiner Mutter«, sagte Tulugaq. »Ein Angakoq, der ein Mann ist, muss einen weißen Stein finden, Frauen hingegen sollen sich einen schwarzen Stein suchen.«

»Am Ufer?«

»Ja. Zwischen den Welten, in beständiger Berührung mit dem Inua der Luft, des Meeres und der Erde.« Er überreichte ihr den Stein. Gemessen an seiner geringen Größe war er außergewöhnlich schwer. Sie strich vorsichtig mit den Fingern darüber, als er in ihrer Hand lag. In der Mitte war eine flache Delle, genauso groß wie die Kuppe ihres Daumens. Die Oberfläche fühlte sich blank und glatt an, von Meereswellen über Jahrhunderte poliert.

»Willst du mir Katiaks Geisterstein schenken?«, fragte sie zögernd. »Muss ich mir nicht meinen eigenen Stein am Strand suchen?«

»Wir befinden uns weit im Landesinnern. Von hier ist es bis zur Küste eine Reise von vielen Tagen. Jetzt, wo die Jagd in vollem Gange ist, wirst du hier bebraucht. Mama ist im Land der Toten, seit mein ältester Sohn geboren wurde, und der Stein kann nur einer Frau nützen.« Tulugaq verstummte und kratzte sich ausgiebig den grauen Kopf. »Dasselbe scheint für den Raben zu gelten«, ergänzte er kürzer angebunden und zerdrückte eine Laus zwischen seinen Fingern. »Die Schutzgeister sind keineswegs immer harmlos, denk daran, Naaja. Sie können ihre eigenen Pläne haben, von denen sie dem Angakoq nichts sagen.«

Sie nickte und rollte den Stein in ihrer Handfläche. »Was soll ich mit ihm machen?«

»Du musst allein auf einen Berg steigen, zu einem See, und dort eine Zeit lang warten. Von dort kommen die Geister am häufigsten. Du musst einen Felsen in der Nähe des Sees finden und den Kieselstein daran auf besondere Weise in Kreisen reiben, wieder und wieder. So.« Tulugaq zeigte es ihr, indem er den klaren Eisstein aus dem Hangelenk heraus dem Verlauf der Sonne folgend über das zertretene Gras des Zeltbodens kreisen ließ. »Auf diese Weise betrittst du die Geisterwelt und der Tôrnaq kommt zu dir. Vielleicht einer, vielleicht zwei. Vielleicht sogar noch mehr.«

Sie folgte mit großen Augen seinen Bewegungen. »Wie lange?«

»So lange wie nötig. Vielleicht einen Tag, vielleicht länger. Du wirst es selbst spüren. Wenn der mächtige Eisbär zu dir kommt, weißt du, dass du in die Geisterwelt eingetreten bist.«

»Der Eisbär? Ist er ein Schutzgeist?«

Tulugaq schüttelte mit ernster Miene den Kopf. »Nein, ganz und gar nicht! Nanoq ist das mächtigste Wesen der Erde, und wenn er dir erscheint, musst du dich ihm fügen, was auch immer er tut. Es gibt keinen anderen Weg. Wenn er dich akzeptiert, stirbst du dein altes Leben und wirst als Angakoq wiedergeboren, sonst nicht.«

Naaja erschauderte. »Ich habe Angst vor Bären«, flüsterte sie. »Was passiert, wenn ich … wenn ich zurückweiche oder sogar die Flucht ergreife?«

»Du bist stark und klug.« Tulugaq lächelte ermutigend. »Du wirst nicht fliehen.«

Naaja seufzte. Sie war sich da nicht ganz so sicher. Aber es war nichts zu machen. »Wann soll ich in die Berge gehen?«, fragte sie. »Im Herbst, wenn wir wieder nach Sermermiut kommen?«

Tulugaq überlegte eine ganze Weile, bevor er antwortete und unzählige Falten sich zwischen seinen buschigen Brauen zeigten. Naaja wartete still und nahm die Näharbeit wieder zur Hand. Ihre Hände zitterten nicht mehr, und die Sehne fand nun beim ersten Versuch durch das Nadelöhr.

»Dein Ehemann und dein Onkel ziehen bald zu ihrem eigenen Zeltlager«, antwortete Tulugaq endlich. »Wenn es so weit ist, sollst du mit ihnen bis ganz auf die Hochebene gehen und dort am Großen See zurückbleiben. Ich werde Sammik die Nachricht vorher mitteilen. Er wird zufrieden sein. Fürchte nichts.«

Sammik war nicht wirklich zufrieden. Er war aber auch nicht unzufrieden. Der junge Jäger sah seine ältere Ehefrau mit einem argwöhnischen Gesichtsausdruck an.

»Wieso solltest du eine Angakoq werden können?«, fragte er voller Zweifel. »Die Geister kommen nur zu denen, die über große Fähigkeiten verfügen und die in jungen Jahren schwere

Prüfungen erduldet haben, die ihre Eltern verloren und gehungert haben und …« Er verstummte mitten im Satz. Naaja war Waise und ihre Mutter war bereits gestorben, als sie noch ganz klein war. Auch ihren Bruder hatte sie verloren. Aus ihrer Familie hatte sie im Grunde niemanden mehr. Und sicher war sie abgemagert gewesen, als sie aus Uummannaq zurückkam. Sie hatte die lange Reise allein bewältigt und es dennoch geschafft, die Schlittenhunde ihres Vaters am Leben zu erhalten. Tapfer war Naaja auf jeden Fall. Und sie nähte gut, ihre Kamikken waren makellos.

Die Kinderlosigkeit hingegen war schlimm, eigentlich sogar unverzeihlich, jetzt, wo er wusste, dass es nicht an seiner Männlichkeit mangelte. Sammiks Blick wanderte zu Tarte, die nicht weit von ihnen stand und mit ihrer Mutter flüsterte, und seine Miene hellte sich auf. Sie trug wie viele nur Unterhosen, schließlich war es wunderbar warm, und es war ganz offensichtlich, dass sie an Bauch und Brust zugenommen hatte. Ihre Brustwarzen waren groß und dunkelbraun geworden. Er lächelte und hätte ihr fast zugerufen, wie hübsch und rund sie doch sei, konnte sich aber gerade noch beherrschen. Sich wie ein liebestoller Junge aufzuführen war lächerlich und gebührte keinem Mann, der den Respekt der Leute und der Jagdtiere bewahren wollte.

Naaja folgte Sammiks Blick, las seine Gedanken von seinem Gesicht ab und fühlte, wie die Eifersucht ihre Dornen schmerzhaft in ihre Brust stach. Nicht zum ersten Mal ermahnte sie sich, dass sie daran nichts ändern konnte. So ist es nun, denn die Familie braucht einen Sohn.

»Wir ziehen in drei Tagen los«, sagte ihr Ehemann. »Du wirst uns bis auf die Hochebene begleiten, aber wenn du mit dem fertig bist, was du zu erledigen hast, musst du wieder zu Tulugaq gehen und bei ihm bleiben, bis wir wieder in Sermermiut sind.«

Sie nickte demütig und atmete erleichtert auf, obwohl sie eigentlich hätte wissen müssen, dass Sammik kaum gegen die Worte des alten Mannes gehandelt hätte.

»Ich brauche neue Kamikken, bevor wir losgehen«, fügte er noch rasch hinzu, als er sich von ihr abwandte und leichtfüßig mit einem Lächeln auf den Lippen zu seiner jüngeren Frau hinüberging.

*

Der See war grau und leblos anzuschauen, der Himmel darüber tief verhangen. Dass es bloß nicht auch noch zu regnen anfing. Naaja kniff die Augen zusammen und blickte ihrer Familie hinterher, die sich beständig weiter entfernte. Die Reise über die nackten Berge südlich von Pâkitsoq und in die Hochebene hinauf hatte drei Tage gedauert. Die anderen hatten noch einen Zweitagesmarsch vor sich, bevor sie das Zeltlager erreichten, in dem die alte Mipik sie mit den Kindern freudig empfangen würde. Noch mehr würde sie sich sicher über all die Vorräte an Rentierfleisch freuen, die sie alle, einschließlich der Hunde, in schweren Packen auf ihren Rücken trugen.

Naaja hatte nichts bei sich außer einem Robbenfell zum Schlafen, ein paar Feuersteinen und ein wenig getrocknetes Fleisch, das nur für kurze Zeit reichen würde. Ihren Vogelspeer hatte sie zum Glück auch dabei. Sie konnte Watvögel jagen, denn die gab es auf den bewachsenen Schollen rings um die Gewässer in Hülle und Fülle. Am Morgen hatte sie auch einen lahmenden Hasen erblickt, so dass sie bestimmt nicht hungern musste, selbst wenn der Proviant knapp war. Darüber hinaus hatte Tulugaq ihr erklärt, dass es helfen würde, so wenig wie möglich zu essen. Sie müsste nur darauf achten ausreichend zu trinken. Am besten wäre es, wenn sie ein paar Pilze sammeln und essen würde, bevor sie Eintritt in die Welt der Geister ersuchte. Sicherlich war es empfehlenswert, seinem

Rat zu folgen. Außerdem wurde ihr bereits kalt vom unnützen Herumstehen und davon, den anderen hinterherzustarren.

Glücklicherweise blieb es trocken, während sie Zweige für das Feuer zusammensuchte und nach einer Pilzsorte Ausschau hielt, von der Tulugaq gesagt hatte, dass sie sich am besten zum Essen eigne. Nach langer Suche fand sie endlich einige Häufchen alten Rentierdungs, und ringsherum sprossen graubraune Pilze auf langen, dünnen Stielen mit gestreiften und aufgesprungenen Hüten, genau wie Tulugaq sie beschrieben hatte.

Spät am Abend, als sie sich einen Steinwurf vom See entfernt im Schutze einiger Felsen ein kleines Feuer angezündet hatte, lockerten sich die dunklen Wolkenschichten auf. Naaja lehnte sich gegen die Felswand und sah in den Himmel. Die Dämmerung hatte eingesetzt, und am Firmament waren einzelne Sterne zu sehen. Es hieß, Pilze seien Sternenmist. Bestimmt war das richtig, denn sie schmeckten bitter und schleimig, eher grässlich. Doch als sie sie auf eine flache, im Feuer erhitzte Steinplatte legte, trockneten sie, schrumpelten zusammen und nahmen einen goldenen Schimmer an. Nun waren sie viel schmackhafter.

Sie merkte auch, dass sie sich besser fühlte. Ob dies nun den Pilzen oder der Wärme des Feuers oder dem ruhigen Abend zu verdanken war, vermochte sie nicht zu sagen. Die bevorstehende Aufgabe erschien nicht mehr ganz so furchteinflößend wie zuvor, die Einsamkeit, die sie so lange umgeben hatte, wich einer prickelnden Empfindung. Sie lächelte in sich hinein und konnte es gar nicht mehr erwarten, als sie den schwarzen Stein hervornahm und ihn in ihrer Hand umhergleiten ließ. Sie würde es schaffen. Sie konnte alles tun. Der Rabe würde kommen und sie begleiten. Er würde ihr alles zeigen, was wichtig war, und niemals wieder würde irgendjemand Naaja mit Verachtung betrachten. Sie würde Macht über die Geister haben und die Tabubrüche anderer erkennen. Naaja begann, mit dem Stein kleine Kreise in Richtung des Sonnenverlaufes an der Felswand zu beschreiben, so wie Tulugaq es ihr gezeigt hatte. Dazu sang sie leise vor sich hin, was auch immer ihr in den Sinn kam. Sie sah hinaus auf den See, ihr Blick ging immer weiter in die Ferne. Die Nacht verging, das Feuer erlosch, und in ihrem Inneren begannen Bilder zu erscheinen. Grauenvolle Bilder.

Die Morgendämmerung kam heran und mit ihr ein gräuliches Wesen, dessen Umrisse anfangs undeutlich waren, als es aus dem Wasser stieg. Dann verdichtete es sich allmählich und nahm Gestalt an, eine Menschengestalt, die fast durchsichtig war. Das war kein Tôrnaq, das war Papa. Das Wasser triefte aus seinem schulterlangen Haar und dem Anorak, der inzwischen an manchen Stellen keine Haare mehr hatte.

»Gib mir meinen Eistaucherfuß«, fauchte er zornig und streckte eine fleischlose Hand nach ihr aus. »Du hattest nicht das Recht, ihn mir wegzunehmen!« Naaja tastete unter ihrer Kleidung nach dem Fuß und schnitt den Riemen durch, an dem er festgebunden war.

»Dann nimm ihn!«, rief sie mit bebender Stimme und warf den Fuß zu ihm. Das Schutzamulett flog mitten durch ihn hindurch und landete mit einem sachten Platschen draußen im See. Papa sah verwundert an sich herab und verstand offenbar nicht, warum sein Körper keinen Widerstand bot.

»Du bist tot und hier nicht länger zu Hause.« Naaja wusste nicht, woher sie die Kraft nahm, spürte aber plötzlich, dass sie keine Angst vor dem Geist ihres Vaters hatte. Sie war ihm schon einmal begegnet und ihm überlegen gewesen. So würde es jetzt auch sein. »Geh zurück ins Totenland, und bleib dort«, rief sie mit fester Stimme. Sie hatte kaum das letzte Wort ausgesprochen, da begannen seine Kamikken sich aufzulösen, dann die Beine, dann der Rumpf, und nach wenigen Augenblicken wurde der Wiedergänger zu Nebelschwaden, die über das Wasser hinwegschwebten und verschwanden, so als hätte es sie nie gegeben.

Naaja hob den schwarzen Kieselstein wieder auf und begann von Neuem, ihn am Felsen kreisen zu lassen. Sie war müde, hungrig und im ganzen Körper steif. Es war, als wäre ihr Kopf mit Luft angefüllt. Doch sie machte weiter und weiter und weiter. Sie würde nicht aufhören, bis der Rabe zu ihr käme. Naaja fing an, eine alte Melodie über Vögel wiederzugeben.

Die große Möwe hält sich schwebend auf ausgebreiteten Schwingen über uns, über uns.
Sie starrt uns an, ich schelte. Ihr Haupt ist weiß.
Ihr Schnabel öffnet sich klaffend, die kleinen, runden Augen sehen weit, sehen scharf!
Qútíúk, qútíúk.

Der große Rabe hält sich schwebend auf ausgebreiteten Schwingen über uns, über uns.
Er starrt uns an, ich schelte. Sein Haupt ist blauschwarz.
Sein Schnabel ist scharf, als hätte er Zähne, mit seinen Augen schielt er!
Qara, qara.

Doch es war nicht der Rabe, der als Nächstes erschien. Naaja traute ihren eigenen Augen nicht. Eisbären kommen nie so weit ins Landesinnere. Sie kommen nicht nach oben auf die Hochebenen, sondern halten sich unweit des Strandes und draußen auf dem Eis auf! Er war ungeheuer groß, größer als jede Kreatur, die sie jemals zu Gesicht bekommen hatte. Sein Schultergürtel war breit und mächtig, und sie konnte erkennen, wie die Muskeln bei jedem Schritt, den er näher kam, unter seinem schneeweißen Fell arbeiteten. Sie war wie gelähmt vor Angst und konnte weder einen Finger noch ihre Beine bewegen. Sie konnte sich nur gegen die Felswand in ihrem Rücken pressen. Von hier gab es kein Entrinnen. Die Augen des Bären, kohlschwarz und grausam, starrten in die ihren. Jetzt war er so nah, dass sie die Reißzähne in seinem Maul aufblitzen sah. Plötzlich war er direkt vor ihr und stellte sich auf seine Hinterbeine. Er ragte hoch über ihr auf, riesengroß und übermächtig. Naaja wusste, dass sie nun sterben und das Leben, das sie bis jetzt gekannt hatte, verlassen würde. Es gab nichts, was sie tun konnte, um zu entkommen, und genau so sollte es sein. Der Eisbär öffnete seinen Rachen, und sie erblickte genau über sich die rote Zunge und die weißen, messerscharfen Fangzähne. Sie fühlte, wie sich die kraftvollen Kiefer um ihren Kopf schlossen. Sie glitt in den Magen des Bären, und vor ihren Augen wurde es stockdunkel.

*

Naaja brauchte eine ganze Weile, um sich zu orientieren, nachdem sie wieder zu sich gekommen war. Sie lag im Gras am Seeufer auf dem Rücken, und alles ringsherum schien einen dunkelroten Schimmer zu haben, von dem sie annahm, es sei ihr eigenes Blut. Sie versuchte, sich aufzusetzen, war aber zu geschwächt und blieb daher einfach liegen. Ihr war eiskalt, und sie hatte schreckliche Kopfschmerzen. Als sie ihren Parka abtastete, fühlte sie, dass er zerrissen war. Ein Ärmel war fast abgetrennt, der lange Schoß an der Vorderseite hing in Fetzen, und die Nähte an der rechten Seite waren gerissen, als ob sie mit einem Messer aufgeschnitten worden wären. Die Hose war nicht ganz so arg mitgenommen, aber sie hatte einen langen Riss, wahrscheinlich von den Klauen des Eisbären. Sie fuhr mit den Händen vorsichtig unter die Kleidung und strich sich über Bauch, Brust und Lenden, spürte hier und da Schmerzen, entdeckte aber zu ihrem Erstaunen keine Wunden. Sie hatte nur kleine Schrammen an den Stellen, wo die Kleider zerrissen waren. Sie war völlig unversehrt wieder zurückgekehrt! Diese Entdeckung verlieh ihr neue Kraft und ermöglichte es ihr, zum Wasser zu kriechen und ihren Durst zu stillen.

Das eiskalte Wasser wirkte richtig belebend, und als sie sich umsah, bemerkte sie, dass die Ebene in den Strahlen der Abendsonne badete. Hunger machte sich bemerkbar, und sie erinnerte sich zu ihrer Freude daran, dass sie nicht weit entfernt, unter einem Steinhaufen an der Felswand, noch etwas von dem leckeren Rentierfleisch hatte.

Naaja ging auf wankenden Beinen und fand bald die Stelle, wo sie das Fleisch deponiert hatte. Doch ihre Augen füllten sich mit Tränen der Enttäuschung, denn Füchse hatten offensichtlich ihre knappen Vorräte erschnüffelt. Die Steine, die sie darüber geschichtet hatte, lagen ringsum verstreut, und das ganze Fleisch war verschwunden, aufgefressen. Zum Glück hatte sie noch etwas von den Pilzen übrig. Sie aß ganz langsam und kaute jeden Bissen lange und ausgiebig. Trotzdem war es, als hätte sie nur leere Luft gegessen.

Die Feuersteine befanden sich an ihrem Platz im einen Stiefel, aber Naaja hatte keine Kraft Hölzer zu suchen und ein Feuer anzuzünden. Sie wickelte sich in ihr Robbenfell und lehnte sich erschöpft an die Felswand. Die Müdigkeit vernebelte und verhedderte ihre Gedanken. Zu ihrer Freude am Leben zu sein, mischte sich Angst, dass der Eisbär wiederkommen könnte, dass sie aus Hunger ganz allein hier oben auf der Ebene sterben würde, und, was das Schlimmste von allem wäre, dass sich ihre Schutzgeister nicht blicken lassen würden. Was, wenn der Rabe kein Tôrnaq gewesen war, sondern ein ganz gewöhnlicher Krummi. Andererseits war der Bär gekommen, rief sie sich selbst ins Gedächtnis. Genau so, wie Tulugaq gesagt hatte. Sie war durch ihn in die Geisterwelt gelangt. Befand sie sich jetzt also noch immer dort, in der Geisterwelt? War sie wiedergeboren? Warum bestand dann kein Unterschied zwischen dieser und der Welt der Menschen? Oder gab es einen Unterschied? Naaja konnte nicht klar denken. Der schwarze Kieselstein lag neben der Feuerstelle im verdorrten Gras. Sie streckte sich nach ihm. Tulugaq hatte gesagt, dass sie ihn kreisen lassen musste, solange es halt nötig war. Sollte sie weiterhin mit dem Stein in Kreisen über den Felsen streichen oder war es doch unnötig, weil sie nun schon in jener Welt angekommen war?

»Da bist du ja endlich. Ich habe dich erwartet.«

Die raue Stimme kam von oben. Naaja erschrak und sah hoch. Der Rabe breitete seine riesigen Flügel aus, flatterte vom Felsen und landete auf einem Grasbuckel unmittelbar neben ihr. Sie starrte ihn mit großen Augen an und brachte kein Wort heraus. Er war fast genauso groß wie sie. Sein kohlschwarzer Schnabel glänzte in der Abendsonne.

»Fürchte dich nicht, Naaja«, sagte der Rabe. »Ich bin dein Schutzgeist. Ich kann deine Seele in Gefilde begleiten, die niemand sonst befahren kann, hinauf zum Mann im Mond und hinab zur Mutter des Meeres. Mit meiner Hilfe kannst du eine mächtige Angakoq werden.«

»Ich habe keine Angst vor dir«, antwortete sie rasch, zu ihrer eigenen Überraschung, wusste allerdings trotzdem nicht, ob das stimmte. Jedenfalls war sie erleichtert, ihn zu sehen. Das Ziel war erreicht. Aber sie musste herausfinden, ob er wusste …

»Ich weiß von allem, was dich betrifft.« Er neigte sich tief herab, und sie sah ihr Gesicht, das sich in seinen großen, schwarzen Augen spiegelte. »Tabubrüche, Lügen, Mord. Ich weiß alles. Ich kann dich vor den Gespenstern deines Vaters schützen, doch ich kann dir kein Kind zeugen. Das kannst du Tulugaq ausrichten, dem Sohn der mächtigen und untreuen

Katiak. Nur wenn du deine Vergehen gestehst. Dein Papa hat das Gebot gebrochen, indem er seine Tochter zur Ehefrau nahm. Er wird nichts mehr gestehen. Es ist nun an dir. Und du musst auch davon berichten, was du ihm angetan hast.«

»Sie würden mich wegjagen«, sagte sie erbost. Das war nicht das, was sie hören wollte. »Genauso gut kann ich mich sofort in der Kerlingagljúfur umbringen.«

»Rufe nach mir, wenn du bereit bist.« Der Rabe schlug mit den Flügeln, und bevor sie protestieren konnte, war er schon fortgeflogen. Sie sah ihm hinterher, als er hoch oben in Richtung des Landesinneren flog, bis er zu einem winzig kleinen, dunklen Punkt geworden war, der schließlich weit in der Ferne ganz aus ihrem Blick verschwand.

X

»Darf ich gehen? Ist es bestimmt in Ordnung?« Naaja schaute ihre Schwiegermutter verstohlen an und bemühte sich, ihre Stimme ergeben und ihre Miene unterwürfig zu halten. Ihr war ganz anders zumute, doch sie wusste, wenn sie den geringsten Verdacht schöpften, welche Wut direkt unter der Oberfläche brodelte, wäre es ausgeschlossen, dass sie Tulugaq besuchen durfte. Er hatte Sammik gegenüber ausgiebig betont, dass Naaja jetzt bei ihm in der Lehre war, und da der Winter bereits kurz bevorstand, sollte sie so oft wie möglich zu ihm kommen und von ihm die Geschichten und Zauberformeln lernen, die jeder Angakoq kennen musste.

Ihr Ehemann war allerdings nicht besonders erfreut darüber, und es fiel ihm schwer zu glauben, dass Naaja mit den Geistern sprechen konnte. Sein Respekt für Tulugaq war um einiges gesunken, seit der Angakoq einräumen musste, dass es ihm nicht gelungen war, Naaja ein Kind zu zeugen, obwohl er dafür den ganzen Sommer Zeit gehabt hatte. Mipik war noch misstrauischer und hielt ihre Ansichten darüber vor niemandem, der sie hören wollte, zurück. Naaja sei viel zu jung und dumm, um irgendetwas anderes als Ilisîtsoq zu werden, eine Hexe, die ihre Zauberei allein auf das Böse richtet und niemanden heilen kann. Das zeige sich auch dadurch, dass Naaja noch genauso unfruchtbar sei wie zuvor, erklärte die alte Frau. Wer hatte schon von einer wahren Angakoq gehört, die keine Kinder bekommen konnte?

Mit Wohlwollen sah Mipik auf ihre andere Schwiegertochter, die inzwischen einen beachtlichen Bauch und nur noch wenige Wochen bis zur Entbindung hatte. Tarte sagte nicht mehr als sonst und sah während des Wortwechsels zwischen ihrer Schwiegermutter und Naaja nicht von ihrer Näherei auf. Sie war wortkarg und lächelte jedes Mal schüchtern, wenn sie angesprochen wurde. Ein Lächeln war ihre Antwort auf alles, was sich in der Welt zutrug. Sie widersprach nie jemandem, so wie die meisten ihrer Geschlechtsgenossinnen.

Naaja merkte, wie sich ihr Gemüt unter Mipiks ständigen Beschimpfungen und Sammiks Ohrfeigen erhärtete, auch wenn sie wissen müsste, dass ihr rebellischer Geist zu nichts anderem führte, als sich selbst das Leben schwerer zu machen.

»Ach, du Gute, geh nur. Ich kann mir nicht vorstellen, dass wir dich bei der Arbeit vermissen werden. Und außerdem isst du dann auch nicht von unseren wenigen Vorräten. Es reicht, wenn Tarte die Lampe unterhält.« Mipiks harsche Worte trafen sie, denn sie waren wahr. Die drei Frauen waren schon lange fertig damit, die Felle von all den Tieren, die Sammik in diesem Winter bisher hatte an Land bringen können, zu verarbeiten. In letzter Zeit war die Jagd nicht besonders gut verlaufen, so dass nur noch wenig Fleisch übrig war. »Und vergiss gefälligst nicht, die Näharbeiten mitzunehmen.«

»Ja, selbstverständlich.« Naaja verneigte sich so tief, dass ihr dicker Haarknoten den Boden berührte, und ging dann auf die Knie, um durch den Gang nach draußen zu kriechen.

Draußen war es so dunkel, dass sie nur mit Müh und Not die anderen Häuser erahnen konnte, obwohl sie nicht weit auseinanderstanden. Zu dieser Jahreszeit kam die Sonne nie den ganzen Weg hinauf bis über den Horizont. Um die Mittagszeit warf sie nur von irgendwo aus weiter Ferne eine schwache Röte über das schneebedeckte Land. Wenn die Sterne nicht zu sehen waren, war die Tageszeit am besten am

Magen abzulesen. Doch auch er versagte, wenn bereits eine ganze Ewigkeit vergangen war, seit man sich das letzte Mal sattgegessen hatte.

Es war bitterkalt. Der schneidende Wind pfiff ihr um die Ohren und hatte den Pulverschnee in einer Wehe an der Ecke von Tulugaqs großem Haus aufgehäuft. Die Hunde lagen eng eingerollt im Schutz vor dem kalten Wind dahinter, die Nasen unter den Schwänzen, und ließen sich einschneien. Der Schnee auf dem Hofplatz war so festgetreten, dass es nicht nötig war, ihn vor dem Gang wegzuschaufeln. Viele Menschen lebten in diesem Haus, und viele kamen, um den Angakoq zu besuchen.

Vorn in dem dunklen Gang bürstete sie ihre Kleider lange und sorgfältig mit einem dazu gefertigten Utensil ab, denn anders wäre es unhöflich gewesen. Erst dann kroch sie in Richtung Wärme und zu dem starken und behaglichen Geruch von beschäftigten Menschen, von Schweiß, Fleisch, Fellen, Knochen, Abfällen und schneenassen Kleidern bis hin zu den Kamikken. Fröhliche Stimmen und schallendes Gelächter tönten vom inneren Ende des Ganges durch den Fellvorhang, und Naaja erkannte die helle Stimme der kleinen Katiak: »Jemand kommt, jemand kommt zu Besuch!« Der Vorhang wurde zur Seite geschlagen, das runde Gesicht des Mädchens erschien in der Öffnung und erstrahlte zu einem Lächeln.

»Naaja, Naaja! Was hast du mir diesmal mitgebracht?!«

Naaja lächelte und angelte unter ihren Kleidern nach einem winzigen Gegenstand, den sie aus einem Stück Treibholz geschnitzt hatte. Es war ein Hund, und sie hatte ein wenig Lampenruß auf die Oberfläche gerieben, so dass nur die Brust und Ringe um die Augen hell geblieben waren.

»Das ist die Nukâraq! Schaut her!« Die Freude des Mädchens war grenzenlos, und sie lief von einem zum andern, um ihr Geschenk bewundern zu lassen, während Naaja hereinschlüpfte und alle grüßte. Drinnen waren eine Menge Leute versammelt, und von den zwei Lampen, die fröhlich flackerten, war der Raum stark aufgeheizt. Sie zog die Fellhandschuhe aus, glitt aus den Übersachen und ließ sich dann auf dem Podest bei Tulugaq nieder. Er trug nur seine Unterhose, so wie einige andere der Anwesenden auch. Sie nahm die Nadel und die Fellstücke hervor, die sie zu einem Kleidungsstück für Tartes und Sammiks Kind zusammennähte. Der Angakoq nickte ihr zu und lächelte, unterbrach aber nicht seinen Vortrag. Er war mitten in einer Unterhaltungsgeschichte, die Naaja ausgezeichnet kannte, die Geschichte von der Laus, die von Besuchen auf dem Kopf eines alten Weibes lebte. Wie sie es anstellte? Ja, gerade als das Weib sie zu fassen bekommen hatte und sie erbarmungslos zwischen ihren Nägeln zerdrücken wollte, jammerte die winzige Laus: »Oh weh, nun werden mich meine kleinen Enkelkinder nie mehr wiedersehen!« Das Weib war so verblüfft, dass sie sie am Leben ließ und die Laus mit dem Schrecken davonkam! Die Zuhörer lachten schallend auf. Sich vorzustellen, dass etwas so winzig Kleines wie eine Laus trotzdem Großvater sein konnte!

Tulugaqs Haus war dreigeteilt. Der Gang führte zum Mittelhaus, das hauptsächlich ihm und seiner Tochter Pamio gehörte. Beiderseits von diesem befanden sich ähnlich große Seitenhäuser, die mit dicken Pelzvorhängen abgeteilt waren und die seine Söhne und deren Familien bewohnten. Tagsüber saßen die meisten Bewohner mit ihren jeweiligen Verrichtungen dennoch auf Tulugaqs Podest. Auch Gästen wurde dort Platz angeboten, und abends, wenn er seine Geschichten vortrug, kamen manches Mal so viele, dass die Menschen überall und bis in jede einzelne Ecke saßen.

Pamio reichte Naaja einen Bissen Mattak, den sie verwundert und dankbar annahm. Fast alle Jäger in Sermermiut hatten sich an der Narwaljagd im Herbst beteiligt, auch Sammik, doch nur wenige Familien hatten noch etwas von ihrem Anteil übrig. Es war lange her, dass sie Walfleisch gegessen hatte.

»Sie sind tüchtige Jäger, meine Söhne.« Tulugaq lächelte stolz mit einem zufriedenen Strahlen in seinen hellbraunen Augen. Die Menschen rings herum stimmten zu. Die Brüder waren gewiss große Jäger, die besten von Sermermiut und weit darüber hinaus. »Doch jetzt ist nur noch wenig Mattak übrig, und immer weniger Seehunde kommen zu den Atemlöchern.« Das Lächeln verschwand aus den Gesichtern; auch dem mussten sie beipflichten. Jedes Mal, wenn es das Wetter erlaubte, gingen viele von den Jägern zusammen in aller Frühe auf den zugefrorenen Fjord, warteten bis zum Abend an den Atemlöchern und teilten dann untereinander, was sie erjagt hatten. Doch in letzter Zeit waren nur ganz wenige Tiere erlegt worden, und es gab viele Familien, die bald Entbehrungen zu befürchten hatten, wenn sich das Jagdglück nicht schnell zum Guten wendete.

Naaja fühlte ihr Herz schneller schlagen, denn sie wusste, was Tulugaq ihnen gleich sagen würde. Jemand hatte die Mutter des Meeres gekränkt, etwas getan, was dazu führte, dass sie die Robben und Walrosse von den Jägern in Sermermiut fernhielt und sie in andere Regionen sandte.

»Beim nächsten Vollmond werde ich die Mutter des Meeres aufsuchen, um dahinterzukommen, was los ist, und ihr Haar kämmen.« Naaja fühlte, dass der Angakoq sie ansah. Sie sah zögernd auf und begegnete seinem bohrenden Blick. »Naaja, mein Lehrling, wird mich unterstützen.« Sie hielt die Luft an. Oh nein, sie war noch nicht so weit! Sie wollte widersprechen, brachte aber kein Wort hervor und hätte in den eifrigen Diskussionen, die nun über die möglichen Ursachen einsetzten, sowieso kein Gehör erhalten. Jede einzelne Person erwog für sich, ob sie möglicherweise auf irgendeine Art gegen ein Tabu verstoßen hatte, wissend oder unwissentlich.

Tulugaq hob seine Hand mit gebieterischer Miene, und Schweigen senkte sich augenblicklich über die Gruppe. »Jetzt ist es wohl am besten, wenn alle nach Hause gehen und die Angelegenheit für sich überdenken«, sagte er bedächtig. Die Gäste nickten, erhoben sich einer nach dem anderen und verabschiedeten sich. Aus ihren Gesichtsausdrücken ließen sich Befürchtungen und Sorgen, aber auch Erwartungen und Hoffnung ablesen. Es geschah nicht häufig, dass der Angakoq auf eine Seelenreise ging. Ihnen war bewusst, dass es für seinen Tarneq gefährlich war, sogar lebensgefährlich, aus seinem Körper zu fahren. Niemand wusste mit Sicherheit, ob die Lebenskraft nach der langen Reise hinab zum Meeresgrund wieder zurückfinden würde, auch wenn sie von mächtigen Schutzgeistern begleitet wurde. Der Seelenflug war nur den fähigsten Angakoqs möglich. Dennoch war es der einzige Weg, um die Jagdtiere dazu zu bringen wiederzukommen. Außerdem war es erfreulich, den anderen, die zu Hause waren, eine solch großartige Nachricht mitzuteilen.

»Wir müssen alle bei uns selbst Ordnung schaffen, und ich muss mich gut auf die Reise vorbereiten«, sagte Tulugaq. »Wir beide, Naaja und ich«, ergänzte er, als Naaja sich anschickte aufzubrechen. »Bleib sitzen«, sagte er. Sie gehorchte wortlos. Als nur noch die Familie zurückgeblieben war, wandte er sich an sie.

»Erzähl uns von Nerrivik, der Mutter des Meeres, Naaja.«

Sie sah ihn überrascht an. »Ich? Soll ich die Sage erzählen?«

Er lächelte und nickte aufmunternd.

»Aber andere können sie besser als ich.« Sie senkte den Kopf und empfand es als unangenehm, so viele Blicke auf sich zu spüren.

»Berichte von ihr«, wiederholte er. »Wer eine Angakoq werden möchte, muss die Geschichte von Nerrivik gut kennen.«

Sie räusperte sich mit einem etwas verlegenen Gesichtsausdruck. »Die Mutter des Meeres schickt die Jagdtiere aus dem Meer zu uns, daher trägt sie den Namen Nerrivik, Fleischtafel. Wir müssen darauf achten, sie nicht zu kränken, denn wenn das geschieht und ein Tabu gebrochen wird, verstricken sich die Walrosse, Seehunde und Wale in ihrem langen Haar wie Läusenissen und kommen nicht mehr heraus.«

»Richtig, richtig«, spornte Tulugaq sie an. »Erzähle uns nun, wie es sich einst zutrug, dass sie die Mutter des Meeres wurde.«

»Ja, erzähl uns noch mehr!« Die kleine Katiak schmiegte sich an Naajas Seite, nahm ihren Arm und sah zu ihr mit großen, dunklen Augen auf. »Erzähl uns, wie böse ihr Papa und ihre Mama zu ihr waren!«

Naaja ließ den Blick über die Leute auf dem Podest schweifen und wusste, dass sie alle die Geschichte genauso gut kannten wie sie. Dennoch lächelten sie, warteten und glaubten offensichtlich, dass sie über das verfügte, was man brauchte, um eine Geschichte entsprechend gut zu erzählen. Sie schöpfte Mut und begann mit der Erzählung, zu Beginn noch zögerlich, schnell jedoch mit wachsender Stärke, und die Sätze kamen wie von allein, einer nach dem anderen. Daraus entstand eine Art von Gesang, der dennoch kein Gesang war. Die Geschichte ergriff sie, und vor ihrem inneren Auge entstand das Bild einer jungen, hübschen Frau, die weithin berühmt war für die Pracht ihres Haares und die vor Urzeiten lebte, in den Tagen der ersten Menschen.

Das Haar des Mädchens war dick und üppig. Es kam vor, dass sie nichts anderes tat, als es den ganzen Tag zu kämmen. Sie war äußerst anspruchsvoll und sah keinen der jungen Männer an, die kamen und um ihre Hand anhielten. So trug es sich eines Tages zu, dass ein Eissturmvogel sie erblickte und sich augenblicklich in sie verliebte. Er bat sie, ihn zu heiraten, doch sie lachte ihn aus und sagte, dass sie ihn schrecklich hässlich fände und seine

Augen abscheulich. Der Eissturmvogel flog fort und verwandelte sich in einen ansehnlichen Mann, kleidete sich in einen hübsch genähten Robbenfellanorak und setzte einen Augenschutz aus Walrossbein auf, um seine Augen vor ihr zu verbergen. So ausstaffiert erschien er wieder bei dem Mädchen und trug seinen Heiratsantrag vor. Er gefiel ihr ausgezeichnet, und sie ging mit ihm, trotz der Einwände ihrer Eltern.

Das Mädchen und der Eissturmvogel lebten fortan in ihrem eigenen Haushalt zusammen. Er ging jeden Tag zur Jagd und brachte Fisch nach Hause, den er Seehund nannte. Alles ging gut, bis dem Eissturmvogel eines Tages sein Augenschutz herunterfiel und die Frau seine Augen sah. Sie erschrak heftig und fing an zu weinen, weil er so hässlich war. Ihr Ehemann hingegen lachte bloß auf. »So, hast du also meine Augen gesehen? Ha ha ha!« Und dann setzte er den Augenschutz wieder auf.

Die Eltern des Mädchens vermissten ihre Tochter sehr und gingen los, um sie zu suchen. Sie fuhren durch alle Meere und fanden sie schließlich. Der Eissturmvogel war nicht zu Hause, deshalb nahmen sie sie mit sich in ihr Boot und wollten nach Hause zurückkehren. Als ihr Ehemann zurückkam, war er völlig niedergeschlagen und nahm sofort die Verfolgung auf. Er schlug seine Flügel mit ungeheurer Kraft und wirbelte ein fürchterliches Unwetter auf, denn er war ein mächtiger Zaubervogel.

Wasser schwappte ins Boot durch den Sturm, der immer wilder toste, je kräftiger der Vogel mit den Flügeln schlug. Die Wellen stiegen immer höher, ihre Kämme schäumten weiß, und das Boot war kurz davor zu kentern. Den Eltern wurde bewusst, dass das Unwetter offenbar wegen ihrer Tochter ausgebrochen war, ergriffen sie deshalb und warfen sie über Bord. In ihrer Verzweiflung griff sie mit beiden Händen um die Reling. Doch es nutzte ihr nichts, denn ihr Papa holte sein Messer hervor und schnitt ihre Finger ab, einen nach dem anderen, und danach auch ihre Hände, bis sie den Halt verlor und in die Tiefe sank.

Der Seegang beruhigte sich sofort, so dass die Eltern heil und unversehrt nach Hause kamen. Sie hatten ihr eigenes Leben gerettet, indem sie ihre Tochter opferten.

Die Finger der jungen Frau wurden zu Seehunden, Walrossen und Walen. Sie alle schwammen zu ihr, als sie auf dem Meeresboden saß, und dort sitzt sie immer noch und gebietet über alle Meerestiere. Die Tiere schwimmen um sie herum und verfangen sich vielfach in ihren langen und schönen Haaren, und weil sie keine Hände mehr hat, kann sie sich nicht selbst kämmen. Wenn die Seehunde sich nicht mehr erjagen lassen, muss der Angakoq zu ihr hinabsteigen und sie kämmen. Zum Lohn schickt sie den Menschen wieder Jagdtiere aus dem Meer. Das ist die Geschichte von der Mutter des Meeres. Und die Menschen nennen sie Nerrivik, weil sie uns Essen gibt.

*

Tulugaq nutzte jeden nur erdenklichen Moment, um Naaja Geschichten von allen möglichen gefährlichen Wesen zu erzählen und wie man sie besiegen konnte. Er erklärte ihr, welches Tabu mit welcher Erkrankung und mit welchen Umständen einherging, und wie böse Geister mit Zauberformeln vertrieben werden konnten, die so gewaltig und gefährlich waren, dass er sie ihr nur ein einziges Mal vorflüsterte. Sie durfte die Formeln nur im Stillen wiederholen, um sie sich einzuprägen.

Er hatte viel darauf gegeben, als sie ihm den gewaltigen Eisbären beschrieb, und ihr erklärt, dass nur große Angakoqs das innere Licht auf diese Weise erlangt hatten. Er sagte, dass er das Licht sofort rings um ihren Kopf gesehen hatte, als sie nach dem Kampf auf dem Berg zum Zeltlager zurückkam. Sie hatte ihm auch vom Erscheinen des Raben berichtet, schwieg aber über den Wortwechsel mit ihm. Im Grunde hatte sie Tulugaq nicht willentlich angelogen, auch wenn sie ihm nichts von den

Anweisungen ihres Schutzgeistes erzählt hatte. In gewisser Weise hatte sie sie selbst schon wieder vergessen. Von ihren und Papas Tabubrüchen zu berichten, war ein so beängstigender Gedanke, dass Naaja jedes Mal, wenn er sich in ihr Bewusstsein drängte, das Gefühl hatte zu ersticken. Sie bekam so lange kaum Luft, bis es ihr gelang, sich mit aller Macht auf etwas anderes zu konzentrieren, etwas, das diese Erinnerungen daran hinderte, an die Oberfläche zu gelangen und sich in der Wirklichkeit einzunisten. Nun, da Tulugaq schon bald zu seiner Seelenreise aufbrechen würde, fiel es ihr jedoch schwerer als je zuvor. Im Halbschlaf, wenn sie nach der Nachtruhe zu sich kam, die Augen aber noch nicht geöffnet hatte, erschien Krummi ihr immer häufiger, ungebeten, und sie hörte sein heiseres Krächzen: »Rufe nach mir, wenn du bereit bist!« Sie wusste aber, dass sie es nie sein würde. Nie und nimmer.

Zum Glück war Tulugaq der Ansicht, dass Naaja noch nicht bereit war, ihn bei seinem Seelenflug zu begleiten. Er unterrichtete sie lediglich darin, wie sie sicherstellte, dass er selbst wohlbehalten zur Frau am Meeresboden gelangte und auch wieder zurück. Außer ihr selbst sollte noch der alte Nutik behilflich sein. Er war der älteste Mann im Dorf und hatte schon viele Male zuvor die Trommel geschlagen, getanzt und gesungen, während der Angakoq Antworten in der Geisterwelt suchte. Nutik war gebrechlich und hatte einen krummen Rücken, sein langes Haar war schneeweiß und sein Gesicht von Runzeln zerfurcht. Doch Naaja wusste, sobald er begann, die Trommel zu schlagen und zu singen, waren die Jahre verflogen, und er wirkte wieder kraftvoll wie ein junger Jäger, der sein ganzes Leben noch vor sich hat. Dies war der Zauber der alten Gesänge.

*

»Mipik hat mehr erlebt, als die meisten wissen.« Tulugaq sah vor sich hin und schüttelte mit traurigem Blick den Kopf. »Sie möchte nicht, dass die Leute darüber Bescheid wissen, doch ich werde es dir trotzdem erzählen, kleine Möwe, weil du dich so oft über sie grämst.«

»Ich gräme mich nicht über sie«, hielt Naaja dagegen, auch wenn sie Tulugaq gerade eben anvertraut hatte, wie schwierig die ständige Kritik ihrer Schwiegermutter für sie war, wie anstrengend die Diskussionen, um von ihr überhaupt die Erlaubnis zu bekommen, ihn zu besuchen. »Sie konnte mich noch nie ausstehen, und es ist ganz egal, wie sehr ich mich bemühe, ihr zu gefallen.«

Der Angakoq tat, als hätte er sie nicht gehört. »Als Mipik eine junge Frau war und mit ihrem ersten Mann drei Kinder hatte, zelteten sie einmal im Sommer auf einer kleinen Insel etwas südlich von hier. Ihr Mann war ein tüchtiger Jäger, doch er hatte die Eigenart, zu lange auf dem Meer zu bleiben. Das wurde ihm zum tödlichen Verhängnis, als er eines Tages nach einer langen Jagdfahrt in seinem Kajak einschlief. Er war nicht weit vom Land entfernt und Mipik konnte ihn sehen, als sein Kajak auf die Seite schlug und er vor ihren und den Augen ihrer Kinder ertrank. Sie waren zu der Insel mit dem Frauenboot einer anderen Familie gekommen, die ihr Sommerlager weit im Landesinneren aufgeschlagen hatte. Sie wollten dort den ganzen Sommer mit der Rentierjagd verbringen, so dass der armen Frau erst spät im Herbst geholfen werden konnte. Sie musste alle Hunde schlachten und das Fleisch den Kindern geben, doch es reichte trotzdem nicht aus. Als sie kurz davor waren zu verhungern und bereits begonnen hatten, Löcher in ihre Kleidung zu nagen, griff sie zu der verzweifelten Lösung, die beiden jüngsten zu erhängen, einen Jungen und ein Mädchen, statt sie noch länger den Qualen des Hungers auszusetzen. Dem ältesten Kind, deinem Sammik, gelang es,

Hasen und ab und an einen Vogel zu fangen, so dass sie nur mit knapper Not bis zum Herbst überlebten, bis meine Frau und ich sie abholten. Sie waren so furchtbar abgemagert und mitgenommen. Ich habe nie einen schrecklicheren Anblick gesehen.« Tulugaq verstummte.

Naaja erschauderte und schämte sich für ihre Abneigung gegen die alte Frau. Es war kein Wunder, dass die arme Mipik mürrisch und schwarzseherisch war, und dass Sammik ihr näher stand als irgendwer sonst. Die beiden haben schreckliche Dinge zusammen durchgemacht. »Ich werde ihr von jetzt an eine bessere Schwiegertochter sein«, sagte sie leise. »Ich habe noch nie von diesen Ereignissen gehört.«

»Nein, das war auch nicht zu erwarten. Die Menschen reden nicht gern über vergangenes Elend. Es reicht, sich Sorgen darüber zu machen, woher der nächste Bissen kommt. Sich über vergangene Hungerszeiten und Kummer Gedanken zu machen ist unnötig. Solche Dinge saugen allen Mut und Frohsinn aus uns.« Er lächelte für einen Moment. »Es ist schöner, über eine große Jagd, über gute Feste und ungewöhnliche Ereignisse zu reden. Zum Beispiel davon, wie die Kavdlunât, die Bleichen, aus dem Süden kamen.«

»Hast du schon einmal einen Kavdlunât gesehen?« Naaja war froh, dass er das Thema wechselte.

»Nein, ich lebte noch bei meiner Familie im Westen, als sie hierher in das Land der Menschen kamen«, antwortete Tulugaq. »Aber der alte Nutik sah diese riesenhaften Männer. Sie lebten einen ganzen Winter im Haus seiner Familie im Norden in Upernavik.« Er senkte seine Stimme, als fürchtete er, dass ihn jemand hören könnte, obwohl sie zu dieser Zeit beide allein im Haus waren. »Ich besitze etwas, das Nutik mir für eine Heilung gab, einen geschnitzten Gegenstand, den sie zum Lohn für eine Frauenleihe zurückließen. Einige Männer hatten ihnen über den Winter ihre Frauen geliehen, unter anderem Ulioq, dein Großvater. Im Jahr darauf wurde deine Mutter geboren und hatte sonderbare Augen, von der Farbe des Meeres.«

Naaja schnappte vor Verwunderung und Spannung nach Luft und wagte es nicht, etwas zu sagen, als der Angakoq unter das Schlafpodest griff und von dort ein kleines Robbenlederpäckchen hervorholte. Er löste das Bündel und wickelte eine winzig kleine Menschenfigur aus, geschnitzt aus einem Walrosszahn und kaum so groß wie eine Hand. Naaja streckte zögernd ihre Hand aus, und er reichte ihr die weißgelbliche Figur. Sie glich in keiner Weise den Puppen, die sie bislang gesehen und manchmal auch selbst für die Kinder zum Spielen gefertigt hatte. Dieser Mensch, wenn es denn einer war, saß auf einer Art Stufe mit einem flachen, hohen Rücken. In diesen war ein wundersames Muster geschnitzt, Streifen und Ringe, die klitzekleine Laubblätter formten. Die Gestalt trug eine seltsam spitze Kapuze auf dem Kopf und ihr Gewand sah aus, als wäre es aus einem einzigen Fell gemacht, das so um den Körper geschlungen war, dass es von der Taille in feinen Falten herabfiel. Und doch wusste Naaja gut, dass es unmöglich war, eine Haut so zu bearbeiten, dass sie so dünn war, um auf diese Weise fallen zu können.

Sie strich mit einem Finger über die feine Schnitzerei. Derjenige, der diese Figur geschnitzt hatte, verstand wahrhaftig sein Handwerk und hatte ein gutes Messer gehabt. Tulugaq streckte die Hand aus und Naaja seufzte leise, als sie die Kostbarkeit zurückgab und sie wieder in dem Leder und unter dem Podest verschwinden sah.

»Was waren sie denn, Gespenster oder Menschen?«, fragte sie.

»Sie waren zumindest keine Inuit, so wie wir«, antwortete der Angakoq. »Sie konnten keine menschliche Sprache sprechen und verständigten sich untereinander mit sehr merkwürdigen Tönen. Sie hatten keine Ahnung von der Robbenjagd, konnten aber lernen und halfen bei der Jagd nach Narwalen. Sie konnten sich nicht einmal Kleider machen, so dass es unerklärlich ist, wie sie in diesem Land leben konnten. Gewöhnlichen Menschen ist das nicht möglich, nur Geister können ohne Kleidung leben. Im Jahr darauf zogen sie fort und sagten, sie wollten an der Küste entlang weiter nach Süden, zu ihrer Heimatsiedlung. Danach wurden sie nie wieder gesehen.«

Naaja nickte nachdenklich. Sie wusste, dass die Welt groß war, und südlich der Bucht lag eine unglaublich große Landfläche. Wer wusste, was sich dort alles verbarg? Es gab eine Geschichte über einige Männer, die herausfinden wollten, wie groß die Welt war. Sie brauchten ihr ganzes Leben, waren Greise geworden, ehe sie das Ende der Welt erreicht hatten und wieder zurückgekehrt waren.

Sie nahm ihre Näharbeit wieder auf, ein winziges Kindergewand aus daunenweichem Welpenfell für Tartes Baby, das bald auf die Welt kommen würde. Sie verspürte keine Eifersucht mehr gegenüber der jüngeren Frau. Man musste Tarte, die nie einer Fliege etwas zuleide tat, einfach gernhaben. Anders sah es mit ihren Gefühlen gegenüber Sammik aus. Er hatte zwar fast ganz davon abgelassen, sie zu schlagen, doch stattdessen tat er nun so, als gäbe es sie gar nicht. Es kam vor, dass sie seinen Blick auf sich ruhen fühlte und ihn daraufhin ansah. Doch stets erschien es ihr so, als ob sie Argwohn, ja sogar Furcht, in seinen Augen entdeckte, und ihr war unerklärlich, wie das möglich sein konnte. Manchmal fand sie sogar, das Leben sei weniger schlecht gewesen, als er sie hin und wieder geschlagen hatte. Da hatte er zumindest mit ihr gesprochen, um sie zu tadeln. Sie hätte lieber seine Beschimpfungen ertragen als dieses ewige, eisige Schweigen. Jetzt verstand sie, wie Papa sich damals gefühlt hatte, als die Leute ihn ignorierten und er deshalb beschloss fortzugehen. Wenn sie doch nur Verwandte hätte, die ihr gestatten würden, bei ihnen zu leben. Doch sich mit etwas zu befassen, das man nicht ändern konnte, führte zu nichts. Naaja ermahnte sich, dankbar dafür zu sein, dass Sammik sie trotz ihrer Kinderlosigkeit und des Hungers, der mit jedem Tag mehr an ihnen nagte, nicht vor die Tür gesetzt und damit in die Kälte geschickt hatte. Jedenfalls noch nicht, flüsterte eine besorgte Stimme in ihrem Inneren. Doch wie lange würde er noch warten?

*

Der Vollmond leuchtete kalt und unheimlich am schwarzen Himmelsgewölbe. Endlich war es so weit. Offenbar hatte sich jeder einzelne Bewohner von Sermermiut in Tulugaqs Haus eingefunden. Das Haus war blitzblank geputzt, und die Vorhänge an den Durchgängen zwischen den Wohnbereichen sowie jedes bewegliche Teil, das irgendwie Raum einnahm, waren entfernt worden. Die Menschen saßen überall, wo sie Platz fanden, auf Podesten oder auf dem Boden, Kinder in den Armen der Frauen, Frauen in den Armen der Männer. Der einzige noch freie Platz war neben einer flachen Unterlage aus Treibholz, die in der Mitte vor dem Schlafpodest auf dem Boden platziert worden war. Vor die Unterlage hatte Nutik die Trommel gelegt, die er vorher angefeuchtet hatte. Auf diese Weise war das Leder ordentlich über den Rand gespannt und der Klang der Trommel kräftig und schön. Naaja sah, dass Sammik und Tarte sich einen guten Platz auf dem Schlafpodest im Mittelhaus gesichert hatten. Die alte Mipik war auch erschienen und saß mit ausgestreckten Beinen inmitten mehrerer älterer Frauen an einer Wand am Rand. Der einzige Mensch, der nirgendwo zu sehen war, war der Angakoq selbst. Er war zeitig am Morgen hinaus in die Dunkelheit verschwunden, um sich allein in der Abgeschiedenheit vorzubereiten.

Naaja war aufgetragen worden, einige der wichtigsten Schutzamulette von Tulugaq an einer Schnur über dem Gang aufzuhängen. Von diesen Amuletten besaß er eine große Menge: den Schädel einer Bärin, viele Tierknochen, den Schwanz eines Fuchses, eine Rabenkralle, einen Möwenschnabel und die getrocknete Flosse einer Mützenrobbe. Ein schwacher Luftzug blies durch den Gang und bewegte die Gegenstände, so dass ihre Schatten in dem dumpfen Lampenschein vor- und zurückflatterten und sich die Spannung in der Luft steigerte. Nutik trat nun hervor, das Stimmengewirr verstummte. Der alte Mann kündigte das Erscheinen Tulugaqs an und unterstrich, wie wichtig es sei, dass jedem Einzelnen klar war, dass sich der Angakoq auf eine große Gefahrenreise begeben würde. Derjenige, der versuchte, sich ihm zu nähern, während seine Lebenskraft zum Besuch bei der Mutter des Meeres war, würde sowohl sein eigenes als auch das Leben des Angakoqs beenden.

Nun kam Tulugaq herein und ging schweigend mit langsamen Schritten durch die Menge und zu der Unterlage, wo er sich ganz entkleidete, bevor er sich darauflegte. Es herrschte Totenstille, während Nutik und Naaja einander dabei halfen, den Angakoq an Händen und Füßen festzubinden. Nutik hatte ihr vorher die Knoten beigebracht, und sie zog sie so fest, dass die Riemen aus Robbenleder Tulugaq ins Fleisch schnitten. Er gab jedoch keinen Ton von sich, sondern sah still mit verschleierten Augen an ihnen vorbei, ganz so, als sähe er etwas, das den anderen verborgen war. Im Anschluss wurden alle Lampen gelöscht, bis auf eine kleine Funzel, die fast kein Licht gab. Nutik und Naaja setzten sich auf beiden Seiten der Unterlage auf ihre Hacken, um sicherzugehen, dass niemand Tulugaq nahe kam.

Zuerst herrschte Schweigen, doch dann ertönte leises Stöhnen von Tulugaq und Naaja spürte, dass er sich hinter ihrem Rücken bewegte. Seine Stimme war dünn, gewann aber beständig an Kraft, und er begann zu singen. Es war, als würde sein Gesang von den Wänden widerhallen und aus allen Richtungen zugleich kommen. Ein unheimliches Knurren ertönte von oben, dann ein schwaches Heulen und Winseln, plötzlich setzten Trommelschläge ein, dumpf zuerst, doch dann schneller und lauter. Der Takt steigerte den Gesang des Angakoq. Naaja lauschte wie in Trance auf seine Worte, und sie erkannte, dass viele davon Serratit waren, uralte Zauberformeln. Einige von ihnen hatte sie gelernt, andere verstand sie hingegen nicht. Dennoch war ihr die Bedeutung klar: Tulugaq rief seine Schutzgeister zu sich, die Bärin, die Möwe und Tôrnârsuk, den mächtigsten von ihnen allen, um ihn zur Begegnung mit der Mutter des Meeres zu begleiten.

Sie begann unwillkürlich die Lippen zu bewegen und in seinen Gesang einzustimmen, und binnen kurzer Zeit folgten einige ihrem Beispiel. Nach und nach sang das ganze Volk vom Gletscher, dass es nur so durchs Haus schallte. Doch Tulugaqs Stimme entfernte sich und ging in dem Konzert, der Hitze und dem Geruch der Menschen unter. Der alte Nutik erhob sich und zündete die Lampen an. Als sich die Augen an das Licht gewöhnt hatten sahen sie, dass Tulugaq verschwunden war, nur die Robbenlederriemen und die Trommel waren noch da. Nutik begann erneut, die Trommel zu schlagen, und die Menschen sangen weiter wie entrückt. Der alte Mann begann, sich im Takt zu bewegen. Seine Beine gingen geschwind, und er wandte und wiegte seinen welken, abgemagerten Körper völlig mühelos.

Naaja wiegte sich ebenfalls hin und her, und die Worte flossen hervor, ohne dass sie begriff, woher sie kamen. Es war, als wären sie schon immer in ihrem Inneren gewesen, irgendwo in den tiefen Abgründen ihrer Seele. Der dröhnende Takt der Trommel riss sie mit sich, befremdlich und vertraut zugleich, und sie fühlte, wie das innere Licht, von dem Tulugaq gesprochen hatte, in ihren Adern strömte und ihren Geist erleuchtete.

Sie begriff wahrhaftig, dass sie eine von jenen war, die wussten, die berufen waren zu leiden. Auf diese Weise erlangten sie Einsicht in die Geisterwelt und das, was unter der Oberfläche war. Das Blut pochte ihr in den Schläfen, es rauschte in ihren Ohren.

Nutik tanzte immer toller, und wie durch einen Nebel sah sie, dass alle Anwesenden mitgerissen worden waren. Ihre Gesichter glänzten schweißüberströmt, denn viele hatten begonnen zu tanzen, den Blick in die Ferne gerichtet. Die Haarknoten einiger Frauen hatten sich gelöst, so dass die langen Strähnen vor- und zurückschlugen, wenn sie den Kopf beim Singen hin und her warfen. Tarte erschrak vor Naaja, ihre Augen waren weit geöffnet und der Mund aufgerissen wie zu einem Schrei, doch der Ton ging in dem Lärm unter. Naaja war schrecklich schwindelig, und sie streckte die Hand aus, um sich abzustützen. Doch sie griff ins Leere. Der Trommelschlag wurde schwächer und ebenso der Gesang, die Gesichter der Menschen verschwammen vor ihren Augen, und es wurde dunkel. Alles floss ineinander und wurde zum dunklen Meer, in das sie herabzusinken begann. Das Letzte, was sie sah, bevor sie unter der Oberfläche verschwand, war die große Kralle eines Raben, die an der Schnur über der Gangöffnung hin und her schwang.

Das Wasser schloss sich über ihrem Kopf, und sie sank tiefer und tiefer. Fische schwammen in Schwärmen vorbei und starrten sie mit großen, weit aufgerissenen Augen an. In einiger Entfernung erblickte sie ein paar Mützenrobben mit schwarzen Glatzköpfen, doch sie schenkten ihr keine Beachtung. Die glänzenden, wendigen Körper glitten mühelos weiter und waren nach kurzer Zeit wieder außer Sichtweite. Naaja spürte die großen Steine des Meeresbodens unter ihren Füßen. Hier und da wuchsen große Algenbüschel, grünliche Algenbänder wellten sich in den Wirbeln der Meeresströme in die eine oder andere Richtung, als würden sie von unsichtbaren Händen hin und her gezogen. Sie merkte, dass sich ihr Haar aus dem hohen Knoten gelöst hatte. Die Strömung spielte mit ihren schwarzen Locken wie mit den Algen, schlang sie um ihren Hals und vors Gesicht, und riss sie dann wieder mit sich fort.

Irgendwo aus der Ferne drang neckendes, schrilles Gelächter an ihre Ohren. Naaja drehte sich und sah sich verwirrt um. Aus dem blaugrünen Dunst kam ein dunkler Schatten immer näher und wurde rasch größer. Seine Umrisse wurden deutlicher, und schließlich erkannte sie ihn. Er trug etwas Kugelförmiges in seinem schwarzen Schnabel, das er vor ihren Füßen fallen ließ. Ein Auge.

»Naaja, Naaja«, krächzte der mächtige Rabe. »Siehst du nicht, in welche Richtung du laufen sollst?«

Sie sah ihn fassungslos an. »Ich bin noch nicht bereit. Ich habe nicht nach dir gerufen!«

»Niemand ist jemals bereit«, antwortete er spöttisch. »Trotzdem muss man eines Tages losgehen. Komm!« Er flog ihr voraus, und sie hatte keine andere Wahl, als ihm zu folgen.

Sie befanden sich in der Tiefe des Eisfjordes. Dicht über sich sah Naaja die riesigen Eisberge, und es war, als ginge sie unter einem geschlossenen Dach aus Eis. Spitze Zacken oder runde Wölbungen waren an den Unterseiten der Eisberge zu erkennen, und sie sah auch, dass zwar ein großer Teil der Eisberge aus dem Wasser aufragte, der um ein vielfaches größere Teil jedoch befand sich unter der Oberfläche. Die Schwingen des Raben teilten das Wasser genauso mühelos wie die Luft. Naaja musste all ihre Kraft einsetzen, um ihm zu folgen, nicht nur weil er die Tiefe schnell durchquerte, sondern auch weil es so viel zu sehen gab und sie oftmals anhielt, um sich verwundert umzuschauen.

Auf einmal tauchte ein großer Narwal vor ihr auf und hielt

mit seinem gigantischen gedrehten Stoßzahn direkt auf sie zu. Im nächsten Moment würde er diesen Speer durch sie hindurchtreiben. Sie wollte nach dem Raben rufen, doch über ihre Lippen kam kein Ton. Sie sprang zur Seite, doch im selben Augenblick erschien ein zweiter Wal aus der anderen Richtung, mit einem Zahn so lang wie ein Kajak. Sie spurtete dem Raben hinterher, der endlich bemerkt hatte, dass sie zurückgeblieben war und sich auf einer Felsnase niedergelassen hatte, um auf sie zu warten.

»Sie greifen einander nur an, um sich vor den Kühen aufzuspielen«, erklärte er etwas abschätzig mit seiner heiseren Stimme. Naaja blickte über die Schulter und sah, dass es stimmte. Die Wale waren ihr nicht gefolgt, sondern schwammen jetzt in kleinen Kreisen und zielten mit ihren bedrohlichen Stoßzähnen aufeinander. Dann sah sie ein drittes Tier heranschwimmen, welches das Geschehen verfolgte. Es trug keinen Zahn, war also ein weibliches Tier.

»Komm! Der Wohnsitz der Mutter des Meeres ist nicht mehr weit.« Der Rabe flog wieder los, und Naaja gab nun acht, ihm schnell zu folgen. Ihr Herz schlug nach dem Schrecken noch heftig und hatte sich kaum beruhigt, als eine neue Bedrohung sichtbar wurde: ein Walross, größer als jedes andere, das sie bis dahin gesehen hatte. Die Zähne waren so dick wie die Schenkel einer wohlgenährten Frau und so lang, dass sie als Dachbalken dienen könnten.

Das Walross räkelte sich auf einem hohen Felsblock vor der riesigen Öffnung einer Höhle, die mit zwei Tranlampen aus Speckstein erhellt wurde. Beide Lampen loderten fröhlich, obwohl keine Frau zu sehen war, die sie hütete. Aus dem Inneren der Höhle leuchtete der Schein weiterer Lampen. Ihr kam der Gedanke, dass es dasselbe Walross sein könnte, das Papa in Uummannaq erlegt hatte. Seine Seele war zurückgekehrt in die Heimat bei Nerrivik, wo sie sich in einem neuen Körper angesiedelt hatte. Daher war sie erleichtert, als der Rabe ihr bedeutete, in einiger Entfernung zu warten, während er um Einlass ersuchte und hoch auf den Felsblock flog. Sie verstand kein Wort, hörte nur ein Krähen und Kreischen, Knurren und Fauchen. Einen Augenblick später flog ihr Schutzgeist herab zu ihrem Kopf und wies sie an, ihm zu folgen. Mit einem Flügelschlag verschwand er in die erleuchtete Höhle. Sie ging ihm zögernd hinterher, wandte dabei jedoch keinen Moment die Augen von dem Walross. Es würdigte sie hingegen keines Blickes, sondern legte sich in aller Ruhe zum Schlafen auf den Felsen und ließ seine kolossalen Zähne über den Rand ragen.

Die Höhlenöffnung hatte die Form eines Tunnels, war allerdings viel größer, mindestens so hoch wie zwei Männer, und es bestand keine Notwendigkeit, auf allen vieren hindurchzukriechen. An ihrem Ende hing ein Fellvorhang, so wie es in allen Heimen üblich war. Der Rabe war nirgendwo zu sehen, doch ihre Neugier hatte inzwischen die Furcht bezwungen. Naaja zog den Vorhang sachte zur Seite und trat ein. Die Höhle war dunkel und so groß, dass sie zunächst keine Wände ausmachen konnte und dachte, sie wäre wieder hinausgegangen. Aber als sich ihre Augen an das Halbdunkel gewöhnt hatten, fiel ihr Blick auf kleine Lampen auf vereinzelten Vorsprüngen in der Felswand, und sie konnte sehen, dass sie sich wahrhaftig in einer Höhle befand. Es war nicht möglich auszumachen, wie tief sie war, nicht nur wegen der Größe, sondern auch, weil ein dichter Algenwald vor ihr lag. Dunkle, tiefgrüne und bräunliche Algenschleier schwebten hin und her. Zwischen ihnen entdeckte sie Fische und Robben, Walrosse und Wale jedweder Art.

Sie hielt nach ihrem Schutzgeist Ausschau und wusste nicht genau, wie sie sich nun verhalten sollte. Im gleichen Atemzug vernahm sie hinter ihrem Rücken seine heisere Stimme:

»Grüße die Mutter des Meeres!«

In diesem Moment begriff sie, dass der Wald vor ihr nicht nur aus Algentang bestand, sondern auch aus Haar, jenem langen und kohlschwarzen Schopf der Mutter des Meeres. Naaja war überwältigt. Ehrfurcht erfüllte sie und ebenso das Gefühl, unwürdig zu sein. Wie konnte es rechtmäßig sein, dass sie, die so unbedeutend, zu nichts nutze und winzig klein war, sich dem Ursprung allen Lebens näherte?

»Ajúngilaq! Sei willkommen, kleines Menschlein.«

Die Stimme schien von überall zu kommen, tief und machtvoll. Zugleich wurde der Algenwald von einer großen Wellenbewegung erfasst und wie ein Vorhang, der in der Mitte geöffnet wird, leicht auseinandergezogen. Naaja stand vor Nerrivik. Sie war viel schöner, als es sich Naaja jemals vorgestellt hatte. Die Mutter des Meeres war rund und hatte einen großen Bauch, so als hätte sie nie Hunger gekannt. Ihre Brüste waren groß und schwer wie die einer Frau, die viele Kinder gleichzeitig von ihrer Milch ernähren konnte. Ihre Haut war glatt und glänzend, ihre Augen so schwarz wie ihr Haar. Dieses wand sich überallhin und verhüllte ihre gekreuzten Beine. Zweifellos würde es bis zum Boden reichen, wenn sie aufrecht stünde. Ihre Gesichtszüge waren vertraut, und die Erinnerung an eine andere Frau schwebte zur Oberfläche. Doch sie verschwand ebenso schnell wieder, denn der scharfe Blick und die furchteinflößende Miene standen im völligen Gegensatz zu der freundlichen Anrede. Naaja schaute verängstigt und demütig nieder. Ihr Blick blieb an den Händen der Frau hängen. Zugleich erfüllten sie Grauen und Mitleid, denn an ihren Handgelenken waren nur blutige Stümpfe.

»Ich weiß, warum du hier bist, kleine Möwe«, sagte Nerrivik, und ihre Miene hellte sich einen Augenblick auf, als sich ihre Lippen zu einem kleinen Lächeln formten. Es war jedoch schon wieder verschwunden, bevor es die Augen erreichte.

»Ich wollte nicht… ich weiß nicht…«, begann Naaja

stammelnd, doch die Mutter des Meeres erhob einen Armstumpf, und Naaja verstummte mitten im Satz. Sie wusste im Grunde auch nicht, was sie hatte sagen wollen.

»Ich habe dich selbst hierhergerufen«, erklärte Nerrivik. »Tulugaq hat lange bei mir geweilt und jene Wirrnisse aus meinem Haar gelöst, die von den Handlungen des Volkes am Gletscher herrührten, doch jetzt habe ich ihn wieder nach Hause geschickt. Im Ozean ist die Zeit unergründlich, ein Mond ist wie ein Tag und ein Tag wie ein Mond.« Sie schwieg, und Naaja spürte ihren forschenden Blick auf sich ruhen, obwohl sie nicht wagte aufzusehen. »Getan ist getan und nicht mehr zu ändern«, fuhr sie nach einer kurzen Weile fort. »Doch was im Verborgenen geschah, muss offenbart werden, damit vergeben und von neuem begonnen werden kann.«

»Alles?« Naajas Stimme war kaum zu hören.

»Alles!« Ein kalter Windstoß blies durch die Höhle, Nerriviks lange Locken flatterten auf, und glänzende Fischlein sausten in der Strömung umher. »Das wird eine schwere Erfahrung für dich, doch du trägst in dir Qaamaneq, das innere Licht. Es wird nicht verlöschen, auch wenn dich Schatten für lange Zeit umschließen werden.«

Irgendwo aus der Ferne drang Gesang an Naajas Ohr, so leise, dass sie zuerst keine Worte unterscheiden konnte, doch sie erkannte die Stimmen und den Klang der Trommel. Sie wusste, dass nach ihr gerufen wurde. Die Stimmen wurden kräftiger, es wurde dunkler, als würden die Lämpchen in der Höhle eine nach der anderen gelöscht, und die Mutter des Meeres verschwand wieder in dem dunklen Wald aus Haar und Tang. Sie nahm einen großen Schatten wahr, der über ihrem Kopf flog. Der Rabe krächzte lauthals, kam schnell heran, und plötzlich erschien seine pechschwarze Flügelspanne vor Naajas Augen. In ihren Ohren rauschte es, Schwäche überkam sie, und sie wünschte nur, sich ausruhen zu können, zu schlafen, in die Dunkelheit abzutauchen …

*

Wir strecken die Hände aus, um dir hinaufzuhelfen,
wir sind ohne Speise und ohne Fangtiere!
Wir strecken die Hände aus …

Das Singen und das Dröhnen der Trommel wurden beständig lauter und eindringlicher. Sie spürte, wie sie gegen ihren Willen zurück in das Licht gezogen wurde, so rasant, dass es in ihren Ohren rauschte. Alles um sie war undeutlich und in Dunst gehüllt. Tulugaqs besorgtes Antlitz blitzte für einen Moment auf, der alte Nutik war auch da und ebenso Sammik. Sie bemerkte, dass ihr Ehemann wütend war, oder vielleicht angsterfüllt? Irgendjemand weinte und jammerte. Sie hörte Klagelaute einer Frau, so als wäre jemand gestorben. Die Hitze im Haus war erdrückend, und sie rang nach Luft, während sie sich zusammengekauert neben der Unterlage wiederfand, die sie gemeinsam mit Nutik für Tulugaq zusammengefügt hatte. Sie lag an derselben Stelle, an der sie sich befunden hatte, bevor sie aus ihrem Körper gefahren war. Der Angakoq stand vor der Unterlage und drehte ihr den Rücken zu, seine nackten Beine befanden sich direkt vor ihrem Gesicht.

Tulugaq hob beide Arme hoch in die Luft, und alle verstummten. Er wartete eine kleine Weile, bis vollständiges Schweigen herrschte. »Nun sprechet die Worte, die gesprochen werden müssen!«, sagte er in gebieterischem Ton, und die Stimmen ertönten wieder mit neuer Kraft. Sie prasselten auf ihn ein wie ein Gletscherfluss in der Frühjahrsschmelze: »Es ist meine Schuld, ich bin es, vielleicht liegt es an mir!« Sie gestanden vielerlei Tabubrüche und übertönten sich dabei gegenseitig. Jeder Einzelne von ihnen war überzeugt, den Groll der Mutter des Meeres verursacht zu haben und mit einem Geständnis eine Hungersnot abwenden zu können. Ein Jäger hatte einige Seehundknochen seinen ausgehungerten Hunden vorgeworfen, anstatt sie alle zusammen am selben Ort zu belassen, damit die Seele des Tieres ihren Körper heil und ungeteilt zurückbekommen könnte. Ein anderer hatte ein Rentierbein mit der linken anstatt mit der rechten Hand gebrochen, um an das Mark zu kommen. Eine weinende Frau berichtete, dass sie ihre Notdurft während ihrer Blutungen auf dem Eis verrichtet hatte, als sie ihren Mann auf der Jagd begleitete, denn es war einfach zu weit bis ans Land gewesen. Nach diesem letzten Geständnis setzte Geschrei ein. Das war die Erklärung! Die Frau hatte den Jagdtieren und der Mutter des Meeres gegenüber große Geringschätzung gezeigt, und somit musste deren Wut die Schuld dieser Frau sein!

Naaja kniff die Augen wieder zusammen und fasste sich an den Kopf. Sie fühlte sich, als würde er zerspringen. Es war nicht die Schuld dieser Frau, und sie war die Einzige, die es wusste. Sie musste etwas sagen. Sie erhob sich mit schlotternden Knien vom Boden, stellte sich auf die Treibholzunterlage und holte tief Luft. Die Stunde der Wahrheit war gekommen.

»Nerrivik ist wütend wegen mir und wegen dem, was ich und mein Vater taten und dass ich geschwiegen habe!«, rief sie so laut sie konnte. »Ich weiß es, weil sie es mir selbst gesagt hat!«

Die Leute starrten sie an, mit Augen voller Argwohn, Ungläubigkeit und Furcht. Die Rufe verebbten und verstummten schließlich ganz. Aus allen Richtungen begegnete ihr Widerwille, beinahe zum Greifen nah. Niemand sagte ein Wort, aber es bezweifelte auch niemand, dass sie so wie Tulugaq selbst die Mutter des Meeres besucht hatte. Das verlieh ihr neuen Mut.

»Ataata hat mich zur Ehefrau genommen, als kleiner Bruder und Mama gestorben waren.«

Lautstarkes Murren war von den Anwesenden zu hören. Eine Stimme verfluchte ihren Vater.

»Diese Sippe zieht nur Unglück an, das habe ich schon immer gesagt!«

Naaja erkannte die schneidende Stimme ihrer Schwiegermutter und biss sich auf ihre bebende Unterlippe. »Und da ist noch etwas«, fuhr sie mit unsicherer Stimme fort und merkte, wie ihre Knie zitterten. »Als ich Papas Wunden versorgte, nachdem er von dem Walross angegriffen wurde, hatte meine Mondzeit begonnen. Ich hatte Blutungen. Ich wusste nichts davon, bis es schon zu spät war. Ich habe ihn getötet.« Es war geschafft. Sie stieg von der Unterlage und sank vor den Füßen des Angakoqs, der sie bestürzt anstarrte, entkräftet auf die Knie. Jetzt konnten sie mit ihr machen, was sie wollten, es war ihr gleich.

»Sie muss weg von hier! Es gibt keine andere Möglichkeit!« Mipik schrie ihre Meinung heraus. Einige stimmten der alten Frau zu, wenn auch mit leiser Stimme. Es war der Angakoq, der stets die Entscheidung traf, wie mit Tabubrüchen verfahren werden sollte, wie schwerwiegend diese wogen. Doch Tulugaq war tiefbetrübt und nicht mehr er selbst. Seine gebieterische Erscheinung war auf einen Schlag verschwunden. Vor ihnen stand ein alter, gebeugter Mann, der nicht zu wissen schien, was zu tun war. Ein Raunen ging wie ein Windstoß durch die Gruppe, während die Menschen der Dinge harrten, die da kommen sollten. Tulugaq sank mit den Händen vor dem Gesicht auf die Bank. Es verging viel Zeit, ohne dass jemand etwas sagte.

Schließlich stand Sammik auf und traf eine Entscheidung. »Naaja kommt nie wieder in mein Haus«, sagte er rigoros. »Von jetzt an habe ich nur noch eine Ehefrau.« Er setzte sich wieder hin. Naaja hörte benommen seine Worte. Obwohl sie begriff, dass sie ihr Todesurteil beinhalteten, spürte sie weder

Furcht noch Schmerz. Es war als könnte sie nicht mehr denken. Trotz der warmen, schweren Luft fühlte sie, wie sich von ihrem Herzen Kälte in alle Organe ausbreitete, bis zu den Füßen und in die Hände. Vielleicht wäre der Tod draußen in der großen Einöde genau so, eine Taubheit, die sich langsam, aber sicher ausdehnte und ihren Lebensgeist erstickte.

Tulugaq erhob sich bedächtig. »Naaja kann nicht für die Vergehen ihres Vaters büßen«, sprach er in unsicherem Ton. »Doch sie muss die Folgen ihrer eigenen Taten tragen und die große Mutter besänftigen, damit die Seehunde aufs Neue zu ihren Atemlöchern kommen. So lange, bis ein Jahr vergangen ist, wenn die Sonne auf dem Seqinniarfik-Berg erscheint, soll sie dieselben Verbote wahren, wie jemand, der sich des Menschenmordes schuldig gemacht hat.«

Naaja, die immer noch auf dem Erdboden kniete, sah verwundert zum Angakoq auf. Hatte er Sammiks Worte nicht gehört? Wo sollte sie wohnen? Er wusste genauso wie alle anderen, dass niemand sie von nun an in seinem Heim haben wollen würde. Onkel und Nappa waren die Einzigen, die sich jemals irgendetwas aus ihr gemacht hatten, doch jetzt mussten sie an Tarte und den Willen ihres Ehemannes denken. Mipik sprach die Frage aus, die ihr auf den Lippen brannte: »Und wer würde wohl diese Unheilshexe und Mörderin beherbergen, sie ernähren und einkleiden wollen?!«

»Das werde ich tun«, antwortete Tulugaq, warf den Kopf in den Nacken und hatte nun etwas von seiner Bestimmtheit und Würde wiedererlangt. Er blickte scharf in die Gruppe, als fordere er das Volk vom Gletscher auf, ihm zu widersprechen, ihm, dem Angakoq. Doch niemand sagte ein Wort, und Naaja erwachte aus ihrer Betäubung. Ihr Herz hüpfte vor Freude, und sie fühlte ihren Lebenswillen erneut durch ihre Adern fließen. Wie hatte sie sich eben noch stillschweigend mit ihrem Todesurteil abfinden können? Hatte sie Nerriviks Worte etwa bereits vergessen? Ihr Licht würde nie verlöschen, auch wenn eine Zeit lang Dunkelheit herrschen sollte.

Da ertönte ein dumpfes Stöhnen, das aus der hintersten Ecke des Hauses zu kommen schien. Die Anwesenden erschraken, denn es war gut denkbar, dass böse Geister umherstreiften nach all dem, was inzwischen vorgefallen war. Bewegung kam in die Menge auf dem Schlafpodest. Einige standen auf, ein weiteres unterdrücktes Ächzen ertönte, und alle versuchten, sich vorzubeugen und zu sehen, was los war.

»Es ist Tarte!«, rief jemand. »Sie bringt das Kind zur Welt!« Diejenigen, die am nächsten standen und als erste die Situation erfassten, eilten bereits zum Gang hinaus. Die Versammlung löste sich in hastiger Erregung innerhalb weniger Augenblicke auf. Jeder machte sich so gut es ging davon, entweder durch den Gang hinaus oder hinüber in die Häuser von Tulugaqs Söhnen. Nur Mipik und einige andere alte Frauen versammelten sich näher um das wimmernde Mädchen. Tarte schrie jetzt aus vollem Halse, während sie auf dem Podest auf ihren Hacken kauerte. Naaja sah, dass Sammik, der bis zum Gang gekommen war, einen Moment zögerte und unsicher schien, ob er gehen oder bleiben sollte. Im selben Augenblick erklang ein Weinen, und die Frauen kreischten auf. Das Kind war schon geboren! Naaja schob sich etwas näher und versuchte, einen Blick zu erhaschen, aber die Weiber nahmen ihr die Sicht.

»Ist es ein Sohn?!«, fragte Sammik erwartungsvoll, der noch immer wie angewurzelt an derselben Stelle stand. Doch die Frauen schwiegen, und er erhielt keine Antwort. War das Kind tot? Es durfte nicht tot sein! Das konnte auch gar nicht sein, denn Naaja hatte deutlich das Weinen gehört, wenn es auch schwach war. Sie schlängelte sich auf das Podest und spähte über die Schulter ihrer Schwiegermutter.

Das Kind lag zwischen Tartes Beinen, bläulich und schleimüberzogen, die dicke verdrehte Nabelschnur lag noch unzertrennt an der Nachgeburt im Mutterschoß. Es war ein Junge, ein strammer, kräftiger Junge mit üppigem, kohlschwarzem Haar. Doch sein Gesicht war sonderbar. Es war, als ginge der Mund in die winzige Nase über, ohne dass sich eine Oberlippe dazwischen befand. Es bildete sich eine große, rote Öffnung, so dass der Gaumen, der sich in der Mitte spaltete, unmittelbar zu sehen war. Naaja verstand nun, warum die Frauen so still waren: Dieses Kind konnte nie von einer Brust trinken, es war zum Hungertod verdammt. Mipik hob langsam den Blick und sah angsterfüllt in Naajas Augen.

»Das ist dein Werk, du Hexe!« Der Hass der Schwiegermutter traf sie wie ein Donnerschlag. Naaja fühlte, wie alles Blut aus ihrem Gesicht schwand. Sie wich zurück und schüttelte vehement den Kopf, so dass ihre offenen Haare hin und her schwangen.

»Sie muss weg von hier, das Unheil begleitet sie und legt sich über alle in ihrer Nähe!« Mipiks schrille Stimme schwoll an und endete in einem schneidenden Jaulen. Jemand riss an Naajas Arm und stieß sie zur Seite. Es war Sammik, der sein Kind sehen wollte. Seine Augen weiteten sich voller Entsetzen. Ohne ein Wort zu sagen, drehte er sich auf dem Absatz um, seine Faust erhob sich in die Luft und wäre auf Naajas Wange gelandet, hätte sie es nicht geschafft, augenblicklich auszuweichen. Er wankte, wäre fast vornüber gefallen und schrie vor Zorn.

»Ich werde dich töten, Ilisîtsoq!«

Naaja schaute sich blitzschnell nach einem Fluchtweg um. Tulugaq stand am Gang, seine Miene zu Stein gefroren. Sie konnte also nicht fliehen. Dann war es genauso gut, die Prügel mit Würde zu ertragen. Naaja richtete sich auf und blickte herausfordernd direkt in Sammiks blutunterlaufene Augen, etwas, was sie noch nie zuvor getan hatte. Dann schlag mich doch, dachte sie mit zusammengepressten Lippen. Schlag mich, so fest du kannst, damit es so schnell wie möglich vorbei ist! Er packte mit steinernem Griff ihre Schulter und sein rechter Arm hob sich erneut in die Luft. Jemand schnappte hinter Naajas Rücken nach Luft. Sammik ballte die Faust, und sie sahen sich für einige Momente in die Augen. Auf einmal wandte er den Blick ab und zog die Faust schnell zurück, sein Arm sank an der Seite herab. Er hatte Angst vor ihr, Angst vor der außerordentlichen Macht, über die sie verfügte!

»Sie muss fortgehen.« Sammik richtete seine Worte an Tulugaq. Seine Stimme zitterte vor Wut. »Ansonsten bringe ich sie eigenhändig um für die Hexerei und den bösen Zauber, den sie über meine jüngere Frau gebracht hat!«

Der Angakoq neigte den Kopf. »Morgen«, sagte er. »Morgen wird sie gehen.«

*

In dieser, ihrer letzten Nacht in Sermermiut, schliefen sie beide allein auf dem Schlafpodest in Tulugaqs Haus. Seine Tochter und die Kinder seiner Söhne betrachteten Naaja mit großen, panikerfüllten Augen und zogen sich unter ihren Blicken still in die anderen Häuser zurück. Naaja sah ihnen traurig hinterher. Sogar die kleine Katiak hatte jetzt Angst vor ihr.

»Vielleicht wirst du allein in der Wildnis überleben«, sagte der Angakoq mit leiser Stimme, als sie sich hingelegt hatten. »Du hast auch in Uummannaq überlebt.«

Sie antwortete nicht, unfähig, ein Wort hervorzubringen. Er wusste genauso gut wie sie, dass sie nach dem Tod ihres Vaters fast verhungert war. Doch sie hatte seine Waffen gehabt und ein sicheres Dach über dem Kopf, wo alles Nötige vorhanden war. Das wäre dieses Mal anders. Verstoßene konnten auf nichts vertrauen außer auf die eigene Stärke. Es gab Geschichten von Mördern, die für ihre Verbrechen in die Wildnis gejagt wurden, dort wie wilde Tiere lebten und mächtige Zauberer wurden. Sie waren dann äußerst gefährlich, so dass die Leute die Regionen mieden, in denen sie sich angeblich aufhielten. Doch dies waren alles Männer, Kajakruderer. Sie konnten sich Jagdwaffen bauen und hatten von Kindesbeinen an gelernt, sie einzusetzen. Sie besaßen darüber hinaus mächtige Schutzamulette von ihren Müttern, die ihre Kräfte und Fähigkeiten stärkten und ihnen Fangglück verliehen. Naaja schmiegte sich in stiller Verzweiflung näher an den alten Mann. Er legte seinen Arm um sie und zog die Bettfelle über ihnen zurecht.

»Du bist viel mächtiger, als ich dachte«, sagte er nach kurzem Schweigen. »Niemand kann den Weg zur Mutter des Meeres finden außer ein starker Angakoq mit einem mächtigen Schutzgeist. Er begleitet dich weiterhin.«

»Bin ich denn eine Angakoq?«, flüsterte sie. »Oder bin ich eine Ilisîtsoq? Ich habe noch nie die Zauberformeln benutzt, die du mir beigebracht hast. Was habe ich getan, dass Tartes Kind …« Sie verstummte und wusste nicht, welche Worte sie für die schreckliche Missbildung des Babys finden sollte. Tulugaq antwortete nicht gleich und war eine Weile tief in Gedanken versunken.

»Bestimmt war es deine Eifersucht«, sagte er schließlich zögerlich. »Vielleicht auch dein Schweigen über das, was zwischen dir und deinem Vater geschah. Beiderlei ist gefährlich. Zu starke Gefühle entziehen den Leuten die Kraft und verursachen immer Kummer.«

Naaja starrte in die Dunkelheit. Ab morgen würde sie niemandem mehr Kummer bereiten. Etwas später hörte sie an den schweren Atemzügen Tulugaqs, dass er eingeschlafen war. Sie war todmüde, konnte aber keinen Schlaf finden. Lange lag sie noch wach, dachte über das Geschehene nach und was sie in Zukunft erwartete.

Sie hatte eine Idee, und irgendwo zwischen Schlafen und Wachen traf sie eine Entscheidung. Sie hatte nichts zu verlieren.

Sammik starrte sie wie gelähmt an und brachte kein Wort hervor, als sie ihm erklärte, sie sei gekommen, um ihr Eigentum zu holen. Mipik half ihm aus der Klemme. »Wie kannst du es wagen hierherzukommen?«, stieß sie hervor. »Du hast hier nichts verloren, Mörderin.«

»Sammik und ich sind nicht länger verheiratet«, entgegnete Naaja bedächtig. »Ich nehme das mit, was ich mit hierhergebracht habe.« Sie ging zur Wand, an der alle Jagdwaffen an Haken hingen und nahm Harpune, Speer, Bogen und einige Pfeile herunter, die Papa und ihr gehört hatten. Glücklicherweise war es dunkel, so dass niemand sah, wie ihre Hände vor Nervosität zitterten. Als sie sich umdrehte, stand Sammik ihr im Weg, seine Augen sprühten Funken.

»Du erbärmliche, wertlose ...« Ihm fehlten die Worte. Tarte krümmte sich hinter ihm auf dem Schlafpodest und wimmerte leise. Das Baby war nirgendwo zu sehen.

Naaja warf den Kopf in den Nacken und wich keinen Millimeter zurück. »Ich bin eine mächtige Angakoq, Sammik. Pass auf, was du sagst. Verfluchungen sind gefährlich.« Er zögerte. Die Raserei in seinen Augen wich einem Schimmer von Angst. Sie wusste, dass sie die Oberhand gewonnen hatte. Er hatte die Drohung verstanden.

Sammik trat langsam zur Seite und ließ sie an sich vorbei.

»Lass sie gehen mit all ihrem Kram«, kreischte Mipik. »Das, was sie benutzt hat, ist von Unheil verseucht!« Sie ergriff das Robbenfell, unter dem Naaja geschlafen hatte, riss es vom Schlafpodest und warf es auf den Boden. Der kleine Kessel kam angeflogen, landete aber zum Glück vor Naajas Füßen, ohne zu zerbrechen. »Nimm alles mit!«

Naaja nahm in aller Eile die Feuersteine und ihren geschnitzten Nadelköcher vom Bord und steckte sie in die Kamikken. Sie nahm den Rentieranorak vom Haken, den sie sich im Sommer genäht hatte, legte ihn auf das Bettfell und wickelte die weichen Felle um die Waffen. Sie sah sich um und erblickte ihre kleine Tranlampe unter dem Schlafpodest, wo sie seit langer Zeit ungenutzt gelegen hatte. Die Lampen von Mipik und Tarte waren größer und taugten mehr, um Sammiks Haus zu beheizen und zu erhellen. Sie kniete sich nieder und wollte sich gerade nach ihr strecken, als ihre Augen den verweinten Augen Tartes begegneten, angefüllt mit Hass und Kummer.

»Meine liebe, kleine Base«, flüsterte sie und empfand schmerzhaft ihre eigene Ohnmacht. Nichts, was sie sagte oder tat, könnte dem Mädchen den Verlust ersetzen, den es erlitten hatte. »Meine liebe Illoq…«

Tartes Ausdruck änderte sich schlagartig. Sie starrte mit aufgerissenen Augen über Naajas Kopf und ihre Lippen öffneten sich zu einem tonlosen Warnschrei. Naaja blickte über die Schulter und warf sich gerade noch rechtzeitig zur Seite, so dass das scharfe Messer in Mipiks Hand in die Planke des Podestes stieß. Die alte Frau brach zusammen, verbarg ihr Gesicht in ihren Händen und brach in unkontrolliertes Weinen aus. Unverständliche, zusammenhanglose Sätze sprudelten zwischen Schluchzern und Seufzern aus ihr heraus. Das Kind war gestorben, und Naaja war es, die es getötet hatte, nicht sie, auch wenn sie die Nabelschnur um den Hals des Jungen geschlungen hatte. Es war fürchterlich, so fürchterlich, böses Schicksal, Unheil und Mord. Hatte sie nicht schon genug ertragen müssen?

Naajas Bauch zog sich zusammen, als sie sich an das erinnerte, was Tulugaq ihr über Mipiks Kinder erzählt hatte. Als sie an die Kinder dachte, die Mipik vor dem qualvollen Hungertod bewahrt hatte, indem sie sie erhängte, fiel die Wut von ihr ab. Naaja legte ihre Hand tröstend auf die Schulter der klagenden Frau und strich ihr sanft über den gebeugten Rücken. Mipik wiegte sich vor und zurück und schien weder ein noch aus zu wissen.

»Nimm deine Sachen und geh.« Sammik verschränkte die Arme vor der Brust, seine Stimme war scharf und duldete keine Widerworte. »Sofort.«

Naaja raffte eilig ihre Sachen zusammen und kroch mit vollen Armen so schnell sie konnte durch den Tunnel nach draußen. Dort hatte sich eine kleine Menschenmenge versammelt. Offensichtlich hatte es sich mit erstaunlicher Geschwindigkeit herumgesprochen, dass sie Sammiks Haus betreten hatte. Als sie draußen erschien, blickten alle weg und taten, als sähen sie sie nicht. Einige schienen es trotz allem nicht auszuhalten und schielten mit verwunderten Augen zu ihr, da sie offenbar wohlbehalten herauskam und überdies sowohl Waffen als auch Felle dabeihatte. Naaja sagte nichts, sondern ging hinter das Haus, wo die Hunde im Schutze der Wand angebunden waren. Dort warf sie ihre Last in den Schnee, zog die Handschuhe aus und band Nukâraq und Aaveq los.

Die Hunde glaubten zuerst, dass sie sie füttern wollte und begannen, lauthals zu bellen und sich unmöglich zu benehmen, so dass sie sie treten und anschreien musste, sich ruhig zu verhalten. Die einzige Nahrung, die sie besaß, war ein getrockneter Streifen Robbenfleisch, ein Stückchen Mattak und ein ziemlich großes Stück Lampenspeck, das Tulugaq ihr am Morgen zugesteckt hatte. Die Hunde könnten unterwegs mit ihr zusammen jagen.

Sie hörte, wie die Stimmen um die Ecke lauter wurden und beeilte sich noch mehr. Es war nicht sicher, ob Sammik auch der Meinung war, dass ihr die Hunde gehörten, auch wenn sie mit ihr aus Uummannaq gekommen waren. Tulugaq hatte ihr ohne Einwände und weitere Fragen einen Lederbeutel und Packriemen gegeben, die sie jetzt benutzte, um ihre Bündel auf den Hunden zu befestigen. Die Jagdwaffen nahm sie auf ihren eigenen Rücken, behielt jedoch den Bogen an einem Riemen über der Schulter und einen der Pfeile griffbereit. Wenn das

Glück auf ihrer Seite war, konnte sie sich einen Hasen oder ein Schneehuhn schießen, bevor es dunkel wurde.

Als sie mit den bepackten Hunden wieder um die Ecke kam und auf Tulugaqs Haus zuging, war es, als hätten alle Menschen, die am Gletscher wohnten, beschlossen, genau zu diesem Zeitpunkt aus ihren Häusern herauszutreten. Die meisten jedenfalls, denn Sammiks Familie war nirgendwo zu sehen, zum Glück. Der Morgen war bereits vorangeschritten, und obwohl die Sonne schon länger als einen vollen Mond nicht mehr den ganzen Weg bis über die Berggipfel gekommen war, färbten ihre Strahlen den Himmel jetzt rosarot und warfen eine befremdliche Helligkeit über das schneebedeckte Land. Vor fast allen Häusern in der Siedlung waren Leute auf den Beinen. Die Männer waren dabei, sich für die Fahrt aufs Eis hinaus fertig zu machen und nach ihren Hunden zu sehen, die Kinder liefen spielend umher und machten Schneeballschlachten, die Frauen standen in einiger Entfernung zu zweit oder zu dritt beieinander, steckten die Köpfe zusammen und schielten zu ihr herüber.

Naaja nahm all ihren Mut zusammen und ging schnellen Schrittes an ihnen vorbei, ohne nach rechts oder nach links zu blicken. Der Angakoq stand allein vor seinem Haus und blickte nach Westen auf die zugefrorene Bucht. Obwohl er so wie sie selbst dick in Hosen und einen Parka aus Eisbärenfell eingepackt war, sah es aus, als könnte die kleinste Windbö seinen hochgewachsenen und gebeugten Körper umpusten. Er schaute sich um, als er das Knirschen ihrer Schritte im Schnee vernahm. Sie erschrak, als sie sah, wie erschöpft er schien. Tulugaq lächelte freundlich und streckte seine behandschuhten Arme aus. Er umarmte und drückte sie sanft, während er etwas in ihre Handfläche legte: einen Augenschutz aus Knochen mit schmalen Schlitzen, um die Augen gegen die Schneeblindheit zu schützen, sowie die Kralle und den Schädel eines Raben.

»Das hilft dir auf deinem Weg«, sagte Tulugaq. »Die Kralle und der Schädel erleichtern es dir, Jagdbeute ausfindig zu machen. Der Rabe weiß jederzeit, wo Essen zu finden ist.«

Naaja nickte dankbar und steckte die Kostbarkeiten unter ihre Kleidung. »Du bist viel zu gut zu mir, Tulugaq«, sagte sie leise und brach dann auf. »Leb wohl.«

»Wohin wirst du gehen?«, fragte er.

Sie nahm sich zusammen und zog die Nase hoch. »Nach Uummannaq. Es ist jetzt nicht so weit, da ich über das Eis laufen kann und weder über die Berge noch um die Fjorde gehen muss.« Sie sah unwillkürlich auf ihre Füße herab. Hoffentlich würden ihre Kamikken den ganzen Weg halten. Der Marsch würde selbst bei gutem Wetter einige Tage dauern. Es war, als hätte der Angakoq ihre Gedanken gelesen. Bevor sie ein Wort sagen konnte, hatte er seine Kamikken und seine Fellstrümpfe ausgezogen und ihr in den Arm gedrückt. »Nimm sie. Ich habe genügend Felle für neue«, sagte er, beinahe ein wenig barsch.

»Tulugaq!«, rief sie halblaut und sah betreten auf die nackten, bläulichen Füße des alten Mannes hinunter. »Ich kann das nicht annehmen!«

»Nun geh«, sprach er in etwas milderem Ton. »Und vergiss nicht, dass du das Licht in deinem Inneren trägst, wohin du auch gehst.« Nachdem er dies gesagt hatte, machte er auf dem Absatz kehrt und verschwand in den Gang zu seinem Haus.

Naaja stand einige Augenblicke ratlos da und blickte ihm hinterher, doch das Gejaule der ungeduldigen Hunde brachte sie wieder zu sich. Es war an der Zeit aufzubrechen, sie musste die begrenzte Zeit der Helligkeit nutzen. Sie verstaute die Fellstiefel zuoberst in Aaveqs Packen und steckte die Socken unter ihre Kleidung auf die nackte Haut. Es wäre gut, sie für den Wechsel warm und trocken zu haben.

Auf ihr ruhten viele Augen, als sie die Siedlung durchquerte. Genauso schnell, wie sie sich näherte, wurde weggeschaut, und niemand rief ihr einen Gruß zu. Für die Leute am Gletscher war sie bereits gestorben.

Als sie in nördlicher Richtung eine flache Anhöhe erklommen hatte, hielt sie inne und blickte über das Dorf und das gefrorene Meer. Die Häuser waren jetzt nur noch kleine, aus dem Schnee aufragende Hügel, und die Jäger auf ihrem Weg hinaus auf das Eis kaum wahrnehmbare Schatten, die sich hin und her bewegten. Plötzlich färbten sich Himmel und Erde blutrot, und die leuchtende Helligkeit blendete Naajas Augen. In der Ferne über den Bergesgipfeln erschien die riesengroße, feuerrote Sichel der Sonne und ergoss ihre Strahlen über die Welt und die Menschen. Naaja nahm ihre Kapuze ab, zog die Pelzhandschuhe aus und streckte die Arme über dem Kopf in die Höhe. Sie wusste, dass unten im Dorf alle, die draußen waren, das Gleiche taten. Mit nackten Händen und freiem Kopf ließen sie sich von der Sonne bescheinen und garantierten sich auf diese Weise ein sicheres Leben für das ganze kommende Jahr. Sie lächelte und fühlte, wie die Sonnenstrahlen sie mit Mut erfüllten. Sie würde überleben.

XI

Naaja sang leise vor sich hin, während sie in Richtung Uummannaq ging. Sie dachte sich ihr Lied aus, wie es ihr in den Sinn kam, wiederholte manche Sätze und erfand unterdessen neue:

Auf den Eisbergen glitzert die Sonne
aj aj aj aj aj – a ja ja
die Seehunde dösen am Strand in Wonne
aj aj aj aj aj – a ja ja
die Mutter des Meeres schickt mir Jagdtiere in Hülle und Fülle
die Mutter des Meeres schickt mir Jagdtiere in Hülle und Fülle
aj aj aj aj aj – a ja ja

Es war einerlei, dass nichts weniger der Wahrheit entsprach, als das, was sie gerade sang. Es war besser, an Sonnenschein und Robben zu denken, als an den Hunger, der an ihr nagte und sie piesackte. Wenn sie am Leben bleiben wollte, musste sie einen der Hunde schlachten, es sei denn sie fing, bevor es dunkel wurde, wenigstens einen Hasen. Naaja blickte zu Nukâraq und Aaveq, die ein Stück vorausliefen. Sie hatte ihnen vor wenigen Tagen ein Drittel des Robbenfleisches gegeben, das Tulugaq ihr überlassen hatte. Das würde ihnen, die es gewohnt waren, über den Winter lediglich alle paar Tage gefüttert zu werden, noch eine Weile reichen. Sie selbst hatte ihren

Teil des Proviants vor zwei Tagen aufgegessen und wusste, dass sie bald die Schwäche spüren würde, die auf den Hunger folgt. Genau das war so gefährlich, weil sie dann zu schwach wäre, um einen Hasen oder Fuchs einzuholen oder sich einen Vogel zu harpunieren, falls sie überhaupt das Glück hatte, etwas Lebendiges zu Gesicht zu bekommen. Sie hatte noch ein gutes Stück Speck übrig, und ihr lief das Wasser im Mund zusammen, als sie daran dachte. Doch sie schüttelte den Gedanken schnell wieder ab, denn sie musste ihn für die Lampe aufheben, um sich daran zu wärmen und ihre Kleidung über Nacht zu trocknen.

Sie hatte nur zweimal, seit sie in der vergangenen Woche von Sermermiut aufgebrochen war, die Fährte eines Hasen ausmachen können. Beim ersten Mal war es ihr schnell gelungen, den Speer in das abgemagerte Tier zu stoßen, das dennoch eine willkommene Sättigung gewesen war. Beim zweiten Mal hatte sie die Spur allerdings nach langer Wanderung in dem verwehten Schnee verloren. Die Hunde waren zum Glück still. Sie würden nur bellen, wenn sie den Geruch eines Bären witterten. Es wurde bereits dunkel, und sie begann, sich nach einem geeigneten Platz für ihr Nachtlager umzusehen. Sie musste sich für die lange Nacht ein Schneehaus errichten, und es war äußerst wichtig, dass sie sich gut ausruhte und Kräfte sparte.

Wind war aufgekommen, und im Westen türmten sich finstere Wolken auf. Die Angst, die sie bisher so erfolgreich unterdrückt hatte, löste sich jetzt aus ihrem Innersten und kroch an die Oberfläche, lähmend und alles andere als willkommen. Was, wenn sie während eines Schneesturms tagelang ohne Essen in der Behausung ausharren musste? Das Wetter hatte sich bis jetzt einigermaßen gehalten, mal war es bewölkt, dann wieder klar, so dass sie die Berge im schnell vergänglichen Tageslicht gut sehen konnte. Sobald es dunkel war, funkelten über ihr unzählige Sterne. Der Polarstern befand sich stets unbeweglich an seinem Platz. Das Rentier, der Eisbär und andere Tiere an der Himmelskuppel liefen mit den wechselnden Tages- und Jahreszeiten um ihn herum. Naaja wusste, dass sie bereits an der Mündung des engen Fjordes vorbeigekommen war, an der sie sich im Sommer aufgehalten hatten. Trotzdem hatte sie noch eine lange Wegstrecke bis nach Uummannaq vor sich. Vielleicht würde sie es nie bis dorthin schaffen …

Es war, als hätte Sila, der Geist der Lüfte, ihre Gedanken gelesen und machte sich jetzt einen Spaß daraus, ihre Furcht zu schüren. Nun fing es an zu schneien und binnen kurzem ging fast alle Sicht in einem immer dichter werdenden Schneegestöber verloren. Naaja war den ganzen Tag an der Eiskante entlanggegangen. Westlich von ihr waren die hohen Berge der großen Insel, in östlicher Richtung lagen kleine Buchten mit ausgedehnten Landzungen, die in das Land einschnitten. Sie rief nach den Hunden und schlug die Richtung zum Land ein. Ohne Zweifel waren im Schutz der vor ihr liegenden Halbinsel bessere Schneewehen als draußen auf dem Eis. Dort vergnügte sich Sila damit, den Schnee auf und ab, in den Fjord hinein- und wieder hinauszuwirbeln, so dass in dieser gräulichen Masse überhaupt nichts mehr zu erkennen war.

Zum Glück musste sie nicht mehr weit gehen, bis sie vor einem schneebedeckten Felsen einen großen, aufragenden Schatten wahrnahm. Als sie näher kam, sah sie die große Schneewehe an der östlichen Seite des Felsens, wie sie es sich gedacht hatte. Sie begann sogleich mit der Arbeit. Der Schnee war schwer und dicht. Er hätte nicht besser sein können, und so schnitt sie mit dem Jagdmesser ihres Vaters ziemlich große Blöcke heraus, die sie in Form eines Häuschens zu dicken Wänden stapelte. Jede Reihe war ein bisschen kleiner als die vorherige, damit sie sich am Ende über ihr schließen würden. Aaveq legte sich in den Schnee, nachdem sie die Bündel von ihm losgebunden hatte, und sofort begann der Schnee, ihn einzuschneien. Nukâraq und er würden es unter der Schneedecke warm und fast gemütlich haben. Wo steckte eigentlich Nukâraq? Naaja spähte um sich und rief nach der Hündin, doch sie war nirgendwo zu sehen. Sie erhob sich, ging um den beinahe rechtwinkligen Felsen und entdeckte die Hündin an der südlichen Felswand, wo sie gerade dabei war, sich in den Schnee einzugraben. Es war ungewöhnlich, dass sie zum Schlafen nicht an Aaveqs Seite blieb, schließlich wärmten die beiden sich gegenseitig. Der beißende Wind pfiff Naaja um die Ohren und riss an ihren Kleidern. Sie konnte sich kaum aufrecht halten.

»Nukâraq! Hierher!« Der stürmische Wind fegte ihre Rufe hinweg, so dass sie die Schultern einziehen und sich gegen ihn stemmen musste, um zu der Hündin zu gelangen, die immer noch ihre Bündel auf dem Rücken trug. Plötzlich verschwand Nukâraq komplett aus ihrem Blick. Es sah ganz so aus, als hätte die Schneewehe sie verschluckt. Naaja ging bei dem Loch auf die Knie und tastete nach der Hündin, griff jedoch zu ihrer Überraschung ins Leere und vernahm im gleichen Augenblick ein leises Bellen unter sich. Sie erschrak, doch dann ging ihr ein Licht auf: Das war überhaupt kein Felsen, sondern ein Haus, ein verlassenes Haus!

Sie schaufelte den Schnee mit beiden Händen aus dem Gang, den die Hündin gefunden hatte, und zwang sich hindurch. Der Eingang war eher kurz, und der Schnee hatte ihn so gut verschlossen, dass sie gleich dahinter den steinharten Erdboden unter ihren Händen und Knien spürte. Naaja stand vorsichtig auf und sog mehrfach aufmerksam die Luft ein, doch sie nahm keinen Menschengeruch war. Hier war niemand. Sie tastete sich vorsichtig in der Dunkelheit voran und fand bald an der Wand etwas, das wie eine Schlafstatt aus Grassoden erschien. In der Ecke daneben befand sich so etwas wie ein Steinhaufen. Sie eilte noch einmal nach draußen und holte ihre Gepäckstücke, die sie in das zur Hälfte errichtete Schneehaus an die Wand gelegt hatte. Es war gar keine Felswand, sondern der Giebel des Hauses. Sie scheuchte den verwunderten Aaveq von seiner Schlafstelle auf und in den Gang hinein. Im Gegensatz zu Nukâraq hatte er noch nie das außergewöhnliche Privileg genossen, in einer Menschenbehausung schlafen zu dürfen. Im Inneren war es eiskalt, und die Wärme, die die Hunde ausstrahlten, käme gut gegelen.

Eine sonderbare Stille kehrte ein, als sie die Öffnung des Ganges mit Schnee aufgefüllt und das Heulen des Windes ausgeschlossen hatte. Nichts war zu hören, bis auf das Keuchen der Hunde und ein leises Heulen, das aus weiter Ferne zu kommen schien. Naaja erschauderte. Vielleicht spukte es in dem Haus? Was, wenn sich bösartige Geister in der Dunkelheit verbargen? Sie holte schnell ihre Feuersteine und die Lampe hervor, nahm trockenes Moos aus ihren Kamikken und rieb Robbenspeck hinein. Sie war mit dem Speckstück von Tulugaq äußerst sparsam umgegangen, so dass noch mehr als die Hälfte davon übrig war. Nach einigen vergeblichen Versuchen sprang ein Funke ins Moos, und als sie den Robbenblubber und den Docht am Rande der Lampe ausgerichtet hatte, entstand eine vortreffliche Flamme, die ein wenig Wärme und Licht in das kleine Haus brachte.

Es war viel kleiner, als sie gedacht hatte. Im Vergleich zu seinem recht großen Äußeren maß es innen von Wand zu Wand nur eineinhalb Mannslängen. Die Wände mussten also sehr dick sein. Auch andere Dinge waren merkwürdig und anders, als sie sein sollten. Naaja ging an den Wänden entlang und strich mit der Hand über die geglättete Oberfläche der Grassoden. Zwischen den Lagen waren keine Steine zu sehen, noch dazu war jede einzelne Sode in kleine, schräge Vierecke geschnitten, die so zusammengefügt worden waren, dass daraus ein regelmäßiges Muster in der erdbraunen Wand entstand. Es wirkte, als wäre jemand herumgegangen und hätte mit der Spitze eines Speeres schnurgerade Linien hineingezogen. Ihr Blick fiel auf das Schlafpodest, und sie sah, dass dort genauso verfahren worden war. Ganz unten war eine Schicht aus Steinen zu sehen, darüber waren die Soden in diesem eigentümlichen Muster abwechselnd aufgeschichtet. Das Dach war so, wie sie es kannte, und irgendwie auch wieder nicht. Es war nicht flach, sondern in der Mitte höher, und anstelle von Walknochen war es aus Treibholz errichtet, das schwarz von Ruß war. Hier und da waren kleine Holzstifte und Knochenenden als Haken für Kleider und Waffen in die Decke und die Wände gesteckt worden.

Ihre Augen wanderten weiter zu der Nische am Schlafpodest und blieben an dem Steinhaufen hängen, gegen den sie im Dunkeln gestoßen war. Die Hunde blickten in dieselbe Richtung und schnüffelten. Naajas Herz machte einen Sprung. Konnte es sein, dass unter den Steinen Fleischvorräte lagerten? Leute, die Häuser auf so eigentümliche Weise bauten, hatten ihr Fleischlager möglicherweise drinnen, statt das Fleisch draußen in der Kälte mit Steinen zu bedecken. Andererseits ließ niemand mit gesundem Menschenverstand Fleisch zurück, wenn er aus seinem Haus auszog. Das war völlig undenkbar. Sie kroch zu dem Steinhaufen und entfernte einen Stein nach dem anderen. Sie nahm den Geruch schon eine ganze Weile wahr, bevor sie bis zu dem Fisch fast ganz unten im Stapel vorgedrungen war. Es waren Filets, so viele wie sie an beiden Händen Finger hatte. Der Fisch war offenbar aufgehängt und getrocknet worden, bevor man ihn in die Steinmiete gelegt hatte.

Er schmeckte ein bisschen anders, als sie es kannte, und es war nicht so schwierig wie bei normalem gefrorenen Fisch, ihm zu Leibe zu rücken, da er sehr trocken war und zwischen ihren Fingern zerbröselte. Sie hatte schon fast eine ganze Länge in sich hineingestopft, als ihr die Hunde einfielen. Sie standen ein wenig abseits und hielten sich zurück, ganz anders als sonst, wenn Nahrung in Reichweite war. Sie zerteilte den kleinsten Fisch mit einem runden Stein und warf jedem seine Hälfte zu. Es war sicherer, damit gut hauszuhalten. Danach stapelte sie alle Steine wieder über diese unverhoffte Nahrungsquelle. Selbst wenn Aaveq und Nukâraq in ihrem Beisein immer friedlich waren, war es doch ausgeschlossen, dass sie sich zügeln konnten, wenn die Nahrung ungeschützt vor ihnen lag.

Naaja zog ihren Parka und die Bärenfellhose aus, drehte sie auf links und hängte die Kleidungsstücke an die Haken, die aus den Dachsparren herausragten. Während der Wanderung hatte sie geschwitzt und Schweißtröpfchen verwandeln sich unverzüglich in lebensgefährliche Eisnadeln, wenn man die Kleidung nicht richtig trocknen lässt. Im Haus war es ein wenig wärmer geworden, aber immer noch sehr kalt. Sie hüpfte eine Weile und klopfte sich überall ab, um Wärme in ihren Körper zu bringen, bevor sie das schwere Robbenfell um sich schlang und sich auf das Schlafpodest legte. Nukâraq zögerte etwas, doch als ihr Naaja zum zweiten Mal ein Zeichen gab, wartete sie nicht länger, sondern sprang auf das Podest und ließ sich auf Naajas Beinen nieder. Aaveq verfolgte dieses wundersame Gebaren still und interessiert, rollte sich dann aber neben dem schneegefüllten Eingang auf dem Boden zusammen und steckte die Nase unter den Schwanz. Man sollte es nicht übertreiben.

*

Sie hatte keine Ahnung, wie lange das Unwetter andauerte. Die Zeit schien stillzustehen. Ab und an grub sie den kleinen Gang frei und spähte nach draußen, doch sie sah nur in die Finsternis und den Schneesturm. Der Robbenspeck verbrannte viel zu schnell, doch sie ließ die Lampe trotzdem, solange sie wach war, hell brennen. Die Kälte wäre sonst unerträglich geworden. Wenn sie es vor Hunger nicht mehr aushielt, knabberte sie ein wenig am Fisch und gab den Hunden die Haut, um zu verhindern, dass die beiden ihre Kamikken oder Kleidung anfraßen, während sie schlief oder im Dunkeln vor sich hin dämmerte. Bestimmt war schon mehr als ein Tag vergangen, vielleicht sogar zwei, als der Schneesturm endlich abflaute und sie sich und die Hunde freischaufelte.

Naaja musste laut lachen, als sich die Hunde in grenzenloser Freude im Schnee wälzten. Eingeschlossen zu sein bekam ihnen nicht gut.

»Heute jagen wir!«, rief sie ihnen lachend zu und schwenkte Bogen und Vogelspeer in der Luft. »Heute Abend werden wir satt!«

Es war, als hätte Aaveq ihre Worte verstanden. Er hörte plötzlich auf, im Schnee herumzutoben, spitzte die Ohren und stieß lautes Gebell aus. Dann purzelte er aus dem Schneehaufen heraus und lief bellend in Richtung Ufer. Nukâraq rannte ihm schon hinterher, und nach kurzem Zögern folgte auch Naaja den Hunden eilig und voller Erwartung. Aaveq hatte bestimmt den Geruch eines Hasen oder Vogels gewittert, so ausgehungert wie er inzwischen sein musste.

XII

Als der Schneesturm endlich nachgelassen hatte, wusste Mikjáll, dass sie noch einmal davongekommen waren. Zumindest sie beide, er und Kolbeinn. Zwar waren sie nach mehr als einem Tag in der Schneewehe durchgefroren und klamm, doch mit ein bisschen Bewegung würde ihnen schnell wieder warm werden. Die Sonne glitzerte auf dem Eis, und hier und da waren Spuren von Schneehasen, Alpenschneehühnern und Füchsen zu sehen. Ihre Waffen, Bogen und robuste Speere mit Eisenspitze, waren dazu gemacht, die dicke Haut von Walrossen und Eisbären zu durchstoßen. Was aus ihren sechs Gefährten geworden war, die sie im Unwetter verloren hatten, wagte er sich kaum auszumalen. Sie mussten sich, wie auch er und Kolbeinn, in den Schnee gegraben haben, nachdem sie die Orientierung verloren hatten. Jetzt wusste er sogar wieder, wo er war. Er kannte diese kleine Bucht unter dem eigenartig spitzen Berg im Westen der Hochebene Króksfjardarheidi, und plötzlich fiel ihm ein, dass irgendwo in der Nähe eine kleine Jagdhütte sein musste, die erst vor wenigen Jahren gebaut worden war. Es konnte also nicht allzu weit zur Halbinsel Eisunes und der großen Bärenfalle sein. Er rief nach Kolbeinn, um ihm die gute Nachricht zu verkünden, doch sein Stiefbruder, der ein Stück vor ihm lief, war eben hinter der Kuppe eines Hügels verschwunden und antwortete nicht. Mikjáll rief noch einmal, diesmal lauter: »Kolbeinn!«

Was er einen Atemzug später hörte, ließ ihm die Nackenhaare zu Berge stehen: Ein gellender Schmerzensschrei zerriss die Stille, ein tiefes Knurren mischte sich darunter, und gleichzeitig war da ein Heulen, das nur aus einer Wolfskehle stammen konnte. Mikjáll griff den Speer in seiner Rechten fester und stürmte in Kolbeinns Spur über den Hügel. Beim Laufen schoss ihm der Gedanke durch den Kopf, dass er noch nie gehört hatte, dass Wölfe Menschen angreifen. Man bekam sie sowieso nur selten zu Gesicht, gerade hier in Nordurseta.

Es waren zwei Wölfe, einer hellgrau, der andere dunkel. Doch etwas anderes erschütterte ihn viel mehr. Über dem reglosen Körper seines Freundes am Fuße des Hanges stand der größte Eisbär, den Mikjáll je gesehen hatte. Der Schnee um Kolbeinns Beine war blutgetränkt, genau wie die linke Seite des Bären. Kolbeinns Speer steckte darin und schleifte über den Boden, aus der Wunde sickerte Blut. Die Wölfe waren wie von Sinnen und gingen immer wieder heulend und kläffend auf den weißen Bären los. Er schüttelte sie ärgerlich ab, wie lästige Mücken, doch sie gaben nicht auf. Der helle sprang ihm an die Schulter und biss sich dort fest, bis der Bär sich brüllend aufbäumte, herumwirbelte und mit einer Tatze seinen Angreifer erwischte, der daraufhin durch die Luft flog. Mikjáll sah verdutzt dem Wolf nach, der im Flug einen Salto machte, in einiger Entfernung vom Bären auf den Pfoten landete und sogleich wieder auf das riesige Tier zusprang.

Mikjáll kroch langsam den flachen Hang hinunter, schob sich die Lodengugel vom Kopf, um besser sehen zu können, und krallte die Finger um den Schaft des Speeres. Er hatte nur eine Chance. Das Blut donnerte durch seine Adern, und eine vertraute Spannung durchströmte jeden einzelnen Nerv. Als er näher herankam, sah er, dass Kolbeinn sich bewegte. Er war also noch am Leben!

Der Bär hatte dem Hügel den Rücken zugekehrt, um die tobenden Wölfe abzuwehren, doch es war, als hätte er auch am Hinterkopf Augen, denn im selben Moment, in dem Mikjáll den Speer in die Luft hob und zustechen wollte, drehte er sich blitzschnell um, zeigte seine blutige Schnauze mit den gewaltigen Zähnen und brüllte Mikjáll einen tiefen Zornesschrei entgegen. Der Speer, der eigentlich unterhalb des Hinterkopfes in den Nacken dringen und das Rückenmark hätte spalten sollen, verfehlte sein Ziel und traf rechts in die Brust. Der Bär schrie auf und machte einen Satz nach vorn, doch da sich der Speer dadurch noch tiefer in sein Fleisch bohrte, blieb er stehen. Mikjáll wich, so schnell es ging, zurück und sah staunend, wie das Tier mit den Tatzen die Waffe packte und versuchte, sie herauszuziehen, ganz wie ein Mensch es getan hätte. Der Schaft zersplitterte, als wäre er bloß ein Stöckchen. Sofort war der Bär wieder losgesprungen und hatte innerhalb weniger Augenblicke Mikjáll erreicht, doch anstatt sich auf diesen fremden, eigenartigen Feind zu stürzen und ihn wie den anderen niederzuschmettern, ging der Bär auf die Hinterbeine und baute sich in voller Größe vor ihm auf. Gerade noch rechtzeitig gelang es Mikjáll, das große Jagdmesser aus der Scheide zu ziehen und auf den Bären zu richten. Er wollte nicht kampflos aufgeben, wie auch die Wölfe, die sich von beiden Seiten näherten und aussahen, als würden sie jeden Moment angreifen.

Der Eisbär knurrte, und dann passierte alles auf einmal. Ein Speer sauste durch die Luft und bohrte sich tief in das kleine, schwarze Auge des Bären. Die Wölfe sprangen zur Seite und der riesige, blutverschmierte Körper fiel vornüber auf Mikjáll und das Messer in seiner Hand. Mikjáll spürte einen stechenden Schmerz im linken Bein, das sich im Sturz verdrehte. Er schlug mit dem Hinterkopf auf die gefrorene Erde, und es wurde dunkel.

*

Das Erste, was er spürte, als er wieder zu sich kam, war ein schneidender Schmerz im linken Schienbein, so als würde jemand versuchen, seinen Fuß abzutrennen. Er öffnete die Augen und sah, dass genau dies gerade zu passieren schien: An seinem Fuß kniete ein in Felle gekleideter Mann und zog mit aller Kraft an Mikjálls Bein, so dass er vor Schmerz und Wut stöhnte.

»Was zum Teufel machst du da, Mensch?!«, schrie er. Die Wirkung seiner Worte war enorm. Der Mann sah auf, ließ das Bein los und sprang zur Seite, als hätte er sich verbrannt. Ein Skraelingi, das erkannte Mikjáll sofort, obwohl er noch nie zuvor einen gesehen hatte, sondern nur die Erzählungen anderer über diese schlitzäugigen, dunklen Bewohner des hohen Nordens kannte. Der Skraelingi trug eine Bärenfellhose und einen Anorak aus dem gleichen Fell, der vorne bis an die Knie reichte und hinten etwas kürzer war. Auf dem Kopf saß eine große Kapuze mit Pelzbesatz. Für einen Mann war er ziemlich klein, wenn nicht sogar zwergwüchsig, aber das waren sicher alle Skraelingjar. Benommen schaute Mikjáll auf seine Beine und sah den abgebrochenen Schaft des Speers neben dem linken Bein im Schnee liegen. Das Bein war nicht ganz gerade, oberhalb des Knöchels war ein seltsamer Knick im Schienbein. Dann drehte er den Kopf und erschrak so sehr, dass es ihm den Atem verschlug. Kaum eine Elle entfernt klafften ihm die scharfzahnigen Kiefer des Eisbären entgegen, aus einem Auge ragte ein langer, dünner Speerschaft aus Knochen, und der Schnee unter dem Schädel war blutrot.

»Wo ist Kolbeinn?«, fragte er den Skraelingi, der in einiger Entfernung hockte und ihm halb den Rücken zuwandte. Die Fellkapuze, die nach oben hin schmaler wurde, saß so tief, dass nichts vom Gesicht zu sehen war. Der Skraelingi antwortete nicht, schien die Frage aber doch verstanden zu haben, denn er streckte einen Arm aus und zeigte auf den Hügel hinter dem Bären. Er trug keine Handschuhe. Mikjáll setzte sich mühsam auf, merkte, dass ihm bei der Bewegung übel wurde, und blickte in Richtung Hügel. Er sah sofort, dass es mit seinem Stiefbruder zu Ende war. Die glasigen, weit aufgerissenen Augen starrten ihn an, und der Brustkorb unter dem zerfetzten Robbenfellrock war eingefallen, zertrümmert von den schweren Bärentatzen. In den Mundwinkeln des jungen Mannes klebten Reste von getrocknetem Blut.

Mikjáll bekreuzigte sich mit steif gefrorener Hand. »Gott sei mit deiner Seele, Kolbeinn Valsson«, flüsterte er niedergeschlagen. Was jetzt? Der Puls hämmerte in seinen Ohren, und es fiel ihm schwer, klar zu denken. Kolbeinn war tot. Die anderen verschwunden. Er war allein, hatte ein gebrochenes Bein. Außerdem war er durchgefroren und ausgehungert. Er sah noch einmal zu dem Eisbären. Aus dem offenen Bauch stieg heißer Dampf auf. Der Skraelingi hatte ihn offenbar mit Mikjálls Dolch, der blutig im Schnee steckte, aufgeschlitzt. Ein ganzer Berg Fleisch war in Reichweite. Nahrung für viele Wochen! Ganz in der Nähe sah er die beiden Wölfe. Sie zerrten um die Wette an den Innereien des Bären.

Mikjáll räusperte sich fast schüchtern, um die Aufmerksamkeit des Skraelingis auf sich zu lenken. Ihm war nun klar, dass er sicher während seiner Bewusstlosigkeit versucht hatte, das Bein zu richten. Der Skraelingi schien ihn nicht zu hören und sah ganz so aus, als würde er die rohe, warme Leber in sich hineinstopfen und Mikjáll nichts anbieten. Sein Magen schmerzte vor Hunger.

»Hallo, du da!« Erstaunlicherweise sah sich der Skraelingi immer noch nicht um, doch er sprang auf, machte einen großen Bogen um ihn und lief zu Kolbeinn am Fuße des Hügels. Er beugte sich einen Moment über die Leiche, kam dann langsam mit krummem Rücken und gesenktem Blick auf Mikjáll zu und streckte ihm Kolbeinns Speer entgegen. An der Spitze hing ein Bissen Leber. Mikjáll zögerte nicht, er war so hungrig, dass er rohes Pferdefleisch gegessen hätte, wenn es ihm angeboten worden wäre. Er nahm das Stück mit beiden Händen und schob es sich in den Mund. Die Leber war noch lauwarm und rutschte nahezu ungekaut in seinen leeren Magen. Er wollte mehr, viel mehr. Der Skraelingi musste seine Gedanken gelesen haben, denn er drehte sich um, kniete sich vor den offenen Bauch des Bären und schnitt mit einem kleinen Messer, das er aus dem Anorak gezogen hatte, einen weiteren, diesmal größeren Bissen von der Leber. Er reichte ihm den Bissen auf dieselbe Art wie zuvor, auf der Speerspitze, immer noch ohne den Blick zu heben.

Ein Rabe krächzte über Mikjálls Kopf und landete ganz in der Nähe. Auch der Skraelingi hatte die Ankunft des ungebetenen Gastes bemerkt, der zweifelsohne am Fleischfest teilhaben wollte. Doch statt den Vogel zu verjagen, tat er etwas Seltsames. Mit flinken Handgriffen schnitt er das noch unversehrte Bärenauge heraus, warf es dem Raben zu und sagte dabei etwas Unverständliches. Der Schwarzgefiederte fing das Auge in der Luft auf und verschlang es sofort, krähte wie zur Antwort und schien mit diesem Happen zufrieden zu sein, denn er flog wieder auf und hinaus auf den eisigen Fjord. Der Skraelingi rief ihm etwas hinterher. Seine Stimme war auffällig hoch, und es klang, als kämen die Wörter direkt aus seiner Kehle. Mikjáll fiel auf, dass er bis dahin noch keinen Mucks von dem Mann gehört hatte.

»Du unterhältst dich mit einem Raben, aber mit mir sprichst du nicht«, murmelte er vor sich hin, obwohl es ohnehin keine Rolle spielte, denn diejenigen, die sich auskannten, hatten gesagt, dass das Kauderwelsch der Wilden für normale Menschen völlig unverständlich sei. Der Skraelingi warf ihm einen flüchtigen Blick zu, dabei rutschte die große Pelzkapuze, die bislang sein Gesicht verdeckt hatte, auf den Rücken, und Mikjáll musste feststellen, dass sein Helfer kein Mann, sondern eine Frau war. Er war wie selbstverständlich davon ausgegangen, dass der Skraelingi ein Mann war, doch die Gesichtszüge waren eindeutig die einer Frau, einer ziemlich jungen sogar. Sie hatte dunkle Haut und blaue Augen, die in eigentümlichem Kontrast zu ihrer Hautfarbe standen, und rabenschwarze Brauen und Haare, die zu einem großen Knoten auf dem Kopf zusammengebunden waren. Ihre Wangenknochen und Stirn waren hoch. Auf Letzterer hatte sie einen blauschwarzen Streifen, der in einem Bogen von der Schläfe zur Nase und von dort aus in einem weiteren Bogen zur anderen Schläfe verlief, vermutlich war er mit Kohle gezogen. Ein solcher Streifen war auch mitten auf dem Kinn. Er musterte sie mit größter Aufmerksamkeit und Verwunderung. Was machte die junge Skraelingjarfrau hier so ganz allein? Oder waren noch weitere Wilde in der Nähe?

Die Frau senkte unter seinem forschenden Blick die Augen und setzte die Kapuze wieder auf, reichte ihm Kolbeinns Speer, zeigte auf die Wölfe, die immer noch fraßen, und sagte etwas Kehliges. Dann ging oder eher rannte sie den Hang hinauf.

»Wo gehst du hin?«, rief er ihr nach. »Sind außer dir noch andere hier?« Sie schaute sich nicht um und war innerhalb weniger Augenblicke hinter der Kuppe verschwunden. Zweifelsohne holte sie Hilfe. Es musste so sein, beruhigte er sich, denn etwas anderes war undenkbar, obwohl er selbst nicht ganz überzeugt war. Skraelingjar galten als äußerst gefährlich, aber wenn sie gewollt hätte, hätte sie den Bären einfach walten lassen oder ihn selbst töten können, während er bewusstlos war. Es fröstelte ihn. Er setzte die Gugel auf und wickelte den langen Zipfel fest um seinen Hals. Es war unangenehm kalt, so bewegungslos im Schnee zu sitzen. Obwohl er warm angezogen war und dicke Filzhandschuhe trug, war er so unterkühlt, dass er seine Finger kaum noch spürte. Er rutschte näher an den warmen Bärenkadaver heran und fuhr zusammen, als ein rasender Schmerz durch das gebrochene Bein jagte. Sein Stöhnen lenkte das Interesse der Wölfe auf ihn. Sie blickten ihn an, still und furchteinflößend, und ihre Zungen hingen über die scharfen Zähne. Der dunkle, der kleiner war als der andere, kam näher, den Blick auf die Innereien gerichtet, von denen es noch jede Menge im Bauch des Bären gab. Das gefiel Mikjáll ganz und gar nicht. Er griff nach Kolbeinns Speer und richtete ihn auf den Wolf.

»Hau ab! He!«

Der Wolf verzog sich zu seinem Artgenossen, und Mikjáll erkannte, dass die beiden Tiere so etwas wie Skraelingjarhunde sein mussten. Wölfe hätten sich anders verhalten und hatten zudem auch schneeweißes Fell, zumindest die Wölfe, denen er während des langen, dunklen Winters in der Wildnis von Nordurseta begegnet war.

Die Kälte kroch durch Mark und Bein. Er klopfte sich, so fest er konnte, ab und hauchte in seine tauben Hände. Was war eigentlich mit der Skraelingjarfrau?

*

Naaja stapfte durch tiefe Schneewehen und bahnte sich den kürzesten Weg vom kleinen Häuschen zurück zum Strand, mit den Packbändern der Hunde in der Hand. Das Herz schlug ihr bis zum Hals, aber sie war nicht mehr so ängstlich wie am Anfang, jetzt, wo sie gesehen hatte, dass er Schmerzen spürte wie ein normaler Mensch. Auch die Leber hatte er gierig verschlungen. Gespenster und Berggeister aßen kein Fleisch, das hatte sie oft gehört. Er war auch kein Riese, obwohl er größer war als alle Männer, die sie bisher gesehen hatte, mehr als einen Kopf größer als sie selbst, und das, obwohl auch sie schon groß war. Doch was war er dann? Er hatte ganz normale braune Augen, aber sein Haar war nicht schwarz, sondern ebenfalls braun, wie feuchte Erde, und auch der vereiste Bart schien braun zu sein. Noch nie in ihrem Leben hatte sie so viele Haare im Gesicht eines Menschen gesehen. Als er dort vor dem Bären gestanden hatte, war ihr erster Gedanke, dass er ein Erqigdlit sein könnte, ein Mensch mit Hundekopf. Den Speer hatte sie trotzdem geworfen, als sie in guter Wurfweite war, ohne auch nur einen Augenblick zu zögern und ohne nachzudenken.

Der Mann, wenn er denn ein Mann war, war blau vor Kälte, als sie zurückkam. Er hatte sich kaum von der Stelle bewegt, noch nicht einmal, um sich einen Bissen Fleisch zu beschaffen. Hoffentlich hatte die Kälte sein Bein betäubt, denn dann würde es leichter sein, den Bruch zu richten. Sie kniete sich neben ihm in den Schnee und umwickelte das Bein und den gebrochenen Speerschaft, den sie als Schiene nutzen wollte, locker mit einem Packband. Dann schaute sie auf und sagte langsam und deutlich: »Ich werde das Bein jetzt schienen.«

Der Mann antwortete nicht, aber sie hatte den Eindruck, dass er sie verstanden hatte, denn er atmete tief ein und nickte. Sie packte mit der einen Hand fest die Ferse, mit der anderen den Spann, und wunderte sich über das armselige, seltsame Schuhwerk, das er trug. Seine Kamikken waren aus dünnem, zerschlissenem Leder und so flach, dass sie kaum bis an den Knöchel reichten. Von dort aus waren sie mit langen Bändeln ein ganzes Stück das Bein hinauf um die Hose gebunden. Der Mann gab keinen Mucks von sich, als sie sein Bein mit einem schnellen Griff geradebog, er atmete bloß schwer. Es musste ihm aber höllisch weh getan haben. Nachdem sie die Lederbänder stramm und sorgfältig verschnürt hatte, so dass der Schaft das Bein gerade hielt, sah sie, dass sein Gesicht – oder das, was man zwischen Haaransatz und Bart davon sah – schneeweiß war und einige Blutstropfen aus seiner Unterlippe in den Bart gelaufen waren. Er war zum Glück bei vollem Bewusstsein. Dennoch würde es ein Kraftakt werden, ihn ins Haus zu schaffen. Zuerst aber musste sie sich um Brennstoff für die Lampe und Fleisch für den Kochtopf kümmern. Beim Gedanken an frische Blutsuppe und fettes Bärenfleisch lief Naaja das Wasser im Mund zusammen.

Sie nahm ihr Ulu und machte sich daran, ein Bein des Bären abzutrennen, jedoch mit wenig Erfolg. Dann fiel ihr das gewaltige Messer des Mannes ein, das sie aus dem Tier herausgezogen und benutzt hatte, um ihm den Bauch aufzuschneiden. Der Schaft war aus Holz und so dick, dass sie ihn kaum umgreifen konnte. Die breite Schneide war aus einem ziemlich merkwürdigen Stein, der eisglatt und scharf war, viel schärfer als ihr Ulu. Der Mann hatte offenbar denselben Gedanken wie sie, denn er sagte etwas, ging vorsichtig auf das unversehrte Knie und griff nach seinem Messer, das im Schnee steckte. Er wollte offensichtlich selbst das Fleisch schneiden. Zweifellos empfand er es als Beleidigung, dass sich eine Frau am erlegten Tier zu schaffen machte. Dabei war der dritte und letzte Wurf ihrer gewesen, somit hatte sie ein Anrecht auf den größten und fettesten Teil des Fleisches: die ganze hintere Partie und noch dazu die große Leber. Sie warf dem Toten, der als Erster seine Waffe in den Bären gestoßen hatte, einen verstohlenen Blick zu. Ihm gehörten eigentlich der Kopf, eine Vorderseite und die größte Ehre, doch er hatte seinen dummen Übermut mit dem Leben bezahlt. Warum nur hatten sie bloß zu zweit den Bären angegriffen, noch dazu ohne Hunde?

Wenigstens macht er sich nützlich, dachte sie leicht verärgert, als sie zusah, wie der Mann mit recht geübten Handgriffen den Schenkel des Bären zerlegte. Nur hätte er dafür auch ruhig die Zeit nutzen können, als sie unterwegs gewesen war, um die Packbänder zu holen. Er hätte längst den Teil zerlegen können, der ihm gehörte: die Vorderpartie.

Sie rief die Hunde und band die fettesten Fleischbrocken

auf ihre Rücken, so viel sie tragen konnten. Das Herz, die Nieren und all die anderen Leckerbissen, die von den Innereien noch übrig waren, stopfte sie in den halbvollen Magen des Bären, den sie sich selbst auf den Rücken band. Den Rest musste sie mit Steinen vom Strand bedecken, damit sich Füchse und Wölfe oder andere Bären keinen Festschmaus daraus machten. Mit Sicherheit waren noch mehr Eisbären in der Gegend. Doch das musste warten. Der Mann brauchte schnell Wärme und Schutz, sonst würde er noch erfrieren. Schon jetzt sah er erschreckend blass aus.

»Komm«, sagte sie zu dem Bärtigen und zeigte den Hang hinauf in Richtung Haus. »Da geht es lang.«

Er sah sie zögernd an, schien aber zu verstehen, als sie ihm den Speer des Toten reichte und er sich damit auf die Beine hievte. Auch der Speer sah anders aus als alle Speere, die ihr bisher zu Gesicht gekommen waren. Er war viel wuchtiger, und die Spitze war aus dem gleichen bläulichen Stein wie die Messerschneide. Der Mann stand eine Weile reglos und unentschlossen auf einem Bein, stützte sich dann aber auf den Speer wie auf einen Stock.

»Es ist nicht weit«, sagte Naaja und versuchte, aufmunternd zu klingen. Jetzt mussten sie wirklich langsam aufbrechen. Sie trieb die Hunde vor sich her und schlug Aaveq fest mit dem Vogelspeer auf die Schnauze, als er versuchte, an das Fleisch auf seinem Rücken heranzukommen.

»Ri, ri, ri, voran, voran!«, schrie sie, und die Hunde rannten los. Hinter ihr stöhnte es leise, und sie sah sich um. Der Mann war nur wenige Schritte weit gekommen und dann der Länge nach in den Schnee gefallen. Sie ging zurück und wartete stumm, während er sich mithilfe des Speers ungeschickt auf die Beine wuchtete. So würde es nicht gehen. Sie musste all ihren Mut zusammennehmen.

»Wenn du willst, kannst du dich auf mich stützen«, sagte

sie und klopfte auf ihre Schulter. Der Bärtige verstand sofort, was sie meinte, denn er hüpfte sogleich auf einem Bein an ihre Seite, legte seinen Arm um ihre Schultern und stützte sich mit der anderen Hand auf den Speer. Er überragte sie ein ganzes Stück, war fremd und furchteinflößend, aber auch hilflos und sie merkte, dass er sich nach Kräften bemühte, sein Gewicht auf das rechte Bein und den Speer zu verlagern. Ab und zu verlor er fast das Gleichgewicht und musste sich fest an sie klammern, um nicht hinzufallen. Ihre Knie zitterten vor Angst, doch sie rief sich bei jedem Schritt in Erinnerung, dass sie ihm leicht den Speer entreißen und wegrennen konnte. Weshalb sollte er ihr überhaupt etwas Böses antun wollen, wo sein Leben doch in ihrer Hand lag?

*

Es wurde schon dunkel, als sie endlich das Häuschen erreichten. Mikjáll erkannte sofort die Jagdhütte, die die Bewohner von Eystribyggd vor einigen Jahren gebaut hatten, um auch bei längeren Ausflügen vom großen Jagdhaus an den Greipar-Buchten ein sicheres Dach über dem Kopf zu haben. Das Skraelingjarmädchen war offensichtlich allein dort. Im Inneren war es dunkel, kalt wie in einem Gletscher, und es gab keine Spuren von weiteren Bewohnern. Mikjáll tastete sich zum Schlaflager vor, wickelte sich in ein großes Robbenfell, das er dort fand, und legte sich erschöpft hin. Der Schmerz im Bein war längst nicht mehr von der eisigen Taubheit zu unterscheiden, die sich bis zu den Knochen in ihn hineingefressen hatte.

Das Mädchen mühte sich eine ganze Weile mit irgendetwas in der Dunkelheit ab. Blauweiße Funken ließen einige Male ihr Gesicht aufleuchten, erloschen aber gleich wieder. Schließlich gelang es ihr, Feuer in einer Art Lampenschale aus Speckstein zu machen, die auf drei Felsblöcken in der Mitte des Raumes stand. Benommen verfolgte er, wie sie mit ihrem Steinmesser

Speckstreifen vom Bärenfleisch in die Schale schnitt und mit einem Stöckchen die Flamme schürte. Der Speck knisterte, als das Fett herausfloss, das Feuer wurde größer und breitete sich bis zum Rand der Schale aus.

Mikjáll versuchte mit aller Macht, die Augen offen zu halten, doch er musste eine Weile geschlafen haben, denn plötzlich schreckte er hoch und sah, dass das Mädchen ein dampfendes Fleischstück aus einem Topf angelte, der an einem der Dachbalken über dem Feuer hing. Essensdüfte füllten die Hütte, und es war deutlich wärmer geworden. Er setzte sich auf und nahm dankbar mit beiden Händen einen heißen, dicken Brocken entgegen, den sie ihm auf eine Rippe gespießt reichte. Das Bärenfleisch war schmackhafter als alles, was er in seinen siebenundzwanzig Wintern je gegessen hatte. Es war besser als Fleisch von Frischgeschlachtetem im Herbst, besser als Rauchfleisch von fetten Lämmern. Das Fleisch war so heiß, dass es ihm die von der Kälte geschwollenen Hände verbrannte, was ihm aber nichts ausmachte, denn die Wärme, die durch seinen ganzen Körper strömte, war genauso willkommen wie die Nahrung in seinem leeren, ausgehungerten Magen.

Mikjáll war mit seinem Fleischstück schon fast fertig, als er bemerkte, dass das Mädchen, das nun am Feuer hockte, seine Bärenfellkleider ausgezogen hatte und nahezu nackt war. Das Einzige, was sie noch trug, waren eine graue Robbenfellunterhose, die bis zur Mitte der Oberschenkel reichte, und Kniestrümpfe aus demselben Material. Mikjáll wurde ganz anders, fast wäre ihm das Fleisch im Halse stecken geblieben. Gewiss hatte er schon Frauenkörper berührt, sie betastet und befühlt, Frauen gestreichelt und geliebt, doch das waren bloß heimliche Wonnestunden in schmuddeligen Ecken und düsteren Stuben gewesen. Einen derart entblößten Frauenleib hatte er noch nie gesehen. Wenn die Mägde bei der Heuernte ins Schwitzen kamen, krempelten sie vielleicht einmal ihre Ärmel hoch oder hoben die Röcke ein wenig, aber nie höher als bis zur Wade, im besten Fall sah man vielleicht ein Knie. Das Skraelingjarmädchen war so schlank, dass man die Rippen unter der Haut sah. Trotzdem war sie gut in Form, und ihre dunkle Haut glänzte im Schein des Feuers. Um den Hals trug sie ein Lederband mit einem großen Bärenzahn, der zwischen den kleinen, festen Brüsten hing. Ihre Brustwarzen waren dunkelbraun.

Verschämt senkte Mikjáll den Blick, als ihm bewusst wurde, dass er das Mädchen eine ganze Weile mit halb offenem Mund angestarrt hatte und dass angesichts dieses Übermaßes an nackter Haut seine Männlichkeit in Wallung geraten war. Doch das Mädchen schien seinen Blick nicht bemerkt zu haben und schämte sich offenbar auch nicht. Sie aß mit Appetit und schielte bloß ab und zu mit der misstrauischen Miene eines schreckhaften Tieres kurz in seine Richtung, bereit, bei einer unerwarteten Bewegung oder möglichen Bedrohung sofort die Flucht zu ergreifen. Ab und zu stocherte sie mit der Bärenrippe auf dem Schalenrand im Feuer herum. Sie aßen schweigend, doch als er ein zweites Stück Fleisch gegessen und etwas von dem heißen Sud aus dem Topf getrunken hatte, stand das Mädchen auf und sagte etwas Kehliges, während sie ihn energisch an der Schulter packte und an seinem Ziegenlederrock zupfte. Was hatte das jetzt zu bedeuten? Was bitte schön waren denn das für Sitten? Mikjáll räusperte sich schüchtern und versuchte, woanders hinzuschauen, doch sie stupste ihn noch einmal an und zeigte auf ihre Kleider, die sie am Dachbalken über der Lampe zum Trocknen aufgehängt hatte.

Mikjáll war erleichtert und lachte in sich hinein. Sie hatte natürlich nichts anderes im Sinn gehabt, als die Kleider zu trocknen! Jeder wusste, dass es kaum etwas Gefährlicheres gab, als in schneenasser Kleidung auszukühlen, denn in der Wahnsinnskälte, die hier im Winter herrschte, war sogar das

Schwitzen lebensgefährlich, und geschwitzt hatte er heute mit Sicherheit. Mühsam zog er den langen Rock aus, den das Skraelingjarmädchen zu den anderen Sachen hängte. Sie machte Augen, als sie sah, was er darunter trug: eine dicke, graue Lodentunika, eine hellbraune kurze Unterhose und lange Strümpfe, die in den Hosensaum eingehakt waren. Vorsichtig strich sie über seinen Ärmel, dann zupfte sie daran und wies auf den Dachbalken. Offensichtlich wollte sie, dass er sich obenherum ganz auszog. Es war sicher am besten, auf sie zu hören. Jetzt, wo er sich ein wenig aufgewärmt hatte, merkte er, dass auch das grobe Gewand feucht war. Als er die Tunika über den Kopf zog, stieß sie einen seltsamen Laut aus, war offensichtlich erschrocken und wich zurück, nachdem sie das schwere Kleidungsstück entgegengenommen hatte.

Mikjáll sah sie fragend an, doch ihre dunkelblauen Augen blickten gebannt auf seine behaarte Brust. Ihr Gesichtsausdruck war eine Mischung aus Erstaunen und Angst. Mikjáll war verlegen. Sicher, er war recht stark behaart, auf Oberarmen, Brust, und auch überall sonst wuchs dichtes, lockiges Haar, aber es war kaum mehr als bei anderen, und es gab keinen Grund, ihn, den unbekannten Mann, so anzustarren. Aber es war vermutlich zu viel verlangt, von einem Skraelingi Anstand zu erwarten.

Unwillkürlich verschränkte er die Arme vor der Brust und sah auf den Boden. Die nackten, runden Brüste der jungen Frau, die bewegungslos vor dem Schlaflager stand, waren unangenehm nah an seinem Gesicht, und im Stillen betete er zu Gott, dass sie nicht an seinem Gemächt sehen würde, was er dachte. Das Mädchen wurde nervös und wandte endlich den Blick ab. Es nestelte an Mikjálls Rock herum, und schließlich gelang es, ihn auf links zu drehen und an einen Haken in der Nähe des Feuers zu hängen. Mimik und Gestik zeigten deutlich, dass ihr nicht ganz wohl zumute war, doch ihre Angst war offenbar nicht groß genug, um sie davon abzuhalten, sich langsam wieder zu nähern. Sie nahm auf dem äußersten Rand der Schlafstatt Platz und zog ihm wortlos die großen Rindslederschuhe aus, wie eine geübte Magd. Heu rieselte auf den Boden, doch sie sammelte es gewissenhaft auf und legte es beiseite.

Die dicken, langen Strümpfe waren vom Knie bis zu den Füßen nass, und es führte kein Weg daran vorbei, die Schiene vom linken Bein abzunehmen, um das feuchte Beinkleid ausziehen zu können. Zum Glück tat es diesmal nicht so weh, denn die Kälte, die ihm immer noch in den Knochen steckte, half offenbar gegen den Schmerz. Die beinlangen Stümpfe landeten bei den anderen Kleidern auf einem Haken, nachdem sie sie neugierig befühlt und wie ein Hund beschnuppert hatte. Doch als sie dann Anstalten machte, sich auch noch an seinem Hosenbund zu schaffen zu machen, hatte er genug. Er schüttelte vehement den Kopf und legte seine Hände auf die ihren.

»Das ist nicht nötig, die Unterhose ist trocken«, sagte er schnell. »Sie ist aus dicker Wolle und so gut gewalkt, dass Nässe und Schnee nicht durchkommen.« Um seine Worte zu unterstreichen, schüttelte er den Kopf noch vehementer, woraufhin das Mädchen die Hände zurückzog. Dann aber griff es nach seinen eisigen, blauen Zehen und begann, sie sanft zu massieren. Ihre warmen Hände strichen über seine nackten Beine, über die Fußrücken und Sohlen. Brennende Hitze breitete sich langsam in den geschwollenen, noch halb gefühllosen Beinen aus, und obwohl sie das linke Bein nur zart berührte, flammte der Schmerz wie Feuer durch den Bruch. Mikjáll musste die Zähne zusammenbeißen, um nicht laut aufzustöhnen.

Sie schaute nicht auf, während sie versuchte, Wärme in seine Glieder zu bekommen, daher konnte er nun zum ersten Mal ihre Gesichtszüge eingehender betrachten. Sie war keineswegs so hässlich wie angeblich alle Skraelingjar, obwohl ihre Haut so dunkel und unweiblich war. Ihre Nase war ein wenig platt, die Stirn ziemlich breit, die Lippen dick und die Wangenknochen hoch und auffällig. Die eigentümlich schmalen Augen gaben ihrem Gesicht einen exotischen, fast majestätischen Ausdruck. Einige Strähnen hatten sich aus dem großen Knoten gelöst und fielen über die Schulter auf den Rücken. Dem Umfang des Knotens nach müsste das Haar mindestens bis zur Hüfte reichen, wenn sie es offen trug. Unwillkürlich wanderte Mikjálls Blick an ihrem Körper hinunter. Er betrachtete jede Rundung, jede Kurve, ohne dass er es kontrollieren konnte.

*

Naaja wurde heiß unter dem forschenden und unverfrorenen Blick des Mannes, doch sie ließ sich nichts anmerken. Offenbar kannte er keine Manieren, was nicht verwunderlich war, da sie nun wusste, dass ihr Gast keineswegs ein normaler Mensch war. Es gab Geschichten über Frauen, die von Erqigdlit, Männern mit Hundekopf und Schwanz, gestohlen und missbraucht worden waren und Kinder von ihnen bekommen hatten. Diese sahen entweder ganz normal aus wie ihre Mütter oder waren halb Hund wie ihre Väter, die behaarte Körper hatten und auf allen vieren liefen. Er hatte zwar das Fell eines Hundes – und sie mochte sich nicht ausmalen, von welch seltsamen Kreaturen die Haut stammte, aus der seine Kleider gemacht waren –, aber er wirkte nicht besonders gefährlich. Als sie ihm aus den nassen Kleidern geholfen hatte, schien er sich vor Angst fast in die Hose zu machen. Sicher wollte er nicht, dass sie seinen Schwanz sah, der in seiner komischen Unterhose stecken musste. Das erklärte auch, weshalb er so unwirsch reagiert hatte. Sie erinnerte sich an eine Geschichte, die Tulugaq im vorigen Sommer erzählt hatte. Der Angakoq hatte wörtlich gesagt, dass das Hundekopfvolk Scheu vor den Inuit, vor normalen Menschen, habe. Er hatte auch erzählt, dass sie eine wahnsinnige Angst vor Hunden hätten. Der Mann hatte Aaveq und Nukâraq angestarrt, als wären sie schreckliche Ungeheuer, als Naaja die beiden hinter der Hütte festgebunden hatte.

Die Füße des Hundemannes waren bläulich-weiß wie bei einer alten Leiche. Seine gesamte Haut sah so aus, jedenfalls das, was unter all den dunklen Haaren davon zu sehen war. Man sah ihm deutlich an, dass er um ein Haar erfroren wäre. Jetzt, wo er sich langsam aufwärmte, wurde seine Haut zwar leicht rosig, aber trotzdem war sein Körper noch so bleich wie der eines Toten. Ganz egal wie sehr sie ihn auch mit ihren Händen bearbeitete, es reichte nicht. Naaja zog die Fellstrümpfe aus Tulugaqs Kamikken, sah aber gleich, dass sie zu klein waren, dabei hatte der Angakoq schon größere Füße als viele andere. Vielleicht passten die Kamikken selbst. Um die Stiefel etwas zu weiten, entfernte sie vorsichtig die dicke Schicht aus kostbarem Moos und Heu, die zweifellos von Pamio als Futter eingesetzt worden war. Dann reichte sie dem Gast die Stiefel und gab ihm zu erkennen, dass er sie anziehen sollte.

Der Mann befühlte die Kamikken und inspizierte sie voller Bewunderung. Pamios Stiefel waren viel kunstvoller und besser genäht als die seltsamen Schuhe des Mannes. Diese Schuhe konnten wohl kaum vor Kälte schützten, so dünn und flach, wie sie waren, und mit derart löchrigen Sohlen. Doch leider waren seine Füße viel zu groß. Die Kamikken des alten Mannes passten nicht, da war nichts zu machen. Bis seine Kleider trocken waren, musste die Decke genügen. Sie legte dem Mann, der auf dem Schlafpodest saß, das Robbenfell mit der Fellseite nach unten auf den Schoß und wickelte es fest um seine Beine. Der Hundekopfmann lächelte sie an und sagte etwas. Wahrscheinlich bedankte er sich. Naaja schüttelte den Kopf. Es war unnötig, sich für etwas Selbstverständliches zu bedanken. Kein Mensch ließ einen anderen erfrieren, wenn er es verhindern konnte, auch keinen halben Menschen.

»Mikjáll«, sagte der Mann und zeigte auf seine pelzige Brust, »Mik-jáll«, diesmal dehnte er das Wort, das sein Name sein musste.

»Mik…«, wiederholte Naaja zögernd.

»Miik-jááll«, sagte er noch einmal, langsamer, und zeigte auf sich selbst.

»Miik-ka.« Sie war nicht sicher, ob es sich richtig angehört hatte, doch er wirkte zufrieden, zeigte dann auf sie und zog die Brauen hoch. Seine Schüchternheit war wie verflogen.

»Naaja«, sagte sie und zeigte so auf ihre Brust, wie er es zuvor getan hatte. »Naaja, das bedeutet Möwe.« Zur Erklärung flatterte sie mit den Armen als wären es Flügel, doch da er ein irritiertes Gesicht machte, ließ sie die Arme schnell wieder sinken. »Naaja.«

»Naaja«, wiederholte der Hundemann Mikjáll und nickte. Dann lächelte er und flatterte wie sie mit den Armen.

»Mikjáll.«

Er sah so albern aus, dass sie lachen musste. Dabei hielt sie sich scheu die Hand vor den Mund. Auch er lachte, ein langes, tiefes Lachen. Naaja verstummte und machte ein betretenes Gesicht. Einem unbekannten Gast gegenüber war ihr Verhalten nicht angebracht. Sie drehte sich um und machte die Flamme in der Tranlampe so klein, dass sie in der Nacht von selbst erlöschen würde, sobald der Docht abgebrannt war. Obwohl die Mutter des Meeres ihr einen Eisbären geschickt hatte, gab es keinen Grund, den Tran zu verschwenden. Naaja schlüpfte wieder in ihre Bärenfellhose und den Anorak, die nun von innen trocken waren, und legte sich in die Nähe der Lampe. Der nackte Erdboden war hart, aber ihr war einigermaßen warm, selbst ohne das Robbenfell, das sie dem Gast überlassen hatte, und das war das Wichtigste.

Der Hundekopfmann wirkte unruhig, und als sie mit halbgeschlossenen Augen zu ihm hinsah, sagte er etwas, klopfte neben sich auf das Podest und hob das Fell an. Er wollte, dass sie als seine Frau bei ihm lag! Bei einem Hundekopfmann! Er, der sich das Bein gebrochen hatte und nur knapp dem Kältetod entkommen war! Naaja beschloss, so zu tun, als verstünde sie seine unverschämte Aufforderung nicht. Sie schloss die Augen, drehte sich auf die andere Seite und lag regungslos, während ihr das Herz bis zum Hals schlug. Der Mann gab keinen Laut mehr von sich, und obwohl sie versuchte, wach zu bleiben, wurde sie von der Müdigkeit übermannt. Ehe sie sich versah, war sie tief und fest eingeschlafen.

*

Mikjáll war hundemüde, und trotzdem lag er eine ganze Weile wach. Das Skraelingjarmädchen schien in dem Moment eingeschlafen zu sein, in dem es sich auf den Boden gelegt hatte, es atmete bereits tief und gleichmäßig. Merkwürdig, dass sie nicht bei ihm schlafen wollte, obwohl sie vorher keine Scheu gehabt hatte, mit nahezu bloßem Hintern vor seiner Nase herumzulaufen.

Seine Gedanken schweiften zu Kolbeinn und den anderen Männern, mit denen er Ende des letzten Sommers zur Walross- und Robbenjagd in den Norden gekommen war. Erst im späten Sommer hatten sie losziehen können, denn alle mussten bei der Heuernte mithelfen, damit das ohnehin schon wenige Vieh, das ihnen noch geblieben war, den langen und harten Winter über nicht hungern musste. In den letzten zehn Jahren, dem fünften Jahrzehnt im fünfzehnten Jahrhundert nach der Geburt des Herrn, waren die Winter härter geworden, und der Heuertrag im Sommer hatte im gleichen Maße abgenommen. Das behaupteten zumindest die Alten, die immer meinten, dass sie in ihrer Kindheit bessere Zeiten erlebt hätten. Früher einmal seien sie jeden Sommer mit vielen Schiffen nach Nordurseta gesegelt, um ihre Kammern mit Vorräten zu füllen, mit unzähligen kostbaren Narwalzähnen, Walrossen, Robben und sogar Eisbären. Im Gegensatz zu heute sei man damals nicht nur alle Jubeljahre mal dorthin gefahren.

Mikjáll selbst war kein eingeborener Grönländer. Als er zwölf war, hatten er und seine Mutter Island verlassen, weil sie einen Grönländer heiratete, den Verwalter des Guts in Eystribyggd, das sie geerbt hatte. Im fruchtbaren Skagafjördur daheim in Island musste niemand Hunger fürchten oder dass sein Vieh starb. Schrecken verbreiteten dort vielmehr die von England kommenden Raubeine und Plünderer, die durchs Land zogen und eine Spur der Verwüstung hinterließen. Es schauderte Mikjáll, als ihm Kindheitserinnerungen an Blut und Tod in den Sinn kamen. Immer wieder kamen sie hoch, obwohl es schon anderthalb Jahrzehnte her war, dass er die schrecklichen Überfälle englischer Seeleute am Höfdaströnd erlebt hatte. Einer von ihnen, er hieß Michael und kam aus Bristol, hatte ihn gezeugt, als seine Mutter Ragnfrídur beinahe selbst noch ein Kind war. Doch Michael war noch im selben Sommer fortgesegelt und hatte sich seitdem nie wieder blicken lassen. Wahrscheinlich, hoffentlich, war er längst tot.

Mikjáll schüttelte diese Gedanken ab. Warum mussten sie ihn auch gerade jetzt plagen wie Mücken im Frühling? Sicher hatten die alten Grönländer Recht, wenn sie sagten, dass das Klima immer schlechter wird. In den letzten Sommern war so wenig Gras gewachsen, dass die meisten Bauern in Eystribyggd mitten im Winter, zu Beginn des Monats Thorri, ihre unterernährten, völlig ausgemergelten Tiere hatten töten müssen. Kühe, Schafe und Ziegen starben, weil es kein Heu mehr gab. So etwas hatte bis dahin noch keiner erlebt, und etwas Derartiges war bis dahin höchstens alle Jahrzehnte einmal in Hungerszeiten vorgekommen. Nicht nur, dass die Felder weniger Heu abwarfen als früher, auch das Meer war zudringlicher geworden. Große Teile des guten Ackerlandes in Küstennähe lagen nun auf dem Meeresgrund. Mit jedem harten Jahr verlegten sich mehr Menschen auf die Fischerei und Robbenjagd, aber da es viel zu wenig Ruderboote gab, mussten sie sich zusammentun. Manche verfügten zwar über Treibholz, doch das reichte gerade mal zum Feuermachen, und die letzte Fahrt gen Westen, um Bauholz aus Markland zu beschaffen, war lange her.

In Eystribyggd gab es nur ein Schiff, das groß genug war für eine so lange Reise, den Balinger *Christopher de Hull*, in England gebaut und von Thorsteinn, Ragnfrídurs Stiefvater, unterhalten. Der alte *Christopher* hatte Mikjáll und seine Mutter von Island nach Grönland gebracht, doch seetüchtig war der gestrandete und von Holzdieben gebeutelte *Christopher* schon lange nicht mehr. Es hieß, dass es auf dem Unglücksschiff spukt. Die gesamte englische Besatzung, die kurz nach der Ankunft in Grönland von einer unbekannten Seuche dahingerafft worden war, geisterte dort noch herum. Nachdem die Grönländer von der Krankheit erfahren hatten, hatte sich nämlich kein Priester an Bord gewagt, um die Seemänner von ihren Sünden freizusprechen. Die Toten hatten wochenlang ausharren müssen, bis man sie endlich abgeholt, in einem Gemeinschaftsgrab auf dem Friedhof von Brattahlíd beerdigt und ins Totenreich gesungen hatte. Einige Jahre später hatte sich auf der Heimfahrt vom Thing in Gardar zurück in den Hvalseyjarfjördur gezeigt, dass böse Kräfte mit an Bord waren. Das Schiff war in mildem Wetter kurz vor der Küste am Ende des Fjordes auf Grund gelaufen, an einer Stelle, an der bis dahin noch kein Schiff Schwierigkeiten gehabt hatte. Daraufhin hatten Wind und Wetter es an die felsige Küste getrieben. Denjenigen, die sich getraut hatten, Schiffsholz zu stehlen, war hinterher Unglück widerfahren. Einer hatte sich sogar das Genick gebrochen, als sein Pferd plötzlich ohne ersichtlichen Grund gescheut hatte. Seitdem ließen die Leute das Schiff in Frieden, das sich unweit des Ufers wie ein gestrandeter Wal in der Bucht Eystrivík verkeilt hatte.

Wie in den vergangenen Jahren war auch im letzten Sommer nur wenig auf den Wiesen gewachsen, und die meisten waren mit ihren Knechten, Sensen und Rechen weiter ins Landesinnere gezogen, manche sogar ins Hochland, wo die Schafe weiden. Daher war der Sommer schon weit fortgeschritten, als die Männer endlich nach Nordurseta hatten aufbrechen können. Nach so vielen Notjahren war es für den Großteil der Menschen die einzige Möglichkeit, über die Runden zu kommen.

Vom ersten Tag an machten sie gute Beute und waren so sehr mit der Jagd beschäftigt, dass sie nicht merkten, wie schnell sich die Fjorde hier im Norden mit Eis füllten. Als sie gerade über die Heimfahrt im offenen Zehnruderer nachdachten, brach ein Sturm los, der tagelang anhielt. Als er endlich nachließ, froren auf einen Schlag die Buchten und der Fjord zu. Der Winter war gekommen, und es blieb ihnen nichts anderes übrig, als im Jagdrevier auf den Frühling zu warten. Ein kleines Trostpflaster war, dass sie auch weiterhin erfolgreich auf Jagd gehen konnten. Im Króksfjördur und seinen Buchten gab es jede Menge Walrosse und Robben. Der Bär von heute war nicht der einzige, an dessen Tod Mikjáll beteiligt war. Es war ihnen sogar gelungen, eine stolze Zahl Narwale zu töten und an Land zu ziehen, die sich aus irgendeinem Grund in ein großes Strömungsloch unter dem Eis in den Greipar-Buchten verirrt hatten. Dort saßen sie in der Falle, als der Frost zunahm und der große Fjord um die Insel Bjarnarey komplett zufror. Es war seltsam, geradezu traurig, die Tiere zu beobachten, die zum Atmen in der immer kleiner werdenden Öffnung auftauchen mussten, bloß um dann von Männern, die sie mit erhobenen Speeren und Seilen aus Walrosshaut erwarteten, durchbohrt, getötet und dann aufs Eis gezogen zu werden, wo sie zuckend und schwer schnaubend verbluteten.

Die Stoßzähne der männlichen Tiere waren zwar nicht mehr ganz so wertvoll wie früher, doch nach wie vor konnte man sie für gutes Geld an das nächste Schiff aus England verkaufen. Von Norwegen und Island war lange schon kein Handelsschiff mehr nach Eystribyggd gekommen, nur englische Schiffe steuerten manchmal auf Grönland zu, nahmen Stockfisch und Narwalzähne mit und ließen dafür rare Waren wie Wein, Mehl, Wachs und Weihrauch für die Messe zurück. Die Handelsreisen der Engländer gingen dem norwegischen König gegen den Strich, hatte er doch allen Ausländern jeglichen Handel mit Grönland untersagt, genau wie mit Island. Derartige Verstöße wurden aber nicht weiterverfolgt, weil so selten mal ein Schiff am Horizont auftauchte. Selbst wenn die Arme des königlichen Gesetzes weit reichten, so langten sie doch nicht bis über den Ozean, der einen Großteil des Jahres vereist und kaum passierbar war. Seit Jahren schon hatten des Königs Arme noch nicht einmal nach den ihnen zustehenden Steuern gegriffen, die sich im Bischofssitz Gardar ansammelten und dort die Vorratskammern füllten.

Die acht Jäger hatten reichlich Wal- und Walrossvorräte und mussten selbst in den schwierigen Jagdmonaten keinen Hunger fürchten, als die Welt in den höllischen Klauen der Dunkelheit und des Winters lag und die Sonne einige Wochen vor Weihnachten ganz vom Horizont verschwand. Alle Gedanken daran, wie es daheim in Eystribyggd aussah und ob das Heu bis in den Frühling hinein reichen würde, schoben sie weit von sich. Immerhin mussten den Winter über nun weniger Mäuler gestopft werden, und die Nachbarn würden ohne Zweifel überall dort, wo die Männer am meisten fehlen, aushelfen, sowohl im Stall als auch bei sonstigen schweren Arbeiten.

Die Unglücksreise nach Eisunes zur steinernen Bärenfalle im Westen der Króksfjardarheidi hatten sie nur unternommen, weil sich nach ereignislosen Wochen des Aufeinanderhockens im Jagdhaus so viel Langeweile und Groll in den Männern angestaut hatte, dass Konflikte unausweichlich wurden. Mikjáll rechnete jeden Augenblick damit, dass die Männer ernsthaft aneinandergerieten. Sie hatten die Zeit auf verschiedenste Weise genutzt, hatten Felle verarbeitet und auf die Wände gespannt, ellenlange Seile aus Walrosshaut geflochten und ihre Ausrüstung und Jagdwaffen ausgebessert. Doch irgendwann waren alle Arbeiten getan, und es gab keine andere Beschäftigung, als wieder und wieder dieselben Gedichte und Geschichten aufzusagen.

Da schnitzte Jón der Rote, der jüngere der gleichnamigen Brüder vom Baer-Gehöft, Würfel und Schachfiguren aus Walrosszähnen. Die Männer waren froh über den Zeitvertreib, obwohl sie im Schach- und Würfelspiel unterschiedlich geübt waren. Zunächst spielten sie aus reinem Vergnügen. Die Männer traten gegeneinander an und hatten ihren Spaß dabei. Doch dann fingen sie an, um Wetteinsätze zu spielen, ein Vorschlag, den vermutlich Andrés gemacht hatte, der Sohn des Verwesers von Gardar, der genauso alt war wie Mikjáll und Kolbeinn und sich beim Spiel viel geschickter anstellte als bei der Jagd. Natürlich musste das Ärger geben.

Innerhalb kürzester Zeit war es Andrés gelungen, sich einen Großteil der Jagdanteile von den Einarsfjördur-Bauern Hafgrímur und Eiríkur zu erspielen. Obendrein erspielte er sich auch noch fast das komplette Erjagte von Álfur dem Einfältigen, der immer wieder ohne lange zu fackeln mit ihm wettete, trotz der warnenden Worte der anderen, denen die Situation längst nicht mehr geheuer war.

Álfur war der Knecht vom Baer-Gehöft, stark wie ein Bulle und ein guter Jäger, der allein mehr Walrosse erlegt hatte als

Mikjáll und sein Stiefbruder zusammen. Den beiden Jóns gefielen Andrés' Siege natürlich ganz und gar nicht, und sie beharrten darauf, dass Álfur im Grunde nicht hätte wetten dürfen, da alles, was er in Nordurseta erjagte, seinem Hofherrn gehörte, wie auch jede einzelne Flosse, die er daheim in Eystribyggd aus dem Wasser fischte. Zudem sei Álfur im Geiste wie ein Kind und werde es immer bleiben, denn trotz seiner mehr als dreißig Winter und der riesenhaften Gestalt sei er leichtgläubig und handele ohne nachzudenken. Kurzum: Es zieme sich nicht für erwachsene Männer, seine Einfältigkeit auszunutzen. Dagegen konnte niemand etwas vorbringen, noch nicht einmal der siegreiche Andrés. Doch als auch Hafgrímur und Eiríkur sagten, dass sie nur symbolisch, sozusagen zum Spaß gewettet hätten und nun ihre Wetteinsätze zurückziehen wollten, hatte er die Nase voll und wurde wütend. Mikjáll merkte, dass etwas geschehen musste, um Schlimmeres zu verhindern.

Seine Idee, sich mit Robbenfleisch zur Bärenfalle nach Eisunes aufzumachen und damit Eisbären zu ködern, fiel auf fruchtbaren Boden. Nach kurzem Zögern waren die Männer auch mit dem Vorschlag einverstanden, dass die Bauern vom Einarsfjördur die Hälfte des Bärenfleisches und obendrauf das Fell bekommen würden, wenn sie im Gegenzug Andrés gaben, was sie ihm schuldeten. Zum Schluss versprachen sie, in Zukunft beim Spielen nicht mehr zu wetten.

Drei Tage waren sie auf der Króksfjardarheidi unterwegs, als der Schneesturm losbrach, so plötzlich, dass es Mikjáll gerade noch gelang, Kolbeinn und sich mit einem Seil zu verbinden, ehe ihre sechs Kameraden im Schneegestöber verschwanden und der Sturm alle Rufe und Schreie verschluckte. Es war die zweite Reise der Stiefbrüder nach Nordurseta und Kolbeinn war sich sicher, dass es nicht mehr weit war nach Eisunes zur Bärenfalle, die sein Vater Valur vor vielen Jahren mit anderen

Männern aus Eystribyggd am westlichsten Zipfel der Halbinsel über Bjarnarey gebaut hatte. In der Hoffnung, auf die Falle zu stoßen und dort auch ihre Gefährten zu treffen, waren sie zunächst weitergelaufen, doch schon bald hatten sie gemerkt, dass sie die Orientierung verloren hatten und es ebenso gut sein konnte, dass sie genau in die entgegengesetzte Richtung liefen. Daher hatten sie beschlossen, sich im Schnee einzugraben und das Unwetter abzuwarten. Mikjáll war nun klar, dass sie zu weit in Richtung Süden gelaufen waren, bevor sie sich aus den Augen verloren hatten. Keiner von ihnen hatte Nordurseta schon einmal im Winter gesehen, und da der Schnee alle natürlichen Wegweiser unkenntlich gemacht hatte, konnte man sich schnell im weiten Hochland verirren.

Nun war Kolbeinn tot und das Schicksal der anderen ungewiss. Mikjáll seufzte und sah hinauf zur niedrigen Decke der Hütte. Die anderen mussten sich ebenfalls in den Schnee gegraben und gewartet haben, dass das Unwetter vorüberging. Sie alle waren erfahrene Jäger und starke Männer. Trotzdem waren jetzt mindestens zwei kleine Kinder auf dem heimischen Gehöft Thjódhildarstadir vaterlos. Im Frühling würde es seine Aufgabe sein, Ingibjörg die Nachricht zu überbringen, dass sie nun Witwe war. Beim Aufbruch der Männer war sie schwanger gewesen und hatte schon gut zugelegt. Es hatte Kolbeinn viel Überwindung gekostet, sie in diesem Zustand allein zu lassen. Doch sie hatte ihn zum Mitfahren gedrängt, schließlich wollten die Männer noch vor den Winternächten wieder zurück sein, und mit dem Kind war nicht vor Weihnachten zu rechnen. Das war zumindest der Plan gewesen. Als die Flamme in der Lampenschale erlosch, wurde es schlagartig dunkel, und Mikjáll starrte in die Finsternis. Ingibjörg mit den schönen, blauen Augen … Er drehte sich auf seinem harten Lager um. Vor seinem inneren Auge tauchte eine junge Frau mit langem, rotblondem Haar und neckischem Blick auf, die lachend vor ihm her über die Klippen zum Strand lief, der unterhalb des Hofes lag.

Dann endlich hatte der Schlaf ein Erbarmen mit ihm.

*

Naaja hatte den Hundemann, den sie für sich Mikk nannte, nicht wecken wollen, bevor sie hinunter in die Bucht lief, um den Bären zu zerlegen. Sicher würde es ihm guttun, so lange wie möglich zu schlafen, doch als sie gerade damit fertig war, das harte Leder ihrer Kamikken geschmeidig zu kauen, hörte sie an seinem Atem, dass er wach war. Ohne einen Blick in seine Richtung zu werfen, schlüpfte sie in ihre Stiefel. Erst als sie ihm warmen Sud und ein Stück Fleisch reichte, sah sie ihn an.

»Ich muss das Fleisch holen«, sagte sie und zeigte ihm das Frauenmesser und die Packbänder der Hunde. Mikjáll sah sie verständnislos an, doch plötzlich ging ihm ein Licht auf. Er griff nach seinem eigenen Messer, das er am Abend zuvor in die Grassodenwand gesteckt hatte, und hielt ihr den Griff hin. Es sah von der Form her nicht anders aus als ein gewöhnliches Jagdmesser, war aber um einiges größer. Die scharfe Klinge war unglaublich dünn und so sorgfältig in den Griff eingearbeitet, dass die Befestigung kaum zu sehen war. Sie strich mit der Schneide vorsichtig über ihren Daumennagel, nickte, und legte ihr Ulu gut sichtbar neben dem Bärenfleisch auf den Boden. So zeigte sie dem Mann, dass sie ihn nicht ohne Messer zurückließ.

Auf einmal sah sie Ataata vor sich, verletzt und frierend im dunklen Haus in Uummannaq.

»Du musst dich um das Feuer kümmern, sonst wird es zu kalt.« Sie schob die Lampe näher an das Schlafpodest heran und schnitt den Speck so zu, dass er gut brannte. »Sieh hier, so geht das.« Sie zeigte ihm, wie man den Moosdocht mit der

Rippe zum Rand der Schale zog und ihn im Tran tränkte. Dann gab sie ihm den Knochen. Er tippte vorsichtig die gelblich-weißen Speckstückchen an und warf ihr einen unsicheren Blick zu. Sie musste wegschauen, um ihr Lachen zu verbergen. Es war seltsam, einen Mann bei dieser Frauenarbeit zu sehen, doch sie wollte ihn nicht demütigen, indem sie über ihn lachte. Obwohl er ein Erqigdlit war, hatte er zweifellos Gefühle wie jedes andere menschliche Wesen. In der Nacht hatte sie ihn immer wieder schwer stöhnen gehört, nachdem er endlich eingeschlafen war.

Draußen war es schon taghell, und Aaveq und Nukâraq sprangen freudig auf, als sie die beiden losband. Sie würden von nun an nicht mehr im Haus schlafen, denn Mikk sollte nicht sehen, dass sie eine solche Nachlässigkeit zuließ. Zudem hatte er eine Riesenangst vor den Hunden, wie zu erwarten gewesen war.

Zu ihrer Erleichterung hatte noch kein Tier den Bärenkadaver oder den toten Mann entdeckt. Lediglich die oberste Schicht des Fleisches hatte zu frieren begonnen. Zuerst fiel es ihr schwer, den Bären mit Mikks Messer zu häuten. Es war so scharf, dass sie befürchtete, Löcher ins Fell zu stechen und es so zu beschädigen. Doch langsam ging es besser, und kurz nachdem die Sonne ihren Mittagsstand erreicht hatte, war die Arbeit getan, und das knochenweiße Bärenfell hatte nur wenige Schrammen abbekommen, die man leicht zunähen konnte. Was von den Innereien noch übrig war, schnitt sie vorsichtig aus der Bauchhöhle heraus und legte es zur Seite. Magen und Blase wollte sie als Beutel für Fleisch und Speck verwenden. Wenn sie den Darm säuberte und auftrennte, konnte sie daraus einen wasserdichten Anorak nähen und hatte trotzdem noch genug für ein Fenster im Hüttendach übrig. Nie zuvor hatte Naaja einen solchen Berg an Fleisch und Innereien für sich allein gehabt, ganz zu schweigen von den

Zähnen und Krallen des Bären, den wertvollsten Talismanen, die man besitzen konnte.

Naaja summte bei der Arbeit vor sich hin und dankte der Mutter des Meeres von ganzem Herzen für diese unverdiente Großzügigkeit. Fleischbatzen türmten sich auf, und trotzdem war noch eine ganze Menge Unverarbeitetes übrig, als Naaja merkte, dass es wieder zu dämmern begann. Wenn ihre Mühe nicht umsonst gewesen sein sollte, musste sie langsam Steine von der Küste holen und die Vorräte bedecken, solange es noch hell war. Die Bucht öffnete sich gen Westen und der Seewind sorgte dafür, dass am Strand kein Schnee liegen blieb. Daher kam man leicht an Steine heran. Doch sie waren oft festgefroren, schwer und so glitschig, dass es schwierig war, sie zu packen. Naaja war völlig erschöpft, als sie sich entschied, es gut sein zu lassen, das Fleisch war ausreichend geschützt.

Sie schnaubte vor Erschöpfung, als sie sich in den Schnee plumpsen ließ. Den Rücken an den Steinhaufen gelehnt streckte sie die Beine von sich. Zur Belohnung aß sie einen dicken Bissen Fleisch, den sie als Proviant mitgenommen hatte. Während sie aß, schielte sie immer wieder zum toten Erqigdlit hinüber und gruselte sich davor, in die Nähe der Leiche zu kommen. Wegen all der gefrorenen Barthaare sah man nicht viel von seinem Gesicht, bloß ein Stück bläulicher Haut und die Augen, die kalt und tot in den Winterhimmel starrten. Am liebsten hätte sie ihn einfach seinem Schicksal und den Wölfen und Füchsen überlassen. Doch das kam nicht infrage, denn sie konnte nicht das Risiko eingehen, vom Geist des Hundekopfmannes heimgesucht zu werden.

Plötzlich bemerkte sie unweit der Leiche eine Bewegung im Schnee. Aaveq und Nukâraq spitzten die Ohren und setzten sich auf. Es war, als wäre ihr Gedanke Realität geworden: Ein bläulich-weißer Fuchs näherte sich dem Toten. So unauffällig wie möglich nahm Naaja ihren Bogen, doch im selben Augenblick, in dem der Pfeil mit einem leisen Sirren die Luft zerschnitt, sah er sich um, hatte die Gefahr gespürt und sprang keckernd davon. Doch weit kam er nicht: Der Pfeil hatte sein Bein getroffen, und die Hunde verfolgten augenblicklich die Blutspur des Tieres, fanden es schutzlos im Schnee liegen und brachten die Sache zu Ende. Naaja musste sie mit Schlägen von der Beute verjagen, doch da hatten die Hunde den Fuchs mit ihren messerscharfen Zähnen schon fast entzweigerissen und das Fell arg beschädigt.

»Ach ihr! Dabei habt ihr doch so viel zu fressen bekommen, dass es für eine ganze Woche hätte reichen müssen!«, schrie sie so wütend, dass die Hunde kläglich winselten und ihre Schwänze einzogen, denn sie waren es nicht gewohnt, ihre Herrin so aufgebracht zu sehen.

Die Wut kochte noch in ihr, als sie sich daranmachte, den Erqigdlit mit Steinen zu bedecken, ließ aber während der anstrengenden Arbeit schnell nach. Es war stockfinster und der Himmel voller Sterne, als Mikks Kamerad endlich unter einer schweren Steindecke verschwunden war. Naaja ließ sich in den Schnee fallen und war so ausgelaugt wie nie zuvor in ihrem Leben. Vor ihren müden Augen fügten sich die Sterne zu bekannten Bildern zusammen. Das Rentier war da, die Schlittenhunde und der Bär, und auch der dreieckige Lampenständer, der von drei Sternen gebildet wurde, die an die drei Felsblöcke unter der Tranlampe erinnerten. Die Tranlampe! Ihr Herz machte einen Satz. Vielleicht war die Lampe schon längst erloschen, und der arme Hundekopfmann erfroren! Naaja rappelte sich mühsam hoch, band den Fuchs und die Bäreninnereien auf die Hunde, schnürte sich selbst das Bärenfell auf den Rücken und schleppte sich nach Hause.

*

Mikjáll hatte ein mulmiges Gefühl. Obwohl es schwierig war, die Zeit zu schätzen, war sicher mindestens ein halber Tag vergangen, seit das Skraelingjarmädchen Naaja aufgebrochen war. Es war bloß eine kurze Strecke von der Hütte hinunter zur Bucht … Es musste etwas passiert sein. Als er bemerkte, wie viel Tran schon verbrannt war, hatte er die Flamme der Tranlampe verringert, so dass nun lediglich ein winziges Stück Docht glimmte. In der Hütte war es kühler geworden, doch zum Glück war die Wolltunika, die über der Lampe am Dachbalken hing, mittlerweile trocken. Von seinem Lager aus musste er nur wenige Schritte auf einem Bein hüpfen, um an sie heranzukommen. Bei jeder Bewegung schmerzte das gebrochene Bein, obwohl er den Fuß kaum aufsetzte. Sein Vorhaben, in die Dunkelheit hinauszugehen und nach dem Mädchen zu suchen, konnte er vergessen.

Zumindest musste er die Lampe mit neuem Speck befüllen, bevor sie ganz ausging. Naajas seltsames Messer lag neben dem Fleisch auf dem Erdboden, und Mikjáll untersuchte es neugierig. Die halbmondförmige Klinge war aus Feuerstein und schärfer als erwartet. Um ein Haar hätte er sich geschnitten, als er die Schärfe an seinem schwieligen Daumen prüfte. Der Griff war aus Rentierhorn, vom vielen Gebrauch glattpoliert und mit Lederbändern, die durch Löcher in Schneide und Griff gezogen waren, an der schmaleren Seite der Klinge befestigt. Ohne Schwierigkeiten gelang es ihm, einen dünnen Streifen Speck vom Fleisch zu schneiden. Als die Flamme auf der Lampenschale aufloderte, fühlte er sich schon ein wenig besser. Die Frau würde sicher bald auftauchen. Weshalb sollte ihr etwas zugestoßen sein? Es hieß, dass Skraelingjar zäher seien als Füchse und von Eis und rohem Fleisch leben konnten, wenn es sein musste.

Vom gekochten Fleisch war nur noch wenig über, daher beschloss er, noch einige Bissen in den Steintopf zu werfen. Zu essen gab es schließlich genug. Als er den Schnee, den er im

Eingang zusammengekratzt hatte, in den Topf geben wollte, passierte es: Eine ganze Handvoll rutschte ihm aus den Fingern direkt auf die Flamme in der Tranlampe. Das Feuer starb mit einem kurzen Zischen, und er saß in tiefster Dunkelheit.

»Zum Teufel! Was bin ich doch für ein Tollpatsch!« Was nun? Mikjáll hatte nichts zum Feuermachen. Álfur der Einfältige hatte sich immer um das Feuer gekümmert und für die ganze Mannschaft gekocht. Er hatte auch keinen blassen Schimmer, wo das Skraelingjarmädchen die Feuersteine aufbewahrte, mit denen sie die Lampe entzündet hatte. Mikjáll tastete sich auf allen vieren zum Steinhaufen in der Ecke vor und suchte ohne Erfolg mit flachen Händen den harten Boden ab. Der empfindliche linke Fuß stieß gegen irgendein Hindernis, und der Speer des Skraelingjarmädchens, der an der Wand gestanden hatte, fiel auf ihn. Wieder fluchte Mikjáll. Vielleicht hatte sie die Feuerutensilien auch mitgenommen. Auch das noch. Er war wehrlos wie ein Säugling. Die Wut brodelte in ihm, als er auf sein Lager kroch, sich an die Wand lehnte und das Robbenfell um sich schlang. Der Schmerz im Bein reichte vom Fußrücken bis hinauf zur Leiste. Wenn er Pech hatte, würde sie nicht mehr zurückkommen.

Diesen Gedanken hatte er kaum zu Ende gedacht, als er ein leises Rascheln am Eingang hörte. Er hätte schreien können vor Freude. Doch genauso schnell loderte in ihm wieder die Wut auf. Ihr war also nichts zugestoßen, und all die Sorgen waren umsonst gewesen.

»Wird aber auch wirklich Zeit, dass du endlich wiederkommst!« Schon während er die Worte aussprach, bereute er sie und hätte sich am liebsten auf die Zunge gebissen. Natürlich verstand sie ihn nicht, aber sein Ton war viel zu barsch und verärgert für die Situation. Das arme Ding musste vor Müdigkeit und von der Kälte völlig entkräftet sein. Eine solche Begrüßung hatte sie wirklich nicht verdient.

Sie erwiderte nichts, und er hörte, dass sie in der Ecke bei der Lampe mit etwas hantierte. Blaue Funken erhellten einen Augenblick die Dunkelheit, als sie die Feuersteine aneinanderschlug.

»Ich bin so tollpatschig«, murmelte er in einem viel milderen Ton.

»Mir ist Schnee auf die Lampe gefallen … Ist sicher nicht leicht, sie jetzt wieder anzuzünden …«

Zu seiner Verwunderung brauchte Naaja aber nicht lange, um die Lampe wieder zum Brennen zu bringen. Wortlos und ohne ihn anzusehen gab sie Fleisch in den Topf, stellte die Lampenschale auf die Felsblöcke, zog ihre warmen Kleider aus und hängte sie an die Haken unter der Decke. So langsam, wie sie sich bewegte, musste sie todmüde sein. Mikjáll wurde die Situation immer unangenehmer.

»Naaja …«, sagte er zögerlich, ohne zu wissen, worauf er hinauswollte oder wie er sich verständlich machen konnte. Sie schaute sich um, als sie ihren Namen hörte, doch es war schwer, ihre Miene zu deuten. Zumindest schien sie nicht verärgert zu sein, vielmehr wirkte sie skeptisch oder als ob sie vor etwas auf der Hut wäre.

»Kolbeinn … der vom Bär getötet wurde, hast du ihn … im Schnee begraben?«

Mikjáll zeigte mit beiden Händen in Richtung Ausgang und auf das Bärenfell, das sie dort abgelegt hatte. Er ließ sie aber kraftlos wieder sinken, als er das fragende Gesicht des Skraelingjarmädchens sah. Es war sinnlos, sie würde ihn nie verstehen.

Naaja stand auf, legte eine Hand auf den Fellhaufen, stieß einen furchtbaren Laut aus, der einem Brüllen gleichkam, und kratzte dazu mit gekrümmten Fingern in der Luft herum. Mikjáll erschrak und sah sie entgeistert an.

»Nanoq«, sagte sie und brüllte noch einmal.

Da verstand er plötzlich, was sie meinte. »Eisbär! Eisbär!«

»Eis-bär«, wiederholte sie mit kehliger Stimme, und er nickte schnell. »Genau, Eisbär! Nanoq!«

Naaja nahm einen Stein vom Haufen an der Wand, hielt ihn hoch und machte ein fragendes Gesicht. »Ujarak?«

»Stein?«

»Stein«, wiederholte sie, nahm einen zweiten in die andere Hand, legte beide auf den Fellhaufen und schaute dabei Mikjáll an. Der runzelte nachdenklich die Stirn. Naaja nahm die Steine wieder hoch, um sie dann noch einmal auf das Bärenfell zu legen. Mikjáll verstand.

»Du hast Steine auf den Eisbären gelegt, das Fleisch gesichert«, sagte er und nickte schnell. Ihr Gesicht hellte sich auf, und sie lächelte.

Wie sollte er nach Kolbeinn fragen? Er dachte nach, zeigte dann auf den abgebrochenen Speerschaft, den sie an sein Bein gebunden hatte, und tat dann so, als würde er einen Speer werfen.

»Der Mann, den der Eisbär … getötet hat?«

Naaja schaute ihn an und schwieg. Sie wusste ganz offensichtlich nicht, was er meinte. Mikjáll stöhnte laut, schlug sich die Hand auf die Brust und schloss die Augen, während er den Kopf schwer auf die Schulter fallen ließ. Das Mädchen kicherte. Er machte die Augen wieder auf und schnaubte schwer. Es war einfach zu kompliziert. Doch dann hatte er eine Idee.

»Naaja«, sagte er und zeigte auf sie. »Mikjáll.« Er zeigte auf sich selbst. Dann schloss er wieder die Augen, hielt sich eine Hand ans Herz und zeigte mit der anderen in die Richtung, in der er das Meer vermutete. »Kolbeinn.«

»Kol-beinn«, wiederholte sie langsam und zog den Namen in die Länge. Dann nickte sie ernst und nahm die beiden Steine, die sie auf das Bärenfell gelegt hatte. Sie setzte sich vor die Schlafstatt und legte die Steine nacheinander auf ihre ausgestreckten Beine. Sie nahm sie wieder hoch und legte sie wieder ab, wiederholte die Bewegung einige Male. »Ujarak. Kolbeinn. Ujarak.«

Das Skraelingjarmädchen hatte ihn verstanden und geantwortet. Sie hatte seinen Stiefbruder begraben, ihn wie den Bären mit Steinen bedeckt und den Leichnam so vor Raubtieren geschützt. Im Sommer würde es möglich sein, Kolbeinns sterbliche Überreste nach Hause zu bringen und auf dem Friedhof am Hvalseyjarfjördur in geweihter Erde beizusetzen. Der besorgte Ausdruck verschwand von Mikjálls Gesicht, und er merkte, wie sich die angespannten Muskeln lösten. Er hatte ein gebrochenes Bein und war wehrlos, gefangen in der Weite des unbewohnten Nordens. Sein Stiefbruder war tot, und er wusste nicht, welches Schicksal die übrigen Kameraden ereilt hatte. Und trotzdem erschien ihm alles nicht mehr ganz so schwarz wie zuvor.

Kurz darauf war die kleine Jagdhütte vom schweren Duft frisch gekochten Bärenfleischs erfüllt.

XIII

»Aput?«

»Schnee.«

»Saviq?«

Mikjáll zeigte auf sein Jagdmesser, das in der Grassodenwand steckte. »Messer.«

»Tuttu?«

»Ähm …« Mikjáll kratzte sich am Kopf. »Heißt das … Stern?«

Naaja schüttelte den Kopf und prustete los. »Nein, nicht Stern.« Sie war viel besser bei diesen Wortspielen, die die beiden inzwischen jeden Abend spielten, wenn sie von der Jagd zurück war. Sie hob die Hände über den Kopf, spreizte die Finger und schnaubte durch die Nase. »So.«

»Ach, natürlich. Rentier!« Er lachte über sich selbst. »Aber auch Sterne.« Ein paar Tage zuvor hatte sie ihn mit nach draußen genommen, um ihm die Nordlichtnebel zu zeigen, die ihr Sorge bereiteten. Die rötlichen Lichter waren mit rasender Geschwindigkeit über den Himmel gefegt.

»Unwetter kommt«, hatte sie leicht beunruhigt gesagt. Dann hatte sie ihm die Sterne des Großen Wagens gezeigt und exakt dieses Wort benutzt: Tuttu, und ihm auf dieselbe Weise wie zuvor gezeigt, was es bedeutet. Er hatte ihr daraufhin die drei Melkerinnen gezeigt, dann aber große Schwierigkeiten gehabt, ihr die Bedeutung des Sternzeichens zu erklären. Wie sollte man auch einem Menschen, der mit Sicherheit noch nie eine Kuh gesehen hatte, beschreiben, was melken ist? Er hatte versucht, ihr das Wesen der segensreichen Kuh, die er mit all ihren Milchprodukten schmerzlich vermisste, durch ein herzhaftes Muhen näherzubringen. Naaja war im ersten Augenblick so erschrocken, dass sie einen Satz zurückmachte, bevor sie so heftig lachen musste, dass sie fast in den Schnee gepurzelt wäre.

»Umimmak«, hatte sie zwischen den Lachsalven hervorgestoßen und selbst gemuht. Drinnen hatte sie ihm später in einem kleinen Beutel ein Stückchen hellbrauner Wollschnur gezeigt, das er jedoch nicht berühren durfte. Er hatte keine Ahnung, von welchem Tier es stammte, es sei denn, die Skraelingjar besaßen muhende Schafe. Vor langer, langer Zeit, als nach einer Falterplage in Vestribyggd alle Ernten vernichtet waren und es mit der Siedlung langsam zu Ende ging, gab es, so hieß es in den alten Überlieferungen, Auseinandersetzungen mit den Skraelingjar, die den hungernden Familien alle Schafe und Kühe gestohlen hatten. Die Tiere hatten sie natürlich schnell aufgegessen, denn auf den kahlen Felsen hier im Norden hatten die Skraelingjar wohl kaum angefangen, Tiere zu halten. Sie wussten sicher auch nicht, wie das ging. Zudem war das Land um Vestribyggd kaum in einem besseren Zustand als das in Eystribyggd, so viel war sicher, denn je weiter man in den Norden kam, desto kürzer waren die Sommer und desto länger und härter die Winter.

Ja, der Winter dauerte lange. Manchmal hatte Mikjáll den Eindruck, als würde die Zeit stillstehen, als wäre er im Eis des großen Fjordes vor der kleinen Bucht festgefroren. Jeden Tag ritzte er eine kleine Kerbe in einen Beinknochen des Bären, und jede siebte machte er etwas größer als die anderen. Drei große Kerben zählte er bis jetzt, und obwohl einige Unwettertage es unmöglich gemacht hatten, Tag und Nacht zu unterscheiden, da sie zu einem einzigen verschmolzen waren, war er doch sicher, dass Gói, der fünfte Wintermonat, schon begonnen hatte. Noch zwei weitere Wintermonate standen bevor.

»Ullioriaq.«

»Wie bitte?« Mikjáll schreckte aus seinen Gedanken auf.

»Ullioriaq. Stern. Tuttu ist Rentier.« Naaja, die mit ausgestreckten Beinen auf dem Boden saß, lachte und beugte sich wieder über ihre Näharbeit. Sie hatte Mikjáll bereits Fellstrümpfe und Handschuhe genäht und war nun fast fertig mit Stiefeln, die ihren eigenen ähnelten. Er nickte und bemerkte nun, dass der Wind draußen noch heftiger jaulte, so als säße ein heulendes Tier auf dem Dach. Die Schneeflocken wirbelten so dicht, dass durch das kleine Fenster nichts zu sehen war. Das Unwetter, das Naaja in den Nordlichtern gesehen hatte, war eingetroffen.

Heimlich beobachtete Mikjáll das Mädchen, das neben der Lampe mit einigen Fellfetzen und einer Knochennadel saß und wie besessen nähte. Die Flamme warf ein flackerndes Licht auf das konzentrierte, fremdartige Gesicht. Er musste an seine Kindheit in Island denken, an die quälenden Sticheleien seiner Klassenkameraden in Hólar, die ihn Skraelingi nannten, weil seine Brauen so dunkel und die Augen eigenartig braun und leicht schlitzig waren. Genau wie bei ihr waren die Wangen breit und hoch, die Haut dunkler als bei den meisten anderen. Vor ungefähr drei Generationen hatte ein einsamer Bauer aus der Familie seiner Mutter ein Verhältnis mit einer Skraelingjarfrau. Diese Frau war Naaja sicher ähnlich gewesen, mit ihrem rabenschwarzen, glänzenden Haar und den hohen Wangenknochen. Nicht selten hatte Mikjáll voller Groll an das unselige Paar gedacht. Aber Naaja war alles andere als hässlich, sie sah nur anders aus als andere. Zumindest ihr Haar war schön, so lang, dass sie darauf sitzen konnte, wenn sie es offen trug. Schon einige Male hatte er fast seine Hand ausgestreckt, um es zu berühren, doch er hatte sich immer zusammengerissen und stattdessen sein eigenes Haar befühlt, das zerzaust und wie sein Bart voller und länger war als je zuvor. Normalerweise stutzte er beides regelmäßig und hatte ein glattrasiertes Kinn wie die Priester und Mönche, doch seit dem ersten Herbstfrost hatte er kein Rasiermesser mehr angerührt. Im kalten Norden war es nicht schlimm, bärtig und gut behaart zu sein, schließlich gab es hier keine Frauen, die sich in diese Dinge einmischten.

Das Mädchen schaute auf und hatte ein kleines, unbestimmtes Lächeln auf den Lippen, als hätte sie seinem Gedankengang gelauscht.

»Im Sommer jagen Tuttu«, sagte sie nach einem kurzen Schweigen und hielt die gespreizten Finger über den Kopf. »Rentier.«

»Tuttu. Das habe ich mir jetzt gemerkt.« Mikjáll lachte. »Ja, vielleicht tue ich das. Falls ich nicht schon zu Hause im Hvalseyjarfjördur bin, wenn die Rentiere hierherkommen.«

So hoch im Norden würde das Eis wohl kaum vor dem Sommer schmelzen, vielleicht erst nach Harpa, dem ersten Sommermonat. Vermutlich konnten sie also doch auf Rentierjagd gehen, bevor sie sich auf den Heimweg machten. Auf den Höfen daheim würde jedwede Art von Fleisch willkommen sein, wenn nach dem Winter die Vorratskammern leer und nur noch wenige Bissen Robbenfleisch übrig waren, ganz zu schweigen von Blutwürsten. Wahrscheinlich hatten die Männer dann schon die ersten ausgemergelten Lämmer geschlachtet. Viele Bauern verkleinerten trotz schlechter Heuernten ihre Herden nicht mehr im Herbst. Mikjáll verzog das Gesicht. Sie wollten alle Großbauern sein, die es mit Gardar und Brattahlíd aufnehmen konnten. Daher behielten sie immer zu viele Tiere über den Herbst hinaus zur Aufzucht. Wenn die Heuvorräte dann zur Neige gingen und sie zum Schlachten gezwungen waren, war kein Gramm Fett an den Tieren.

So wuchs die Gruppe der Bedürftigen und Einquartierten von Jahr zu Jahr. Wie jedes Mal erfüllte ihn Unruhe, wenn er an zuhause und Eystribyggd dachte. Nie zuvor hatte er so viel Zeit mit Nichtstun vergeudet. Es fiel ihm schwer, da er zu dieser Jahreszeit normalerweise im Hochland bei der Jagd war, mitunter tagelang, oder am Fjord angelte und Robben jagte, wenn er nicht im heimischen Stall oder bei anderen Hofarbeiten gebraucht wurde. Jetzt aber musste er stundenlang warten, während eine Frau in die Berge zog und die Vorratskammer füllte. Wenn das Wetter es zuließ, jagte Naaja fast täglich. Manchmal blieb sie so lange weg, dass Mikjáll unruhig wurde und daran denken musste, wie seine Mutter sich immer beklagte, wenn er zur vereinbarten Zeit noch nicht von der Jagd zurück war.

Das Skraelingjarmädchen überraschte ihn immer wieder. Obwohl es noch so viel Bärenfleisch gab, dass sie monatelang davon satt werden konnten, legte Naaja Fuchs- und Hasenfallen aus, jagte Schneehühner und hatte sogar mit ihrer Harpune eine Robbe erwischt. Wie sie das bewerkstelligt hatte, war ihm unbegreiflich, da der Fjord immer noch zugefroren und das Eis sicher ellendick war. Mit Händen und Füßen gab sie ihm zu verstehen, dass sie irgendwo ein Loch in der Eisdecke gefunden hatte. Dennoch war es mehr als seltsam, dass das Tier genau dann, als Naaja in der Nähe war, auf das Eis gerobbt sein sollte. Nach dieser Heldentat wuchs Mikjálls staunende Bewunderung noch mehr. Das Mädchen häutete eigenhändig die Tiere, die es mitbrachte, säuberte die Felle mit dem Halbmondmesser, kaute sie butterweich, schnitt sie zu, und ehe er sich's versah, lag wieder ein neues Kleidungsstück auf dem Schlaflager.

Doch obwohl sie tagsüber viel lächelte und freundlich im Umgang war, wurde sie ein anderer Mensch, sobald die Schlafenszeit nahte, voller Misstrauen und Kälte. Als er ihr zum ersten Mal angeboten hatte, neben ihm zu schlafen, wie es zu Hause üblich war, hatte sie ihm mit ängstlicher Miene den Rücken gekehrt. Aus diesem Verhalten konnte er bloß folgern, dass sie Angst vor ihm hatte. Als er kurze Zeit später das Gefühl hatte, dass ihre Furcht zurückgegangen war, hatte er es noch einmal versucht, aber ihre Reaktion war genauso abweisend gewesen wie beim ersten Mal. Ihr Gesicht hatte so große Abneigung ausgestrahlt, dass Mikjáll erschrocken gewesen war und es dabei bewenden ließ. Sollte sie doch weiter wie ein Hund auf dem Boden schlafen, wenn ihr das lieber war, dachte er im Stillen, mehr erstaunt als beleidigt. Naaja schien sich sogar recht wohl zu fühlen, wenn sie sich neben der Lampe wie eine feine Dame ins Bärenfell kuschelte. Er fand das nach wie vor unklug, weil es zu zweit unter der Decke immer noch wärmer war als allein. Sie musste nicht befürchten, dass er sich an sie heranmachte, an ein hundsheidnisches Skraelingjarmädchen. Andererseits war ihre Reaktion nur natürlich und verständlich.

*

Die Kleider und Stiefel, die Naaja für Mikjáll aus dem Bären- und Robbenfell nähte, waren robust und warm. Außerdem waren sie viel dichter als seine alten Rindslederschuhe und die gewalkten Lodenkleider, die er normalerweise trug. Mikjáll inspizierte die Stiefel, Strümpfe und Handschuhe bis ins kleinste Detail und war verblüfft, dass Skraelingjar sich so gut auf Näharbeiten verstanden. Das Fell zeigte nach innen, die Haut nach außen, und die Ränder waren mit Blaufuchsfell gesäumt. Nicht weniger verwunderlich waren Naajas Jagdwaffen, die anders waren als alles, was er bisher gesehen hatte. Am Robbenmesser war an einer langen Schnur ein aufgeblasener Hautsack befestigt und der Vogelspeer hatte einen praktischen Schleudergriff, aus dem er geworfen wurde. Das Jagdglück des Mädchens musste mit dieser Ausrüstung außergewöhnlich sein. Es würde ihm noch lange in Erinnerung bleiben, wie der Speer im Bärenauge gesteckt hatte.

Während er ihre Fähigkeiten im Jagen und Nähen bewunderte, wurde ihm auf unangenehme Weise klar, wie wenig er selbst sich nützlich machen konnte. Mit Beharrlichkeit erreichte er schließlich, dass Naaja ihm gestattete, beim Aufspannen der Felle auf die Hüttenwände zu helfen. Sie brachte ihm bei, die Flamme in der Tranlampe am Leben zu halten, was sich als größere Kunst erwies, als er zunächst geglaubt hatte. Sie ließ auch zu, dass er Vögel rupfte und Essen kochte, während sie unterwegs war, doch ihr war anzusehen, dass sein Wunsch, diese Arbeiten zu lernen, Erstaunen und Bewunderung in ihr weckte. Alles, was es im Haus zu tun gab, war bei den Skraelingjar offenbar Frauensache, genau wie bei den Christen, und als Mikjáll trotzdem so sehr darum bat, gab Naaja zu, dass auch bei den Heiden die Jagd eigentlich im Aufgabenbereich der Männer lag. Als er nachfragte, ob auch andere Frauen jagten, schüttelte sie entschieden den Kopf.

Der Grund, warum sie selbst jagte, war aber nicht aus ihr herauszubekommen. Auch auf die Frage, weshalb sie ganz allein in der Wildnis war, antwortete sie nicht. Als er mit Fingersprache, einfachen Wörtern und Handzeichen herauszufinden versuchte, wo ihre Familie und andere Skraelingjar waren, verstand Naaja scheinbar nichts, schwieg nur und lächelte schüchtern. Er gab das Fragen auf, vermutete aber, dass sie ihn viel besser verstand, als sie vorgab. Sie wollte bloß nicht erzählen, warum sie ein Leben in Einsamkeit führte.

Tag für Tag erweiterte Naaja ihren Wortschatz, wiederholte die Wörter immer wieder und war erst zufrieden, wenn ihre Aussprache in Ordnung oder wenigstens verständlich war. Einige Laute waren ihr so fremd, dass sie sie kaum über die Lippen brachte. Mikjáll konnte den Eifer nicht nachvollziehen, mit dem sie seine Sprache lernte, hatte aber Freude daran. Die Wortspiele verkürzten das lange Warten darauf, dass sein Bein heilte und er wieder reisetüchtig war. Lange würde das glücklicherweise nicht mehr dauern. Mittlerweile humpelte er auf eine Krücke gestützt, die er aus dem abgebrochenen Speerschaft gemacht hatte, täglich kreuz und quer durch die Hütte. Am Anfang war ihm vor Schmerz noch schwarz vor Augen geworden, doch er kam schnell wieder zu Kräften und konnte das Bein inzwischen sogar schon wieder leicht belasten. Wenn das Wetter einigermaßen gut war, ging er nach draußen, hinkte auf dem festgetretenen Schnee vor dem Häuschen hin und her und hielt an der Küste und auf dem Fjord Ausschau nach Menschen. Doch nie war jemand zu sehen, weder ein Skraelingi noch ein Nordmensch. Er sagte zu Naaja, dass seine Gefährten wohl tot sein mussten, denn ansonsten hätten sie ihn längst gefunden. Den Gedanken, dass vielleicht keiner von ihnen das Unwetter überlebt hatte, schob er aber schnell wieder beiseite. Immerhin war die kleine Hütte schneebedeckt und von der Küste aus sicher nur als eine kleine Erhebung zu sehen. Es konnte gut sein, dass jemand in die Bucht gekommen war, sie vielleicht sogar abgesucht hatte, ohne auf ein Lebenszeichen zu stoßen.

*

Weitere Eisbären hatten sich in der Gegend noch nicht blicken lassen, doch irgendwann würde es dazu kommen. Naaja schien das keine Sorgen zu bereiten. Sie lachte, als Mikjáll davon sprach, nachdem sie einmal ungewöhnlich lange bei der Jagd gewesen war.

»Nanoq töten mich nur einmal«, sagte sie lächelnd, ohne diese rätselhafte Aussage näher zu erläutern. Sie hatte sich einen der Eckzähne des Bären an einem Band um den Hals gehängt und gab am Tag nach diesem Wortwechsel Mikjáll den anderen, ebenfalls an einem Lederband, zusammen mit einigen schwarzen Bärenkrallen.

»Zahn und Kralle haben, dann starker Bär immer helfen«, sagte sie mit Nachdruck. Mikjáll legte sich halb lachend das Lederband um den Hals und sagte, dass er nun wohl wie ein Wilder wirkte, so wie er aussah, in Fellkleidern und mit Krallen und Zähnen um den Hals. Doch als er sah, wie ernst sie dreinblickte, verstummte er.

»Nicht lachen über Nanoq«, sagte sie leise und bekam dabei so große Pupillen, dass ihre blauen Augen pechschwarz wirkten. »Er werden böse.« Sie schaute sich mit kritischem Blick um und wirkte besorgt. »Böse auf Erqigdlit, nicht Naaja«, fügte sie etwas lauter hinzu. Es hatte den Anschein, als würde sie damit rechnen, dass der mausetote Bär sie hören und herbeistürmen könnte. Erqigdlit, dieses Wort hatte sie des Öfteren benutzt, und Mikjáll glaubte, dass sie damit ihn und Kolbeinn meinte.

»Wie nennst du uns eigentlich?«, fragte er belustigt und nutzte erleichtert die Gelegenheit, das Gespräch von möglichen Racheakten herumgeisternder Eisbären wegzulenken. »Warum sagst du … Erqigdlit?«

Naaja runzelte die Stirn und dachte nach. »Hund … Mann«, antwortete sie schließlich und zeigte in Richtung Eingang, wo ihre beiden Wolfshunde schliefen.

»Hund-Mann?«, wiederholte Mikjáll verwundert. »Was meinst du damit? Wir hatten keinen Hund bei uns. Es wäre besser gewesen, denn dann würde Kolbeinn vielleicht noch leben.«

Sie wusste nicht, was sie sagen sollte. »Ataata Hund«, sagte sie zögernd. »Ja? Anaana Frau?«

Mikjáll sah sie verständnislos an. »Ataata? Anaana? Was bedeutet das?« Einige Skraelingjarwörter hatte sie ihm schon beigebracht, doch diese beiden gehörten nicht dazu.

Naaja zuckte kapitulierend mit den Schultern. Doch dann schien sie eine Idee zu haben. Sie hob ihren Parka an und zeigte auf ihre Brust. »Du hier… mit Fell. Viele Haare.« Sie ließ den Parka wieder fallen und zeigte auf seinen üppigen Bart, dann auf seine Arme und Beine. »Da auch. Und da.«

Mikjáll lächelte verlegen und merkte, dass sein Gesicht glühte, als wäre er ein Kommunionsknirps. Es fiel ihm noch immer schwer, so zu tun, als wäre es ihm gleichgültig, dass sie ihre Brüste und den Bauch entblößte, als wäre es das Natürlichste auf der Welt. Er wusste nicht, wie er ihr begreiflich machen sollte, dass ein solches Verhalten unter zivilisierten Menschen unangebracht, wenn auch bei den Wilden vermutlich ganz normal war. Außerdem war er nicht sicher, ob er wirklich wollte, dass sie damit aufhörte.

»Aha, ich bin haarig wie ein Hund, ich verstehe!«, sagte er. »Skraelingjar haben also keine Haare auf dem Körper, oder wie?«

Sie schaute ihn ernst an, und er hatte fast den Eindruck, als sähe er Mitleid in ihrem Gesicht. »Tiere mit Fell«, sagte sie ruhig. »Nicht Menschen. Nur Tiere… und Erqigdlit.«

Mikjáll prustete los. »Du bist unglaublich«, sagte er und schüttelte den Kopf. Als er endlich wieder sprechen konnte, hatte er Tränen in den Augen. »Und ich dachte schon, du würdest mich als Wilden bezeichnen!« Immer noch lachte er herzhaft.

Naaja blickte verwirrt drein, doch dann zeigte sich auch auf ihrem Gesicht ein zaghaftes Lächeln. Kurz darauf stimmte sie in das ansteckende Lachen mit ein.

*

Naaja war in Schwierigkeiten. Ihr war bewusst, dass Mikjáll sie begehrte. Er starrte sie nicht nur an wie ein hungriger Wolf, wenn er glaubte, dass sie es nicht bemerkte, er hatte auch bereits mehrfach sein Fell angehoben und sie eingeladen, sich als seine Frau zu ihm zu legen. Noch war sie auf sein Werben nicht eingegangen, auch wenn es sich seit jeher gehörte, dass eine alleinstehende Frau dem Antrag eines Mannes ohne Umschweife zustimmte. Doch sie tat einfach so, als würde sie sein Bemühen nicht sehen, schlief Nacht für Nacht unter dem Bärenfell auf dem Boden neben der Lampe und bat im Stillen ihren Schutzgeist, den Hundekopfmann von ihr fernzuhalten. Seltsam war nur, dass am nächsten Morgen, trotz dieses Verhaltens am Abend, alles wieder vergessen war und er keinen Versuch machte, sie zu sich zu zwingen oder ihre Sturheit zu tadeln, wie es eigentlich zu erwarten gewesen wäre.

Um ihr Betragen wiedergutzumachen hatte sie ihm Kleidung aus den besten Stücken des Fells gemacht und beim Nähen die größte Sorgfalt an den Tag gelegt, so, wie es eine gute Frau für ihren Mann getan hätte. Sie legte sich auch ins Zeug, um seine Sprache zu lernen. Sie fand es lustig, sein verwundertes Gesicht zu sehen, wenn sie verstand, was er sagte. Auch die Aussprache hatte sie schnell gelernt, obwohl ihr einige Laute große Schwierigkeiten bereiteten.

Am Anfang war sie beim Anblick seines behaarten Körpers und Gesichts erschrocken, und der Gedanke, mit ihm Kinder zu bekommen, die vielleicht halb oder sogar ganz wie Hunde aussehen würden, war so unvorstellbar, dass Naaja übel wurde. Doch seit einiger Zeit gingen ihr neue Gedanken durch den Kopf, und mit ihnen erwachten gemischte Gefühle. Da weder Sammik noch Tulugaq, der mächtige Angakoq, ihr ein Kind machen konnten, musste sie wohl unfruchtbar sein und würde niemals Leben zur Welt bringen. Keine Kinder, aber wohl auch keine Hunde. Wenn das Unglaubliche doch geschehen und sie mit einem Hund schwanger werden würde, wäre das nicht besser, als überhaupt keinen Nachwuchs zu bekommen? Sie erinnerte sich daran, wie schön es war, in den langen

Wintermonaten in Uummannaq mit der flauschigen Nukâraq zu kuscheln, und wie die Hündin sie immer wieder mit ihrer Tollpatschigkeit zum Lachen gebracht hatte, als alles so hoffnungslos schien und sie mit ihrem Hunger und in ihrer Einsamkeit am liebsten in Tränen ausgebrochen wäre.

Bald würde Mikjáll in seine Heimat aufbrechen, und wenn sie seinen Antrag nicht annahm, wäre sie bald wieder allein. Nach Sermermiut konnte sie nie wieder zurückkehren, und dass die Bewohner einer anderen Siedlung eine Fremde willkommen heißen würden, war unwahrscheinlich. Am Ende würde sich die Sache mit der Zauberei und Tartes Kind herumsprechen, und alles würde sich wiederholen. Naaja bekam Angst. Einen weiteren Winter allein würde sie nicht durchstehen. Selbst wenn sie sich ihr Essen erjagte, würde die Einsamkeit sie umbringen. Menschen mussten in Gesellschaft leben und sich gegenseitig helfen. Nur geisteskranke Mörder lebten jahrelang allein und fielen früher oder später der Kälte, dem Hunger oder Bären zum Opfer. Wenn alle Erqigdlit so wie Mikjáll waren, konnten sie nicht allzu schrecklich sein, selbst wenn sie hässlich waren. Vermutlich war es beim Hundekopfvolk ganz normal, Welpen oder Kinder mit Schwänzen und behaarten Gesichtern zu haben. Das Volk am Gletscher würde nie erfahren, was aus ihr geworden war. In den Augen dieser Menschen war sie ohnehin schon gestorben.

So überlegte Naaja im Stillen hin und her. Je länger sie über die Sache nachdachte, desto besser gefiel ihr die Idee, sich mit dem Hundemann unter die Felle zu legen. Der einzige Haken an der Sache war, dass es schon eine ganze Weile her war, seit Mikk sie zuletzt unter sein Fell gebeten hatte, und sie selbst konnte es nicht in die Wege leiten. Das wäre völlig unangemessen und unter ihrer beider Würde. Wahrscheinlich hatte es ihn gekränkt, dass sie ihn so oft abgewiesen hatte. Vielleicht war es ihr nicht gelungen zu verbergen, wie sehr sie der Gedanke geekelt hatte, sich zu ihm zu legen. Naaja wusste, wie normale Männer dachten: Sie wollten ihre Lendenkraft beweisen und waren überzeugt von der eigenen Vorzüglichkeit. Die Hundekopfmenschen waren in dieser Hinsicht wohl kaum anders, obwohl sie einen Schwanz hatten und behaart waren.

Als sie endlich einen Entschluss gefasst hatte, ging es ihr gleich besser. Das nächste Mal, wenn Mikk sie zu sich beten würde, würde sie darauf eingehen und mit ihm zur Siedlung des Hundekopfvolks auf den Gletscher ziehen. Und wenn er es in nächster Zeit nicht tun würde, dann musste sie einen Weg finden, es ihm zu erleichtern. Sie machte sich nur Sorgen, dass er ihr verbieten könnte, Aaveq und Nukâraq mitzunehmen. Sich von den Hunden zu trennen war für sie unvorstellbar. Doch Mikk musste gesehen haben, wie nützlich sie im Kampf gegen den Eisbären gewesen waren. Auf jeden Fall wirkte er nicht mehr so ängstlich wie zu Beginn. Auch wenn es darum ging, Gepäck und Fleisch zu tragen oder Atemlöcher im Eis aufzuspüren, waren die Hunde unentbehrlich. Bald würde Nukâraq werfen, und Aaveqs Nachkommen würden zweifellos ausgezeichnete Jagd- und Schlittenhunde abgeben.

Bei jeder Gelegenheit lächelte sie Mikk an und senkte schüchtern den Blick, wenn er mit ihr sprach, in der Hoffnung, dass er merkte, dass sie ihre Meinung geändert hatte und ihn nicht mehr zurückweisen würde. Doch die Tage und Nächte vergingen, ohne dass etwas geschah. Eines Tages, als Mikk ihr half, ein gespanntes Robbenfell vom Giebel abzunehmen, sagte er, dass sein Bein nun so gut verheilt sei, dass er sich auf den Heimweg machen könnte. Obwohl Naaja schon seit einiger Zeit damit gerechnet hatte, war sie angesichts dieser Worte unangenehm überrascht und wusste nicht weiter.

»Nicht jetzt gehen«, sagte sie schnell. »Nicht möglich. Schlechtes Wetter kommen.« Sie verstand nicht, was sie da geritten hatte. Das Wetter war seit Tagen gut, und nichts deutete darauf hin, dass es sich ändern würde. Warum hatte sie etwas gesagt, das nicht stimmte? Sie schaute nach oben und hoffte, eine dunkle Wolke zu entdecken, doch der Himmel war klar und blau, und tief über dem Horizont schien die Wintersonne.

Mikk schaute sie verwundert an, und Naaja wäre am liebsten im Erdboden versunken, so sehr schämte sie sich. »Dunkelheit kommen. Nicht schlechtes Wetter, aber Dunkelheit«, korrigierte sie sich. »Tag bald zu Ende.« Zumindest das stimmte. Der Tag war bereits vorangeschritten, und bald würde es dunkel werden.

Er nickte. »Ja, am besten bricht man frühmorgens auf. Etwas anderes hatte ich nicht vor.«

Naaja kniete sich hin und fing an, das steife Robbenfell einzurollen. »Gutes Fell«, sagte sie, ohne den Blick zu heben. »Gut für Kamikken, die weit laufen.«

*

Mikjáll konnte beim besten Willen nicht mehr. Naaja hatte gefrorenes Bärenfleisch aus dem Steinhaufen am Strand geholt und so viel davon gekocht, dass noch die Hälfte übrig war, obwohl sie sich beide richtig sattgegessen hatten. Die Luft in der Hütte war vom Geruch und Dampf des Fleisches geschwängert.

»Viel essen vor langer Reise«, sagte sie mit ihrem komischen Akzent und hielt Mikjáll, der auf dem Bettrand saß, noch einen Bissen hin.

Mikjáll schlug sich auf den Bauch und lachte. »Ich platze, wenn ich noch mehr esse.«

»Platze?«, wiederholte sie fragend. »Was ist das?«

»Dann ist ein Loch in mir«, antwortete er und riss die Arme in die Luft. Naaja lächelte und schüttelte ungläubig den Kopf, war offenbar nicht einverstanden. Es war unglaublich, wie viel sie in diesen wenigen Wochen von seiner Sprache gelernt hatte.

Er dachte an seine Versuche, beim Priester in Hólar Latein zu lernen, diese schwer verständliche Sprache, und wie sehr ihn die ewigen Wiederholungen gelangweilt hatten. Das Einzige, was ihn damals interessierte, war Sternenkunde: Sternbilder und Planeten zu kennen und sich am Mond zu orientieren, wenn an Land keine Wegweiser zu sehen waren. Wie die meisten Lehrbücher waren Astronomiebücher unglücklicherweise auf Latein geschrieben, doch auf der langen Fahrt von Island nach Grönland hatte er einiges vom Kapitän gelernt. Dieser hatte ihm unermüdlich Sterne gezeigt und ihm beigebracht, mithilfe des Astrolabiums zu navigieren: ein kompliziertes lateinisches Messgerät mit Scheiben und Zeigern, die man nach allen Regeln der Kunst ausrichten musste. Seitdem hatte er nie Schwierigkeiten gehabt, sich zu orientieren, solange am Tag die Sonne oder bei Dunkelheit die Sterne zu sehen waren. An diesem Totenstrand hier im Norden nutzte es jedoch kaum etwas, den Polarstern zu kennen, der immer genau über einem stand und um den der Große Wagen seine Runden drehte.

Dennoch würde es nicht schwer sein, aus der Bucht hinaus und auf die weite Króksfjardarheidi zu gelangen. Das Kniffligste daran würde sein, dort den richtigen Weg gen Osten zu den Greipar-Buchten zu finden, denn immer noch lag der Schnee genauso dick wie zu dem Zeitpunkt, als sie ihre Unglücksreise nach Eisunes begonnen hatten. Auch die große Hochebene war schneebedeckt. Plötzlich kam Mikjáll ein anderes Problem in den Sinn. Was, wenn er unterwegs auf Skraelingjarsiedlungen stoßen würde? Es war nicht gesagt, dass sie ihn mit derselben Gastfreundschaft empfangen würden, wie Naaja es getan hatte. Sollte er sie bitten, ihn ein Stück zu begleiten, um sicherzustellen, dass er ihnen nicht versehentlich in die Arme lief? Nein, das würde nicht gehen. Er stand schon zu tief in ihrer Schuld.

Mikjáll beobachtete, wie Naaja nach der Steinlampe auf

dem Boden sah und etwas Moos in den Tran tunkte. Kleine, rotgelbe Flammen züngelten bis an den Rand der Schale, und Naaja bekam von der Wärme rosige Wangen. Ihr rabenschwarzes Haar, das sie wie immer in einem großen Knoten oben auf dem Kopf trug, glänzte. Einige Strähnen hatten sich gelöst und fielen über ihren dünnen Hals. Ein Schweißtropfen lief daran herunter und verschwand im Schatten zwischen den Brüsten. Er würde sie vermissen.

Dieser Gedanke erschreckte Mikjáll so sehr, dass er irgendeinen Laut von sich gegeben haben musste, denn Naaja sah auf und schaute ihn fragend an. Er schüttelte den Kopf und lächelte verlegen. Eine Skraelingjarfrau vermissen? Gewiss, Naaja hatte sich als nützlich erwiesen. Ob es ihm ohne ihre Hilfe gelungen wäre, den Bären zu töten? Auch die Jagdhütte zu finden wäre schwierig gewesen. Sie hatte gejagt und gekocht, ihm Fellkleider und gute Stiefel genäht ... Dennoch war sie nichts weiter als ein gottloser Skraelingi. Eine Wilde, ohne Sitten und ohne Glauben. Oder etwa nicht?

Was für eine Frau war das, die weder Kleid noch Gewand besaß und stattdessen lange Fellhosen und einen Männerrock trug, oder, was noch schlimmer war, sich nicht scheute, so wie jetzt halbnackt und ohne jeden Schimmer von Scham vor einem Mann herumzuspringen. Und trotzdem: Sein Angebot, mit ihm das Schlaflager zu teilen, hatte ihr überhaupt nicht gefallen. Das passte vorne und hinten nicht zusammen. Er verstand sie nicht. Als hätte sie Angst davor, dass er seine körperliche Überlegenheit ausnutzen könnte, um ... Mikjáll konnte seinen Gedankenfluss nicht stoppen. Vor seinem inneren Auge tauchten Bilder auf, bei denen er vor Scham heiße Wangen bekam. Aber wie sollte er sich auch unter Kontrolle haben, wenn sie alles tat, was in ihrer Macht stand, um sein körperliches Verlangen zu wecken? Als wäre sie die Abgesandte der Versuchung höchstpersönlich. Mikjáll seufzte schwer. Genauso nannte sie der Priester vom Hvalseyjarfjördur, Pfarrer Páll. Die Skraelingjarteufel. Aus der Unterwelt entsandt, um die Glaubensstärke der christlichen Wächter im Norden auf die Probe zu stellen, wie die Mohammedanerteufel, die im tiefen Osten, in Jerusalem, die Ritter des Papstes und der heiligen Kirche mit ihren Säbeln und Speeren angegriffen hatten.

Doch in Wahrheit hatte er nie viel für die Predigten von Pfarrer Páll übrig gehabt, genauso wenig wie für die Worte anderer Seelenhirten. Geistliche taten gern so, als wären sie über andere erhaben und ermächtigt, die noch nicht bekehrten Ungläubigen auf bessere Wege zu zwingen. Dabei waren die, die am lautesten schimpften, meist viel sündiger als so mancher Kirchgänger, der bei ihnen beichtete. Wie daheim in Island hatten die meisten Priester in Grönland eine oder mehrere Geliebte und Kinder, obwohl sie sich dem Zölibat verpflichtet hatten. Gleichzeitig legten sie anderen Männern, die herumgehurt oder außereheliche Kinder hatten, schwere Strafen auf. Mikjálls Mutter hatte seinerzeit sicher teuer für ihn zahlen müssen. Heuchler, alle zusammen, dachte er aufgebracht.

»Mikk?«

»Was?« Der Ton klang schärfer, als er beabsichtigt hatte. Für gewöhnlich sprach Naaja ihn nicht einfach so an. Wenn er nicht reden wollte, konnte ein ganzer Abend in Schweigen vergehen. Nicht dass er das schlimm fand. Im Gegenteil, er fand es sogar angenehm. Man musste nicht jeden Augenblick mit Worten füllen.

Naaja wirkte irritiert und wusste nicht mehr, was sie hatte sagen wollen. Mikjáll wartete ab. Die Stille war beinahe mit Händen zu greifen.

»Was wolltest du sagen?«, fragte er schließlich mit milderem Tonfall und wünschte sich, dass sie aufschauen und ihm wie ein normaler Mensch in die Augen sehen würde, nicht immer so verschüchtert auf den Boden, als wenn sie etwas zu verbergen hätte. Doch Naaja hielt weiterhin den Blick gesenkt und blieb stumm. Sie lugte nur kurz zur Schlafstatt, auf der er saß. Sie freute sich bestimmt darauf, bald wieder das Bett für sich zu haben. Vermissen würde sie ihn wohl kaum. Das war verständlich. Für sie war er nichts als eine Last, ein Maul, das gesättigt werden musste.

»Vielleicht wäre es am besten, wenn wir schlafen gingen, wir beide«, sagte er leicht verärgert, als sie immer noch schwieg. Er zog seine Hose aus, machte sich bettfertig und hob das Robbenfell an, das ihm als Decke diente. »Morgen wird ein langer Tag, und ich habe keine Ahnung, wo mein nächster Schlafplatz sein wird.«

Da endlich schaute sie auf, und ihre Blicke trafen sich. Naajas war freizügig und verführerisch, auf ihren Lippen lag ein kleines Lächeln.

»Mikk«, sagte sie wieder, wie dahingehaucht, und plötzlich wusste er, was sie wollte. Im selben Moment war alles, was er wenige Augenblicke zuvor gedacht hatte, vergessen und aus seinem Kopf verschwunden, als wäre es nie da gewesen. Er nahm ihre Hand und zog sie sachte zu sich aufs Lager. Sie lagen eng umschlungen und Mikjáll rang um Atem. Das Verlangen, das in Bauch und Lenden aufflammte, war so tief, so heftig, dass es fast schmerzte.

Ihre Lippen trafen sich zuerst zögernd, doch als seine Zungenspitze die ihre fand, küsste er sie lange und leidenschaftlich. Dann richtete er sich auf. Er tat dies einerseits, um den Kuss zu unterbrechen, denn er befürchtete, seinen Samen viel zu schnell zu vergeuden, wenn er sich nicht zurückhielt. Andererseits wollte er sie genauer ansehen, so unverhofft nah wie sie mit einem Mal war. Naaja erwiderte mit glänzenden Augen seinen Blick. Ihr Mund war leicht geöffnet, die Lippen feucht, und sie atmete schnell. Ihre nackten Brüste hoben und senkten sich bei jedem Atemzug. Mikjáll bewunderte andächtig ihre vollkommene, stolze Form und spürte die harte, dunkelbraune Brustwarze unter den Fingerspitzen. Er strich ihr eine schwarz glänzende Strähne aus dem Gesicht und war erstaunt, wie dick sich ihr Haar anfühlte. Mit dem Zeigefinger strich er über die blauen Linien, die sie auf Stirn und Kinn trug. Dann setzte er sich ganz auf, streifte seine Lodentunika über den Kopf und ließ sie auf den Boden gleiten. Er trug nur noch die Unterhose am Leib.

Naaja hob zaghaft eine Hand und legte sie auf seine behaarte Brust, fuhr mit den Fingern langsam durch das krause Haar, lächelte schüchtern und ließ die Hand über seinen Bauch gleiten. Diese plötzliche Vertrautheit und die starken Gefühle, die ihre suchenden Hände in ihm weckten, verschlugen ihm den Atem. Ihre Finger glitten unter seinen Hosenbund, tasteten sich in der Dunkelheit voran und fanden sein steifes, heißes Glied. Sie verharrten aber nicht, sondern wanderten vorsichtig weiter zu seinem Hintern. Sie sagte etwas in ihrer Sprache, das er nicht verstand, während ihre Hand über seinen Po streichelte. Sie klang erstaunt und lachte.

»Du kitzelst mich«, sagte Mikjáll und kicherte leise, nahm Naajas Hand und zog sie zurück. Er stand auf und legte auch die Unterhose ab. Naaja beobachtete ihn mit großen Augen, nicht ohne einen Hauch von Furcht auf dem Gesicht. Doch als er sich wieder zu ihr legte und das schwere Robbenfell über sie zog, lächelte sie ihn so bezaubernd an, dass er einen gewissen Stolz verspürte und zugleich tiefe Dankbarkeit gegenüber dem Schöpfer, der ihn genau hier hatte Zuflucht finden lassen, am äußersten Rand der Welt.

*

Der große Rabe kam, als Naaja früh am nächsten Morgen gerade dabei war, sich um das Gepäck der Hunde zu kümmern. Aaveq und Nukâraq waren ausgelassen und freuten sich so sehr auf die Reise, dass sie kaum stillhielten, als Naaja ihnen die Bündel auf die Rücken binden wollte, und sie immer wieder schimpfen musste. Es war wichtig, alles ganz sorgfältig und sicher festzuzurren. Doch das war leichter gesagt als getan, wenn die Hunde sich wie verrückt aufführten. Ein Wunder, dass Mikk bei dem Gekläffe nicht aufwachte. Plötzlich war ein großer Schatten über ihnen. Die Hunde verstummten und kuschten, als hätte jemand eine riesige Peitschenschnur über ihren Rücken knallen lassen. Naaja blickte neugierig in den Himmel, und als sie ihren Schutzgeist entdeckte, der sich weder im Traum noch am Tag gezeigt hatte, seit der Eisbär umgekommen war, strahlte sie. Er schlug mit seinen großen Flügeln und landete auf einer hohen Schneewehe, die sich am Giebel des Häuschens gebildet hatte.

»Ajúngilaq! Sei gegrüßt, Tulugarsuaq, großer Rabe«, rief sie glücklich.

»Gleichfalls, kleiner Meeresvogel«, krächzte der Rabe heiser.

»Wo kommst du her, und wo bist du gewesen?«, fragte sie.

»Kümmere dich nicht darum. Bist du dir denn im Klaren darüber, wohin du gehst?« Der Ton war scharf.

»Ich gehe mit meinem Mann in sein Heimatdorf hoch oben am Rand des Gletschers«, antwortete sie und versuchte, selbstsicher zu wirken. Nachdem sie eine ganze Nacht, ohne dass jemand anderes in der Nähe gewesen war, unter demselben Fell geschlafen hatten, waren sie nun schließlich offiziell ein Paar.

»Die Sitten deines Mannes sind anders als die der Menschen in Sermermiut.« Die helle Wintersonne glänzte in den großen, schwarzen Augen des Vogels, der tief in ihr Inneres zu blicken schien.

»Ich habe keine Angst vor dem Hundekopfvolk«, sagte sie und senkte unter den strengen Augen des Schutzgeistes den Blick, um nicht unhöflich zu wirken. »Und er selbst ist höchstens ein halber Erqigdlit. Er ist zwar behaart, hat aber keinen Schwanz«, fügte sie schnell hinzu.

»Ist ja schön, dass er schwanzlos ist.« Der Rabe lachte zynisch. »Was kann er denn, dein Mann? Hat kein Kajak, keinen Schlitten, keine Hunde, noch nicht einmal eine Harpune! Bis jetzt hat er noch nichts für dich erjagt.«

»Er hat sich ein Bein gebrochen, als der Eisbär starb, und während es heilte, war er dazu nicht in der Lage«, protestierte sie. »Außerdem wird das Bärenfleisch noch lange reichen.« Das wusste der Schutzgeist nur zu gut. Doch sein barscher Ton weckte ein ungutes Gefühl in Naaja. Fand der Rabe ihre Entscheidung falsch?

Der Schwarzgefiederte machte ein paar Sätze im Schnee und war schnell schon halb in der Luft. »Vielleicht ist sie richtig, vielleicht ist sie es nicht«, sagte er, und Naaja fiel wieder ein, dass Schutzgeister mühelos die Gedanken der Menschen lesen konnten. »Bei deinem Mann ist nicht alles, wie es scheint.«

»Was meinst du damit?«, fragte sie und war nun leicht beunruhigt.

»Manches ist gut, anderes schlecht«, antwortete er. »Mehr sage ich nicht. Sei vorsichtig, kleine Naaja!« Mit einem lauten Krächzen flog er auf und war im selben Moment verschwunden. Naaja seufzte. Am Morgen noch war sie so glücklich in seinen Armen aufgewacht und so zufrieden mit ihrer Entscheidung, seine Frau zu werden. Jetzt war es zu spät. Was geschehen war, war geschehen. Manches sei immerhin gut, hatte der Rabe gesagt. Sie lächelte in sich hinein. Ja, die Nacht war zweifellos gut gewesen.

Nukâraq bellte laut, und Aaveq stimmte ein. Das Warten machte sie unruhig, sie wollten endlich los.

»Guten Morgen!«

Naaja drehte sich schnell um, als sie hinter sich Mikks tiefe Stimme hörte.

»Du stehst in aller Herrgottsfrühe auf und bereitest alles vor, doch mich lässt du schlafen«, sagte er lächelnd.

Naaja nickte. »Jetzt bereit für lange Reise.«

Mikk machte ein verwundertes Gesicht, und Naaja sah, dass er auf die bepackten Hunde schaute. Auf seiner Stirn bildete sich eine tiefe Falte. Es war also genauso, wie sie befürchtet hatte: Es lag ihm nichts daran, die Hunde mitzunehmen.

»Hunde tragen viel«, sagte sie und bemühte sich, überzeugend zu klingen. »Finden Spur, helfen bei Jagd, ziehen Schlitten.«

Mikk sah abwechselnd sie und die Hunde an. Er schien zu zweifeln, sagte nichts und trat unruhig im Schnee auf der Stelle.

»Hunde gut, wenn Nanoq kommt«, fügte sie hinzu. »Bellen und beißen.« Die Angst in ihrer Brust wuchs mit jedem Atemzug.

»Ja.« Er wirkte immer noch ratlos. Offenbar wusste er nicht, was er sagen sollte. »Ja«, sagte er noch einmal. »Jaja.« Und noch einmal: »Jaja, ja.« Dann kam ein Lächeln auf sein Gesicht, und er nickte. »In Ordnung. So machen wir es.«

XIV

Sie waren bereits ein gutes Stück über die große Hochebene gewandert, als Mikk erklärte, dass ihre Reise keineswegs ins Landesinnere und hinauf zum Gletscherrand führte, wovon Naaja fest ausgegangen war, sondern zu zwei Buchten am anderen Ende des Plateaus, die er Greipar nannte. Dort hielten sich die Jäger auf. Die Siedlung selbst lag viel weiter im Süden, so weit, dass man nur auf dem Seeweg dorthin gelangte. Sie konnten also erst aufbrechen, wenn das Eis geschmolzen war. Wie erwartet hatten die Erqigdlit keine Hundeschlitten, daher waren längere Reisen im Winter mit großem Aufwand verbunden. Naaja verstand nicht, wie sie ohne Hunde auskommen konnten. Sie wagte es nicht zu erwähnen, dass die Hündin bald werfen würde. Im Stillen dachte sie, dass vielleicht auch andere Erqigdlit den Nutzen der Hunde erkennen würden, wenn bloß Mikk die Tiere zu schätzen wüsste. Vielleicht hatte der alte Tulugaq übertrieben, als er beteuert hatte, dass schon viele Hundekopfmenschen aus Angst vor Hunden gestorben seien. Zumindest vor Nukâraq und Aaveq schien Mikk seine Furcht verloren zu haben. Er bewunderte vielmehr, wie zäh sie waren und wie viel sie tragen konnten. Neben den Fellen, Naajas Kochzeug und den Jagdwaffen trugen sie auch einen großen Teil der Fleischvorräte aus dem Steinhaufen.

Spät am Abend des ersten Reisetages machten sie an einem geschützten Plätzchen unter einem Felsen Rast, wo sie eine Schneewehe aushöhlten und mit Fellen polsterten. In einer großen Muschel machte Naaja Feuer, und es wurde schnell warm im Schneehäuschen. In enger Umarmung schliefen sie tief und fest, bis sie bei Sonnenaufgang von den Hunden geweckt wurden. Das Wetter war immer noch freundlich und Mikk gut gelaunt, denn er wusste genau, welche Richtung sie einschlagen mussten. Er war gesprächiger als sonst und freute sich sichtlich auf seine Kameraden, die er nacheinander aufzählte und beschrieb. Manchmal sprach er dabei so schnell, dass Naaja kaum die Hälfte dessen verstand, was er sagte. Doch das machte nichts, sie nickte einfach, lächelte und merkte, wie die Angst verschwand, die sich vor der Abreise in ihrer Brust festgesetzt hatte. Sie wich einem Gefühl, für das sie kein Wort kannte, das sie aber an das Glück erinnerte, das einen durchströmt, wenn nach den dunklen Wintermonaten die ersten Sonnenstrahlen über die Berggipfel klettern und die Herzen der Menschen wärmen.

*

Spät am Abend des dritten Tages hatten sie ihr Ziel fast erreicht, als sie auf einmal einige Moschusochsen entdeckten. Die Hunde, die ein Stück vor Naaja und Mikjáll liefen, bemerkten sie zuerst und schlugen an.

»Umimmak!«, schrie Naaja und zeigte auf die Tiere. »Guck da! Umimmak!«

Mikjáll kniff die Augen hinter seinem Sonnenschutz zusammen. Er hatte ihn sich nach Naajas Beispiel aus Knochen geschnitzt, um sich auf dem langen Marsch über die schneebedeckte Hochebene vor Schneeblindheit zu schützen. Die Sonne knallte auf den Firn und strahlte so grelles Licht aus, dass er manchmal schwarze Punkte tanzen sah, obwohl die Sehschlitze winzig waren.

Ein Stück nördlich von ihnen war die Herde gemächlich auf dem Weg hinunter in die Senke, die südlich der Hochebene lag. Auf den ersten Blick wirkten sie wie Rentiere, doch Mikjáll sah gleich, dass das nicht sein konnte. Er war völlig irritiert, denn in vielerlei Hinsicht ähnelten die Tiere Rindern, waren aber viel größer und kräftiger. Sie hatten einen enormen Buckel und zottiges Fell, wie riesige, gehörnte Schafe, die man vergessen hatte zu scheren. Moschusochsen! Sein Stiefvater Valur hatte einige Male von diesen wuchtigen Tieren erzählt, die einem in Nordurseta begegnen konnten. Sie wirkten behäbig, konnten aber richtig schnell werden und flohen nicht, wenn man sie angriff, sondern stemmten die Hufe in den Boden und setzten sich zur Wehr. Daher war es nicht ratsam, sie allein anzugreifen. Diese Tiere hatte Naaja also im Sinn gehabt, als er für sie die Kühe aus dem heimischen Stall nachgeahmt hatte. Beim Gedanken daran lächelte Mikjáll und gab ein tiefes Muhen von sich, das Naaja zusammenzucken ließ.

»Moschusochsen«, sagte er und lachte. »Dein Umimmak heißt in meiner Sprache Moschusochse. Sie sind auf dem Weg zu den Greipar-Buchten, genau wie wir!« Er zeigte in Richtung Süden. »Wenn wir uns beeilen, könnten wir noch bevor es dunkel wird im Tal sein und den anderen Bescheid geben, ehe die Herde außer Reichweite ist.«

Naaja wirkte verwirrt. »Da Greipar?« Ihre Enttäuschung darüber, dass die Reise bald zu Ende sein würde, war nicht zu überhören.

Mikjáll nickte. »Die beiden Buchten im Tal heißen Greipar, weil sie wie zwei geöffnete Menschenhände geformt sind.« Was ihm Sorgen machte, war, dass sein linkes Bein leicht schmerzte und er bei jedem Schritt ein leichtes Stechen spürte. Doch klagen nützte nichts. »Jetzt laufen wir so schnell wie möglich den Hang hinunter, und wenn wir Glück haben, kommt heute Abend frisches Fleisch in den Topf!«

*

Die Seewinde hatten den Winterschnee vor sich her gefegt und zu einem großen Wall am Osthang des Tals angehäuft. Die Schneedecke war daher auf der westlichen Seite viel dünner, hier und da ragten sogar Steine und nackte Felsen heraus. Sie mussten den tiefen Felsspalten auf den steilen Hängen ausweichen und hatten keine andere Wahl, als in der Spur der Moschusochsen mitten durch das Tal zu laufen. Die Tiere, zehn oder elf an der Zahl, stapften in langsamem Gänsemarsch voran, blieben immer wieder stehen und scharrten den Schnee vom gefrorenen Grün. Naaja hielt die Hunde fest an der Leine. Sie sollten nicht vorpreschen und die Aufmerksamkeit der Moschusochsen erregen, doch das war kaum nötig, da die schwer bepackten Vierbeiner nach drei langen Marschtagen erschöpft waren.

Es war noch einigermaßen hell, als sie den größten Teil des Hangs bewältigt hatten und die Buchten sehen konnten, die tatsächlich wie geöffnete Menschenhände aussahen, die äußere etwas gekrümmter als die innere. Die Sonne warf einen rötlichen Schimmer auf das Meereis. Sie stand tief am Himmel und hatte auf der ewigen Flucht vor Bruder Mond ihre Nachtposition schon fast erreicht. Mikjáll zeigte nach Westen. »Das Jagdhaus.« Naaja sah ein längliches Haus an der Küste, aus einer Öffnung im Dach stieg blauer Rauch in die windstille Luft. Dann bewegte sich etwas unweit des Hauses. Ein Mann. Noch einer. Und noch ein dritter.

»Sie haben die Ochsen schon bemerkt«, sagte Mikjáll zufrieden. »Schau dort, da oben auf dem Hang sind die anderen schon auf dem Weg zur Herde. Sie sind also alle heil zurückgekommen, Gott sei Dank!« Die Freude in seiner Stimme hatte einen befremdlichen Unterton. Warum hatte dann keiner nach ihm und Kolbeinn gesucht?

Naaja schaute sich die Erqigdlit genau an und sah, dass sie, wie erwartet, ziemlich wuschelige Köpfe hatten, aber wenigstens wie normale Menschen auf zwei Beinen liefen. Sie gingen weiter. Mikjáll war nun viel schneller als zuvor, doch Naaja fiel zurück, voller Furcht und mit den Abschiedsworten des Schutzgeistes im Ohr: »Sei vorsichtig, kleine Möwe!«

Nach kurzer Zeit hörten sie die Rufe und Schreie der sechs Jäger, die am Westhang einige Moschusochsen unter einem quer liegenden Felsen eingekesselt hatten.

Die Hunde knurrten und zogen immer wilder an den Leinen, je näher sie den Tieren kamen.

Mikjáll blieb stehen und warf sein Gepäck ab.

»Komm, wir lassen die Hunde frei.« Er ging schon ans Werk. Naaja zögerte kurz, tat es ihm dann aber gleich. Aaveq und Nukâraq waren gute Jagdhunde, doch das Lastenschleppen hatte sie ausgelaugt, und Naaja war sich nicht sicher, ob sie dieser Herausforderung gewachsen waren. Moschusochsen konnten für Hunde noch gefährlichere Gegner sein als Eisbären. Doch sie konnte die Gelegenheit nicht ungenutzt verstreichen lassen, den Hundekopfmännern zu zeigen, wie hilfreich die Tiere bei der Jagd waren. Immerhin stand das Leben von Aaveq und Nukâraq auf dem Spiel. Die Angst davor, was mit den beiden nach ihrer Ankunft geschehen würde, hatte in den vergangenen drei Tagen wie ein Alptraum auf ihr gelastet.

Im selben Moment, in dem die Hunde ihr Gepäck los waren, griffen sie an. Als Naaja merkte, dass sie einen schrecklichen Fehler begangen hatte, war es bereits zu spät. Die Jäger sahen sich verwundert um, als sie das wütende Gebell der Hunde hörten, und hoben ihre Speere. Mikjáll und Naaja schrien auf, doch dann passierte alles auf einmal. Ein Speer flog auf die Hunde zu, streifte die Flanke der Hündin und blieb im Schnee stecken. Aaveq und Nukâraq sprangen zwischen den Männern hindurch auf die Ochsen zu und verbissen sich blitzschnell im Hals des ersten Bullen. Der schüttelte sie mit einem tiefen Gebrüll ab, senkte dann den Kopf, stürmte auf

Aaveq zu und schleuderte ihn mit den Hörnern in die Luft. Der Hund jaulte erbärmlich, als er in einiger Entfernung hart auf die Erde prallte. Nukâraq sprang dem Bullen um die Beine, schnappte um sich und bellte. Einen Augenblick später flog auch sie durch die Luft und landete winselnd neben Aaveq.

»Tötet den Bullen! Nehmt die Speere!«, schrie Naaja erschüttert und merkte nicht, dass sie ihre eigene Sprache sprach. Die Erqigdlit standen da, als wäre ihnen das Blut in den Adern gefroren, doch dann erwachten sie plötzlich wieder zum Leben, und ein Speer nach dem anderen bohrte sich in den Körper des Bullen. Das riesige Tier taumelte und stürzte so schwer zu Boden, dass ringsum der Schnee aufgewirbelt wurde. Zwei der Männer liefen herbei und schafften es mit Ach und Krach, die Speere aus dem Bullen zu ziehen und zur Seite zu springen, als auch schon die anderen Moschusochsen, zwei Kühe und ein weiterer Bulle, herangeprescht kamen. Sie stellten sich unter der Felswand in einem Halbkreis auf, bereit zum Angriff. Sie stampften, scharrten mit den Vorderhufen über den Schnee und schnaubten so heftig in Richtung der Männer, dass der Dampf aus ihren geblähten Nüstern speergleich in die Kälte stach.

Zu Naajas Erleichterung kamen im selben Augenblick die Hunde zurück. Anscheinend hatten sie Flug und Sturz unverletzt überstanden, denn sie griffen schon wieder an, und zwar den Bullen, der sich am wildesten aufführte. Zweifellos war er noch fast ein Kalb, da er kleiner war als die beiden Kühe. Mikjáll hielt den Speer bereit und rief seinen Kameraden etwas zu. Naaja, die immer noch etwas abseits war, verstand nicht, was er sagte, sah aber zu ihrem Erstaunen, dass er übers ganze Gesicht strahlte, als er auf den Ochsen zurannte, ihm den Speer mit aller Kraft hinter dem großen Buckel ins Fleisch rammte und dann zur Seite sprang. Der Ochse brüllte auf, schüttelte den riesigen Schädel und schlug mit den mörderischen Hörnern nach seinem Peiniger. Um ein Haar hätte er ihn getroffen, wenn er nicht die kläffenden Hunde hätte abwehren müssen, die ihn von der anderen Seite anfielen. Das gab Mikjáll Zeit zu entkommen, nur sein Fellrock war an einer Seite aufgerissen. Wenige Augenblicke später steckten zwei weitere Speere im Kalb, das erst brüllend auf die Knie ging und dann langsam auf die Seite kippte.

Die beiden Kühe hatten sich zunächst zurückgezogen, rannten jetzt aber mit gesenkten Köpfen los und griffen die Männer an, die in alle Richtungen auseinanderstoben. Die Kühe traten um sich und konzentrierten sich nun auf die kläffenden Hunde, die ihnen um die Beine sprangen und sich im Ochsenfell verbissen, sobald sie etwas zu packen bekamen. Schnee flog unter den Hufen auf, als sich die Kühe wie verrückt um die lärmenden Hunde drehten und versuchten, sie mit ihren scharfen Hörnen zu erwischen. Da die Kühe abgelenkt waren, war es für die Männer ein Leichtes, herbeizueilen und die Speere zu werfen. Plötzlich war ein lautes Jaulen zu hören. Einer der Hunde wurde aus dem Gemenge geschleudert und kullerte den Hang hinunter. Blut spritzte in einem hohen Bogen aus seinem Körper.

Naaja rannte los und warf sich neben ihm auf die Knie. Aaveq, der große Jagdhund, würde nie wieder vor einem Schlitten über das Eis laufen oder Atemlöcher aufspüren. Die scharfen Ochsenhörner hatten ihm den Bauch aufgeschlitzt und die Innereien waren herausgequollen. Er wimmerte qualvoll, und das Leben wich schnell aus seinen braunen Augen. Naaja wollte ihre Hand auf seinen Kopf legen, musste sie aber zurückziehen, als er nach ihr schnappte. Er blieb seiner bissigen Natur bis in den Tod treu. Blut floss aus seiner offenen Bauchhöhle und färbte das hellgraue Fell des Hundes rot. Langsam verstummte das Jaulen, und Naaja spürte ganz deutlich, wie sich Aaveqs Lebenskraft aus den Fesseln seines Körpers löste und im goldroten Abendhimmel verschwand. Dann war es still.

Es knirschte im Schnee, und jemand hustete.

Ganz langsam schaute sie auf und zuckte zusammen. Die Hundekopfmänner standen in unmittelbarer Nähe und starrten sie und den toten Hund an, als wären sie Scheusale. Man sah nichts von ihren Gesichtern außer den seltsam runden und furchteinflößenden Augen. Alles andere war unter Stofffetzen verborgen, die sie sich um die Köpfe und über Nase und Mund gewickelt hatten, sicher um ihre Hundeschnauzen zu verstecken. Sie hielt verängstigt nach Mikjáll Ausschau und atmete auf, als sie ihn den Hang herunterhumpeln sah. Nukâraq trottete erschöpft und hechelnd hinter ihm her.

*

Als sie das Haus am Strand betreten hatten, nahmen die Jäger ihre Kapuzen und Tücher ab. Es tauchten keine Schnauzen auf, sondern bärtige Gesichter, wie das von Mikk, aber dennoch eher Menschen- als Hundegesichter. Sie waren alle ziemlich groß, größer als die größten Menschen, und ihre Hautfarbe, genau wie die Farbe ihrer Kopf- und Barthaare, war noch heller als bei Mikk, der schon bleicher war als alle Menschen, die Naaja bisher gesehen hatte. Einer hatte graues Haar und schien älter zu sein als die anderen. Ein anderer hatte feuerrote Haare und einen ebensolchen Bart, als hätte man ihn in einen Topf mit Blut getunkt! Naaja hielt sich die Hand vor den Mund, um nicht aufzuschreien.

Sie saß neben dem kleinen Ofen auf dem Platz, den man ihr zugewiesen hatte, und wagte es kaum, sich umzuschauen. Sie konnte aber nicht anders, als immer wieder neugierig zu den Männern zu blicken, die an einem langen Tisch saßen und sich aufgeregt mit Mikjáll unterhielten, aber so schnell, dass sie bloß einzelne Wörter verstand. Plötzlich fiel ihr auf, was das Merkwürdigste an allem war. Ihre Augen hatten alle dieselbe Farbe wie das Meer! Sie sah sich jeden Einzelnen genau an, es bestand kein Zweifel. Mikk hatte normale, dunkelbraune Augen, doch alle anderen hatten blaue Augen. Naaja wurde ganz anders. Niemand, absolut niemand hatte Augen in der Farbe des Meeres, außer ihr, ihrer lieben Mutter und Geistern! Dann fielen ihr die Kavdlunât ein, die bleichen Jäger, die vor langer Zeit einen Winter im Norden verbracht und in Upernavik kleine, seltsame Püppchen aus Walrosszähnen zurückgelassen hatten. Tulugaq hatte gesagt, dass die Bleichen im Süden leben würden. Hatte Mikk nicht gesagt, dass dieses Haus bloß eine Jagdhütte sei und dass ihre Siedlung viel weiter im Süden läge, so weit, dass es viele Tage dauern würde, dorthin zu rudern?! Die Männer waren also keineswegs Erqigdlit!

Naaja wusste nicht, ob sie lachen oder weinen sollte, so sehr erschrak sie angesichts dieser Erkenntnis. Sicher, es war ein Anlass zur Freude, dass die Männer keine Hundeköpfe und Schwänze hatten und aufrecht gingen statt auf allen vieren. Aber wenigstens wusste man einiges über die Erqigdlit. Sie waren scheu und fürchteten sich vor Mensch und Hund zu Tode, konnten blitzschnell laufen und so weiter. Über das Volk der Bleichen wisse man so gut wie nichts, hatte der alte Angakoq gesagt. Noch nicht einmal, ob es Menschen oder Geister sind oder ob sie vielleicht sogar aus dem Totenreich stammen. Andererseits hatte sie Ataata als Wiedergänger gesehen, grau, fast durchsichtig. Diese Männer sahen ihm nicht im Geringsten ähnlich, obwohl Haut und Haare bleich waren. Mikk hatte außerdem so oft vor ihren Augen Fleisch gegessen, dass sie sicher sein konnte, dass ihr Mann kein Geist war. Er musste essen und trinken, wie alle Wesen aus Fleisch und Blut. Aber was wusste sie über die anderen? Waren es Geister oder Menschen? Die Jäger hatten noch nicht gegessen. Beim Ausnehmen und Zerlegen der Moschusochsen hatte keiner von ihnen auch nur einen Bissen Leber genascht, was an sich schon seltsam genug war. Jeder wusste, dass die Leber der Seele des Tieres am nächsten ist und dass dort ihre gesamte Kraft steckt.

Naaja ließ den Blick durch die Hütte schweifen, und es beruhigte sie ein wenig, als sie das eine oder andere Kochutensil entdeckte, was darauf hindeutete, dass hier Fleisch in einem Topf über Feuer gekocht wurde, wie bei normalen Menschen. Vieles jedoch kam ihr seltsam vor. Das Jagdhaus der Bleichen war nicht in die Erde gegraben und auch viel höher als die Häuser daheim in Sermermiut. Man musste nicht auf allen vieren durch den Eingang kriechen, sondern konnte aufrecht hineingehen. Nur die Männer mussten sich leicht ducken, um sich nicht den Kopf zu stoßen. Das Dach ruhte auf Walknochen, die von schweren Treibholzbalken gestützt wurden. Die dicken Grassodenwände waren mit Robben- und Bärenhäuten verkleidet, wie auch sie es kannte, und trotzdem sah hier alles ungewöhnlich aus. Sogar die Form des Hauses war besonders. Es war nicht rund, sondern länglich und maß mindestens fünf Menschenlängen. Statt den hinteren Teil des Hauses als gemeinsamen Schlafplatz zu nutzen, gab es erhöhte Schlafplätze entlang der Wände. Sie waren so schmal, dass man kaum zu zweit daraufpasste. An den Fellhaufen, die hier und dort lagen, konnte man leicht erkennen, welche in Gebrauch waren. Tranlampen waren nirgends zu sehen, dafür spendeten einige Muscheln auf den Dachbalken entlang der Wände schwaches Licht. Vom Ofen neben ihr und der Glut darin ging Wärme aus, aber auch der unvermeidliche Rauch und Gestank, der beim Verbrennen trockener Knochen entsteht.

Das unverständliche Gebrabbel der Männer und das Knistern im Ofen wurden eins. In der Wärme kam schwere Müdigkeit über Naaja. Sie lehnte sich an die Wand und schloss die Augen.

Sie stand am Strand und blickte auf das Meer. Ganz in der Nähe trieb eine gigantische Eisscholle, ein scharfkantiger Berg aus Eis auf seinem gemächlichen Weg an der Küste entlang in Richtung Norden. Auf einem Hang des Eisberges stand ein alter, weißhaariger Mann und winkte ihr mit seiner knochigen Hand. Es war Tulugaq, leicht zu erkennen am Gürtel, den er um die Hüfte trug und an dem alle möglichen Talismane hingen: Krallen von Vögeln und anderen Tieren, Zähne, verschrumpelte Hautfetzen und die geschnitzte Figur eines wundersamen Menschenwesens.

»Ich bin jetzt in der ewigen Einsamkeit, kleine Möwe«, sagte er und lachte so breit, dass man sein lückenhaftes Gebiss sah.

»Lass mich hier nicht allein!«, rief Naaja niedergeschlagen. »Ich will nicht einsam sein!«

Der alte Geisterbeschwörer lachte. »Du bist nie allein. Du hast deinen Schutzgeist. Und du hast Qaamaneq, das innere Licht. Es weist dir den Weg.« Er winkte noch einmal, dann türmten sich plötzlich rund um die Eisscholle große Wellen auf, und der Berg ging langsam im tosenden Meer unter. Tulugaq rührte sich nicht. Er stand ehrwürdig und lächelnd da, bis er in der Tiefe des Ozeans verschwunden war …

*

»Tja, wir hatten natürlich noch vor, gründlicher nach euch Jungs zu suchen«, sagte Jón der Rote und kratzte sich verlegen am braunroten Kopf. »Aber nicht alle waren sich da einig, Isländer …«

»Das Wetter kann hier im Norden schlagartig umschlagen«, nuschelte sich sein Bruder, Jón der Ältere, in den Bart. »Und einige fanden …«

»Eiríkur und ich, wir beide haben Frostbeulen an den Füßen, und da hat es keinen Sinn, überstürzt ins Blaue aufzubrechen«, fiel ihm Andrés lautstark ins Wort. »Der Schneesturm konnte jederzeit wieder losbrechen. Nur mit Glück und Gottes Hilfe sind nicht noch mehr von uns bei diesem lebensgefährlichen Ausflug hinauf ins Mordsunwetter verschollen.«

Der überhebliche Ton entging Mikjáll nicht. Andrés Indridason war der Sohn des Verwesers vom Bischofssitz Gardar und hatte das Kommando übernommen, nachdem Mikjáll und Kolbeinn im stockfinsteren Schneetreiben auf der Króksfjardarheidi verschwunden waren. Innerhalb weniger Augenblicke war es ihm gelungen, ein Seil von Mann zu Mann zu knoten, so dass die Gruppe zusammenblieb und unbeschadet zu den Greipar-Buchten zurückkehren konnte, als der Sturm nachgelassen hatte. Es war nicht zu überhören, dass er Mikjáll zeigen wollte, wer nun das Sagen hatte.

»Wir alle wollten nach Eisunes zur Bärenjagd«, sagte Álfur leise. Bis zu dem Moment hatte er sich nicht eingemischt, sondern stumm der lebhaften Unterhaltung und Andrés' wortreichen Ausführungen über den Heimweg gelauscht, den sie angetreten hatten, nachdem sie sich in den Schnee gegraben und das Unwetter abgewartet hatten.

»Halt den Mund, einfältiger Álfur«, sagte Andrés scharf und verschränkte die Arme vor der Brust. »Du wolltest doch bloß darum herumkommen, deine Schulden zu bezahlen, nachdem du dir den Arsch aus der Hose gespielt hattest!«

Álfurs breite Schultern sackten zusammen, und sein rundes Gesicht verfinsterte sich.

Andrés wandte sich wieder Mikjáll zu. »Was hast du denn mit dem Skraelingjarmädchen vor? Warum hast du sie hierhergebracht?«

Darüber hatte auch Mikjáll auf dem langen Weg über die Hochebene nachgedacht, ohne zu einem Ergebnis zu kommen. In Wirklichkeit hatte Naaja selbst entschieden, ihm zu folgen, ohne dass er etwas damit zu tun gehabt hätte. Er war perplex gewesen, als er sie reisefertig und die Hunde mit all ihren Habseligkeiten bepackt gesehen hatte. Doch er war dem Verwesersohn keine Rechenschaft schuldig.

»Ich habe ihr mein Leben zu verdanken«, sagte er kurz. »Sie kann so lange hierbleiben, wie sie möchte.« Er warf einen Blick in die Ecke und war sofort milder gestimmt. Naaja war eingenickt und hatte den Kopf auf die Hand gestützt. Ihr dunkles Gesicht hatte im Schlaf fast kindliche Züge.

Auf Andrés Lippen zeigte sich ein schmieriges Grinsen. Er öffnete den Mund, um etwas zu sagen, schloss ihn aber wieder, als ihm sein Sitznachbar, Hafgrímur von Hvammur, einen heftigen Ellbogenstoß verpasste. Hafgrímur erhob sich vom Tisch.

»Na schön, Jungs, ist nicht langsam Zeit, einen Topf auf den Ofen zu stellen und das frische Fleisch zu genießen?!«

XV

Naaja schielte in Richtung des Mannes. Er sah sie noch immer an. Sein Blick wie der eines ausgehungerten Hundes, der ein blutiges Stück Fleisch anstarrt. Seine lechzenden Augen verfolgten jede ihrer Bewegungen. Obwohl sie nicht unterschiedlicher aussehen konnten, erinnerte sie der blonde, stämmige Mann an Ataata, denn sein Gesicht strahlte dieselbe Mischung aus Abneigung und Verlangen aus. Sie ließ sich nichts anmerken, fuhr weiter mit den Fingern durch die Moschusochsenwolle und befreite sie von Schmutz. Der rothaarige Mann, der Jón der Rote genannt wurde, um Verwechslungen mit seinem älteren Bruder und Namensvetter zu vermeiden, brachte ihr die Handgriffe bei, die man brauchte, um Wolle zu kämmen und Garn zu spinnen, wie er es nannte. Er selbst saß mit einer Spindel, die er aus einem Knochen geschnitzt hatte, neben ihr und drehte nach und nach die feinsten Wollfasern zusammen. Dabei summte er leise vor sich hin. Naaja beobachtete erstaunt, wie sich die Spindel immer schneller drehte, die Wolle in seinen Händen auseinandergezogen und zu einem langen Faden gesponnen wurde, der mit jeder Drehung dicker wurde. Aus solchen Fäden könne man Tuch weben, sagte er, und daraus nähten sich die Bleichen warme Kleider, die angenehm auf der Haut zu tragen seien.

Anfangs hatten sich die anderen Männer über den jüngeren Jón lustig gemacht, als der sich ans Spinnen machte, daher wusste sie, dass derlei Arbeit Frauensache sein musste. Er hatte in der Tat etwas Weibliches an sich, war kleiner als die anderen Männer und der Einzige, der seinen Bart stutzte, sobald er wuchs. Auch seine Gesichtszüge waren feiner, das Kinn zart und die hellroten Wimpern lang. Noch dazu plauderte er genauso gern und viel wie die größten Tratschtanten in Sermermiut. So lernte Naaja allerdings täglich etwas Neues von ihm, sei es über die Sprache, die Sitten oder die Arbeitsweisen der Kavdlunât. Jón der Rote war der einzige von Mikjálls Kameraden, der nichts gegen Naajas Anwesenheit zu haben schien.

Obwohl sie es nicht direkt aussprachen, merkte Naaja, wie schwer es den anderen fiel, ihre Abneigung gegen sie zu verbergen, ganz gleich wie zurückhaltend sie sich auch verhielt. Warum das so war, hatte sie nicht verstanden, bis Andrés, der sie ständig anstarrte, sagte, dass die Inuit in den Augen der Bleichen keine Menschen seien. Aus seinen Worten schloss sie, dass die Kavdlunât keinen Unterschied zwischen ihrem Volk und den Hundekopfmenschen, Riesen und anderen Wunderwesen machten, die im Hochland am Rande des Eises lebten.

»Skraelingjar sind Wilde, Kreaturen ohne Verstand«, hatte er mit eisiger Miene gesagt. »Sie sind wild wie Raubtiere und fressen rohes Fleisch.« Dann hatte er ein lautes Wolfsgeheul von sich gegeben, und alle, die in der Nähe waren, hatten sich zu ihnen umgedreht. »Gottlose und Ketzer gibt es überall, hierzulande und anderswo!«

Naaja hatte nicht alle Wörter verstanden, doch der verächtliche Ton war ihr nicht entgangen. Sie wusste kaum, woher sie den Mut nahm, nachzufragen, was Ketzer seien.

»Das sind zum Beispiel die, die dem Bischofssitz Gardar den Zehnten verweigern und dem Bischofsverweser keinen Gehorsam leisten.« Es war Mikjáll, der geantwortet hatte. Einige der Männer schmunzelten, doch Naaja sah, dass Andrés Mikks seltsame Antwort ganz und gar nicht komisch fand. Er warf Mikjáll einen bösen Blick zu und schnaubte verächtlich.

»Wer sich Gottes Stellvertreter nicht beugt und dem Herrn nicht gibt, was Ihm gehört, landet auf direktem Weg in der Hölle«, stieß er hervor.

Mikjáll lächelte. »Der Offizial von Gardar ist wohl kaum Gottes Stellvertreter in Grönland, auch wenn er ein bedeutender Mann ist und einige es sicher als Gotteslästerung bezeichnen würden, etwas Derartiges auszusprechen.«

Andrés stieg Zornesröte ins Gesicht, und die Adern an Hals und Stirn schwollen an. »Mein Vater kümmert sich während der Abwesenheit des Bischofs um die bischöflichen Angelegenheiten, da der Bischof nach Norwegen beordert wurde, wie dir bekannt sein dürfte. Und wer unredlich über ihn und seine Arbeit spricht, wird dafür angemessen bestraft!« Am Ende des Satzes schlug er die geballte Faust auf den Tisch, doch Mikjáll schreckte nicht zurück. Es schien ihm vielmehr Freude zu bereiten, Andrés zu reizen.

Naaja hatte so gut wie nichts von dem Wortgefecht verstanden, und obwohl das Licht an der Fackel des Mondes seit ihrer Ankunft in den Greipar-Buchten schon einmal erloschen und wieder aufgeflammt war, wuchs ihre Verwunderung über die Sitten der Bleichen mit jedem Tag. Genau wie Ataata war Andrés hitzig und regte sich beim geringsten Anlass auf. Trotzdem schienen die Männer mehr zu ihm aufzuschauen als ihn zu verachten, ganz anders als es unter normalen Menschen üblich war, wo es nur bei kleinen Kindern toleriert wurde, wenn sie ihre Wut zeigten. Erwachsene hatten ihre Launen zu zügeln, ansonsten drohte ihnen Ächtung. Jón der Rote hatte Naaja darüber aufgeklärt, dass Andrés' Vater ein wichtiger Mann in ihrer Siedlung im Süden sei und sich schon viele vor dem Moment fürchteten, an dem der Sohn die Nachfolge antreten würde. Zwischen den angesehensten Familien herrschte seit Jahren Zwietracht, und Andrés würde nicht lange brauchen, um nach dem Tod seines alten Vaters alles in

Brand zu setzen. Jóns Worten nach konnte es durch Andrés Zutun zu schweren Konflikten zwischen den Bleichen kommen, ein solcher Bösewicht sei er.

Obwohl Andrés ihn ständig mit abfälligen Bemerkungen provozierte, die meist indirekt gegen Naaja gerichtet waren, tat Mikjáll, als wenn nichts wäre, und auch Andrés lüsternen Blicken, die er zwischendurch Naaja zuwarf und bei denen ihr ein kalter Schauder den Rücken hinunterlief, schenkte er so gut wie keine Beachtung. Daheim wäre es schon längst zu einem Faustkampf gekommen, dachte sie bei sich und wusste nicht, ob sie Mikjálls Gelassenheit schätzen oder von seiner Gleichgültigkeit verletzt sein sollte.

Jón der Rote berührte sie am Arm. »Sieh hier«, sagte er und gab ihr in beide Hände Werkzeuge aus Walknochen: große, zackige Kämme. Die Zacken waren dünn und scharf. »Streich die beiden Kämme gegeneinander, um die Wolle auszubürsten«, sagte er mit gewohnt freundlichem Ton. »Ich habe sie im Winter für meine Mutter geschnitzt – Gott gebe, dass sie noch lebt – und es wäre ein Leichtes, noch weitere herzustellen, schließlich gibt es am Strand genug Material. Das Nichtstun ist das Ödeste hier in der Einsamkeit, da ist es gut, wenn man etwas Nützliches tun kann. Als Nächstes zeige ich dir, wie man mit der Spindel umgeht.«

Naaja lächelte und nickte dankbar. Als Mikks Frau musste sie ohnehin das Handwerk der Bleichen lernen, genau wie ihre Sprache, die sie mit jedem Tag besser beherrschte. In Kürze würde das Meereis schmelzen und der Seeweg an der Küste entlang in den Süden passierbar sein. Sie wollte einen guten Eindruck machen, wenn man sie ihrer Schwiegermutter vorstellte. Mikk sollte sich für seine neue Frau nicht schämen müssen.

Als sie aufschaute, um nach neuer Wolle zu greifen, trafen sich Andrés' und ihr Blick. Er lächelte sie schmeichlerisch an und fuhr sich mit der feuchten Zungenspitze über die Lippen.

Es schauderte Naaja, und sie senkte voller Abscheu den Blick. Augenblicklich verschwand das Lächeln von Andrés' Gesicht, er sprang so hastig auf, dass der Holzhocker, auf dem er gesessen hatte, umfiel, und ging wortlos zur Tür hinaus.

*

Es war deutlich wärmer geworden im Laufe der Tage, an denen Mikjáll über die Króksfjardarheidi in den Westen unterwegs war, um Kolbeinns sterbliche Überreste zu holen. Die Wege waren gut passierbar, und der Föhn, warm und trocken, blies Mikjáll und Hafgrímur auf dem Heimweg zu den Greipar-Buchten in den Rücken. Gott sei Dank hatten sie das Grab unberührt vorgefunden. Der Steinhaufen über den Fleischvorräten hingegen war aufgewühlt. Zweifellos hatten sich Raubtiere mit den letzten versteckten Vorräten den Bauch vollgeschlagen, doch das machte nichts, da Mikjáll und Naaja den größten Teil des Bärenfleisches bereits mitgenommen hatten. Unwillkürlich lief er schneller, als er an sie dachte. Obwohl es erst wenige Tage her war, dass sie sich gesehen hatten, merkte Mikjáll, dass er sie vermisste. Ihren letzten Wortwechsel hatte er sich wieder und wieder durch den Kopf gehen lassen, und er fühlte sich leichter, jetzt, wo er wusste, was er zu tun hatte. Hoffentlich war es dafür nicht zu spät.

Am Abend bevor er und Hafgrímur ins Hochland aufbrechen wollten, hatte Naaja gesagt, dass sie mit ihnen gehen wolle. Mikjáll hatte es als unnötig empfunden und auch als unpassend, dass eine Frau, noch dazu eine Heidin, der traurigen Aufgabe beiwohnte, die Gebeine seines Stiefbruders zu bergen und für den Transport zu einem geweihten Grab vorzubereiten. Das war Männersache, genau wie Geleit und Beerdigung. Er hatte ihr erklärt, wie wichtig es den Christen sei, dass die Verstorbenen auf Friedhöfen bei ihren Verwandten ruhen und Priester Gebete singen. Naaja widersprach nicht, wiederholte aber wie ein widerspenstiges Kind ihren Wunsch, mit ihnen zu reisen, ohne einen Grund dafür zu nennen. Schließlich war Mikjáll mit seiner Geduld am Ende und wollte gereizt wissen, weshalb sie sich so aufführte. Naaja war offensichtlich erschrocken, und als sie schließlich mit gesenktem Kopf etwas nuschelte und dabei fast verschämt aussah, verstand er kaum, was sie sagte: »Andrés guckt mich an.«

Mikjáll konnte sich ein Lächeln kaum verkneifen. Sicher, Andrés glotzte Naaja wie der Ochs vorm neuen Scheunentor an, genau wie die anderen Männer, die noch nie zuvor einen Skraelingi gesehen hatten. Aber konnte ein Blick allein ihr Angst machen? Wahrscheinlich fürchtet sich der Hasenfuß Andrés bloß vor ihr, hatte Mikjáll fast lachend geantwortet. Vor ihr, dem Mädchen, das nur mit einem Speer bewaffnet einen Eisbären zur Strecke gebracht hatte!

Doch auf Naajas Lippen wollte sich kein Lachen einstellen. »Andrés schlecht. Er will Böses.«

Mikjáll schüttelte verwundert den Kopf über die Gewissheit in ihrer Stimme, sagte, dass sie sich keine Sorgen machen solle. Er würde Jón den Roten bitten, während seiner Abwesenheit auf sie aufzupassen, wenn sie dann beruhigter sei. Damit war die Sache für ihn erledigt. Er runzelte die Stirn, als er zum hundertsten Mal an ihre kühle Antwort dachte: »Mann muss selbst auf Frau aufpassen.«

Sie lebten wie ein Ehepaar, das konnte er nicht leugnen. Fast jede Nacht liebten sie sich innig und leidenschaftlich, und Mikjáll hatte alle Gedanken daran verdrängt, wie bald er schon nach Hause reisen und diese unmögliche Beziehung, die niemals den Segen Gottes oder seines Volkes bekommen konnte, zu Ende gehen musste. Zweifellos wussten seine Kameraden genau, was zwischen ihm und Naaja war, doch bislang hatte niemand ein Wort darüber fallen lassen. Das machte es leichter für ihn, so zu tun, als wenn nichts wäre, und sich auch

Andrés Feindseligkeiten nicht zu Herzen zu nehmen. Der ließ nämlich keine Gelegenheit aus zu betonen, wie tierisch die Skraelingjar doch seien, wie seltsam und hässlich, wie heidnisch und dumm.

Andrés' Abscheu überraschte ihn nicht wirklich. Schon als Mikjáll Pfarrer Indridis Unterricht in Gardar besucht und mit vierzehn Jahren dort die Erstkommunion empfangen hatte, hatte Andrés auf ihm herumgehackt. Obwohl Mikjáll keinen besonderen Anlass dafür sah, kam es ihm am wahrscheinlichsten vor, dass Eifersucht die Ursache war, denn der Bischofsverweser war nett zu ihm gewesen. Auch die anderen Jungen hatte er milder behandelt als seinen eigenen Sohn. Andrés musste immer härtere Strafen über sich ergehen lassen als die anderen, wenn er seine Lektionen nicht gelernt hatte. Wenn er den Hintern versohlt bekommen hatte, ließ er seine Wut dann an denjenigen aus, die sich am wenigsten wehrten, besonders aber an dem Jungen aus Island, der sich längst angewöhnt hatte, auf die Sticheleien und bösen Bemerkungen seiner Altersgenossen mit Schweigen zu antworten.

Doch auch die anderen Jäger dachten sicher dasselbe wie der Sohn des Verwesers und die übrigen Grönländer: Eine heidnische Skraelingjarfrau und ein christlicher Mann durften nicht zusammen sein. Die Ächtung, die eine solche Verbindung nach sich zöge, würde nicht nur sie beide wie ein Schatten auf Schritt und Tritt verfolgen, sondern auch ihre Nachkommen, Generation für Generation. Das konnte er aus eigener Erfahrung bezeugen, er, der von Kindesbeinen an Spott über sein dunkles Aussehen und seine fremdländischen Gesichtszüge hatte ertragen müssen. Vielleicht hatte er genau deshalb so barsch auf Naajas Worte reagiert, die nichts weiter als Unsinn und Unwissenheit sein konnten. Deshalb hatte er sie angefahren, warum in Gottes Namen sie ihn als ihren Ehemann bezeichne, obwohl kein Priester sie vermählt hatte.

Sie hatte ihn verständnislos angestarrt, die blauen Augen weit aufgerissen.

»Du nicht mein Mann? Ich nicht deine Frau?«

Er schüttelte den Kopf und fühlte sich schlecht, als er sah, wie erstaunt sie dreinblickte, und schämte sich, dass er sich so aufgeregt hatte. »Mann und Frau sind erst ein Ehepaar, wenn ein Priester in einer Kirche in drei Schritten die Eheschließung verkündet und das Paar unter Anwesenheit von Zeugen vermählt hat«, erklärte er ganz richtig, hörte aber den leeren Klang in seiner Stimme und fühlte sich, als hätte er gelogen.

Naaja schwieg und ließ den Kopf hängen. Er wartete ab und war kurz davor ihr zu sagen, dass er sie liebend gern nach christlichem Gesetz und Recht zur Frau nehmen würde, wenn es irgendwie möglich wäre. Es führte jedoch zu nichts, sich die Welt anders zu wünschen, als sie war. Kein Priester würde sich bereit erklären, sie zu vermählen. Außerdem wurde Unzucht in Eystribyggd hart bestraft, jedenfalls solange kein Priester daran beteiligt war.

Da endlich hob Naaja den Blick. »Ich jetzt weggehen?«, fragte sie mit tonloser Stimme.

Mikjáll war fassungslos und wusste nicht, was er sagen sollte. Er hatte mit Anschuldigungen und Klagelauten gerechnet, und das wäre ihm auch lieber gewesen. Wenn sie wütend geworden wäre und herumgekeift hätte, wäre es vielleicht nicht ganz so schlimm gewesen. Doch es schien ihr nichts auszumachen, dass sie nicht heiraten konnten.

»Wenn du … wenn du willst«, stammelte er hervor. »Aber du kannst so lange bleiben, wie du möchtest.«

Naaja sah nachdenklich aus, sagte nichts und wandte sich wieder ihrer Arbeit zu. Als sie am Abend schlafen gingen, war sie immer noch still und entzog sich seinem Griff, als er sie unter der Decke umarmen wollte. Er lag wach und merkte, dass auch sie nicht schlief. Nach einer kleinen Ewigkeit fühlte er ihre Hand an der seinen und drückte sie fest, fand aber keine Worte, um die Schlucht zu überbrücken, die sich plötzlich wie eine Gletscherspalte zwischen ihnen aufgetan hatte. Als Hafgrímur und er früh am nächsten Morgen aufbrachen, war die Schlafbank neben ihm leer und Naaja nirgends zu sehen. Vielleicht war sie schon auf dem Weg zurück zu ihrer Familie. Ohne sich zu verabschieden? Aber was wusste er schon über die Skraelingjar und ihre Sitten. Würden sie Rache üben, weil er sich so respektlos verhalten hatte? Das beunruhigte Mikjáll, und über die Schulter rief er Hafgrímur zu, dass er sich beeilen solle.

*

Naaja verstand die Welt nicht mehr. Wie konnte Mikjáll behaupten, dass sie kein Paar seien, nur weil kein Priester sie zu Mann und Frau erklärt hatte? Der Priester war eine Art Angakoq der Kavdlunât, das hatte sie aus den Erklärungen von Mikjáll und Jón dem Roten herausgehört, der ihr unermüdlich von den seltsamen Sitten und Bräuchen des Volks im Süden erzählte. Nur hatte sie noch nicht herausgefunden, was es mit dem Tôrnârsuk der Bleichen auf sich hatte. Was oder wer war dieser große Schutzgeist, den die Jäger Gott nannten und mit dem sie vor dem Essen immer sprachen, als würde er unsichtbar über ihnen schweben, und in dessen Namen sie bei jeder passenden und unpassenden Gelegenheit mit der rechten Hand ein Kreuzzeichen auf ihre Brust machten?

Doch sie wusste genau, dass man nicht Mann und Frau wird, weil ein anderer es sagt, sondern weil man sich dazu entschließt, ein Schlaffell zu teilen, ohne dass sonst noch jemand in der Nähe ist. Selbstverständlich konnte der Mann seine Frau verlassen, wenn er einen Grund dafür hatte. Doch was hatte sie getan, dass Mikk sie nicht mehr zur Frau haben wollte? Sie hatte ihm aus den besten Stücken des Bärenfells alle möglichen

Kleider und aus dem Robbenfell neue Kamikken genäht, hatte sich nach Kräften bemüht, sich in Sprache und Gewohnheiten der Bleichen einzufinden, hatte Essen gekocht, alle Verbote beachtet, die sie kannte, ihn unter dem Schlaffell immer freudig empfangen und sich in allem so verhalten, wie es angemessen war und sich für eine gute Frau ziemte.

Jetzt, nachdem er sich von ihr getrennt hatte, hatte er sie aber nicht hinausgeworfen, sondern gesagt, dass sie selbst entscheiden solle, ob sie gehen oder bleiben wollte. Das passte vorne und hinten nicht zusammen. Seit sie sich zum ersten Mal geliebt hatten, war sie sicher gewesen, Liebe in seinen Augen zu sehen. Doch jetzt war dort noch etwas anderes, das sie nicht verstand. War es Furcht? Oder Scham? Hatte Andrés seine Gedanken vergiftet, so dass jetzt auch Mikk glaubte, dass sie kein Mensch, sondern irgendein Ungeheuer vom Gletscherrand sei? Wenn sie nicht so bedrückt gewesen wäre, hätte sie vielleicht bei dem Gedanken gelacht, wie sie selbst vor kurzem noch geglaubt hatte, dass Mikk und seine Kameraden Hundekopfmänner seien. Trotzdem hatte sie sich für ihn entschieden.

»Asavavkit«, hatte sie ihm in jener Nacht ins Ohr geflüstert. Ich liebe dich. Das hatte sie seitdem oft gesagt. Je länger Naaja darüber nachdachte, desto überzeugter war sie, dass der Verwesersohn etwas mit Mikjálls Sinneswandel zu tun hatte. Seine hämischen Bemerkungen über die Skraelingjar waren wie Flüche, ausgesprochen, um anderen Böses anzutun. Hafgrímur, Eiríkur, Jón der Ältere und Álfur waren auch nicht gerade freundlich zu ihr, doch keiner von ihnen zeigte so unverblümt seine Abneigung. Keiner von ihnen würde ihr etwas antun, davon war sie überzeugt. Andrés hingegen war alles zuzutrauen. In ihm wohnten Kräfte, die sie von früher kannte und die unkontrollierbare Angst in ihr weckten. Doch was sollte sie tun? Sollte sie ein weiteres Mal davonlaufen, stillschweigend tun, was man von ihr verlangte? Wo sollte sie hin, nachdem sie für ihr eigenes Volk gestorben war? Oder sollte sie abwarten und versuchen, Mikk umzustimmen, bevor das Fjordeis brach und die Kavdlunât fortgehen würden? Gab es Zaubersprüche, die in solchen Situationen halfen? Wenn sie doch bloß den weisen Tulugaq um Rat fragen könnte. Sie erinnerte sich an die Abschiedsworte des alten Mannes: »Du hast deinen Schutzgeist. Und du hast Qaamaneq, das innere Licht.«

Der große Rabe würde ihr helfen können. Manchmal irrten sich zwar auch die Schutzgeister, doch bei dem Raben war das bis jetzt noch nie der Fall gewesen. Hatte er sie nicht davor gewarnt, was passieren würde, wenn sie Mikk folgte? Zweifellos würde er der Versuchung nicht widerstehen können, sich mit seiner Voraussicht zu brüsten, doch das musste sie aushalten. Je früher sie einen Entschluss fasste, desto besser. Wenn der große Rabe es für das Beste hielt, Mikk zu verlassen, wäre sie fort, noch ehe er zurück war. Auch wenn ihr das schwer fiel.

Doch an jenem Morgen, an dem sie an der Küste entlang zur hinteren Bucht laufen wollte, um dort geschützt vor neugierigen Blicken ihren Schutzgeist zu rufen, hatte Nukâraq ihre Leine durchgenagt und war verschwunden. Sicher wollte die Hündin ihren Nachwuchs in Ruhe und ohne Beisein der Bewohner des Jagdhauses auf die Welt bringen. Eine viel größere Gefahr als die Männer waren für die frisch geworfenen Welpen jedoch Füchse, Wölfe und sogar ihre Mutter selbst, die seit einigen Tagen kein Futter mehr angerührt hatte. Daher hatte Naaja keine andere Wahl. Sie musste Nukâraq suchen.

Am Abend des nächsten Tages fand sie die Hündin endlich. Sie hatte sich zwischen den Felsen am Westhang ein Nest gebaut, nicht weit von der Stelle, an der sie die Moschusochsen getötet hatten. Naaja entdeckte nur zwei Welpen bei der Hündin, war sich aber sicher, dass es bei der Dicke ihres Bauches mehr gewesen sein mussten. Wahrscheinlich waren die anderen in einer Fuchsschnauze gelandet, denn Nukâraq hatte Bisswunden an Kopf und Rücken und knurrte ihre Herrin böse an, als sie sich näherte. Einer der Welpen war das Ebenbild seiner Mutter, dunkel, mit einem hellen Ring um ein Auge und mit weißer Brust. Der andere war hellgrau, und Naaja erkannte sofort Aaveq in ihm wieder. Als es ihr endlich gelungen war, die Hündin mit einem saftigen Fleischbissen zum Haus zu locken und sie an der Mauer anzubinden, wurde es schon dunkel, und sie beschloss, ihren Ausflug auf den nächsten Tag zu verschieben. Jón der Rote würde sich bestimmt wundern, wenn sie so spät am Abend noch wegginge. Außerdem war Mikjáll frühestens in zwei Tagen zu erwarten.

Die Männer hatten schon gegessen, als sie hereinkam. Eiríkur und Andrés saßen am Tisch vor einem Spiel mit kleinen, geschnitzten Puppen, die sie abwechselnd hin und her schoben, ohne ein Wort zu sagen. Sie hatte die beiden schon einmal bei dieser Beschäftigung gesehen und auch die Püppchen wiedererkannt. Sie sahen aus wie die, die der Angakoq ihr gezeigt hatte. Jón der Rote hatte stolz gesagt, dass er sie geschnitzt habe und er nannte sie Schachfiguren. Zuerst hatte Naaja gedacht, dass mit den winzigen Menschenfiguren irgendein Zauber ausgeübt würde, doch Jón sagte etwas ganz anderes. Schach sei bloß ein Spiel, das lange Winterabende verkürze. Jón der Ältere und Álfur sahen beim Schachspiel zu. Jón der Rote saß an seinem Lieblingsplatz am Ofen, flocht ein Seil und sang leise ein Lied vor sich hin, das genauso lang oder sogar länger zu sein schien als Tulugaqs längste Geschichten. Auch die beiden Vortragenden waren sich nicht unähnlich. Zum Satzende hin wurde Jón der Rote langsamer, genau wie der Angakoq es zu tun pflegte. Die Geschichte in Jóns Lied verstand sie kaum, obwohl sie viele der Wörter kannte. Vermutlich sang er wie immer von seinen Vorvätern, die als erste Kavdlunât mit großen Booten von einer Insel, die weit draußen im Meer lag und voller Eis und Gletscher war, in das Land der Menschen gekommen waren.

Naaja lächelte ihrem Freund zu und streifte die kniehohen Stiefel ab, bevor sie sich auf einer der Schlafbänke gegenüber unter das Fell kuschelte. Ihre alten Kamikken waren mittlerweile so ausgetreten, dass sie nun Tulugaqs Stiefel trug, die ihr zwar etwas zu groß waren, dafür aber gute Sohlen hatten und auf Eis sicheren Halt gaben. Sie erinnerten Naaja immer an den, der sie ihr geschenkt hatte, und sie mochte den Gedanken, dass Tulugaqs Namensseele ein Auge auf denjenigen hatte, der in seinen Kamikken herumlief.

Naaja zog sich unauffällig unter der Decke aus. Sie hatte nämlich schnell begriffen, dass es bei den Bleichen aus irgendeinem Grund besonders unschicklich für eine Frau war und für große Aufregung sorgen konnte, wenn sie ihre nackten Brüste zeigte. Sie konnte sich kaum vorstellen, wie die Kavdlunâtfrauen die Sommerhitze aushielten, wenn sie sich noch nicht einmal oben herum freimachen durften. Doch so vieles war seltsam bei den Kavdlunât. Ganz verstehen würde sie die Bleichen wohl nie.

Jóns eintöniger Gesang schenkte ihr die langersehnte Ruhe, und auch ihre wirren Gedanken beruhigten sich. Naaja ließ die Augen zufallen und war einen Atemzug später eingeschlafen.

*

Sie schreckte hoch, als es neben ihr leise raschelte. Aus den Betten der Männer schnarchte es. Vielleicht erleichterte sich einer von ihnen in den Nachttopf? Wahrscheinlich. Sie war einfach zu misstrauisch. Naaja schloss wieder die Augen. Im selben Moment merkte sie, dass ihre Decke angehoben wurde und sich jemand neben sie legte. Sie erstarrte und wollte schreien, doch bevor sie einen Ton herausbringen konnte, legte sich eine feuchtkalte Hand über ihre Nase und den Mund, so dass sie kaum noch atmen konnte. Kurze, dicke Finger. Ataata? Der Mann presste seinen nackten Körper an Naaja.

»Wird Zeit, dass auch mal jemand anders als der Islandbastard ein bisschen Spaß hat«, flüsterte er. »Jetzt sei still, meine Kleine.« Die andere Hand quetschte ihre Brust.

Warum dagegen ankämpfen? Das hatte sie schon so oft versucht. Sie konnte fliehen, wie damals. Wie durch Zauber lockerten sich ihre Muskeln, alle Kraft wich aus ihrem Körper, und Naaja lag schlaff in Andrés' kräftigen Armen. Ihr Inua löste sich mühelos vom kraftlosen Körper, schwebte unter die Decke und beobachtete teilnahmslos, was unten auf der Schlafbank geschah. Es spielte keine Rolle. Der Körper war bloß eine Hülle für Gewebe und Knochen. Ein Fleischsack. Andrés berührte nicht sie selbst. Sie war irgendwo weit weg.

Der Tag dämmerte schon. Ein Sonnenstrahl fiel durch das kleine Rauchloch im Dach über dem Herd. Ruß und Staubkörner tanzten im Licht.

»Du enttäuschst mich, Naaja.« Die Stimme schien von überallher zu kommen, tief und mächtig. »Du hast bereits für deine Taten und die der anderen gebüßt.« Vor Naajas innerem Auge tauchte das Gesicht der Frau in der Tiefe auf.

»Nerrivik?« Sie war erschrocken. »Was will die Mutter des Meeres von einer armen Möwe?«, flüsterte sie verwundert mit gebrochener Stimme.

»Ich habe dir das innere Licht geschenkt. Gib acht, dass es nicht durch die Taten anderer erlischt. Du gehörst jetzt dir selbst, und niemandem sonst.«

Es war, als würde Naaja von einer riesigen Hand gepackt und in den leblosen Körper auf der Schlafbank gezogen. Sie starrte mit weit aufgerissenen Augen in Andrés' erhitztes Gesicht, der im selben Moment zu bemerken schien, dass etwas geschehen war.

»Du findest das also doch nicht so übel, wie du vorgibst, Skraelingjarwurm«, hechelte er atemlos.

Da platzte etwas in ihr.

Blitzschnell zog sie die Beine an, legte die Füße an die Hüfte des Mannes und stemmte ihn mit aller Kraft weg. »Ich gehöre mir selbst, und niemandem sonst!«, schrie sie, während Andrés mit einem lauten Plumps auf den Boden fiel. »Niemandem sonst, hörst du?!«

Die anderen Jäger wachten auf, und mit einem Mal war große Aufregung in der Hütte, als einer nach dem anderen aufstand und wissen wollte, was los war. Andrés saß mit nacktem Hintern und offenem Mund in der Mitte des Raumes, doch Naaja schlüpfte rasch in ihre Kleider, sprang in die Stiefel und war durch die Tür verschwunden, bevor jemand auf die Idee kam, sie aufzuhalten. Am Eingang hörte sie noch, wie einer der Männer, vermutlich Jón der Rote, über den Lärm hinweg brüllte: »Der Isländer bringt dich um für diese Schandtat!«

Andrés schrie zurück: »Ich hab dem Teufelsding nichts getan, sie ist plötzlich einfach auf mich losgegangen!«

*

Naaja wurde erst langsamer, als sie das Haus weit hinter sich gelassen hatte, jenseits der Anhöhe zwischen den Buchten. Sie war außer Atem und hatte noch nicht begriffen, was geschehen war, als sie ein heiseres Rabenkrächzen hörte und in den Himmel schaute. Hoch über ihr segelte der Schutzgeist mit ausgebreiteten Flügeln und steuerte hinaus auf die vereiste Bucht.

»Folge mir!«, krächzte er.

»Das Eis ist nicht sicher!«, rief sie ihm nach. Und das stimmte auch. Das Meereis in der Bucht wurde langsam dünner, weiter draußen im Fjord war es an vielen Stellen bereits aufgebrochen. Wuchtige Eiskolosse, die der große Gletscher am Ende des Kangiafjordes abgestoßen hatte, trieben dort zwischen kleineren Eisbrocken und Schollen umher, brachen auseinander und stürzten tosend in sich zusammen. Ein sicheres Zeichen dafür, dass der Frühling gekommen war. Der Vogel tat, als würde er sie nicht hören und landete ein gutes Stück vom Land entfernt auf dem Eis. Dort sprang er hin und her und schlug ungeduldig mit den Flügeln.

»Vertrau mir!«, krächzte er mit rauer Stimme zum Ufer. »Komm!« Sie musste gehorchen und hatte keine andere Wahl. Der große Rabe wusste schon, was er tat. Vorsichtig stieg Naaja auf die Eisfläche und klopfte vor jedem Schritt mit dem Vogelspeer, den sie ohne nachzudenken beim Hinausrennen gegriffen hatte, vor sich auf das Eis. Der Rabe war weiter weg, als sie gedacht hatte. Sie hatte vergessen, dass er viel größer sein konnte als gewöhnliche Raben, sogar menschengroß, wenn ihm danach zumute war. Hier und dort sah sie bläuliche Flecken auf dem Eis, die zeigten, dass es dort dünner war als anderswo. An einigen Stellen hatten sich bereits kleine Löcher und Risse gebildet. Zur Sicherheit machte sie einen großen Bogen um diese Stellen. Schließlich hatte sie den ganzen Weg bis zum Raben in der Mitte der Bucht heil überstanden.

»Sag mir, was dein Anliegen ist«, sagte er kurz angebunden. Er überragte Naaja und war mehr als einen Kopf größer als sie. Hinter ihm sah sie einen wuchtigen, bläulichen Eisberg gemächlich vorübertreiben.

»Wieso müssen wir hier draußen auf dem Eis reden?«, fragte sie, vorsichtig, um den Geist nicht zu kränken. Er konnte ja manchmal launisch sein.

»Das wird sich schon noch zeigen«, gab er mit geheimnisvoller Miene zurück. »Na schön, dann mal raus mit der Sprache. Es geht um deinen neuen Mann, nehme ich an. Der, vor dem ich dich gewarnt habe.«

»Du, der du durch die Geisterwelt fliegst und in die Seelen der Menschen siehst, sag du mir, was ich tun kann«, sagte

Naaja und fügte schnell hinzu: »Ich sehe die Liebe in seinen Augen, aber jetzt sagt er, dass ich nicht länger seine Frau bin und gehen kann, wenn ich will. Ich möchte ihn auf keinen Fall verlassen, weil er mir inzwischen teurer ist als alles andere. Aber einige seiner Kameraden blicken auf mich herab und ...«

»Und jetzt hast du einen von ihnen zutiefst gedemütigt«, fiel ihr der Rabe ins Wort. Er klang fast so, als würde es ihn freuen.

»Ich weiß nicht, was geschehen ist«, sagte sie niedergeschlagen. »Es war, als hätte ich die Kontrolle über mich verloren. Ich weiß nicht weiter. Was soll ich bloß tun?!«

»Du musst überhaupt nichts tun«, antwortete der schwarze Vogel und schnalzte. »Man kann nichts erzwingen. Alles ist schon vorbestimmt und wird so, wie es sein soll.«

»Wie denn?«, fragte sie hoffnungslos. »Nichts passiert von allein!«

»Sieh dort.« Der Vogel riss den Kopf hoch und Naaja drehte sich um.

Ein großer, stämmiger Mann war auf dem Weg zu ihnen und kam zügigen Schrittes über das Eis. Andrés!

»Fliehe in Richtung Osten aufs Land, und rette dein Leben«, sagte der Schutzgeist. »Lauf los.« Er stupste sie mit seinem monströsen Schnabel an. »Renn einfach geradeaus!«

Andrés kam schnell näher. Die Furcht packte sie mit Höllenhänden, doch Naaja zögerte. Es war lebensgefährlich, über das Eis zu laufen, so dünn wie es war.

»Willst du lieber, dass er dich in ein Eisloch befördert?«, fragte der Vogel ungeduldig. »Lauf jetzt, und vertraue mir!«

Sie sah keinen anderen Ausweg und rannte los. Das Eis war glatt, und überall waren feuchte Flecken, die auf Risse hindeuteten, doch sie achtete nicht darauf. Andrés hatte auch zu laufen begonnen und war ihr dicht auf den Fersen. Sie hörte, dass er ihr etwas hinterherbrüllte, verstand aber nicht, was er schrie. Plötzlich war da ein Loch im Eis, doch sie sprang leichtfüßig darüber hinweg und schlitterte noch nicht einmal, als sie in Tulugaqs gut besohlten Stiefeln auf der anderen Seite landete. Es war, als würde sie über das Eis fliegen. Dann krachte es laut. Mitten auf ihrem Weg tat sich ein langer Riss auf, der mit rasanter Geschwindigkeit größer wurde. Wieder krachte es, und unmittelbar vor ihr öffnete sich ein weiterer Riss. Die Eisfläche um sie herum zersprang schneller, als man hinschauen konnte. Naaja schrie auf. Vor ihr war nichts als Tiefe, doch zum Anhalten war es zu spät. Im selben Augenblick schob sich ein Schatten vor die Sonne und Naaja hob ab, sicher in den Krallen des großen Raben.

*

Mikjáll und Hafgrímur warfen ihr Gepäck ab und stürzten den Hang hinunter. Kurz zuvor hatten sie zwei Menschen in der äußeren Bucht gesichtet, und Mikjáll hatte gleich erkannt, dass einer davon Naaja war. Sie flog über das Eis auf der Flucht vor dem eiskalten Meer, das sich durch Risse und Löcher seinen Weg bahnte. Ihr flatterndes Haar sah aus wie ausgebreitete Rabenflügel. Der Mann, der hinter ihr her rannte, war Andrés Indridason, da bestand kein Zweifel. Der Abstand zwischen ihnen wurde immer geringer. Mikjáll achtete nicht auf den Weg und wäre fast über einen großen Stein gefallen, fand aber in letzter Sekunde das Gleichwicht wieder und rutschte im Stehen den Hang hinunter. Einen Moment lang waren die beiden Menschen auf dem Eis hinter einem großen Felsen verschwunden, doch von der Anhöhe zwischen den Buchten aus waren sie wieder zu sehen. Naaja rannte immer noch so schnell sie konnte. Sie schien über die Bucht zu schweben, doch Andrés war stehen geblieben.

*

Zwei Schritte vor ihm sprudelte das Meer durch einen langen Riss, der immer größer wurde. Andrés wich zurück. Er wollte Anlauf nehmen und springen, doch er rutschte auf seinen abgewetzten Kalbslederschuhen aus und fiel rücklings auf die spiegelglatte Fläche. Das Eis knackte, und unter Rücken und Armen bildeten sich mit lautem Knirschen neue Risse. Innerhalb weniger Augenblicke hatte sich die Scholle unter seinen Beinen von der Eisdecke gelöst und wurde vom Meer umspült. Andrés richtete sich auf und starrte wie versteinert auf den rasch größer werdenden Abstand zwischen ihm und der Eisfläche, die nun komplett in Bewegung zu sein schien. Überall, kreuz und quer durch die Bucht bildeten sich wie von Zauberhand Risse. Das Skraelingjarmädchen war nur noch ein unscharfer Schatten in weiter Ferne. Er wollte aufstehen, doch die Eisscholle, die kaum größer war als er selbst, schwankte gefährlich, sobald er sich bewegte. Daher ließ er es bleiben und kniete sich wieder hin. Große Eisstücke brachen vom Rand ab und fielen mit einem leisen Plumpsen ins schwarze Wasser. Langsam wurde es zu spät, um zu springen, bald würde die Entfernung zu groß sein.

*

Als Mikjáll mit großen Sätzen den Hang hinunterrannte, wurde ihm schlagartig klar, dass es keine Rolle spielte, was die anderen sagten oder ob sich ein Geistlicher bereit erklären würde, sie zu vermählen. Das Einzige, was er wusste, war, dass er sie nicht verlieren wollte, und wenn Gott zuließ, dass Naaja heil über die schwankende Eisfläche ans Ufer gelangte, würde er sie nie wieder aus den Augen lassen, welche Folgen das auch haben mochte.

*

Es gab keinen anderen Weg, er musste den Sprung wagen. Andrés schloss kurz die Augen und bekreuzigte sich. In dem Moment, als er sich aufrichtete, kippte die Scholle. Unzählige Eisnadeln stachen in sein Fleisch, als sich die bitterkalte See über seinem Kopf schloss. Er hielt den Atem an und ruderte nach Kräften mit Armen und Beinen, während er unterging. Bald würde er zurück an die Oberfläche gespült werden, den Rand der Eisscholle packen und sich hochziehen können. Doch er sank tiefer und tiefer, wie ein Stein. Der Druck wurde immer stärker, die Sehnsucht nach Atemluft unerträglich. Seine Bewegungen wurden immer langsamer, er spürte seinen Körper nicht mehr. Dann merkte Andrés, dass er nicht mehr dagegen ankämpfen wollte. Er öffnete den Mund und Meerwasser strömte wie flüssiges Feuer in seine Lunge. Das Letzte, was er sah, bevor er von der Dunkelheit verschluckt wurde, war eine große, fleischige Frau mit verführerischen Augen und rabenschwarzem, endlos langem Haar, das sich in der Strömung wiegte. Sie lächelte sanft und öffnete ihre Arme zu einer handlosen Umarmung.

*

Es musste ein Traum sein, denn ansonsten hätte sich ihr Inua zum zweiten Mal an diesem Tag aus den Fesseln ihres Körpers befreit. Aus den Klauen des großen Raben blickte Naaja über die Eisfläche. Es kam ihr vor, als würde sie sich selbst sehen, wie sie von einer Scholle zur anderen sprang, dabei befand sie sich im selben Moment hoch oben in der Luft und blickte über die gesamte Bucht und das gebrochene Eis. Andrés war nirgends zu sehen. Der Wind pfiff in ihren Ohren. Dann verlangsamte der Schutzgeist den Flug, und sie näherten sich dem Ufer.

»Von hier aus ist es ungefährlich«, krächzte er und ließ ihren Bärenfellparka los. Naaja kreischte auf und ruderte mit Armen und Beinen in der Luft herum. Die Küste kam in Windeseile näher. Sie kniff die Augen zusammen, als sie auf den steinigen Strand fiel.

*

»Naaja! Naaja!«

Sie öffnete die Augen. Alles drehte sich. Jemand hielt ihren Kopf im Schoß und tätschelte ihre Wange. Langsam nahm das verschwommene Gesicht über ihr Konturen an. Braune Augen voller Sorge sahen sie an. Mikk.

»Ist alles in Ordnung mit dir?«, fragte er ängstlich und inspizierte ihre Hände. Die Handflächen waren vom Sturz aufgerissen und blutig. »Du bist verletzt!«

»Ihr seid wieder da.« Sie richtete sich auf und zog die schmerzenden Hände zurück. »Das ist nichts.«

»Ich bin gerannt, so schnell ich konnte. Hafgrímur holt Hilfe, obwohl das jetzt auch nichts mehr nutzt. Andrés ist nicht mehr aufgetaucht.« Er nahm sie bei den Schultern, und sie sahen sich in die Augen. »Du hattest Recht. Ein Mann muss auf seine Frau aufpassen.«

»Aber du hast gesagt …«, fing sie überrascht an, doch er fiel ihr ins Wort: »In den Augen der anderen sind wir kein Ehepaar, solange uns kein Priester vermählt hat. Dazu wird es mit Sicherheit nie kommen. Aber hier«, er legte die Hand auf seine Brust, »hier gehören wir einander, was auch geschehen mag. Für immer. Das verspreche ich dir.« Er atmete tief ein. »Wenn du das willst, Naaja.«

Er war wie ausgewechselt, wirkte lebhaft und konzentriert, und heftete seine fragenden Augen auf sie, als wäre es das einzig Wichtige auf der Welt, dass sie seinen Worten Glauben schenkte und ihm vertraute. Tat sie das? Naaja biss sich auf die Lippen, sie war misstrauisch. Wieso sollte jetzt alles anders sein? Vielleicht würde es sich morgen schon wieder ändern. Sie senkte den Blick.

»Ich hätte nicht ohne dich gehen sollen«, sprach er weiter, als sie immer noch nicht antwortete. »Du hättest sterben können!«

»Wie … er«, sagte sie und vermied, Andrés' Namen auszusprechen, denn irgendwo in der Nähe schwirrte noch sein Geist herum, und sie hatte kein Verlangen, ihn herbeizurufen.

»Ja«, sagte Mikjáll leise. »Ich hätte besser auf dich hören sollen. Er wollte uns beiden Böses.« Mit finsterer Miene blickte er über die Bucht. Kein Lebenszeichen war dort zu sehen, außer einem großen Raben, der mit gestreckten Flügeln über das gebrochene Eis segelte. »Hat er dir wehgetan?«, fragte er nach kurzem Schweigen.

Hatte Andrés ihr weh getan, oder war er ihr Retter gewesen? Es spielte keine Rolle mehr. Er war ertrunken, für immer in der Tiefe verschwunden.

Sie schüttelte den Kopf. »Nein.«

»Gott sei Dank!« Mikjáll war hörbar erleichtert. »Ich hätte mir nie verziehen, wenn dir etwas zugestoßen wäre, während ich fort war«, sagte er ernst.

Naaja fasste einen Entschluss. »Nächstes Mal wir gehen zusammen«, sagte sie.

Mikjálls Miene hellte sich auf und er lächelte. »Naaja, asava … vasak …« Er zog die dunklen Brauen verlegen zusammen.

Sie konnte sich ein Lachen nicht verkneifen. Seine Aussprache war furchtbar.

»Asa-vavk-it, Mikk!«

»Asavavkit, Naaja.«

XVI

Das kleine Mädchen öffnete die Augen und schaute hinauf zum Rauchloch im Dach. Ein schwacher Lichtschimmer kam von dort, aber immer noch war es so dunkel, wie es mitten in einer Frühsommernacht nördlich des Polarkreises nur sein konnte. Sie spürte ein schmerzhaftes Stechen im Bauch, sie war hungrig. Sie alle waren den Winter über ständig hungrig gewesen. Aber es war nicht der Hunger, der sie zur Geisterstunde geweckt hatte. An ihn hatte sie sich gewöhnt. Ein besonderer Tag stand bevor, und sie selbst hatte beschlossen, vor Sonnenaufgang aufzuwachen. Es war Pfingstsonntag. An diesem Tag, das wusste sie, schliefen die Ungeheuer und Riesen bis in den Tag hinein. Großmutter Ragnfrídur hatte ihr das erzählt. Großmutter, die eigentlich eine Cousine und die zweite Frau ihres Großvaters war. Das Mädchen war nach der ersten Frau seines Großvaters benannt, die vor langer Zeit gestorben war. Sie hieß Salný und war acht Winter alt.

Salný war hin- und hergerissen, ob sie Ási anstupsen sollte, ihren zwei Jahre älteren Cousin, der mit ihr, der alten Einquartierten Manga und mit Ásis kleinen Brüdern, den Zwillingen Valur und Gauti, in einem Bett schlief. Nach kurzer Überlegung kräuselte sie ihr sommersprossiges Näschen und beschloss, es nicht zu tun. Vorsichtig kroch sie zum Bettrand, strich sich eine widerspenstige, rote Strähne hinters Ohr und schlüpfte, so leise es ging, in ihre Kleider. Ási würde sie sicher wieder auslachen und damit Manga wecken, oder die Großeltern. Das wollte sie nicht riskieren, denn die würden ihr zweifellos verbieten, das Haus zu verlassen, wenn sie merkten, was sie vorhatte. Ási würde Augen machen, wenn sie vom Berg zurückkommen und ihm erzählen würde, was sie vollbracht hatte. Sie wollte allein zu Grýlas Höhle laufen und das Trollweib schnarchend am Pfingstsonntagmorgen mit eigenen Augen sehen! Salnýs ganzer Körper kribbelte vor Aufregung, und ihr Herz schlug schneller bei diesem Gedanken.

»Grýla ritt an der Hofmauer entlang,
hatte fünfzehn Schwänze.«

Diese Verse hatte die alte Manga den vier Cousinen und Cousins im Stall immer aufgesagt, wenn die Erwachsenen vor der Nachtwache ein Nickerchen machten. Sie kannte eine Menge solcher Gedichte, und es wirkte fast, als gefielen ihr die Texte am besten, vor denen sich die Kinder am meisten fürchteten.

»Grýla, das Trollweib, hat krumme Nägel an allen Fingern, teufelsblaue Augen im Nacken und ein Horn wie eine Ziege«, erzählte sie und blökte so laut, dass die Kinder zusammenzuckten. »Die Ohren hängen ihr bis auf die Schultern und sind vorne mit der Nase zusammengewachsen, und ihre Zähne sind wie gebrannte Steine«, fuhr die alte Frau fort und kostete jedes einzelne Wort aus. »Die Kinder steckt sie in graue Säcke, die sie an ihre Schwänze knotet und in ihre Höhle schleift, um sie in einem riesigen Kessel aus Speckstein zu kochen und dann aufzufressen!« Sie fing wieder an, das Gedicht aufzusagen, und zog das letzte Wort bedrohlich in die Länge:

»Grýla ritt an der Hofmauer entlang,
hatte fünfzehn Schwänze,
hundert Sack an jedem Schwanz
und in jedem zwanzig Kiiindeeer.«

Ási machte ein merkwürdiges Gesicht, und die Einquartierte brach mitten im Satz ab. »Was ist los, Würmchen?«, fragte sie stichelnd. »Machst du dir vor Schiss in die Hose?«

Ási schüttelte den Kopf. »Ich habe bloß nachgedacht.«

»Ach ja? Na dann lass uns mal an deiner Weisheit teilhaben«, sagte Manga und grinste, dass ihr lückenhaftes Gebiss aufblitzte.

»Wenn Grýla fünfzehn Schwänze hat und an jedem hundert Säcke hängen und in jedem zwanzig Kinder stecken, dann sind das …« Er schwieg und runzelte die Stirn. »Dann sind das auf jeden Fall viel mehr Kinder, als es in ganz Grönland gibt.«

Die Alte schnaubte und setzte noch einen obendrauf. »Die Welt ist groß, mein Kleiner, und Grýla hält überall nach ungezogenen Bälgern Ausschau. Sie steigt über die Berge und watet durch die Meere, das Wasser reicht ihr kaum bis an die Brustwarzen! Wenn die Säcke voll sind, kommt sie zurück in ihre Höhle hier oben und stellt den Topf aufs Feuer.« So hatte sie unermüdlich weitererzählt, bis die Kinder Gänsehaut bekamen. Als Salný und Ási später allein waren, hatte er durchblicken lassen, dass er an den Worten der Alten zweifelte.

»Oder hat schon mal jemand Grýla gesehen?«, fragte er und sah Salný mit hochgezogenen Brauen an.

»Natürlich wurde sie schon mal gesehen, sonst wüsste man ja nicht, wie sie aussieht«, warf Salný ein.

Ási schüttelte den Kopf. »Auf jeden Fall bin ich sicher, dass sie nicht in der Grýlahöhle wohnt.«

»Traust du dich denn hinzugehen und nachzusehen?«, zog ihn seine Cousine auf, die schon wusste, was er antworten würde.

»Du doch auch nicht!« Ási streckte ihr die Zunge heraus, und sie beendeten das Gespräch. Es war seit jeher streng verboten, auf den Berg zu steigen, und wer es dennoch tat, hatte mit Hieben zu rechnen. Vor langer Zeit waren dort an den Felsen zwei Kinder abgerutscht und in den Tod gestürzt. Manga behauptete, dass Grýla dafür verantwortlich gewesen sei, und sie machte einen großen Bogen um die Gruppe, die nach den Kindern gesucht hatte. Normalerweise wäre Salný eine derartige Waghalsigkeit, wie sie sie jetzt vorhatte, nie in den Sinn gekommen, wenn nicht Großmutter Ragnfrídur ein paar Tage zuvor gesagt hätte, dass am Pfingstsonntag alle früh auf den Beinen sein müssten, weil an jenem Tag nur Trolle und Riesen lange schliefen.

»Schläft dann auch Grýla aus?«, hatte Salný wissen wollen.

»Ja, auch sie muss sich ja irgendwann mal ausruhen, das Miststück«, hatte Ragnfrídur geantwortet und gelacht. »Am Pfingstsonntag liegen alle Ungeheuer den ganzen Tag in ihren Schlupflöchern. An diesem einen Tag im Jahr lassen sie sich durch nichts und niemanden aus der Ruhe bringen.«

Salný hatte die ganze Sache seitdem gründlich durchdacht, und obwohl sie sich im ersten Augenblick vor ihrer eigenen Idee fürchtete, wuchs ihr Mut mit der Gewissheit, dass Ási sie nach jenem Tag nie wieder feige nennen würde. Schon immer hatte ihr Cousin auf sie herabgeschaut. Nicht nur, dass sie ein Mädchen sei, sagte er, noch dazu sei sie klein und dumm und ein furchtbarer Angsthase. Jetzt hatte sie eine Chance, die vielleicht nie wiederkommen würde, sich größere Anerkennung bei ihm zu verschaffen. Sie würde etwas tun, das er sich nicht traute!

Dass sie allein ging und niemand von ihrem Ausflug wusste, gab ihr insgeheim Sicherheit, denn falls sie auf halbem Weg kehrtmachen würde, würde es niemand erfahren. Umkehren wollte sie natürlich unter keinen Umständen, wirklich nur, wenn es allzu schwarz für sie aussähe, sagte Salný zu sich selbst, als sie durch den feuchten, düsteren Korridor schlich. Er war ungeheuer lang und wurde zum Eingang hin immer kühler. Die Hunde, die draußen an der Tür schliefen, sprangen auf, als sie das Mädchen bemerkten, gehorchten aber glücklicherweise auf der Stelle, als Salný sie anfuhr, still und brav zu sein.

Bald würde die Morgendämmerung einsetzen, sie musste sich also beeilen. Je früher sie unterwegs war, desto sicherer konnte sie sein, dass Grýla noch fest schlief. Sie setzte ihre Gugel auf und wickelte sich den Zipfel fest um den Hals. Obwohl schon Ende Mai war und kein Wind ging, war es so früh am Morgen noch kühl und feucht.

Zunächst war der Hang nicht besonders steil und leicht zu bewältigen, so dass Salný sich schnell warmgelaufen hatte. Das Gras unter ihren Füßen war taunass, und hier und da waren Vögel in der stillen Nacht unterwegs. Schneeammern und Steinschmätzer flogen auf, als sie in ihre Nähe kam, und irgendwo auf dem Berghang wummerte eine Schnepfe. Als sie das Weidengebüsch oberhalb der Hauswiese erreicht hatte, blieb sie stehen, verschnaufte und ließ den Blick schweifen.

Die Dächer der meisten Hofgebäude und der großen Steinkirche im Osten waren schon grün, obwohl auf den Wiesen erst wenig gewachsen war und es kaum reichte, um die dort grasenden knochendürren Kühe und Schafe wieder aufzupäppeln. Der Winter war kalt gewesen und hatte Mensch und Tier arg zugesetzt. Die Kühe von Onkel Haukur, Ásis Vater, waren so schlecht dran, dass er sie im Frühjahr einzeln aus dem Stall auf die Weide hatte bringen müssen. Nur Skjalda, die Lieblingskuh ihrer Großmutter, konnte sich noch allein auf den Beinen halten, und sie war auch die einzige, die wenigstens noch ein paar Tropfen Milch gab. In den kalten Tagen vor Ostern waren viele Schafe gestorben, obwohl sie jeden Halm bekommen hatten, den die Scheune noch hergab. Von den restlichen Schafen hatte nur die Hälfte ihren Nachwuchs behalten. Die Lämmerzeit war schrecklich gewesen. Salný hatte über jedes tote Lamm Tränen vergossen, und das waren nicht gerade wenige gewesen. An den Johannisfesttagen würden die Schafe geschoren, der Nachwuchs von den Müttern getrennt und die Lämmer und Tiere, die noch lebten, auf die Weiden in der Bucht Eystrivík getrieben werden, damit die wenigen Schafe, die noch Milch hatten, gemolken werden konnten. Das würde ein bis in die Berge und wieder zurück schallendes Geschrei geben.

An der Steinmauer, die Großmutter Ragnfrídur hinter dem Haus um ihren Engelwurzgarten hatte errichten lassen, sah Salný eine Bewegung und kniff die Augen zusammen. Sicher war die Katze auf Vogel- oder Mäusejagd. Ihr Blick wanderte zum Friedhof und weiter in Richtung Osten, zum Grabhügel von Thórkell Farserkur. Ási hatte sie einmal aufgefordert, einen Stein auf den Thórkellhügel zu werfen, was sie natürlich nicht getan hatte, denn obwohl der Mann, der als Erster im Hvalseyjarfjördur gesiedelt hatte, ein Heide war und Götzen verehrt hatte, war er ihr Vorfahr und sogar ein Cousin Eriks des Roten. Außerdem war bekannt, dass Thórkell Farserkur jeden heimsuchte, der ihn beleidigte, seine Nachfahren genau wie jeden anderen.

Draußen vor der Küste lag Hvalsey, die Insel, die der Bucht ihren Namen gegeben hatte, wie ein gestrandeter Pottwal, die Schwanzflosse unter Wasser nach Süden gerichtet. Ein feiner Nebelschleier hing dicht über dem Wasserspiegel vor der Insel, wie ein langgezogenes Stück Schafswolle. Daher waren die Küstenränder nicht zu sehen, und nur der Walrücken Hvalbakid mit seinen beiden Gipfeln ragte aus dem Grau. Der Nebel erschreckte Salný. In Mangas Geschichten war immer Nebel, wenn die Elfen und verborgenen Wesen Menschen in ihre Höhlen lockten. Hoffentlich löste sich der feuchte Nebel auf, bevor er das Festland erreichte und den Berg hinaufkroch. Am Ufer schwammen einige Möwen. Obwohl die Winter immer härter wurden, nahm ihre Zahl nicht ab. Als könne ihnen nichts und niemand etwas anhaben, genau wie den beiden Hofraben, die selbstgefällig über den Dachfirst des steinigen Festhauses westlich des Hofes hopsten.

Das Mädchen hatte das Gefühl, schon gut vorangekommen zu sein, doch als es den Hang hinaufschaute, sah es, dass es noch ein ganzes Stück und einen steilen Anstieg vor sich hatte. Das verkümmerte Weidengestrüpp reichte Salný fast an die Hüfte, und die Zweige kratzten und schnitten sie, doch bald hatte sie die Büsche hinter sich gelassen und die steilen, von Gletschern geschliffenen Felsen erreicht. Grýlas Höhle hatte sie natürlich noch nie gesehen, doch sie wusste ziemlich genau, wo sie liegen musste, denn oft genug hatte die alte Manga davon gesprochen, wie nah die kleine Höhle sei, irgendwo oben auf der Thjódhildarbunga, dem Plateau an der Westseite des Thórkellbergs.

Der Weg dorthin war eigentlich nur für die Riesen zugänglich, die in den Bergen lebten, doch Salný hatte so oft auf den hohen Felsen hinter der Kirche herumgeturnt, dass sie trittsicher und eine geübte Kletterin war. Wenn man nur gut genug aufpasste, war es kein Problem, die Felsen hinaufzukommen.

Als sie das Gefühl hatte, sich dem Ziel zu nähern, wenn auch mittlerweile mit aufgeschürfter Hand und blutigem Knie, stand die Sonne bereits hoch am Himmel, und zumindest die Mägde waren schon auf den Beinen. Hoffentlich schliefen die Trolle noch eine Weile. Das Mädchen lauschte atemlos nach jedem Geräusch und suchte nach Spuren, die ihr den Weg weisen konnten. Doch mehr zu ihrer Erleichterung als zu ihrer Enttäuschung war auf dem nackten Berghang nichts zu sehen außer altem Schafsmist, ein paar verlassenen Nestern und einigen Rabenfedern, die sie aufhob und unter ihre Tunika steckte. Gute Federkiele konnte Großmutter Ragnfrídur immer gebrauchen.

Ihr Kopf fühlte sich merkwürdig an, und ihr war ein wenig schwindelig. Seit sie aufgestanden war, hatte sie noch nichts gegessen. Sicher war es am besten, nun den Proviant zu essen. Am Vortag hatte sie beim Abendessen heimlich einen Bissen Stockfisch eingesteckt. Doch als Salný nach einer bemoosten Stelle zum Hinsetzen Ausschau hielt, sah sie ganz in der Nähe einen großen Schatten an der Felswand, einen Schatten, der nur von einem Höhleneingang stammen konnte! Sie erstarrte und hielt den Atem an, während sie horchte. Nichts zu hören. Sie ging einen Schritt näher, zwei Schritte, und horchte. Noch nicht einmal ein Schnarchen. Ein dritter Schritt. Nichts. Ihr Herz pochte wie wild. Vorsichtig schlich sie an der Felswand entlang, kniete sich hin und lugte hinein. Die vermeintliche Höhle war nichts weiter als ein Loch in einem vom Frost aufgesprengten Felsen. Salný atmete auf. Unter keinen Umständen passte Grýla mit ihren fünfzehn Schwänzen und je hundert Säcken daran in diese Höhle. Sie selbst konnte kaum aufrecht stehen. Auf dem Boden lagen abgenagte Knochen von kleinen Vögeln und Mäusen – ein Adler oder eine Schneeeule musste also hier getafelt haben.

Das Mädchen fegte die Knochen beiseite, hockte sich in den Höhleneingang und holte den Trockenfisch hervor. Von ihrem Sitzplatz aus konnte sie fast den gesamten Fjord überblicken. Der Nebel hatte sich aufgelöst, und die Sicht auf Hvalsey war nun frei. Im Flachland grünte es schon, der gewölbte Walrücken aber lag grau und nackt da und spiegelte sich wie der Hofberg auf der glatten, fast schwarzen Meeresoberfläche. Einige dunkle Eisschollen trieben auf beiden Seiten der Insel, stets willkommene Gäste aus dem Osten, die im Frühling Sattelrobben und somit lebenswichtige Nahrung mitbrachten. Die Robben waren spät dran in diesem Jahr, doch bald würden sie auf der Suche nach Futter den Loddenschwärmen nachschwimmen und an der Küste entlang in den Norden kommen.

Beim Gedanken an frisches Robbenfleisch lief Salný das Wasser im Munde zusammen. Jedes männliche Wesen, das mit einem Fausthandschuh umgehen konnte, würde an der Robbenjagd teilnehmen. Einen Großteil des Winters über hatten sie die alten Netze geflickt und neue geknüpft, die sie bald auswerfen würden, wo immer es zwischen den Schären, Inseln und Landspitzen möglich war. Wenn die Schwärme kamen, hielten die Bauern vom Hvalseyjar- und Kambstadafjördur Tag und Nacht an den besten Jagdplätzen Wache. Alle wechselten sich ab, die Bewohner der großen Güter und die Kleinbauern vom Pachtland. Ási hatte um Erlaubnis gequengelt, in diesem Jahr mit auf die Robbenjagd zu dürfen, aber das kam vor seiner Kommunion nicht infrage, und bis dahin waren es noch einige Jahre.

Salný stützte den Kopf auf die Hand, dachte nach und runzelte die Stirn. Was würde Ási dazu sagen, dass Grýlas Höhle bloß ein kleines Nest war, kaum mehr als drei Ellen lang und zwei Ellen breit? Bedeutete das etwa, dass Grýla bloß eine Erfindung der alten Manga war, wie Ási schon vermutet hatte? Das war ausgeschlossen, denn nicht nur die Einquartierte erzählte Geschichten über die Trollriesin und ihren unstillbaren Appetit auf ungehorsame Kinder. Seit Salný denken konnte, hatte sie diese Geschichten gehört, lange bevor die Kirche Manga im letzten Sommer bei ihnen einquartiert hatte. Aber vermutlich hatte Ási Recht damit, dass Grýla nicht auf der Thjódhildarbunga lebte, auch wenn Manga das immer beteuerte. Er würde mächtig stolz sein, so viel war sicher, und prahlen, dass er wieder einmal schlauer gewesen war als sie. Falls er ihr überhaupt abkaufen würde, dass sie allein auf den Berg gestiegen war. Vielleicht wohnte Grýla am Rand des großen Gletschers im Landesinneren oder weiter im Norden, wo es das ganze Jahr über klapperkalt war? Ob es dort überhaupt Kinder gab? Vielleicht Skraelingjarkinder. Salný lief ein kalter Schauer über den Rücken. Die Skraelingjar waren Teufel in Menschengestalt, das hatten sowohl Manga als auch der Priester gesagt. Zum Fressen würde Grýla dort genug finden. Die armen Skraelingjarkinder waren fast zu bedauern.

Vor der Landzunge östlich von Hvalsey tauchte ein Boot auf, das auf das Land zusteuerte. Das Segel war nicht gehisst, da Windstille herrschte. Das Boot wurde langsam und sicher durch die Meerenge gerudert. Salný erschrak. War es bereits so spät, dass schon die ersten Messebesucher kamen? Sie hielt eine Hand über die Augen und schaute zur Sonne. Bald würde sie ihren Vormittagsstand erreichen. Dabei wollte sie doch zurück sein, bevor die anderen aufstehen! Wenn jemand von ihrem Ausflug auf den Berg Wind bekäme, würde die Rute auf sie warten, so viel war sicher!

Salný kletterte, so schnell es ging, die Felsen hinunter und hielt immer wieder nach dem Boot auf dem Fjord Ausschau, das sich rasch der Küste näherte. Es war groß, größer als die Ruderboote der Kleinbauern, die am Kambstadafjördur und auf Langey lebten. Vielleicht kamen sogar Kirchgänger vom Bischofssitz Gardar den ganzen Weg bis hierher, dachte sie hoffnungsvoll. Wenn Besuch aus Gardar kam, wurde das Beste aufgetischt, was die Vorratskammern hergaben, wie ärmlich sonst alles auch aussah. Dann kam ihr plötzlich ein anderer Gedanke, und um ein Haar wäre sie beim Klettern am steilen Hang abgerutscht. Konnte das möglich sein? Sie traute sich kaum, den Gedanken zu Ende zu denken. Erst als sie den Abstieg geschafft und die Hofgebäude fast erreicht hatte, war sie sich ganz sicher. Es war tatsächlich der Marienkahn. Sie stieß einen Freudenschrei aus und rannte hinunter zum Meer, wo sich die meisten Hofbewohner bereits versammelt hatten.

*

Wo Naaja auch hinblickte, sie sah stets etwas Neues. Während der langen Bootsfahrt entlang der Küste Richtung Süden war ihre Ehrfurcht vor dem Land mit jedem Tag gewachsen. Es war so unendlich groß, viel größer, als sie es sich vorgestellt hatte. Man könne noch viele Tage weitersegeln, sagte Mikjáll, um die Südspitze herum und auf der anderen Seite des Landes wieder hinauf, und dann in den Osten, wo in weiter Ferne am anderen Ufer des Meeres die Insel Island liege, von der aus die Kavdlunât vor langer, langer Zeit ins Land der Menschen gekommen seien. Östlich und südlich von Island gebe es weitere Länder, noch viel größere, wie er beteuerte, und überall wohnten so viele bleiche Menschen, dass niemand ihre Zahl genau wisse. Die Kavdlunât wohnten fast überall auf der Welt, nur nicht in den Ländern im Westen, fügte er hinzu. Naaja nickte, denn auch wenn sie unsicher war, ob sie all die Wunder, die er ihr erzählt hatte, glauben sollte, so wusste sie doch, dass ihre Vorfahren vom Westen her über das Eis gekommen waren, aus Ländern auf der anderen Seite des Meeres, die Mikk Helluland und Markland nannte.

Im Norden hatte die siebenköpfige Gruppe an Bord des Zehnruderers immer wieder mit gefährlichem Treibeis zu kämpfen gehabt. Furchteinflößende, blau schimmernde Eisberge waren ihnen im Weg, uralte Eisbrocken, die die Gletscher gekalbt und in die Fjorde gestoßen hatten, von wo sie nun von schweren Wellen ins Meer gespült wurden. Doch je weiter sie in den Süden kamen, desto weniger Eisschollen gab es, und die weitere Fahrt verlief reibungslos. Die Jagd war mehr als erfolgreich. Fast täglich glotzten Robben und Walrosse mit großen, neugierigen Augen das Boot an. Einige kostete das ihr Leben, an anderen Tagen aßen sie Fische, die sie mit Innereien an die Vogelknochenhaken gelockt hatten. Oft hatten sie Rückenwind und mussten nicht rudern, denn die Jäger hatten ein riesiges Lodentuch an einen Stamm in der Mitte des Bootes gespannt und überließen dem Wind die schwere Arbeit.

Es war wärmer geworden, je näher sie an Eystribyggd herangekommen waren, und die Berge hatten ihr Gesicht und ihre Form geändert. Als die dunklen, himmelhohen Bergrücken und spitzen Gipfel der großen Insel und der Halbinsel im Norden außer Sichtweite waren, tauchten graue, sanftere Berge auf, einige mit aufgewölbten, andere mit abgesenkten Kuppen, die in Tausenden von Jahren von den Gletschern geschliffen und geformt worden waren. Gegen Ende der Reise nahm das Eis wieder zu. Klafterdicke Eisschollen trieben mit dem Frühling und den starken Strömungen vom großen Eismeer östlich des Landes die Westküste hinauf und schmiegten sich in Fjord und Meerenge. Im Vergleich zu den Eisbergen im Norden waren die weißen Treibeisschollen, die im Hvalseyjarfjördur herumtrieben, nicht besonders groß, aber immer noch imposant und nicht weniger gefährlich. Kam man ihnen zu nahe, konnten ihre scharfen Ausläufer das Boot zerstören, und falls es in der Nähe der Eistrümmer kippen sollte, konnte der Sog den Marienkahn und alle, die an Bord waren, innerhalb weniger Augenblicke zum Meeresboden ziehen.

Auf dem letzten Wegstück achtete Naaja aber kaum noch auf die Strecke. Ihre Aufmerksamkeit war ganz auf das gerichtet, was an Land zu sehen war. Auf der sanft abfallenden Ebene am Fuße eines Berges standen Häuser, nur einen Steinwurf von der Küste entfernt. Der Berg, der sich hinter dem Gehöft erhob, hatte eine runde Kuppe, wie die meisten Berge im Land der Kavdlunât, und war grau und kahl. Auf beiden Seiten lagen mit Büschen bewachsene Anhöhen, die fast bis ans Meer reichten. Die Häuser waren aus Grassoden und Stein gebaut, genau wie die Häuser in Sermermiut. Aber da hörten die Gemeinsamkeiten auch schon auf.

Die Siedlung der Kavdlunât war riesig. Sie war eine Ansammlung von mindestens zwanzig eckigen Häusern, die direkt aneinandergebaut waren. Die bewachsenen Dächer waren hoch und schräg, nicht flach, wie sie es kannte. Kleinere Hütten standen hier und dort auf dem Hang und in der Nähe des Meeres. Am östlichen Ende der Häuseransammlung, unter einem hohen, steilen Felsen, stand ein einzelnes Haus, das viel größer und höher war als die anderen. Es war zwar nicht ganz so hoch wie ein Eisberg, aber doch so groß, dass Naaja staunend Mund und Augen aufriss.

»Das ist die Kirche, das Haus Gottes.« Jón der Rote hatte ihr Mienenspiel beobachtet. »Sie ist aus Stein gebaut, damit sie bis in alle Ewigkeit steht, wie Gottes Reich im Himmel. Sie wurde vor anderthalb Jahrhunderten errichtet, um die Standhaftigkeit und den rechten Glauben der Einwohner Grönlands zu bestärken. Seinerzeit gab es noch dreißig Höfe am Hvalseyjarfjördur, auf Langey und am Kambstadafjördur, die den Zehnten an die Kirche abtraten.« Er seufzte. »Aber Jahr für Jahr liegen mehr Höfe brach, und damit wächst auch die Zahl der Bedürftigen. Mittlerweile sind nur noch zwölf Höfe in der Gemeinde bewohnt.«

»Die meisten Bauern sind so arm, dass sie kaum einen Bruchteil des Zehnten bezahlen können«, fügte Mikjáll hinzu, der am Steuerruder saß. »Thórkell Farserkur wäre mit Sicherheit nicht erfreut, das Land seiner Erben zu sehen.«

Naaja war sprachlos. Der Größe der Kirche nach musste der Tôrnârsuk der Bleichen so groß sein wie vier oder fünf Menschen aufeinander und dreimal so breit wie lang. Vielleicht füllte er sein Haus aber auch nicht ganz aus. Das hoffte sie zumindest.

Eine große Menschengruppe war aus den Häusern hinunter an den Strand gekommen. Männer, Frauen und Kinder standen dicht gedrängt am Anlegeplatz, viele riefen und winkten. Die Männer auf dem Boot stimmten ein, lachten sich untereinander an und ihren Familien zu, und wenige Ruderstöße später setzte der Marienkahn auf dem steinigen Strand auf. Die Männer sprangen von Bord, zahllose Hände packten mit an, und einen Augenblick später hatten sie das vollbeladene Boot an Land und zu den großen Bootsständern aus Walknochen gezogen, die seit dem Aufbruch der Männer nach Nordurseta neun Monate zuvor nicht bewegt worden waren.

Alle redeten durcheinander, umarmten und küssten sich. Hunde kläfften und warfen sich an die Heimkehrenden, so dass Naaja alle Hände voll zu tun hatte, Nukâraq und die beiden Welpen zu bändigen, die sie glücklicherweise rechtzeitig angeleint hatte. Sie riss an der Schnur und zog die jaulenden Hunde aus dem Gedränge. Danach zog sie sich die Kapuze tiefer ins Gesicht. Einige schauten neugierig in ihre Richtung, waren aber zu Naajas Erleichterung mehr damit beschäftigt, ihre Freunde und Verwandten zu begrüßen, als herauszufinden, wer dieser kleingewachsene Gast war.

Eine schwarzhaarige, dünne Frau nahm Mikjáll in die Arme, küsste ihn auf beide Wangen und hielt ihn lange umschlungen. Vereinzelte weiße Haare und die feinen Fältchen um die graublauen Augen verrieten ihr Alter. Das musste seine Mutter sein, Ragnfrídur. Ein älterer Mann mit hängenden Schultern und schütterem, grauem Haar klopfte Mikk auf den Rücken und lächelte. Er war genauso dürr wie seine Frau, die Haut war fahl und spannte über den Wangenknochen, unter den Augen waren dunkle Ringe. Naaja ließ ihren Blick über die Gruppe wandern und sah, dass auch die anderen nicht besser aussahen. Der Großteil der aschfahlen Gesichter war von Hunger gezeichnet. Den Winter über war die Jagd offensichtlich nicht besonders erfolgreich gewesen. Die Kavdlunât mussten viele Gebote gebrochen und den Zorn der Frau im Meer geweckt haben.

Mikk wechselte einige Worte mit seiner Mutter und seinem Stiefvater. Naaja hörte nicht, was sie sagten, wusste aber gleich, worüber sie sprachen, als sich die Gesichter der beiden verfinsterten und Ragnfrídur einen leisen Klagelaut ausstieß und die Hand vors Gesicht schlug. Jemand nannte Kolbeinns Namen, dann den von Andrés, und eine Kinderstimme schrie auf. Langsam erstarb das Stimmengewirr, und Stille breitete sich aus. Die Leute wichen zur Seite, doch ein kleines Mädchen drängte sich in die Mitte. Ihr Haar war sonderbar, sowohl die Farbe als auch die Form war so eigenartig, dass Naaja den Drang verspürte, näher heranzutreten und das kleine Mädchen zu berühren, um sich zu vergewissern, dass es wirklich von dieser Welt war. Das Haar glänzte in der Sonne hellrot, fast golden, war kraus und stand in alle Richtungen ab. Die grünen Augen des Mädchens wanderten erwartungsvoll von einem zum anderen und hefteten sich dann fragend auf Mikjáll.

»Wo ist mein Papa?«, fragte sie so laut und deutlich, dass alle Umstehenden es hörten.

Mikjáll wusste nicht, was er sagen sollte. »Guten Tag, kleine Nichte. Du bist ganz schön gewachsen seit dem letzten Sommer«, sagte er schließlich und versuchte zu lächeln.

Sie sah ihn durchdringend an, ihre Hoffnung war in Misstrauen umgeschlagen. »Ist er nicht mit euch aus Nordurseta zurückgekommen?«

Mikjáll schüttelte langsam den Kopf.

»Ist er dort geblieben?«

Mikjáll schüttelte wieder den Kopf. »Dein Papa …« Er zögerte einen Augenblick. »Salný, meine Kleine, ich muss mit deiner Mutter sprechen. Magst du nicht schnell zum Hof laufen und …« Weiter kam er nicht. Ragnfrídur fasste ihn an der Schulter, hockte sich vor das Mädchen, umarmte es und flüsterte ihm etwas ins Ohr.

»Nein! Sag, dass das nicht wahr ist, Mikjáll!« Salný starrte entsetzt ihre Großmutter an, die Augen voller Trauer und Wut. Mikjáll schwieg mit gequältem Blick.

»Alle sterben mir weg! Alle!« Das Mädchen befreite sich aus Ragnfrídurs Umarmung, wollte sich durch die Menschenmenge zwängen und wegrennen, doch ein großer, älterer Mann in schwarzem Gewand, mit tiefen Geheimratsecken und einer langen, gebogenen Nase, packte Salný und hielt sie fest.

»Beruhige dich, Salný Kolbeinsdóttir!«, sagte er scharf. »Das ist Gottes Wille und Urteil, und wir sündigen Menschen müssen es mit Demut annehmen!«

Das Mädchen jammerte und kämpfte gegen den eisigen Griff des Mannes an.

Naaja schaute erstaunt unter ihrer großen Kapuze hervor und sah sich um. Wollte denn niemand dazwischengehen und dem Kind helfen? Die meisten sahen auf den Boden, niedergeschlagen und traurig. Das Glück, das gerade noch aus den Gesichtern gestrahlt hatte, war verschwunden wie Nebel in der Sonne.

»Lass das Kind los, Pfarrer Páll«, sagte Mikk ärgerlich. »Wo ist Ingibjörg?«

»Sie starb kurz nach Neujahr im Kindbett, ihr Andenken sei gesegnet«, antwortete der Schwarzgekleidete. »Sie ist ruhig und friedlich dahingeschieden.« Er ließ Salný los und bekreuzigte sich. Die Umstehenden taten es ihm nach, sowohl die Erwachsenen als auch die kleinen Jungen, die sich um das Boot geschart hatten. Naaja wusste inzwischen, dass dieses Handzeichen etwas mit dem Schutzgeist der Kavdlunât zu tun hatte und schaute schnell zu seinem Haus, doch dort war kein Lebenszeichen zu sehen. Als sie den Kopf zurückdrehte, rannte das Mädchen schon den steinigen Strand hinauf.

»Jetzt ist die kleine Salný also eine Waise«, sagte Mikjáll leise. »Ein harter Schlag für eine Achtjährige.«

»Ja, meine Salný, das arme Würmchen, hatte es schwer in diesem Winter.« Ragnfrídur seufzte schwer. »Gott gab und Gott nahm. Immerhin lebt Ingibjörgs kleiner Junge, zumindest bis jetzt, obwohl er so mickrig und unruhig ist.«

»Wir können nur bitten und hoffen, dass der Herr nun ein Erbarmen hat«, sagte ihr Mann mit brüchiger Stimme. Sein Rücken wirkte noch krummer als zuvor.

»Gottes Wege sind unergründlich, und für Verfehlungen wider den Willen Gottes werden wir am Ende ewig büßen«, sagte der Mann in Schwarz und zog die buschigen Brauen zusammen. »Unsere Aufgabe ist es, um Gnade und Vergebung unserer Sünden zu bitten und Ihm zu geben, was Ihm gehört.« Er drehte steif den Kopf und warf einen scharfen Blick in Richtung des Ehepaars. »Und denen, die Ihm dienen.«

»Auf die Gnade und Nachsicht des Priesters darf man in Sorgenstunden wohl nicht hoffen«, sagte Mikk kühl.

Naaja erschrak. Dieser frostige Mann, der statt einer Nase einen Vogelschnabel im Gesicht hatte, war also der Angakoq der Bleichen, der Mann, der entschied, ob zwei Menschen ein Paar sind oder nicht. Der, der laut Mikk die Menschen im Norden als böse Geister bezeichnete. Zu ihrem Entsetzen blickte der Mann im Umhang nun in ihre Richtung, als wäre er ihrer Gedanken gewahr geworden, und sagte laut:

»Euer Reisegefährte ist uns noch nicht vorgestellt und willkommen geheißen worden. Wer ist es, der sich unter dieser riesigen Pelzmütze verbirgt, wenn es gestattet ist zu fragen?«

»Dieser jungen Frau habe ich zu verdanken, dass der Eisbär, der Kolbeinns Leben ein Ende bereitete, nicht auch noch das meine nahm«, sagte Mikk. »Mit einem brillanten Speerwurf genau ins Auge hat sie den Bären im letzten Moment getötet.« Ein Raunen der Bewunderung und des Erstaunens ging durch die Menge, und aller Augen richteten sich auf Naaja, die augenblicklich spürte, wie jegliche Kraft aus ihrem Körper wich.

Mikjáll trat auf sie zu. »Naaja hat mir das Leben gerettet, mir im unbewohnten Nordurseta Zuflucht gewährt, meine Wunden versorgt und mich genährt und gekleidet.« Er lächelte, nahm ihre Hand und drückte sie fest. Naaja merkte, dass er nicht weniger schwach war als sie. »Dafür werde ich ihr mein Leben lang dankbar sein«, sprach er mit zitternder Stimme weiter. »Ich habe euch heute traurige Nachrichten überbracht, doch ich habe auch eine frohe Kunde. Naaja und ich sind verlobt.« Als Mikjáll die letzten Worte aussprach, zog er ihr die Kapuze vom Kopf und das lange Haar, das sie darunter versteckt hatte, fiel wie ein schwarzer Wasserfall über ihren Rücken.

»Gott steh uns bei!« Der Aufschrei stammte vom Priester, der so schockiert war, dass seine Stimme schrill wurde. »Ein Skraelingi, mitten unter uns!« Er bekreuzigte sich hastig und starrte voller Entsetzen auf das dunkle, tätowierte Gesicht. Naaja bekam heiße Wangen und wich dem hasserfüllten Blick aus, doch wo sie auch hinschaute, sie sah bleiche, erschrockene Gesichter mit aufgerissenen, runden, fremden Kavdlunâtaugen voller Feinseligkeit. Eine uralte, kleine Frau wandte ängstlich den Blick ab und spuckte dreimal vor ihre Füße. »O Graus und Schande!«, murmelte sie. »Weiche von mir, Teufel!«

»Du hattest schon immer den Hang, die Dinge zu überstürzen, Mikjáll.« Ragnfrídur verschränkte die Arme vor der Brust und ließ ihren Sohn nicht aus den Augen. Statt zu antworten legte Mikk einen Arm um Naajas Schultern und zog sie zu sich. Er spürte den auf ihm ruhenden Blick seiner Mutter und neigte respektvoll den Kopf vor der älteren Frau.

»Lass dich mal ansehen«, sagte Ragnfrídur, nicht unfreundlich. Zögernd hob Naaja den Kopf und blickte in blaugraue, kluge Augen, die tief in sie hineinsahen, als wollten sie in ihre Seele schauen und dort jeden Winkel inspizieren. Ein kleines Lächeln huschte über Ragnfrídurs mitgenommenes und sorgenvolles Gesicht.

»Du bist immer deinem Herzen gefolgt, das ist dein Glück, mein Sohn«, sagte sie. »Ich danke dir, Naaja, dass du meinen Sohn aus großer Gefahr gerettet hast.« Sie legte die Hände auf Naajas Schultern und küsste ihre Wangen. »Daher: Sei willkommen auf Thjódhildarstadir.«

*

Sie weinte fast nicht mehr. Ab und zu wurde sie aber von tiefer Trauer geschüttelt, und ihre Kehle schnürte sich zu. Auf den schmutzigen Wangen hatten Tränen helle Spuren hinterlassen. Ihre Augen waren rot und geschwollen, und immer noch kullerten einzelne Tränen über das verheulte Gesicht. Salný war so weit in Richtung Osten gelaufen, wie ihre müden Beine sie getragen hatten, bis hinter Thórkells Hügel, dort war sie in Sicherheit. Dort hatte sie sich zwischen den Grashöckern fallen lassen und geweint, als würde es sie zerreißen. Doch inzwischen war sie nicht mehr so traurig. Jetzt war sie wütend.

»Abscheulicher Priester. Verdammter Mikjáll«, schimpfte sie vor sich hin, rupfte dabei eine Handvoll nach der anderen Moos und Gras aus und warf es sogleich in ohnmächtiger Wut von sich. »Zum Teufel, abscheulicher …« Gott. Das Wort lag ihr auf den Lippen, doch gerade noch rechtzeitig bremste sie sich. Aber denken konnte sie es. Abscheulicher Gott. Als ihre Mutter nach der Geburt krank geworden war, hatte sie Ihm versprochen, immer fleißig und brav zu sein und alles zu tun, was ihre Großmutter und ihr Großvater und alle anderen sagten, wenn es ihrer Mutter nur bald besser ginge. Sie hatte am Bett gebetet, bis ihre Knie schmerzten und ihr schwindelig war vor Erschöpfung und Müdigkeit. Doch das war nicht genug. An einem frostkalten Odinstag im Januar, am Tag nach dem Fest zur Taufe des Herrn, hatte Gott ihre Mutter zu sich geholt. Das Vogeljunge aber, der kleine Hrafn, der Tag und Nacht weinte und aus dem wohl nie etwas werden würde, überlebte.

Obwohl sich Salný wie alle anderen bis dahin keine großen Sorgen um die Männer in Nordurseta gemacht hatte und mit ihrer Rückkehr rechnete, sobald im Frühling das Eis tauen würde, hatte sie bei der Beerdigung ihrer Mutter eine schlimme Vermutung beschlichen, die sie mit niemandem teilte: Der Herr im Himmel war noch nicht fertig mit ihr. Sie betete noch inbrünstiger als zuvor, schlich sich frühmorgens und spätabends, wenn es keiner merkte, in die kalte, düstere Kirche, kauerte vor dem Bild des Erlösers, der in Windeln auf dem Arm seiner Mutter saß, und versprach ihnen im Flüsterton alles Mögliche, wenn nur ihr Vater heil aus dem Norden zurückkäme. Mit seiner Predigt über die Bedeutung des vorösterlichen Fastens hatte der Priester unwissentlich einen Gedanken in ihr entfacht, den sie sofort in die Tat umsetzte. Sie gelobte Gott dem Allmächtigen, freitagabends nur die Hälfte ihrer Portion Fisch zu essen, ganz gleich wie hungrig sie war, und an Sonn- und Feiertagen kein Fleisch anzurühren. Wie schwer es doch gewesen war, all die guten Bissen heimlich Ási zuzustecken, der feierlich versprochen hatte, gegenüber den Erwachsenen kein Wort über ihr Fasten zu verlieren. Schließlich hatte sie es auch auf die karge Kost an den Werktagen ausgedehnt, um sich Gottes Wohlwollen zu sichern. Kein einziges Mal hatte sie ihr Versprechen gebrochen, noch nicht einmal am Ostersonntag, als frisches Lammfleisch von verhungerten Schafen auf dem Tisch stand. An jenem Tag hatte sie sich mit Trockenfisch und einem Fitzelchen Butter begnügt und das Fleisch nicht angerührt. Und was hatten ihr die Standhaftigkeit und der ständige Hunger gebracht? Nichts, aber auch rein gar nichts! Auf niemanden konnte man sich verlassen. Nie wieder würde sie den Herrn um etwas bitten. Er nahm und nahm bloß. Das Mädchen setzte sich auf und strich sich mit dem Ärmel über das Gesicht. Sie würde auch nichts mehr versprechen. Jetzt würde sie sich sattessen, wann immer es die Gelegenheit dazu gab.

Sie schaute zum Strand, wo die Hofbewohner eine Kette gebildet und angefangen hatten, die Fracht aus dem Boot in die Vorratskammern zu tragen. Jetzt gab es zumindest eine Zeit lang genügend Robben- und Walfleisch. Die Bedürftigen, die Ende der Woche zu den Quatembertagen kommen würden, konnten sich über unverhofft reiche Almosen freuen. Salný zog die Nase hoch und sah geistesabwesend dem Treiben am Strand zu.

Die Jagd in Nordurseta war offenbar erfolgreich gewesen. Ein ganzer Haufen Narwalzähne und ein dicker Stapel Felle lagen am Stand. Ihre drei Cousins rannten zwischen den Häusern und dem Boot hin und her und hielten sicher alle auf, so neugierig und kindisch wie sie waren. Ihr Lachen erfüllte die Luft, als wäre alles so, wie es sein sollte. Als wäre niemand gestorben. Wieder flossen Tränen, und lautlose Schluchzer ließen Salnýs Schultern beben.

Einer der Erwachsenen kam vom Hof und an der Kirche vorbei in ihre Richtung, eine schwarzhaarige Frau. Salný verkroch sich wieder zwischen den Grashöckern. Sie wollte nicht gesehen werden und mit niemandem reden, noch nicht einmal mit Großmutter Ragnfrídur. Es verging eine Weile. Nichts war zu hören, außer dem Gesang der Goldregenpfeifer und dem einen oder anderen Muhen der Kühe, die ganz in der Nähe weideten. Salný wagte einen Blick. Ihre Augen weiteten sich vor Erstaunen, und mit einem Schlag waren all ihre Sorgen vergessen. Dort am Pferdegatter stand keineswegs Großmutter Ragnfrídur. Diese Frau hatte sie noch nie zuvor gesehen. Überhaupt kannte sie niemanden, der aussah wie diese Frau. Alles an ihr war fremd und sonderbar: das dunkle, breite Gesicht mit den geschwungenen Linien auf Stirn und Kinn, das fellbesetzte Rentierwams, die kniehohen Stiefel. Um die Schulter trug sie einen Bogen und einen Köcher mit Pfeilen, wie ein Jäger auf dem Weg in die Berge, und aus einem der Stiefel ragte ein Messergriff heraus.

Die Frau bemerkte Salný nicht und starrte fassungslos die wiederkäuenden Kühe auf der buckligen Wiese an. Dann geschah etwas Seltsames. Blitzschnell nahm die Frau den Bogen von der Schulter, legte einen Pfeil an und spannte die Sehne. Salný sah, dass sie auf Skjalda zielte, die einzige Kuh, die nach dem harten Winter noch etwas Fleisch auf den Rippen und ein paar Tropfen Milch im Euter hatte. Ohne nachzudenken sprang das Mädchen auf und schrie: »Nein, nicht schießen! Nicht schießen!«

Die Frau erschrak, und der Pfeil sauste los. Gelähmt vor Angst verfolgte Salný den Flug, doch zum Glück hatte die Frau ihr Ziel verfehlt, der Pfeil landete einen guten Klafter neben der Kuh. Skjalda hörte den Schrei des Mädchens und hob arglos den Kopf. Sie hatte offenbar keine Ahnung, welcher Gefahr sie soeben knapp entronnen war.

»Bist du übergeschnappt? Skjalda ist die einzige Kuh, die noch Milch für meinen kleinen Rabenbruder hat!« Salný war zu wütend, um Angst zu haben.

Die Frau schaute verwirrt zwischen Salný und den Kühen hin und her.

»Tiere nicht schießen? Nicht Fleisch jagen für dich?«, fragte sie langsam mit kehliger Stimme und zeigte auf das ausgehungerte Mädchen. Ihre Hände waren genauso dunkel wie das Gesicht.

»Kühe sind keine Jagdtiere!« Wie konnte ein Mensch nur so dumm sein! »Was hast du dir dabei gedacht?«

»Ich weiß nicht …« Die Frau war offensichtlich geknickt. »Ich nie sehen … diese Umimmak … so … Kühe? Ich jagen.«

»Jagen?!«, wiederholte das Mädchen voller Entrüstung. »Man melkt Kühe. Weißt du denn gar nichts?«

Die Frau antwortete nicht und warf einen flüchtigen Blick über die Schulter zum Boot und den Menschen am Strand. Salný sah Mikjáll winken, dann kümmerte er sich wieder um das Entladen des Bootes.

»Wer bist du?«, fragte sie, nun mit etwas freundlicherem Ton.

»Naaja.« Die dunkle Frau zeigte auf ihre Brust. »Naaja aus Sermermiut. Weit im Norden.« Ihre Aussprache war ziemlich eigenartig.

Salný nickte nachdenklich. Dann ging ihr ein Licht auf. »Bist du vielleicht… ein Skraelingi?« Die Frage war fast ein Flüstern.

»Ja. Skrae-li…« Sie brach ab und riss die Arme hoch, das Wort überforderte sie wohl. Aber sie hatte die Frage bejaht, das stand außer Zweifel. »Inuk«, sagte sie nach einem kurzen Schweigen. »Ich Inuk… Mensch.«

Das Mädchen war sprachlos. Irgendwann vor langer Zeit, als Vestribyggd noch bewohnt war, hatte eine Horde Skraelingjar das Vieh eines Bauern im Lýsufjördur getötet, Schafe, Ziegen und Kühe. Es hieß, dass sie sogar Pferde gestohlen und gegessen hätten. Salný erschauderte, als sie daran dachte, wie die alte Manga dieses schreckliche Ereignis beschrieben hatte. Selbst eine Hungersnot würde Christen nicht dazu bringen, Pferdefleisch zu essen. Aber die Skraelingjar aus der Geschichte sahen ganz anders aus als diese junge, dunkle Frau, die so verschämt vor ihr stand, als wäre sie ein Kind mit schlechtem Gewissen und Salný die Erwachsene mit Macht und Peitsche.

Skraelingjar waren zwergenhaft, schwarz und hässlich, gottlose und grausame Wilde, die erst bluteten, wenn sie tot waren, Teufel in Menschengestalt. Salný hatte sie sich mit Hörnern vorgestellt, mit Schwanz und Hufen an den Beinen, wie die kleinen bösen Teufelchen, die auf der Seele des Menschen hockten und die Pfarrer Páll von der Kanzel aus so oft und wortreich beschrieben hatte. Zum zweiten Mal an diesem Tag ertappte sich das Mädchen dabei, wie sie an der Aufrichtigkeit der alten Manga zweifelte. Die seltsame Frau, die vor ihr stand, ähnelte nicht im Entferntesten einem Teufel. Sie wirkte eher ängstlich als gefährlich und sah so unglücklich aus, dass man fast Mitleid haben konnte. Aber dennoch, rief sich das Mädchen in Erinnerung, dennoch hatte es mit eigenen Augen gesehen, wie sie die Kuh töten wollte. Aber wohl eher aus Unwissenheit denn aus Bosheit. Die Frau hatte die Kühe anscheinend für wilde Tiere gehalten.

»Du darfst die Tiere auf keinen Fall töten«, sagte das Mädchen schließlich und bemühte sich, möglichst streng und erwachsen zu klingen. »Keine Kühe, keine Pferde und keine Schafe. Hast du verstanden?«

Naaja runzelte die Stirn. »Nicht töten … Kühe?«

»Nein, nur Robben und Rentiere. Und natürlich Bären.« Salný krümmte ihre Finger zu Klauen und brummte wie ein Bär.

Die Skraelingjarfrau fasste sich an den Hals und zog ein Lederband hervor, an dem große, gelbe Zähne und zwei schwarze Bärenkrallen baumelten. »Nanoq«, sagte sie kehlig und zeigte dem Mädchen das Band. »Bär. Töten deinen … Ataata.« Sie zog die Brauen hoch. »Kolbeinn … Vater?«

Salný wich zurück, fassungslos. Sie war weggerannt, ohne zu fragen, wie ihr Vater gestorben war. Ihre Beine gaben nach, und sie sackte auf die Knie. »Ein Bär? Ein Bär hat ihn umgebracht?« Salnýs Stimme zitterte, und die Augen füllten sich mit Tränen.

Naaja kniete sich zu ihr. »Er mutiger Jäger. Aber Bär groß. Groß und wütend.« Tröstend legte sie einen Arm um die Schulter des Mädchens. »Jetzt Tarneq … da lebt Vater.« Sie hielt den Zeigefinger in die Luft und malte einen großen Kreis.

»Er warten jetzt und kommen später wieder. Wenn du Sohn bekommen.«

Salný konnte nicht mehr. Sie schluchzte wieder los, und ehe sie sich's versah, hatte sie sich an die Brust der Unbekannten geschmiegt, die das Mädchen an sich drückte und ihm zärtlich über den rotgoldenen Schopf streichelte, als wäre es das Natürlichste auf der Welt.

XVII

»Brüder und Schwestern, hört auf meine Worte!« Pfarrer Páls stechender Blick wanderte langsam über die Menschen, die in der Hvalseyjarfjardarkirche zusammengekommen waren, und verharrte schließlich bei denen, die ganz vorne standen und ihm am nächsten waren, bei den Bewohnern von Thjódhildarstadir. »Der Herr spricht zu uns Christen: Begib dich nicht auf den Weg der Gottlosen! Meide sie, hüte dich vor dem Umgang mit den Heiden, dass du dich nicht anstecken lässt von ihnen und ihrem sündigen Lebenswandel!« Er stützte sich auf das Pult und richtete seinen scharfen Blick an der Hakennase entlang direkt auf Mikjáll Ragnfrídarson. »Lasst nicht zu, dass die Lust euch blind macht und eure Taten bestimmt. Denkt daran, was im heiligen Buche steht: Das Weib ist bitterer als der Tod, denn es ist wie ein Netz und sein Herz wie Stricke, seine Hände wie Fesseln. Wer Gott gefällt, wird ihm entrinnen, aber der Sünder wird durch es gefangen!« Als er die letzten Worte aussprach, schlug der Priester mit der flachen Hand fest auf das Pult und schreckte dadurch die Pfarrkinder auf, die nicht mit voller Aufmerksamkeit seinen Worten gelauscht, sondern die lange Predigt genutzt hatten, um im Flüsterton Neuigkeiten auszutauschen.

Die Messe war gut besucht. Vom Einarsfjördur im Osten bis zum Breidarfjördur im Westen war jeder, der sich in ein Boot setzen konnte, an diesem strahlenden Sonntag in der neunten Sommerwoche zur Kirche im Hvalseyjarfjördur gekommen, um von Kolbeinn Valsson Abschied zu nehmen. Sein frisch gezimmerter Sarg stand am Chorzaun, und die Leute kamen, um seiner Familie ihr Beileid auszusprechen. Nicht zuletzt kamen sie aber auch, um mit eigenen Augen die Skraelingjarfrau zu sehen, die den Männern angeblich aus dem Norden gefolgt war. Die Bedürftigen, die an den Quatembertagen nach Thjódhildarstadir gekommen waren, um Almosen zu empfangen, hatten die Nachricht von der Rückkehr der Männer aus Nordurseta innerhalb kürzester Zeit verbreitet. Die große Steinkirche war daher, ganz anders als sonst, zum Bersten gefüllt. Beim Leichenschmaus nach der Totenmesse würde es im Festhaus eng werden, so dass einige sicher draußenbleiben müssten.

Mikjáll folgte Pfarrer Pálls Predigt mit unentschlossener Miene und versuchte, seinen wachsenden Unmut und Zorn zu verbergen. Weder er noch seine Banknachbarn waren im Zweifel über den Anlass für diesen Rüffel. Der Priester verabscheute Naaja so abgrundtief, dass er sich strikt geweigert hatte, mit ihr im alten Langhaus, wo die meisten Hofbewohner ihren Schlafplatz hatten, unter einem Dach zu schlafen. Sahen sie sich von weitem, bekreuzigte er sich hastig, schirmte mit einer Hand seine Augen ab und machte einen Umweg, um ihr nicht zu begegnen.

»Du erzürnst Gott, Ragnfrídur Gautadóttir«, hatte er die Hausherrin angefahren. »Es ist allgemein bekannt, dass Skraelingjar Magier sind, und jeglicher Umgang mit ihnen ist Gott ein Dorn im Auge. Ihr böser Blick kann Schaden anrichten. Kühe geben keine Milch mehr, Männer werden von Krankheiten geplagt, und Frauen bluten. Du warst kaum zwei Winter alt, als es passiert ist, aber wie allen hier müsste auch dir bekannt sein, dass dein Vorfahr, der Skraelingjarbastard Kolgrímur, die verheiratete Frau Steinunn Hrafnsdóttir aus Island mit schwarzer Magie zur Unzucht gezwungen und dafür auf dem Thing in Gardar den wohlverdienten Tod im Feuer gefunden hat. Hat deine Familie nicht schon genug Unglück ertragen müssen?!"

Die Mahnung tat weh, doch Ragnfrídur hatte nicht nachgegeben und sich vehement geweigert, das Mädchen des Schlafhauses zu verweisen. Stattdessen hatte sie dem Gottesmann die kleine Stube zur Verfügung gestellt, die er schließlich bezogen hatte, gemeinsam mit der Einquartierten und der Magd, die in seinem Dienst stand.

Mikjáll war seiner Mutter dankbar für ihre Standhaftigkeit, wusste aber auch, dass es eigentlich die Kinder gewesen waren, die Naaja einen Platz sowohl im Schlafhaus als auch in Ragnfrídurs Herzen gesichert hatten. Allen voran der kleine Sohn von Ingibjörg und Kolbeinn, der den Sommer unter normalen Umständen wohl kaum erlebt hätte. Der schwächliche Hrafn, der mit seiner Unruhe und dem bitterlichen Weinen Nacht für Nacht die Hofbewohner um den Schlaf gebracht und Ragnfrídur an den Rand der Erschöpfung getrieben hatte, schlief nachts nun endlich: fest in Naajas Arm gekuschelt und ganz nah an ihrer Brust. Wenn der Junge unruhig war, steckte sie ihn in die große Kapuze ihres Anoraks, lief in der Schlafstube auf und ab und brachte ihn innerhalb kürzester Zeit wieder zum Einschlafen. Das tat sie auch tagsüber, nahm ihn mit, wohin sie auch ging, so dass man den Jungen kaum noch weinen hörte. Ragnfrídur hatte ihr beigebracht, dem Jungen Kuhmilch und Sud von Alkenvögeln durch einen Federkiel aus einem Becher zu geben. Zusätzlich fütterte Naaja ihn mit Robbenspeck, den es in jenen Tagen reichlich gab, da die Robbenjagd an den Küsten begonnen hatte. Die Frauen meinten bereits erste Anzeichen zu sehen, dass sein schwacher Körper ein bisschen zugelegt hatte und sich winzige Grübchen an den kleinen Beinen zeigten.

Auch Salný hatte Naaja vom ersten Tag an in ihr Herz geschlossen, und man sah die beiden ständig in Gespräche vertieft, die sie mit Händen und Füßen und einer Mischung aus zwei Sprachen führten. Mikjáll warf einen Blick auf die Frauenseite der Kirche, suchte nach dem Mädchen und musste schmunzeln, als er es an Ragnfrídur geschmiegt entdeckte, mit geschlossenen Augen und halboffenem Mund, eingeschläfert von der Predigt, die kein Ende zu nehmen schien.

Die Erwachsenen beobachteten aus der Ferne den engen Kontakt zwischen Naaja und den Kindern und waren zunächst skeptisch, vor allem die Männer. Die Frauen hingegen, allen voran Ragnfrídur und Katla, die Frau von Mikjálls Stiefbruder Haukur, legten alle Vorbehalte ab, als sie merkten, wie der kleine Hrafn in Naajas Obhut aufblühte.

In Wahrheit hatte seine Familie Naaja viel besser aufgenommen, als Mikjáll es zu hoffen gewagt hatte. Sogar sein Stiefvater Valur, der normalerweise große Stücke auf Pfarrer Páll hielt und als sein Diakon und langjähriger Messehelfer nichts auf ihn kommen ließ, hatte nicht protestiert, als seine Frau die Decke des Priesters aus dem Schlafhaus in die kalte Stube bringen ließ.

Für Naaja musste all das sicher sehr neu und anstrengend sein, doch was sie wirklich dachte, wusste Mikjáll nicht. In den vergangenen zwei Wochen war er zur Robbenjagd auf den Halbinseln gewesen, und die beiden hatten kaum Zeit füreinander gehabt. Dennoch hatte er ihr zu erklären versucht, wie wichtig es war, dass sie sich zum Christentum bekannte, dass sie ohne die Sakramente der heiligen Kirche nach dem Tod im ewigen Höllenfeuer landen würde, und, was eigentlich noch schlimmer war, dass sie ohne den Segen von Pfarrer Páll und der Kirche nicht heiraten und ein Bett als Ehepaar teilen konnten. Sie hatte wenig Verständnis für seine Ausführungen über die Sakramente gezeigt und überhaupt keines für das kirchliche Keuschheitsgebot für Unverheiratete. Doch eigentlich war das zu erwarten gewesen, schließlich hatte er dieses Gebot unzählige Male mit ihr im Norden gebrochen, wobei die Schuld allein bei ihm und nicht bei ihr lag, da sie von solchen Dingen nichts wusste.

Ausgerechnet beim Glaubensbekenntnis bekam Mikjáll heiße Wangen. Die Predigt war endlich zu Ende, und die Gemeinde hatte sich erhoben, da musste er daran denken, wie ihr Gespräch am Bootshaus über dieses Thema am letzten Thorstagabend im Sande verlaufen war. Nachdem Naaja sein frisch rasiertes Gesicht gestreichelt und sich an ihn gedrückt hatte, spürten beide so deutlich, was ihre Körper wollten, dass sie auf dem nackten Boden zwischen Segeln und einem Wust aus Netzen sündigten.

Glockenschläge klangen vom Altarraum durch das Kirchenschiff, und Mikjáll und die anderen fielen mit erhobenen Armen auf die Knie. Er versuchte, seinen Geist von allen unreinen Gedanken zu befreien, denn nun stand das Messewunder bevor, die Wandlung von Brot in den Leib und das Blut des Erlösers. Was auch immer Mikjáll über Pfarrer Páll denken mochte, er hatte tiefen Respekt und Ehrfurcht vor diesem Sakrament und der heiligen Kraft desjenigen, der es austeilte.

Er hatte sich nicht gedrückt und gleich nach der Heimkehr seine Pflicht getan. Er war zum Priester gegangen und hatte sein sündiges Verhalten in Nordurseta gebeichtet, um losgesprochen zu werden und den Leib Christi empfangen zu können, nachdem er fast ein Jahr lang keine Kirche betreten hatte. Pfarrer Páll trug ihm auf, sieben Wochen morgens und abends drei Ave Maria und Vaterunser mit Kniefall zu sprechen. Außerdem ermahnte er ihn inständig, fortan nicht mehr zu sündigen und jeglichen Umgang mit der Skraelingjarfrau zu meiden, die ihn in die ewige Verdammnis führen würde, wenn er nicht aufpasse, wie auch sie selbst durch ihr Heidentum verdammt sei. Doch statt Besserung zu geloben und den Weisungen des Priesters zu folgen, hatte Mikjáll ihn gebeten, Naaja zu taufen, damit auch sie die Sakramente der heiligen Kirche empfangen und die Messe besuchen könne, zu seinem eigenen Heil und Segen. Pfarrer Páll hatte missbilligend den Kopf geschüttelt. Skraelingjar konnten nicht getauft werden, genauso wenig wie der Teufel selbst. Sie waren erschaffen worden, um die Christenmenschen in Versuchung zu führen. Sie waren nicht dazu bestimmt, unter ihnen zu leben, sondern draußen in der Wildnis bei anderen unzivilisierten Kreaturen.

»Die Lust hat dich blind gemacht, Mikjáll Ragnfrídarson!«, hatte Páll hervorgestoßen. »Das Weib hat einen Schleier über deine Augen gelegt, so dass du Gottes Wege nicht mehr siehst!«

Obwohl Mikjáll kaum etwas anderes erwartet hatte, erschrak er, als ihm bewusst wurde, dass Pfarrer Páll nicht umzustimmen war, ganz gleich, wie er seine Bitte auch vortragen würde. Es würde auch nichts nutzen, den nächsten Priester um die Taufe zu bitten, denn das war Pfarrer Indridi, der Verweser von Gardar im Einarsfjördur und der Vertreter des Bischofs. Nicht selten hatte er feurige Predigten über die Gefahren gehalten, die von der Teufelei der heidnischen Bewohner des Nordens ausgingen. Mikjáll seufzte, als er sich im Namen des Vaters, des Sohnes und des heiligen Geistes bekreuzigte. Der Gebetsgesang am Altar war vorbei, und die Kirchenbesucher reichten nun die Paxtafel mit dem Heiligenbild des gekreuzigten Jesus herum, die sie als Zeichen der Friedfertigkeit gegenüber ihren Nächsten und ihrer Verbundenheit mit Gott und den Menschen küssten.

Neben dem Priester empfingen nur wenige andere das Abendmahl. Ostern und die damit einhergehende jährliche Reinigung von Geist und Körper waren noch nicht lange her, und es gab keinen Grund, verschwenderisch mit den wertvollen Oblaten umzugehen, die aus rarem englischen Mehl gebacken waren, das man mit reichlich getrockneten und gemahlenen Gräsern und Algen gestreckt hatte. Während des Agnus Dei, des Lieds über das Lamm Gottes, schaute Mikjáll gedankenversunken auf das hübsche Buntglasfenster über dem Altar, in das das Bild des heiligen Nikolaus gebrannt war, des Schutzpatrons der Seefahrer. Ihm und Maria war die Hvalseyjarfjardarkirche geweiht.

Das Glasbild war das Geschenk eines noblen Ehepaars aus Island, das vor langer Zeit nach Grönland gekommen war, um zu einer weiten Pilgerreise in den Osten aufzubrechen, nach Rom und weiter nach Jerusalem, zur heiligen Stadt im Zentrum der Welt. Ja, die Erde war groß. Als kleiner Junge hatte Mikjáll daheim in Island davon geträumt, die Weltmeere zu befahren und die Erde bis in den letzten Winkel zu erkunden. Er wollte Kapitän auf dem *Christopher* werden, dem Hochseeschiff aus Island, das seit einem Jahrzehnt in der Bucht Eystrivík lag und verrottete. Stattdessen war er hier gelandet, am äußersten Rand der Welt, und das größte Fortbewegungsmittel, das er steuerte, war ein offenes Ruderboot für zehn Mann. Draußen am Kirchentor läutete die Glocke und verkündete das Ende der Messe. Selig sind die Toten, die in dem Herrn sterben. Sie sollen ruhen von ihrer Arbeit, denn ihr Werk folgt ihnen nach.

Der Hausherr von Thjódhildarstadir, seine Söhne und die drei Knechte hoben den Sarg auf ihre Schultern und trugen ihn aus der Kirche hinaus zum Friedhof, wo die Erde darauf wartete, Kolbeinn Valssons sterbliche Überreste aufzunehmen und zu bewahren, bis Gottes Engel am Jüngsten Tag die Trompeten blasen und sie in Fleisch gekleidet auferstehen würden.

*

Naaja legte eine Hand über die Augen und schaute aufs Wasser. Es wurde langsam Abend, und die letzten Boote verschwanden hinter der Halbinsel im Osten von Hvalsey. Auch das Pferdegatter am Strand war leer. Endlich. Sie hatte den kleinen Hrafn frühmorgens bei den anderen Frauen zurückgelassen und sich unbemerkt allein zur Bucht im Osten aufgemacht, wo sie den Tag über Eier gesammelt hatte. Die seltsamen Tiere, die dort grasten, die Bleichen nannten sie Schafe und Ziegen, machten ihr zwar immer noch etwas Angst, aber nicht halb so viel wie die Menschenmenge, die zur Beerdigung gekommen war. Außerdem hatte sie schnell herausgefunden, dass diese Tiere genauso schreckhaft waren wie Rentiere. Man musste bloß einen kurzen Schrei von sich geben, um sie zu verjagen. In aller Ruhe hatte sie beide Seiten der tiefen, grasigen Bucht nach Eiern abgesucht und der Robbenmagen, den sie mitgenommen hatte, war längst voll, obwohl sie im Laufe des Tages bereits einige Eier ausgesaugt hatte, um ihren Hunger zu stillen. Sie hatte auch darauf geachtet, in jedem Nest ein Ei zurückzulassen. Niemand außer den bitterlich schnatternden Vögeln hatte ihren Frieden gestört, denn die Hofbewohner hatten wegen des Besuchs alle Hände voll zu tun.

Naaja hatte gerade die Häuschen am schmalen Ende der Bucht hinter sich gelassen, als sie Salný sah. Das Mädchen winkte und rannte ihr auf dem ausgetretenen Schafspfad entgegen, so eilig, dass es beinahe über die eigenen Füße gestolpert wäre.

»Wo bist du denn den ganzen Tag gewesen? Es waren so viele da, die nach dir gefragt haben und dich sehen wollten, aber jetzt sind alle weg!«, sprudelte es aus ihr heraus. Noch bevor Naaja die Möglichkeit hatte, etwas zu antworten, entdeckte Salný den Eiersack und plapperte weiter, nahezu ohne Pause. »Ich war mir so sicher, dass du zum Eiersammeln in die Bucht gelaufen bist, aber Großmutter hat mir verboten, hinter dir herzulaufen, obwohl ich ihr gesagt habe, dass du mich nie davonjagen würdest.« Sie schwieg einen Moment, um Atem zu holen, und machte ein enttäuschtes Gesicht. »Und warum warst du heute Morgen nicht in der Kirche?«

»Kleine Tochter…« Naaja wusste keine Antwort. Sie hatte das bedrohlich große Haus des Schutzgeistes noch nie betreten und verspürte auch kein Verlangen danach. Sicher war er genauso schlecht auf sie zu sprechen wie der Priester, und sie wollte ihn nicht aufregen. Der Geist hielt sich zum Glück immer drinnen auf, daher hatte sie ihn noch nicht gesehen und wusste auch nicht, wie er aussah, vielleicht erschien er aber auch nur Pfarrer Páll. Trotzdem fürchtete sie sich vor ihm, und das nicht weniger als vor den feindseligen Blicken der Kavdlunât. »Komm, wir gehen«, sagte sie schließlich und nahm die Hand des Mädchens. »Nicht mehr fragen.«

»Papa hätte bestimmt gewollt, dass du dabei bist.« Salný ließ immer noch nicht locker. »Hast du dich vielleicht nicht getraut, weil so viele Leute zur Beerdigung gekommen sind?«

Naaja nickte, und das Mädchen schien für den Moment zufrieden zu sein. Sie liefen schweigend den Trampelpfad entlang, bis sie den Friedhof und das Glockentor erreicht hatten.

»Komm und sieh dir das Grab an.« Salný öffnete das Tor und Naaja folgte ihr zögernd. Das Grab lag an der Südmauer der Kirche, leicht zu erkennen an der feuchten Erde, die man am Morgen dort aufgeschaufelt hatte. Auf der Westseite des Grabes stand hochkant ein einzelner, glatter Stein, genau wie auf den meisten anderen Gräbern. Anders als im Norden üblich, waren die Gräber hier nicht komplett mit Steinen bedeckt, um die Toten vor Tieren zu schützen. Vielleicht erfüllte die hohe Steinmauer, die die Kirche und das Gräberfeld umgab, diesen Zweck. Naaja hatte sich bis dahin noch nie hineingetraut und sah erst jetzt, dass in einige Grabsteine kreuz und quer lauter kleine Striche eingeritzt waren. Auf einigen war ein etwas größeres Kreuz zu sehen.

»Großvater hat die Inschrift für meine Eltern gemeißelt«,

sagte Salný leise. »Das sind Runen.« Sie zeigte auf die Striche. »Sie sagen, wer in den Gräbern liegt.«

Naaja zog die Brauen hoch. Steine hatten natürlich ein Inua, wie alles in der Natur, aber sie hatte noch nie davon gehört, dass man sie zum Sprechen bringen konnte. »Wie denn?«, fragte sie verwundert.

»Ich kann keine Runenkunst, aber Großvater hat mir gesagt, was er in den Stein geschlagen hat.« Das Mädchen kniete sich hin und fuhr mit den Fingern über die Zeichen. »Grab von Ingibjörg und Kolbeinn. Gott erhebe ihre Seelen.«

Naaja wurde von Ehrfurcht ergriffen. Der Zauber brachte nicht nur den Stein zum Sprechen, er rief auch den Schutzgeist zu den Toten. »Kommt euer Tôrnârsuk … Gott … aus dem großen Haus heraus, wenn der Stein spricht?«, fragte sie vorsichtig und schielte zur Kirche, die neben ihr in die Höhe ragte.

Salný sah erstaunt auf. »Gott ist nicht in der Kirche. Er wohnt im Himmel, und die Toten kommen zu Ihm, wenn sie ein gutes Leben gelebt haben. Aber böse Menschen und Sünder kommen in die Hölle, wo die Seelen der Verdammten beim Teufel und dessen Gehilfen büßen und im ewigen Feuer schmoren.« Sie schüttelte sich. »Aber Papa und Mama waren gute Menschen. Die sind jetzt im Himmel, bei Gott und Maria und Jesus Christus und allen Heiligen.«

Naaja legte die Stirn in Falten und war ratlos. »Im Himmel? Kirche ist nicht Haus von Gott?«

»Doch, aber …« Das Mädchen zögerte kurz. »Der Priester redet in der Kirche mit Gott, aber der *wohnt* da nicht«, erklärte sie dann langsam und deutlich, weil ihr bewusst war, dass Naaja oft viel weniger wusste als sie, obwohl sie schon erwachsen war. Salný stand auf und nahm Naajas Hand. »Komm, du musst dir die Kirche mal selbst anschauen. Da sind so viele schöne Dinge drin.«

Naaja zögerte. »Gott nicht drinnen? Auch nicht Angakoq … Priester?«

Salný schüttelte den Kopf. »Da ist gerade niemand drin, die sind alle weg.«

Naaja blickte sich um, sah aber in der Nähe niemanden außer den Hunden, die am Pferdestein angebunden waren, und den Hofraben, die sich einen Spaß daraus machten, sie zu ärgern, indem sie immer wieder auf die Vierbeiner zuflatterten. Nukâraq tat, als würde sie die Raben nicht sehen, lag träge da und gähnte so herzhaft, dass ihre scharfen Zähne zum Vorschein kamen. Die Welpen aber sprangen hinter den Vögeln her, so weit, wie die Leine es zuließ, und kläfften enttäuscht, wenn die Raben mühelos entwischten.

»Komm, das ist in Ordnung.« Salný zog energisch an ihr. »Man muss da keine Angst vor haben.« Naaja nickte. Die Neugierde war stärker als ihre instinktive Vorsicht.

Die schwere Holztür knarrte laut, als sie sie mit vereinten Kräften aufstießen. Im Inneren war es kalt und ziemlich dunkel, wie in einer großen Höhle. Nur durch die Fenster hoch oben in den Wänden fiel ein wenig Licht in die Kirche. Als Naajas Augen sich an die Dunkelheit gewöhnt hatten, sah sie, dass Salný Recht hatte. Außer ihnen war niemand da.

»Wir müssen uns mit geweihtem Wasser aus dem Becherstein bespritzen, bevor wir reingehen«, sagte Salný leise und zeigte auf eine niedrige Steinsäule rechts neben der Tür. Naaja erschrak, als Salnýs Stimme durch den Vorraum hallte. Es hörte sich an, als kämen die Worte aus dem dunklen Kirchensaal.

»Bekreuzige dich«, flüsterte das Mädchen noch leiser, tunkte die rechte Hand ins Wasser in der Kuhle auf dem Stein, bekreuzigte sich und flüsterte: »Im Namen des Vaters, des Sohnes und des Heiligen Geistes, Amen.«

Naaja tat es ihr nach, was ihr leichtfiel, so oft, wie sie die

Kavdlunât schon dabei beobachtet hatte, wie sie sich auf Stirn und Brust tippten und dabei jene Zauberworte sprachen. Das Wasser war eiskalt auf ihrer heißen Stirn.

»Komm mit.« Salný führte sie in das Kirchenschiff.

Mächtige Holzsäulen trugen das Dach. Es war so hoch, dass es bis zur dunklen Decke mindestens fünf Menschenlängen waren. Die Steinwände waren auf halber Höhe mit Fellen abgehängt, das dachte Naaja jedenfalls zuerst, doch als sie näher herantraten, sah sie, dass es etwas anderes war. Die Wände waren mit Wolltüchern verkleidet, die aussahen wie die, aus denen die Kavdlunât ihre Kleider machten. Sie selbst hatte mittlerweile ein gewisses Geschick im Umgang mit der Spindel und im Fadendrehen entwickelt, doch mit dem Weben an sich war sie bislang noch nicht in Berührung gekommen. Sie verspürte auch kein Verlangen danach, sich mit dieser komplizierten Arbeit zu beschäftigen. Sie hatte genug damit zu tun, all das Neue zu verstehen, dem sie Tag für Tag gegenüberstand, und sich um den kleinen Jungen zu kümmern, der Tulugaqs Ateq, die Namensseele des alten Mannes, als Wiegengeschenk bekommen hatte. In der Sprache der Kavdlunât bedeutete Hrafn Rabe, so wie Tulugaq in Naajas Sprache. Schon wenn Kleinigkeiten anders waren als sie sein sollten, protestierte der alte Angakoq. Vermutlich hatte er den lieben langen Tag lautstark über ihre Abwesenheit geschimpft.

»Guck mal, die Wandteppiche haben meine Großmütter und Urgroßmütter bestickt«, sagte Salný, und jetzt sah Naaja, dass auf den Tüchern Bilder von kleinen Menschen mit seltsamer Kleidung waren. Einige hatten Flügel auf dem Rücken und sahen wie Vögel aus. »Das sind die Engel, die den Hirten die Geburt des Jesuskindes verkünden.« Salný ging tiefer in die Kirche hinein und gab Naaja ein Zeichen, ihr zu folgen. »Als Nächstes das Jesuskind in der Krippe, mit Maria und Josef und den drei Königen.« Naaja sah sich nacheinander all die bunten

Bilder an, hatte aber Schwierigkeiten, sie zu verstehen. Etwas Derartiges hatte sie noch nie gesehen. »Die Wandteppiche erzählen das Leben des Erlösers von seiner Geburt bis zu seinem Tod, als er auf dem Golgathahügel im Heiligen Land ans Kreuz genagelt wurde«, sagte das Mädchen stolz. »Hat jahrelang gedauert, das alles zu sticken.« Dann standen sie vor einem kunstvoll geschnitzten Holzzaun, der quer durchs Kirchenschiff führte. In der Mitte waren ein Tor und eine Stufe nach oben. »Hinter dem Zaun sind der Chor und der Altar, das Heiligste von allem«, flüsterte Salný, und ihr dünnes Stimmchen zitterte. »Niemand Ungeweihtes darf dorthin, denn da bricht der Priester das Brot und wandelt es in Gottes Leib um. Schau durch das Tor, da siehst du den Altar und darüber das Ostfenster mit dem bunten Glas.«

Naaja lugte hinein und bekam große Augen: Ein kleiner Mann mit ausgestreckten Armen war an die Giebelwand genagelt, und der Kopf hing mit gequältem Gesichtsausdruck zur Seite. Es dauerte einen Augenblick, bis sie bemerkte, dass er nur eine aus Holz geschnitzte Figur war. Sie war erleichtert und sah hinauf zu dem eigenartigen Fenster unter dem Steinbogen. Sie hatte es schon von außen gesehen und wusste, dass die Fensterhaut, die tief in der dicken Mauer saß, alle möglichen Farben hatte, vor allem wenn die Sonne daraufschien. Doch nun verschlug es ihr den Atem. Ihr wurde bewusst, dass der Schutzgeist der Kavdlunât nicht in einem Tierkörper steckte, wie sie vermutet hatte, sondern wie ein Mensch aussah. Er hatte sich dort oben im Fenster versteckt und blickte mit strengem Blick auf sie herab. Er war so bärtig wie die Jäger den Winter über gewesen waren, trug einen rot-blauen Umhang und ausladenden Kopfschmuck. In der einen Hand hatte er einen Stab, die andere hielt er warnend in die Luft. Hinter ihm lugten merkwürdige Tierköpfe hervor, denen die Zungen aus den Mäulern hingen. Sie waren grässlich anzuschauen.

Von dem Mann und den Tieren ging das sonderbare, dunkelrote Licht der Geisterwelt aus, das sie noch gut von ihrer Wiedergeburt im Hochland kannte.

Naaja wich zurück und fasste das Kind an der Schulter. »Kommen raus! Schnell!«

»Was ist los?«, fragte Salný erschrocken. »Was hast du gesehen?«

Doch Naaja antwortete nicht und zog das Mädchen mit eiligen Schritten durch die Kirche. Sie wollte keinen Augenblick länger dort bleiben. In diesem Moment knarrte es und Abendlicht fiel in den Kirchenvorraum. Die Tür hatte sich geöffnet und Pfarrer Páll stand im Eingang.

»Wer ist da?«, fragte er mit dröhnender Stimme und beantwortete seine Frage selbst, da es für die beiden zu spät war, um im Schatten der Wände zu verschwinden. »Gütiger Gott, die Skraelingjarfrau, und sie hat das Mädchen mitgenommen ins Heiligtum. Sofort raus hier, alle beide!«

Der Geist musste ihn über die ungebetenen Besucher unterrichtet haben. Es gab keine Möglichkeit, zu entkommen. Naaja drückte Salnýs Hand und lief mit ihr auf den Priester zu.

Pfarrer Páll zitterte vor Wut. »Wie kannst du es wagen, Gottes Haus zu beschmutzen, Heidin?!« Er hob die Hand und verpasste ihr eine heftige Ohrfeige, die Naaja ins Taumeln brachte. Doch statt sich unter dem Schlag zu krümmen, wurde Naaja wütend. Sie richtete sich auf und sah ihm direkt in die Augen, ohne zurückzuweichen. Dieser boshafte, bleiche Geisterbeschwörer durfte sie nicht schlagen, er hatte nicht über sie zu bestimmen.

»Fass mich nicht an!«, fauchte sie und merkte nicht, dass sie ihre eigene Sprache sprach. Der Tôrnârsuk des Priesters war furchterregend, doch auch sie war eine Angakoq und hatte einen Schutzgeist, den sie nun im Geiste mit aller Macht herbeirief. Mit zusammengebissenen Zähnen flüsterte sie seinen Namen, wieder und wieder: »Tulugarsuaq! Tulugarsuaq! Tulugarsuaq!«

»Schweig! Gotteslästerin!« Schon wieder wollte der Priester sie schlagen, doch diesmal duckte sich Naaja blitzschnell, und der Pfarrer verlor fast das Gleichgewicht. Wo war der große Rabe? Seit dem schrecklichen Tag draußen auf dem Eis hatte sie ihn nicht mehr gesprochen, war aber davon ausgegangen, dass er ihr aus dem Norden gefolgt war. Entfernungen dürften für Geister kein Problem sein. Weshalb kam er nicht? Ob er vielleicht nur erscheinen konnte, wenn sie allein war?

»Tulugarsuaq!« Die Verzweiflung in ihr wuchs, und sie warf einen ängstlichen Blick in die dunkle Kirche. Der Geist der Kavdlunât konnte jeden Moment angreifen. Salný hatte zu schluchzen begonnen.

»Verschwinde von hier, Skraelingi!« Pfarrer Páll packte Naajas Arm, doch im selben Augenblick wurde aus dem Zorn in seinem Gesicht Erstaunen. Er ließ sie los und wich zurück. Ein großer Schatten fiel auf sie und Naaja jauchzte vor Freude. Der große Rabe war gekommen! Der Vogel stürzte sich mit ausgebreiteten Flügeln auf den entsetzten Priester und hackte mit dem schwarzen Schnabel schonungslos in den rasierten Kopf, dass das Blut nur so spritzte. Pfarrer Páll ging schreiend auf die Knie und hielt die Arme über den Kopf, rief Gott um Hilfe und versuchte, den Raben zu schlagen und an seinen Federn zu reißen. »Fort mit dir, du Ungeheuer!«, rief er voller Furcht. Der Schutzgeist wich aus und attackierte den knienden Mann von neuem, schlug seine Krallen auf Brusthöhe in das Priestergewand und hackte im Gesicht und auf dem Kopf des Pfarrers herum, der vor Schmerz und Wut nur so brüllte.

»Nein! Hör auf«, schrie Naaja und wedelte wie wild mit den Armen. Der große Rabe brachte den Priester noch um! »Hör auf, Tulugarsuaq!« Sie schlug mit der Hand in Richtung des Raben, um ihn vom Geistlichen zu vertreiben, doch der Schutzgeist hatte sie bereits gehört und flog krächzend auf, drehte eine Runde über ihren Köpfen und war mit einem Flügelrauschen genauso schnell durch die offene Kirchentür verschwunden, wie er aufgetaucht war.

»Hexe!« Pfarrer Páll starrte Naaja aus einem furchterfüllten Gesicht an. Er schnaubte schwer und war noch außer Atem vom Kampf mit dem Raben. Blut rann aus vielen kleinen Wunden über das Gesicht. »Du bist der Teufel in Menschengestalt!«

*

Niemand verstand, was geschehen war. Die Schilderungen des Priesters und der kleinen Salný passten vorne und hinten nicht zusammen und waren jede auf ihre Weise abenteuerlich. Naaja selbst beantwortete alle Fragen mit beharrlichem Schweigen und wirkte dabei so hilflos und kläglich, dass Mikjáll der furchtbaren Anschuldigung Pfarrer Pálls, der behauptete, dass sich Naaja durch Zauberei in einen Vogel verwandelt und ihn mit Schnabel und Krallen attackiert habe, beim besten Willen keinen Glauben schenken konnte. Salný hingegen, die den Vorfall mit eigenen Augen gesehen hatte, sagte, dass einer der Hofraben in der Kirche eingesperrt gewesen und beim Fluchtversuch auf dem Kopf des Priesters gelandet sei, der mitten in der Tür gestanden habe. Naaja habe ihn nicht angerührt, ganz im Gegenteil, sie habe den Vogel vom Pfarrer weggescheucht und aus der Kirche gejagt.

Pfarrer Páll verbat sich, dass auf den Unfug gehört wurde, den das Mädchen von sich gab. Die Hexe habe es zum Lügen angestiftet und dazu, einen Schleier über die Realität zu legen. Wie sollte denn ein gewöhnlicher Rabe dazu in der Lage sein, einem Menschen solche Verletzungen zuzufügen, wie er sie erlitten hatte? Dagegen konnte niemand etwas sagen, denn tatsächlich hatte der Pfarrer blutige Wunden, auch wenn die Kratzer auf Tonsur, Stirn und Wangen nicht tief waren und sicher schnell verheilen würden. Alle wussten, wie sehr Salný Naaja mochte, doch die Meinungen gingen, zumindest hinter vorgehaltener Hand, auseinander. Konnte eine achtjährige Waise den Mut aufbringen, die Worte des Priesters mit einer Lüge anzufechten, nur um das Skraelingjarmädchen zu schützen? Was die ganze Sache noch schlimmer machte, war, dass keine Zeit blieb, um Pfarrer Páll zu beschwichtigen oder gemeinsam eine Lösung zu finden, denn in wenigen Tagen sollte in Gardar das Thing zusammenkommen, am Thorstag in der elften Woche des Sommers, und er sah es als seine heilige Pflicht an, einen Beschluss und ein Urteil über den Skraelingi zu erwirken, damit das Teufelsweib so schnell wie möglich des Hofes verwiesen wurde.

Mikjáll wusste, dass sich Naaja kaum der Tragweite der Sache bewusst war und sie auch über das grönländische Recht und Gesetz nicht im Bilde war. Zur Sicherheit hatte er den anderen verboten, Naaja zu sagen, wie Hexerei bestraft wurde. Es würde sie nur in Verzweiflung stürzen, wenn man ihr den Schreckenstod beschrieb, der auf verurteilte Magier wartete. Es war noch nicht lange her, dass eine alte Einsiedlerin in Gardar gerichtet worden war und für Zauberei und anderen heidnischen Hokuspokus ihr Leben im Feuer gelassen hatte. Es hieß, dass sie sich zweimal unter großer Pein vom Scheiterhaufen retten konnte, ehe ihre Seele endlich frei war. Sie kam auf den Scheiterhaufen, obwohl sie nordischer Abstammung und aus Vestribyggd war, wo die Zauberei in einigen abgelegenen Gemeinden angeblich schon länger blühte. Den Skraelingjarvölkern im Norden wurde noch Schlimmeres nachgesagt.

»Wie groß ist denn schon die Chance, dass man den Worten eines Kindes und eines Skraelingjarmädchens mehr Vertrauen schenkt als der Schilderung des Hvalseyjarfjardarpriesters höchstpersönlich?«, sagte Mikjáll zu seiner Mutter. »Selbst wenn wir alle einen Eid auf Naajas Unschuld schwören würden, würde das nicht reichen, um sie vor dem Feuer zu retten«, fügte er erbittert hinzu.

»Verzweiflung ist die schlimmste aller Sünden, Mikjáll, denn sie glaubt nicht an die Barmherzigkeit des Herrn«, entgegnete Ragnfrídur. »In den letzten Jahren haben viele Menschen Hilfe bei uns gesucht, und niemand musste umkehren, ohne dass wir etwas für ihn getan hätten. Dabei ging es uns auch nicht gerade rosig. Wir haben Freunde und Verwandte, die uns zuhören und glauben werden.«

»Gesetzessprecher Thorsteinn von Brattahlíd und Indridi von Gardar gehören nicht dazu, und auf deren Gnade und Barmherzigkeit wird es ankommen«, sagte Mikjáll trocken. »Die Unterstützung von Kleinbauern und Almosenempfängern hilft uns kaum weiter, wenn sie überhaupt hinter uns stehen, denn auch sie verabscheuen die Menschen aus dem Norden, selbst wenn sie noch nie mit eigenen Augen Skraelingjar gesehen haben und nicht mehr über sie wissen als die Lügenmärchen von alten Weibern und den Vestribyggd-Bewohnern.« Er seufzte und vergrub sein Gesicht in den Händen. »Es wäre am besten, wir würden erst gar nicht zum Thing gehen.«

»Du weißt, dass das nicht geht«, antwortete sein Stiefvater mit ernster Miene. »Einige würden die Gelegenheit beim Schopf packen und mit dem Gesetz im Rücken bewaffnet bei uns aufmarschieren. Selbst wenn deine Mutter und ich voll und ganz hinter dir und dem Mädchen stehen, möchten wir wegen ihr kein Blutvergießen riskieren.«

Mikjáll schwieg. Valur hatte Recht. Seit Jahren gab es Streit zwischen Hvalsey und Gardar wegen der Steuereintreiberei im Namen des selbst ernannten Bischofs, der alles, was er in die Finger bekam, an die Engländer verscherbelte, sobald er die Gelegenheit dazu hatte. Die Zehntkammer des Bischofssitzes war trotz der vergangenen Notjahre bis oben hin voll mit Stockfisch- und Buttervorräten. Auch fast alle Narwal- und Walrosszähne, die sie aus Nordurseta mitgebracht hatten, waren dort gelandet, abgesehen von dem Teil, den Mikjáll für sich, Kolbeinn und das Boot abgezogen hatte.

»Auf dem Thing werden keine unschuldigen Menschen zum Tode verurteilt«, sagte Valur nach kurzem Schweigen. »Deine Mutter hat Recht. Wir müssen auf Gott vertrauen, wie in allen Dingen. Wenn das Mädchen unschuldig ist, haben wir nichts zu befürchten. Die Wahrheit wird ans Licht kommen.«

Mikjáll hob den Blick und sah die beiden abwechselnd an, ohne etwas zu sagen. Spät am Abend hatte Naaja ihm eine Geschichte ins Ohr geflüstert, von einem Geist aus einer anderen Welt, der im Körper eines Raben steckte und ihr zur Hilfe kam, wann immer sie ihn rief.

Diese Wahrheit durfte unter keinen Umständen herauskommen.

XVIII

Gardar. Obwohl es mit dem Ruderboot nur einen Tag dauerte, aus dem Hvalseyjarfjördur heraus, und in den tiefen Einarsfjördur hineinzurudern, war Salný erst ein einziges Mal dort gewesen. Viele Erinnerungen hatte sie nicht mehr daran, denn sie war erst fünf Winter alt, als das Thing das letzte Mal getagt hatte. An die große Domkirche aber, die die Zelthütten auf der Gardarslétta überragte, erinnerte sie sich noch genau, und auch daran, wie viele Menschen vor drei Jahren zum Thing gereist waren. Die Menschenmenge, die diesmal zusammengekommen war, kam ihr nicht kleiner vor, obwohl die Erwachsenen über die wenigen Menschen, den harten Winter und die vielen verhungerten Tiere klagten. Nicht annähernd alle Thinghütten waren überdacht und belegt. Bei einigen waren Teile der Mauern eingestürzt und die Öfen moosbewachsen.

Der Bischofssitz lag auf einer weitläufigen, grasbewachsenen Landenge zwischen dem Einars- und dem Eiríksfjördur, daher mussten die Bewohner von Brattahlíd und die Bauern von Sólarfjöll nicht weit rudern. Doch viele andere waren von weither gekommen, sogar vom Skagafjördur im Osten und vom Ísafjördur im Westen. Das Mädchen kannte so gut wie niemanden, doch Ragnfrídur und Großvater Valur schienen mit allen bekannt zu sein, genau wie die Onkel und Frauen. Überall um sie herum drückte und küsste man sich und tauschte Neuigkeiten aus. Viele machten ernste Gesichter, schauten dann zu Salný herüber und redeten im Flüsterton weiter, aber sie wusste schon, worüber sie da tuschelten. Der Zwischenfall in der Kirche am Hvalseyjarfjördur war in aller Munde.

Sie hatte Pfarrer Páll noch nie gemocht. Er lächelte nie und hatte immer die Rute griffbereit, wenn jemand seine Lektionen nicht auswendig konnte, selbst wenn es dafür einen wichtigen Grund gab. Im Winter hatte sie oft gehört, wie er sich über ihre Großeltern beklagte, weil sie von den Gemeindemitgliedern nicht hartnäckig genug den Kirchenzehnt einforderten. Dabei wusste er so gut wie alle anderen, dass jeder Einzelne genug damit zu tun hatte, für sich und sein Vieh zu sorgen. Viele hatten nichts mehr zu essen und litten Hunger. Er war es gewesen, der gesagt hatte, dass Völlerei die schlimmste Sünde sei, und der beteuert hatte, dass Gott diejenigen am meisten liebe und erhöre, die ihre Körper durchs Fasten strafen.

Jetzt hasste sie ihn von ganzem Herzen.

Ein älterer Mann mit Kutte, rasiertem Kopf und weißem Kragen unterhielt sich mit Salnýs Großmutter und stützte sich mit krummem Rücken auf einen mit Schnitzereien verzierten Stab. »Wäre es denn denkbar, dass sich der Skraelingi mit Zauberkraft verwandelt hat?«, fragte er und runzelte die buschigen Brauen, wodurch die Falten auf seiner Stirn noch zahlreicher und tiefer wurden. »Es gibt Geschichten über Finnen mit magischen Kräften, die Vogelgestalt annehmen und durch die Lüfte fliegen können.«

Das Mädchen nahm sich ein Herz. »Es war einer der Hofraben«, sagte sie, noch bevor Ragnfrídur antworten konnte.

»Was sagst du da, Mädchen?« Der alte Mann wandte sich Salný zu und fixierte sie mit lebhaften, braunen Augen. »Es war ein Rabe?«

Sie nickte bestimmt. »Er war in der Kirche eingesperrt und ist im Eingang auf den Priester geflogen, als er versucht hat, nach draußen zu kommen. Pfarrer Páll hat mit einem Raben gekämpft, nicht mit Naaja. Sie hat den Vogel verjagt.«

»Und woher weißt du das, meine Kleine?« Salný meinte, ein Lächeln in den Mundwinkeln des Mannes zu sehen, vielleicht war es aber auch bloß ein Zittern. »Warst du etwa dabei?«

»Ja, Pater«, antwortete sie, war plötzlich schüchtern und verstand nicht, wie sie es hatte wagen können, sich ungefragt in das Gespräch der Erwachsenen einzumischen.

»Verneige dich vor dem Abt, Kind«, sagte Ragnfrídur und stupste sie an. Salný gehorchte augenblicklich und beugte sich so tief herunter, dass sie fast die Erde berührte. Dass der alte Mann ein Mönch war, hatte sie am schwarzen Umhang und dem weißen Kragen erkannt, aber sie hatte nicht geahnt, dass es der Hochwürdigste Vater Brandur war, der Abt des Klosters im Ketilsfjördur, ein entfernter Cousin von Ragnfrídur und ihrer gesegneten Großmutter Salný.

»Und wie heißt du nun, kleine Großnichte?«, fragte der Abt schmunzelnd. Jetzt stand außer Zweifel, dass er in sich hineinlachte. »Deinem Wuschelhaar nach musst du die Tochter von Ingibjörg Hróarsdóttir und Kolbeinn Valsson sein. Gott der Allmächtige behüte und beschütze ihre Seelen«, fügte er mit ernstem Blick hinzu.

Salný merkte, wie ihr Mund und die Kehle trocken wurden, und brachte kein Wort heraus. Hilflos schaute sie zu ihrer Ziehmutter.

»Stimmt, unsere Salný ist das Kind von Ingibjörg und Kolbeinn, Gott habe sie selig«, sagte Ragnfrídur und strich dem Mädchen über das lockige, rote Haar. »Die Skraelingjarfrau ist gut zu den beiden Kindern gewesen. Für das Wickelkind ist sie sogar fast wie eine Mutter. Der kleine Hrafn ist in den wenigen Wochen so anhänglich geworden, dass sie nicht mehr von seiner Seite weichen darf. Wer das gesehen hat, wird Pfarrer Prälls Anklage der Hexerei und schwarzen Magie keinen Glauben schenken können. Der Junge hat sich in Naajas Obhut so gut entwickelt, dass wir nun doch hoffen dürfen, dass Gott der

Allmächtige ihn am Leben lässt.« Sie seufzte. »Ich mag auch kaum daran denken, dass der Mensch, von dem mein Mikjáll sagt, dass er ihm mit Tapferkeit und Mut in der nordischen Wildnis das Leben gerettet hat, allein wegen der Worte von Pfarrer Páll verurteilt werden könnte. Wer nicht bewusst die Augen verschließt, Cousin, der weiß, dass er jeden anfeindet, der dem Skraelingjarvolk angehört, wie lange er auch suchen muss, um auf eine solche Verwandtschaft zu stoßen.« Bei den letzten Worten wurde Ragnfrídur leiser.

Der Abt nickte und machte ein düsteres Gesicht. »Da muss er nicht lange suchen. Vier Generationen ist es her, und noch drei weitere werden für die Sünden ihrer Vorfahren büßen«, murmelte er vor sich hin, so leise, dass Salný kaum verstand, was er sagte, obwohl sie wusste, worum es ging.

Obwohl nie laut darüber gesprochen wurde, wusste das Mädchen so gut wie alle anderen Familienmitglieder, dass sich irgendwo im Nebel der Vergangenheit eine Ahnin verbarg, in deren Adern Skraelingjarblut floss. Es hieß, sie habe sich mit Teufelskunst ein Robbenfell übergeworfen und sei fortgeschwommen, als es ihr bei ihrem Bauern in der Menschenwelt nicht mehr gefiel. Dafür hatte sie seitdem vielen Nachkommen Fischerglück beschert, besonders denjenigen, denen das Skraelingjarerbe auch äußerlich anzusehen war.

Von der Robbenfrau wusste Salný schon lange. Mikjáll hatte ihr anhand dieser Geschichte sein Jagdglück in den Bergen und auf See erklärt und dabei so verschmitzt dreingeblickt, dass Salný nicht wusste, ob sie ihrem Onkel glauben sollte oder nicht. Sie hatte die Geschichte schon fast vergessen, als die Worte des Abtes sie wieder daran erinnerten.

Gemischte Gefühle regten sich in der Brust des Mädchens. Wenn Skraelingjar Robbengestalt annehmen konnten, dann konnten sie sich vielleicht in alle möglichen Tiere verwandeln. Konnte sie ganz sicher sein, dass wirklich der Hofrabe

Pfarrer Páll angegriffen hatte? Der Vogel hatte so riesengroß gewirkt und die ausgestreckten Flügel hatten die große Kirchentür komplett ausgefüllt. Aber änderte es denn etwas, woher der Rabe gekommen war und ob er den Pfarrer absichtlich oder unfreiwillig angeflogen hatte? Naaja durfte einfach nichts zustoßen. Kein Mensch, noch nicht einmal ihre Großmutter, brachte Salný eine solche Wertschätzung und Wärme entgegen wie die Frau aus dem Norden. Es war fast, als würde sie sich selbst und das achtjährige halbe Portiönchen auf eine Stufe stellen. Sie schimpfte nie und plauderte nichts aus, was man ihr anvertraute. Noch nicht einmal, als sie mitbekam, wie Salný ihrem Cousin Ási Hauksson von dem schrecklichen Ungeheuer erzählte, das sie am Pfingstmorgen in der Grýlahöhle schnarchen gehört habe. Dabei hatte sie kurz zuvor von Salný erfahren, dass der Felsspalt am Berghang leer gewesen war und kaum ein Kind hineinpasste, ganz zu schweigen von einer Trollfrau. Anstatt sich über die Flunkerei aufzuregen, hatte sie sich vielmehr über Ásis Furcht amüsiert. Es war ihr auch nicht eingefallen, den anderen Erwachsenen von Salnýs Ausflug in die Berge zu erzählen, für den sie gewiss gehörig bestraft worden wäre, auch wenn man das wegen der Todesnachricht ihres Vaters sicher aufgeschoben hätte. Plötzlich hatte das Mädchen eine Idee, die ihre Laune schlagartig hob.

»Wie dem auch sei, die Worte des Abtes wiegen schwer, und zudem kannst du auf die Freundschaft und das Wohlwollen des Gesetzessprechers Thorsteinn von Brattahlíd zählen«, hörte sie Großmutter Ragnfrídur zum Abt sagen, als sie sich fortstahl und auf die Thinghütte der Bewohner von Thjódhildarstadir zusteuerte.

*

Naaja war mit Hrafn allein in der Zelthütte zurückgeblieben. Alle anderen waren ausgeströmt, um Verwandte, Angeheiratete und Freunde zu treffen. Sie wollten sich für Naaja stark machen und so vielen wie möglich Salnýs Geschichte von dem Raben erzählen, der in der Kirche eingesperrt gewesen war und den Priester blutig gekratzt hatte. Diese Geschichte war eine Lüge, doch Mikk hatte gesagt, dass sie angesichts dessen, was in der Kirche geschehen war, nichts anderes vor dem Zorn der Kavdlunât bewahren könne. Niemand durfte erfahren, was sie ihm erzählt hatte: dass sie eine Geisterbeschwörerin sei und einen Schutzgeist habe, den großen Raben. Mikk hatte ihr zu verstehen gegeben, dass die Kavdlunât keinen anderen Schutzgeist kannten als den einen, für den sie so viele Namen hatten, Gott, Vater, Sohn oder Heiliger Geist, und dass sie alle anderen Angakoqs für Ilisîtsoqs hielten, für gefährliche Nornen, die der schwarzen Magie verschrieben waren. Wenn sie vom großen Raben erführen, würden sie sehr wütend werden, so wie auch Pfarrer Páll wütend geworden war. Obwohl Mikks gesamte Verwandtschaft hinter ihr stünde, reiche das kaum, um sie zu verteidigen, hatte Mikk so ernst gesagt, dass sie verängstigt versprochen hatte, alles zu tun, was er verlangte. Er hatte herumgedruckst, als sie wissen wollte, welche Folgen es haben könnte, falls es nicht gelingen würde, Pfarrer Pálls Anschuldigung zu widerlegen. Als sie sein besorgtes Gesicht sah, war ihr klar, dass die Kavdlunât mit Menschen, die als Nornen galten, nicht milder umgingen als das Volk im Norden. Sie würden sie in die Wildnis und in den Hungertod jagen.

Die Frauen hatten ihr Lodenkleider und eine große Kapuze geliehen, damit Naaja nicht so viel Aufmerksamkeit auf sich zog. Dennoch kam es ihr so vor, als würden die meisten, die an der Zelthütte vorbeikamen, und das waren nicht wenige, in ihre Richtung starren. Angesprochen hatte sie aber noch niemand. Mit ausgestreckten Beinen saß sie vor der Hütte, hielt den Jungen auf dem Arm und hatte die Kapuze schützend über das Gesicht gezogen, aber nur so weit, dass sie aus dem

Augenwinkel noch beobachten konnte, was um sie herum geschah. Es wimmelte nur so vor Leben. So viele Menschen hatte sie noch nie auf einem Fleck gesehen. Wo sie auch hinschaute, sah sie Menschen im Gespräch, kochende Frauen an den Feuerstellen vor den Hütten und spielende Kinder. Die Bleichen sahen sich verblüffend ähnlich, so ähnlich, dass Naaja sich nicht vorstellen konnte, wie sie einander erkannten und auseinanderhielten. Es waren so viele, dass sie nun fast glaubte, dass es doch kein Scherz gewesen war, als Mikk behauptet hatte, dass sie überall lebten, bis ans Ende der Welt.

Er hatte ihr geraten, drinnen zu bleiben und den anderen nicht unter die Augen zu kommen, und zuerst hatte sie sich auch daran gehalten. Doch im Laufe des Tages war ihr die Wärme in der Hütte unangenehm geworden und auch der Junge hatte zu quengeln angefangen. Daher hatte sie sich mit ihm nach draußen in die Sonne gesetzt, wo er sich schnell beruhigt hatte und eingeschlafen war. Der kleine Namensvetter des alten Tulugaq sah seinem Aqqa zwar nicht ähnlich, doch Naaja erkannte seinen Geist in den großen Augen, die sie immer mit so viel Liebe und Vertrauen anblickten, dass sie vor Glück und Dankbarkeit hätte weinen können. Selbst wenn er nicht den Rabennamen bekommen hätte, hätte sie ihn in diesen Augen wiedererkannt. Sie waren noch immer hellbraun.

»Asavavkit, kleiner Tulugaq«, flüsterte sie dem schlafenden Jungen ins Ohr. »Wer hätte gedacht, dass du nach deiner Wiedergeburt Haut wie Schnee und Haare wie ein Sonnenaufgang haben würdest, und dass es hier im Süden sein würde, so weit weg von zuhause?« Der Flaum auf Hrafns Kopf war rötlich wie die Haare seiner Schwester, und er hatte die weißeste Haut, die Naaja je zu Gesicht bekommen hatte. »Ich werde dich nicht im Stich lassen«, fügte sie leise hinzu. »Wenn sie mich fortjagen, kommst du mit mir. Denn du bist jetzt Erneq, mein Sohn, und nichts kann uns trennen.« Sie hatte schon einmal gezeigt, dass sie allein zurechtkam, und sie würde das noch ein weiteres Mal schaffen, auch mit einem kleinen Kind im Amauti, dachte sie bei sich. Doch es war mehr ihr Wunsch als die Realität, der sie so übermütig machte, denn sie wusste natürlich, dass Mikks Familie ihr das Kind wegnehmen würde, wenn sie verbannt werden würde, ein Gedanke, den sie nicht ertrug und weit von sich schob.

Sie schaute hinunter zum Strand, wo eine Handvoll junger Leute Treibholz und Seetang auf einen Haufen warfen. Am Abend würde es stark abkühlen und dann angenehm sein, sich am Feuer aufwärmen zu können. Vielleicht würden die Kavdlunât auch singen oder Geschichten erzählen oder miteinander kämpfen. Auch sie mussten sich irgendwann einmal austoben, wie die Menschen daheim es bei solchen Zusammenkünften machten. Erwachsene hatte sie hier noch nie spielen sehen, nur die Kinder. Die Bleichen waren ernster als die Menschen im Norden, sie lachten viel seltener, dachte sie bei sich.

»Naaja!« Die kleine Salný kam zurück, rannte das letzte Stück und ließ sich erschöpft neben Naaja und ihrem Bruder ins Gras fallen, der zu strampeln und zu jammern anfing, sich aber sofort wieder beruhigte, als Naaja ihm einen Bissen Fleisch in den Mund steckte, an dem er gierig nuckelte. Das Mädchen richtete sich halb auf und beobachtete mit wehmütigem, zärtlichem Blick den Jungen. Dann schaute sie zu Naaja und wirkte zögerlich.

»Naaja?«, sagte sie noch einmal, fragend diesmal, rupfte ein paar Grashalme aus und zwirbelte sie zwischen den Händen. Naaja wartete ab, während das Mädchen die Samen von den Halmen zupfte, einen nach dem anderen, mit gerunzelter Stirn und nachdenklichem Gesicht. Dann war sie so weit. Salný hatte eine Idee, und jetzt sprudelten die Worte nur so aus ihr heraus, dass Naaja ihre liebe Mühe und Not hatte, das Mädchen zu verstehen und es bitten musste, langsamer zu sprechen und einiges zu wiederholen. Am Ende hatte sie den Inhalt des Redeschwalls erahnt und schüttelte traurig den Kopf. Sie konnte sich nicht wie Salnýs Vorfahrin in eine Robbe verwandeln und ihren Verfolgern davonschwimmen. Nur ein Tôrnârsuk konnte jede mögliche Gestalt annehmen und mit Willenskraft auftauchen oder verschwinden. Alle anderen waren in dem Körper gefangen, in den sie hineingeboren waren, zumindest Menschen, die auf dieser Welt lebten. In der Geisterwelt stünden die Dinge natürlich anders, dort sei alles möglich, sagte sie ohne nachzudenken.

Tôrnârsuk, wer war denn das? Und die Geisterwelt, war die vielleicht im Norden? Das Mädchen wollte alles wissen, doch Naaja biss sich auf die Lippen, als sie an Mikks Worte dachte. Niemand durfte etwas von anderen Geistern erfahren als dem, den die Kavdlunât kannten. Sie hätte nicht so gedankenlos sein dürfen.

Salný ließ nicht locker. »Ich verrate auch niemandem, was du mir erzählst«, flehte sie. Offenbar hatte sie die Bedenken der Skraelingjarfrau erahnt. »Du kannst mir immer vertrauen, das weißt du.«

Nach kurzem Zögern traf Naaja eine Entscheidung. Salný konnte sie alles anvertrauen, genau wie Mikk.

Tôrnârsuk sei der größte und mächtigste Schutzgeist der Menschen im Norden, sagte sie leise in der Mischsprache, die die beiden erfunden hatten. Er könne ungebeten, Knall auf Fall aus jeder Richtung kommen, ganz ohne Vorwarnung. Obwohl sein Name eigentlich kleiner, guter Schutzgeist bedeute, sei er weder klein noch besonders gut. Aber er sei mächtig, und es sei nicht ratsam, ihn gegen sich aufzubringen. Wer ein Angakoq sei und wisse, worauf es ankomme, könne kleinere Schutzgeister zu sich rufen, die knifflige Aufgaben übernähmen oder den richtigen Weg wiesen, wenn schwierige Entscheidungen bevorstünden. Diese Geister hätten die Gestalt von Vögeln oder anderen Tieren. »Zum Beispiel Raben«, fügte sie hinzu und schwieg, denn damit war genug gesagt.

Salný, die mit aufmerksamer Miene zugehört hatte, nickte so eifrig, dass die hellroten Locken um ihren Kopf tanzten.

»Schutzgeister sind also so etwas wie Heilige, nur dass sie nicht wie Menschen, sondern wie Tiere aussehen«, sagte sie.

Naaja verstand nicht. »Heilige?«

»Heilige Männer und Frauen, die sich im Himmel bei Gott dem Allmächtigen für uns einsetzen«, erklärte das Mädchen. »Zum Beispiel Olav der Heilige, ein norwegischer König, der das Christentum nach Grönland gebracht hat. Und natürlich Sankt Johannes, dessen Geburtstag wir morgen ganz groß feiern.«

Naaja runzelte fragend die Stirn. »Sankt Johannes? Wer ist das?«

»Johannes der Täufer, der verkündigt hat, dass der Erlöser kommt«, sagte das Mädchen ungeduldig. »Heute Abend ist Johanniswache. Da wird getrunken und gegessen und zu Gesang und Geigenmusik getanzt.« Sie zeigte zum Strand. »Sieh dort, da wird schon das Feuer für den Tanz vorbereitet.« Sie beugte sich zu Naaja und sprach leiser, weil immer wieder jemand zwischen den Hütten her lief und neugierig zu ihnen herübersah. »Es heißt, dass die Robben in der Johanniswachennacht am Strand ihre Felle abwerfen und als Menschen an Land kommen. Stell dir mal vor, Naaja, wenn wir ein Robbenfell für dich finden könnten …« Sie schwieg, denn im selben Augenblick näherten sich die Onkel und ihr Großvater der Zelthütte. Sie waren in ein Gespräch vertieft und hatten düstere Gesichter.

*

Mikjáll hatte Angst. Es war schlechter gelaufen als gedacht, unter den Thingbesuchern Unterstützer zu gewinnen. Er war sich schon lange darüber im Klaren, dass sein fremdartiges Aussehen viele Menschen skeptisch machte, doch er hatte nicht geahnt, dass das Misstrauen so weit verbreitet war, wie die kühle Reaktion der vielen Menschen gezeigt hatte, auf die er zugegangen war und um Unterstützung für Naaja gebeten hatte. Er und seine Mutter waren in den Augen der Grönländer Zugezogene und würden es immer bleiben, da bestand kein Zweifel mehr. Man konnte verstehen, dass sie Menschen misstrauten, die nicht unter ihnen aufgewachsen waren, doch Ragnfrídur war im Hvalseyjarfjördur geboren und hatte ihre frühe Kindheit dort verbracht. Ihr Vater lag dort sogar begraben, ebenso einige Geschwister, die im Säuglingsalter gestorben waren. Obwohl Ragnfrídurs Mutter aus Island kam, war sie selbst eine gebürtige Grönländerin, stammte von Thórkell Farserkur höchstpersönlich ab und hatte bedeutende Kaufleute unter ihren Vorfahren, die einst regelmäßige Schiffsverbindungen zu Island und Norwegen aufrechterhalten und dadurch für Wohlstand in ganz Eystribyggd gesorgt hatten. Immer noch war ein Großteil des Landes sowohl im Hvalseyjarfjördur als auch im Kambstadafjördur im Besitz der Familie.

»Wir wären besser zu Hause geblieben, als hierherzukommen«, sagte er enttäuscht. »Auf dem Thing von Gardar bekommt keiner einen gerechten Prozess, der Skraelingjarblut in den Adern hat.«

Sein Stiefvater Valur, der aus einer schicksalsgeplagten Familie stammte und Vestribyggd nach einer Schmetterlingsplage und vielen Härtejahren hatte verlassen müssen, war nicht so erstaunt wie Mikjáll.

»Es liegt nicht nur am Skraelingjarblut, dass sie so feindselig sind, mein Sohn«, sagte er und fuhr sich mit der schwieligen Hand durchs schüttere Haar. »Es ist auch die siebte Todessünde, der Neid, die Quelle des Bösen, die in vielen Menschen schlummert. Wie sollen die Leute auch begreifen, dass die Farserker vom Hvalseyjarfjördur, die einen erbärmlichen Skraelingi unter ihren Vorfahren haben, über mehr Land verfügen als sie selbst? Dass sie Land verpachten und noch dazu so erfolgreiche Fischer sind, während in anderen Fjorden kein einziger Fisch anbeißt?«

»Aber in schlechten Zeiten haben wir doch die Fische und Robben immer unter allen Bauern unserer Gemeinde aufgeteilt, unter den großen wie den kleinen, und sogar gestattet, dass sie in unseren Fischgründen angeln«, widersprach Mikjáll. »Nur wenige geben so viele Almosen und sind so großzügig wie wir. All die Menschen, die in den Quartembertagen zu uns kamen … Man hätte fast meinen können, dass auf dem Bischofssitz kein Bissen mehr aufzutreiben ist. Dabei sind die Vorratskammern hier randvoll mit Trockenfisch, der auf englische Kaufleute wartet, während die armen Menschen im Einars- und Eiríksfjördur Hunger leiden. Man sollte doch meinen, dass einige hier ein wenig Dankbarkeit zeigen, und sei es nur, um einen hilflosen Menschen vor dem Hungertod zu bewahren.«

Valur schüttelte den Kopf. »Nichts ist schlimmer für die Leute, als um milde Gaben bitten zu müssen und in der Schuld anderer zu stehen, obwohl sie wissen, dass die Almosen ein Geschenk an unseren Herrn sind und es keine weltliche Gegenleistung dafür gibt. Diejenigen, die das größte Wohlwollen erfahren haben, sind dieselben, die sich nun am meisten darüber freuen, dass die Farserker in Schwierigkeiten sind.«

Haukur bekräftigte die Worte seines Vaters. »Wenn uns das Glück im Stich lässt, meinen sie, dass es zu ihnen kommt, denn irgendwo muss das Glück ja hinfallen«, sagte er ironisch. »Wir dürfen nicht vergessen, dass Pfarrer Páll hier am Einarsfjördur viele Verwandte hat. Der Bischofsverweser hat ihm seinerzeit zu seiner Stellung verholfen. Die Leute befürchten, dass Gardar den Zehnten noch härter von denen einfordern wird, die es wagen, sich gegen den Bischofssitz zu stellen. Die Menschen sind alle hoch verschuldet. Wenn das Meereis östlich des Landes nicht immer dicker werden würde, wären noch mehr Familien nach Island gegangen. Nach der Plage gibt es dort reichlich günstiges Land. Aber viele glauben, dass in den letzten Jahrzehnten schon genug Menschen gegangen sind. Das Land der Väter muss bewohnt bleiben, koste es, was es wolle, auch wenn es hier nichts als Hunger und Leid gibt. Wie groß das Glück im Hvalseyjarfjördur doch ist: Wegen all der Notjahre entfällt Jahr für Jahr die Pacht!«

Die Bitterkeit in Haukurs Stimme entging Mikjáll nicht, und er blickte zu Valur. Doch sein Stiefvater zuckte nur mit den eingefallenen Schultern und antwortete nicht, obwohl er die Andeutung zweifellos verstanden hatte. Vater und Sohn waren sich in dieser Sache schon lange uneins und hatten das eine oder andere Mal heftig darüber gestritten.

Haukur schwieg einen Moment und sprach dann weiter: »Sobald das nächste Schiff anlegt, sei es aus England, Island oder Norwegen, werden viele eine Überfahrt kaufen. Auch Katla, ich und die Jungs werden das tun. Gott gebe, dass das geschieht, bevor uns noch mehr Unheil ereilt.«

Zu Mikjálls Verwunderung schien Haukurs Äußerung Valur kaum zu überraschen.

»Du tust, was du für dich und deine Familie für richtig hältst, mein Sohn«, sagte er matt. »Jeder ist seines Glückes Schmied.«

Die Brüder schauten sich an. Haukur war anzusehen, dass ihn Valurs Antwort genauso überraschte wie Mikjáll. Das harte letzte Jahr hatte seine Spuren an ihrem Vater hinterlassen. Er war ein gebrochener Mann.

»Wäre ich doch mit Naaja im Norden geblieben, statt sie

hierherzubringen in dieses Wurmloch voll Neid und Misstrauen«, sagte Mikjáll leise. »Dort ein Auskommen zu finden ist erfolgversprechender als hier. Das ganze Jahr über gibt es genug zu jagen und keine Steuereintreiber von König oder Kirche.«

Haukur nickte zustimmend. »Und auch keine scheinheiligen Priester.«

»Wofür ihr jungen Männer euch auch entscheidet, meine Ragnfrídur und ich werden wohl bleiben, solange noch ein paar Schafe am Leben sind und wir eine Kuh haben, die Milch gibt«, sagte Valur genauso gelassen wie zuvor. Er schaute geistesabwesend hinunter zum Strand, wo das Johannismessenfeuer schon entfacht worden war. »Schlimm zu sehen, wie es all das Feuerholz frisst«, murmelte er in seinen grauen Bart und schüttelte kritisch den Kopf.

Einige Menschen tanzten ausgelassen ums Feuer, und ihr rhythmischer Gesang schallte über die Gardarsslétta:

Sie waren auf hoher See,
– das ist der Kaufleut' Geschäft –
vierzig Tage,
– das Segel gerefft –
waren auf See so lange,
dass der Hunger sie nahm in die Zange.
– doch sie segeln, wie wild die Wellen auch tosen.

XIX

Am Morgen der Johannismesse war der Himmel grau und wolkenverhangen. Diesmal ging Naaja mit den Bewohnern von Thjódhildarstadir in die Kirche, obwohl sie bis dahin noch nie zur Messe gegangen war und es ihr eigentlich auch widerstrebte. Doch Mikjáll hatte sie dazu überredet, denn er glaubte, dass es sich positiv auf ihren Fall auswirken würde, wenn niemand sagen konnte, dass sie Gottes Haus meide. Außerdem wollte er sie keine Sekunde aus den Augen lassen. Die Angst war zu stark, dass der Gesetzessprecher sie festnehmen lassen könnte, denn dass das bislang noch nicht passiert war, kam ihm ohnehin sonderbar vor. Daher stand Mikjáll diesmal nicht vorne am Chorzaun bei seinen Verwandten und den anderen besseren Familien, sondern mit Naaja am Wasserstein in der Vorkirche, unter Almosenempfängern und Frauen, die gerade geboren hatten und noch unrein waren. Etwas anderes wollte er nicht riskieren. Vielleicht würde die Demut, die sich dahinter verbarg, einen mildernden Einfluss auf die Richter haben. Es war seltsam für Mikjáll, unter all den armen Menschen an der Kirchenpforte zu stehen. Er war bestürzt, wie schlecht einige von ihnen aussahen, wie sehr die harten Jahre und der Hunger sie gezeichnet hatten. Die Gesichter waren eingefallen, manche hatten Eiterbeulen und hässliche Narben, die Kleider waren zerschlissen. Zum Glück war die Domkirche von Gardar so groß, dass ihnen keiner zu nahe kam. Es wirkte fast so, als hätte sich um sie herum eine unsichtbare Mauer aufgetürmt. Wie ein

Kind hielt Naaja seine Hand, und er merkte an ihrem Griff, wie ängstlich und unruhig sie war. Dadurch spürte er umso mehr seine eigene Kraftlosigkeit und betete noch inständiger, dass alles besser ausgehen würde, als es im Moment aussah.

Als die Messe am frühen Vormittag vorbei war, hing eine Regenwolke am Himmel. Während der kurzen Prozession von der Domkirche zum großen Festhaus, wo das Thing stattfinden sollte, legte sich feiner Nieselregen auf die Haare und Gugeln der Menschen. Obwohl es im Saal Platz für einige Hundert Mann gab, hatten nur die Zutritt, die eigenes Land besaßen und Steuern dafür bezahlten. Die meisten standen vor der offenen Tür und erzählten sich gegenseitig, was drinnen vor sich ging. Mikjáll bahnte sich einen Weg durch die dichte Menge und führte Naaja zu den Bänken von Thjódhildarstadir an der Westwand, wo sich seine Familie bereits eingefunden hatte.

Auf einem kleinen Podest an der Südseite des Saales saß ein Dutzend Männer mit einem wärmenden Bärenfell unter ihren Füßen. Diese Männer hatte Gesetzessprecher Thorsteinn von Brattahlíd als Richter in die Gesetzesversammlung Lögrétta berufen. Er selbst thronte auf einem herrschaftlichen Sitz in der Mitte, und rechts neben ihm saß Offizial Indridi, herausgeputzt mit Bischofsmitra und geschwungenem Stab, dessen Krümme aus einem Zahn geschnitzt war. Daneben erkannte Mikjáll zu seiner Freude Abt Brandur, den Onkel vom Kloster am Ketilsfjördur. Pfarrer Páll Hallvardsson saß auf der linken Seite des Gesetzessprechers. Die Kratzer in seinem Gesicht waren ohne Kruste und auffallend rot. Die anderen Richter waren zum Großteil Bauern vom Einars- und Eiríksfjördur, zwei waren Söhne von Pfarrer Indridi, einen kannte er aus der Gegend Vatnahverfi, und ganz außen an der Westseite saß Magnús von Herjólfsnes, Haukurs Schwiegervater. Seine Unterstützung und die des Abtes waren ihnen gewiss. Auf die anderen Richter konnte man nicht zählen, sie waren einfach zu sehr auf das Wohlwollen von Gardar angewiesen. Wie es am Ende ausgehen würde, hing also ganz vom Gutdünken des Verwesers Indridi und des Gesetzessprechers selbst ab.

Zahlreiche Fälle warteten auf ihre Verhandlung, und wie immer ließ man die größeren warten und kümmerte sich zuerst um die scheinbar unkomplizierten Sachverhalte. So dauerte es nicht lange, all diejenigen zur Zahlung des Beerdigungsgeldes zu verurteilen, die die rechtmäßigen Grabkosten für ihre Verstobenen noch nicht an den Priester entrichtet hatten, obwohl das nicht gerade wenige waren. Etwas länger dauerte es, den Streit zweier benachbarter Bauern um den Besitz eines Fohlens zu klären. Die Stute des einen war vom Hengst des anderen befruchtet worden, und es brauchte mehrere Zeugen, um herauszufinden, ob der Hengst offiziell geliehen war, ob er die Mähre aus eigener Initiative begattet hatte oder ob man ihn im Glauben, dass der Besitzer sicher einverstanden sei, einfach ausgeborgt hatte. Die meisten hatten eine Meinung dazu und taten diese einander und den Richtern kund. Das sorgte für so viel Unruhe im Saal, dass der Gesetzessprecher die Anwesenden immer wieder zurechtweisen musste. Am Ende wurde das Fohlen dem rechtmäßigen Besitzer zugesprochen. Es war aus dem lebensspendenden Samen des Hengstes gewachsen, für den der Stutenbesitzer nicht gezahlt hatte.

Die Diebstahlsfälle, die vor das Gericht getragen wurden, waren zahlreich, wie immer in Notjahren. Am meisten war Nahrung gestohlen worden, Blutwurst und Ziegenkäse, geräucherte Wurst und eingelegte Robbenflossen. Alle Diebe wurden zu geringen Geldstrafen verurteilt, und wer nicht zahlen konnte, dem wurde die Haut vom Leib gepeitscht. Ein Mann jedoch hatte es übertrieben und für sich und die Seinen Vieh aus dem Bestand des Pfarrers der Arhuskirche geschlachtet. Der Mann, ein Kleinbauer aus der Bucht Pétursvík, entschuldigte sich damit, dass er eine ganze Kinderschar habe und schon einige vor

Hunger gestorben seien, doch er war bereits gebrandmarkt und schon früher einmal für Diebstahl im großen Stil ausgepeitscht worden. Die Gesetze waren eindeutig bei so schweren Verbrechen, das musste auch ihm bekannt sein. Ein zweiter Gesetzesbruch bedeutete die Todesstrafe, die am Ende des Things mit dem Erhängen zwischen den Galgenfelsen vollstreckt werden sollte. Der Viehdieb wurde weinend abgeführt.

Mikjáll versuchte, Naaja zu erklären, was vor sich ging, doch Naaja konnte beim besten Willen nicht nachvollziehen, was die vielen Menschen verbrochen hatten, die ohne Erlaubnis Essensreste aus Vorratskammern genommen hatten. Warum hatte man den Hungernden nicht einen Teil der Jagd derer gegeben, die mehr als genug für sich selbst hatten, fragte sie erstaunt, doch auf eine so eigenartige Frage wusste Mikjáll keine Antwort. Die Gesetze im Kapitel über Diebstahl waren zwar hart, aber so war es schon immer gewesen. Niemand sollte damit durchkommen, dass er Essen von fremden Tellern stahl.

Erst am frühen Abend, als Mikjáll schon dachte, dass das Thing auf den nächsten Morgen vertagt werden würde, ohne dass Naajas Fall zur Sprache gekommen war, ließ Gesetzessprecher Thorsteinn sie von zwei Männern zu einer Bank vor dem Gerichtspodest führen und bat um Ruhe. Man widme sich nun der Klage von Pfarrer Páll Hallvardsson, Priester der Hvalseyjarfjardarkirche, gegen eine Skraelingjarfrau, die Naaja heiße und aus dem Króksfjördur in Nordurseta stamme.

Schlagartig verstummten alle. Einige versuchten, sich weiter nach vorne zu drängeln, um einen Blick auf die Angeklagte zu erhaschen, doch Naaja saß vornübergebeugt da, und ihr Gesicht war kaum zu sehen. Nach wie vor wollte der Priester nicht anfangen, solange dem Weibsbild nicht die Augen verbunden waren. Sie sollte ihm und anderen, die gegen sie aussagten, keinen bösen Blick zuwerfen können und damit noch mehr Unheil anrichten als das, was er schon habe ertragen müssen. Naaja rührte sich nicht, als man ihr mit einem Stofffetzen die Augen verband, doch Mikjáll ballte in ohnmächtiger Wut die Fäuste.

Dann ergriff Pfarrer Páll das Wort und redete in einem fort. Er fing bei seinen Wurzeln und der näheren Verwandtschaft zum seligen Álfur an, dem Grönlandbischof, der ein Cousin zweiten Grades des Großvaters seiner Mutter gewesen war. Er berichtete von seinen frühen Lehrjahren im Ketilsfjardarkloster und von seinem anschließenden langen und schweren Dienst für das Bistum des Bischofs von Gardar und für Gott den Allmächtigen, zunächst am Ísafjördur, in den abgelegenen Gemeinden ganz im Westen von Eystribyggd, dann eine Weile in der Sólarfjallakirche und die gesamten letzten Jahre in der Hvalseyjarfjardarkirche. Am Ísafjördur, sagte der Priester, und dabei verfinsterte sich sein Gesicht, sei er vor langer Zeit zum ersten, aber nicht zum letzten Mal mit den von Skraelingjarn herbeibeschworenen Dämonen in Berührung gekommen und hätte erlebt, welche Gefahr der Umgang mit ihnen für alle rechtschaffenen Christenmenschen berge.

Auf einem Hof namens Ós, wo eine Familie lebte, die Vestribyggd hatte verlassen müssen, arbeiteten eine Skraelingjarmutter und ihre Tochter. Beide hatten breite Gesichter, waren schwarz und hässlich, faul und widerspenstig, obwohl der Hausherr gut zu ihnen war und sie nie zu Unrecht misshandelte. Dann wurde die Tochter schwanger, vermutlich von dem Taugenichts, der sich auf Ós als Knecht verdingte, obwohl dieser es nie zugab und auch das Weibsbild sich weigerte, seine Schuld einzugestehen. Sie weigerte sich auch, jemand anderen als ihren Herrn als Kindsvater zu benennen. Der aber war ein gottesfürchtiger und gewissenhafter Mann, der sich dem Pack ausschließlich näherte, um ihm Arbeit aufzutragen. Er hätte sie besser nie in sein Heim gelassen, denn im selben Herbst erkrankten er und die Hausherrin, hatten große Schmerzen und litten unter Fieber, wie es noch nie zuvor jemand erlebt hatte. Da war der Priester gerufen worden, um die Leidenden durch Gottes Wort zu heilen, und zum Glück war ihm in den Sinn gekommen, sich das Krankenlager der beiden anzusehen und die Decken aufzuschütteln. Da kam der Krankheit wahre Wurzel ans Licht. An dieser Stelle schwieg Pfarrer Páll einen Augenblick, bevor er den Faden wieder aufnahm, damit den Zuhörern die Tragweite der Angelegenheit bewusst wurde. Jemand hatte eine Puppe unter die Decken gesteckt, eine Ausgeburt aus Knochen, Zähnen und Federn von allen denkbaren Bestien, die so schrecklich aussah, dass kein Zweifel bestand, woher die Krankheiten des Ehepaars rührten. Die Skraelingjarfrauen hatten schwarze Magie angewandt, um ihren Hausherren Leid anzutun. Unter den Zuhörern brach Unruhe aus, viele der älteren nickten und erinnerten sich noch an diesen Vorfall. Die Sache war nie vors Thing gekommen, da die junge Frau ihren Nachwuchs kurz darauf verlor und am Blutverlust starb. Sicher hatte sie selbst versucht, das Ungeborene zu töten. Auch die ältere verstarb. Sie entledigte sich im Fluss ihrer selbst, nachdem sie gestanden hatte, die Puppe erschaffen und verhext zu haben, um das Ehepaar von Ós umzubringen. Allein Gottes Segen habe sie gerettet, sagte Pfarrer Páll mit Nachdruck, mithilfe Seines ergebenen Dieners, der das Puppenmonstrum verbrannt habe und alles, was die Skraelingjar angerührt hatten. Daher, fuhr er mit düsterer Miene fort, wissen wir, welcher Gefahr man sich aussetzt, wenn man sein Haus für ungläubige Bewohner aus dem Norden öffnet. Das hätte er im Frühling auch den Bewohnern von Thjódhildarstadir beibringen wollen, als die Nordurseta-Reisenden das schuldige Skraelingjarweibsbild mitbrachten, das hier zu sehen sei. Der Priester zeigte mit seinem langen Zeigefinger auf Naaja, die während seiner gesamten Rede wie versteinert und in sich zusammengesunken dagesessen hatte, die gefalteten Hände im Schoß.

Mikjáll war nicht sicher, wie viel sie von Pfarrer Pálls Bericht verstanden hatte. In der kurzen Zeit hatte sie zwar unglaubliche Fortschritte in der nordischen Sprache gemacht, doch der Priester drückte sich so gestelzt aus, als ob Sonntag wäre und er auf der Kanzel stünde. Daher war zweifellos vieles an ihr vorbeigegangen. Es schert diesen Mann nicht im Geringsten, dachte er wütend, ob Naaja versteht, wofür sie angeklagt ist oder nicht. Für ihn zählt einzig und allein, seine Macht zu demonstrieren.

Pfarrer Páll begann nun zu beschreiben, was sich in der vergangenen Woche in der Hvalseyjarfjardarkirche zugetragen hatte. Als er während seines inbrünstigen Berichts mit flatternden Armen und wehendem, schwarzem Talar vor den Richtern und Zuhörern hin und her stiefelte, sah es aus, als könnte er jeden Moment vom Holzboden abheben. Den größten Eindruck jedoch hinterließen mit Sicherheit die schlecht verheilten Wunden im Gesicht und auf dem Kopf des Priesters. Mikjáll kamen sie noch röter und geschwollener vor als am Tag zuvor, als er auf dem Weg nach Gardar Pfarrer Páll im Zehnruderer gegenübergesessen hatte. Jetzt, wo der Pfarrer mit ausladenden Gesten beschrieb, wie sich die Skraelingjarfrau mithilfe eines Zauberspruchs in einen furchtbaren Raubvogel verwandelt und ihn todeswütig mit Schnabel und Krallen angefallen habe, und das in der Kirche, wirkten die Wunden schlimmer als jemals zuvor.

Da zupfte es an Mikjálls Ärmel, und er schaute nach unten. Die kleine Salný hatte sich neben ihn gestellt, und er beantwortete die Frage in ihren Augen nach kurzem Nachdenken mit einem Nicken. Die Menschen sollten erfahren, was das Mädchen gesehen hatte. Nach dem Bericht des Priesters würde man sie womöglich nicht mehr zu Wort kommen lassen, und falls doch, wäre es dann sicher zu spät. Mikjáll stand auf und hob die Kleine auf die Bank.

»So war das überhaupt nicht!« Die Stimme des Mädchens war zu vernehmen, leise zwar, aber doch so deutlich, dass Pfarrer Páll sie wahrnahm und mitten im Satz abbrach. Er drehte sich um und starrte mit offenem Mund das Kind an. Auch die Richter und Zuhörer hielten nach dem Mädchen Ausschau, das gesprochen hatte.

»Das war bloß der Hofrabe, der in der Kirche eingesperrt war«, sagte Salný, leicht verunsichert und eingeschüchtert von all der Aufmerksamkeit, die plötzlich auf sie gerichtet war. Statt dem fassungslosen und verärgerten Priester in die Augen zu blicken, sah sie Naaja an, die ebenfalls aufgeschaut hatte, als sie die Stimme des Mädchens gehört hatte. Auf Naajas Lippen zeigte sich ein kleines Lächeln. »Der Rabe kam nicht raus, weil Pfarrer Páll in der Tür stand«, fuhr Salný fort, und ihre Stimme war nun ein wenig sicherer. »Ich war in der Kirche und habe gesehen, was passiert ist!« Ein Raunen ging durch die Menge. Einer krächzte wie ein Rabe, und ein anderer brach daraufhin in schallendes Gelächter aus.

Pfarrer Páll stieg Zornesröte ins Gesicht. »Wir Christen müssen daran denken, wie gerissen Satan ist und wie hinterhältig seine Wege«, polterte er los und zeigte dem Mädchen die geballte Faust. »Wenn die Schlange Schlimmes fürchtet, schreckt sie nicht davor zurück, Unschuldige irrezuführen, damit sie sie durch falsche Aussagen schützen. Es ist leicht, ein liebes Kind zum Lügen zu verführen, doch wir Älteren kennen die Gefahr des Bösen und wissen, dass wir uns vor der Giftzunge hüten müssen. So lieblich sie auch klingen mag, sie ist dennoch trügerisch!«

Salný öffnete den Mund, doch nur diejenigen, die unmittelbar in ihrer Nähe standen, hörten ihren zarten Protest: »Ich lüge nicht!« Tränen stürzten aus ihren Augen, und sie warf Mikjáll einen schmerzerfüllten Blick zu. Sie wusste nicht mehr weiter. Dem Priester war es gelungen, sie aus der Fassung zu bringen.

Mikjáll legte ihr tröstend eine Hand auf die Schulter. »Du hast das Richtige getan«, sagte er leise.

Pfarrer Páll hatte nur für einen Moment den Faden verloren. Jetzt nahm er seine Rede wieder auf, die nicht minder feurig war als zuvor. »Gott wische die Finsternis des Unglaubens von euren Herzen, liebe Brüder und Schwestern, denn noch habe ich euch nicht von dem Verbrechen berichtet, das euch alle von der angeborenen Bosheit der Heidin überzeugen wird, die hier gerichtet werden soll.« Er sah Mikjáll in die Augen, mit siegessicherem Blick. »Die Skraelingjarfrau hat nicht nur Magie angewandt und Gottes Diener übel mitgespielt, sie hat sich auch des Mordes schuldig gemacht!«

Die Zuhörer und Richter schnappten angesichts dieser unerwarteten Neuigkeit nach Luft. Auch Mikjáll riss vor Verwunderung den Mund auf. Was wollte der Priester denn jetzt vorbringen?

Pfarrer Páll lief ins Publikum und führte einen der Zuhörer vor die Richter, einen großen und breitschultrigen Mann. Es war Álfur der Einfältige, der bange dreinblickte.

»Sag uns, was du mir über den Vorfall berichtet hast, den du im Jagdhaus an den Greipar-Buchten am Morgen jenes bedauerlichen Tages beobachtet hast, an dem Andrés, der Sohn von Indridi, Offizial der Diözese des Bischofs von Gardar, sein junges Leben verlor«, befahl der Priester und verschränkte die Arme vor der Brust.

Verweser Indridi sprang auf und wirkte entgeistert, setzte sich aber wieder, als Abt Brandur beruhigend eine Hand auf seine Schulter legte und ihm etwas ins Ohr flüsterte. Die Richter waren offensichtlich genauso überrascht wie alle anderen.

Álfur löste seine angsterfüllten Augen von Pfarrer Páll und schaute zu Naaja. Dann senkte er den Blick und sagte nichts. Er war zu Tode geängstigt.

»Du brauchst keine Furcht vor dem Teufelsweib zu haben. Solange es nicht seinen bösen Blick auf dich richten kann, bist du außer Gefahr«, sagte der Priester schnell. »Erzähle nun dem

Gesetzessprecher und den Richtern, wie du und die anderen Männer im Morgengrauen aus dem Tiefschlaf gerissen wurdet, als der Skraelingi seinen bösen Fluch über Andrés Indridason sprach, der schutzlos am Boden lag, niedergestreckt von der Kraft des Bösen!«

Álfur sah verwirrt auf. »Aber keiner von uns hat verstanden … was … was Naaja gesagt hat«, stammelte er. »Es ist nicht sicher, dass das ein …«

»Der Skraelingi hat die Zauberformeln in seiner eigenen heidnischen Sprache aufgesagt, unverständlich für gottesfürchtige Seelen«, fiel ihm der Priester ins Wort. »Der Fluch war so stark, dass der junge Andrés von der Macht der Verwünschung hinunter an den Strand und hinaus auf die Bucht gezogen wurde, wo das Biest mit Hexenkraft das Eis unter seinen Füßen brechen ließ, und er in den eiskalten Fängen des Meeres den Tod fand!« Der Priester wandte sich den Richtern zu und bekreuzigte sich gottesfürchtig. »Der Herr nehme sich der Seele des guten Jungen an und erhebe sie.«

Einen Moment lang herrschte Totenstille, doch dann schallten Aufschreie und Rufe und Beschimpfungen durch den Saal, einer brüllte: »Verbrennen wir die Hexe!«

Ragnfrídur warf ihrem Sohn einen fragenden Blick zu, und Mikjáll, der aufgesprungen war, schüttelte fassungslos den Kopf. Pfarrer Páll hatte sich eine Ereigniskette zusammengeschustert, die weder Hand noch Fuß hatte. Er nutzte den armen Álfur aus, um seiner Geschichte Glaubhaftigkeit zu verleihen. Er musste eingreifen.

Gesetzessprecher Thorsteinn hob eine Hand, worauf die Menschen augenblicklich still wurden.

»Warum ist uns das nicht schon früher zu Ohren gekommen?«, fragte Verweser Indridi, das Gesicht bleich vor Entsetzen.

»Die Seelen der Jäger sind rein und unschuldig, sie wissen

nichts von der Niedertracht und Verschlagenheit, die im Bösen lauert«, erwiderte Pfarrer Páll. »Genau wie wir, die wir gelehrter sind, kennen sie die Verlockungskünste der Skraelingjar nicht aus eigener Erfahrung. Es war nicht zu erwarten, dass sie von allein die Gefahr erkennen, die das Zusammenleben mit den Wilden birgt. Auch ich wusste nicht, wie schrecklich sich der Tod des Sohnes unseres ehrwürdigen Indridi zugetragen hatte, ehe mir dieser herzensgute Bursche, Álfur Sighvatsson, auf mein beharrliches Nachfragen hin den Lauf der Ereignisse an jenem Trauertag geschildert hat, an dem der Sohn des gnädigen Herrn Indridi durch das Eis gebrochen ist.«

Mikjáll hatte genug. »Das ist der reinste Unfug!«, schrie er wütend. »Ich selbst habe ein halbes Jahr lang täglich mit dem Mädchen Naaja zu tun gehabt. Eine reinere Seele als die ihre habe ich nie gesehen. Mich selbst hat sie im Hochland vor dem sicheren Tod gerettet, als sie den Bären erlegte, der bereits meinen Stiefbruder Kolbeinn getötet hatte. Allein mit Pfeil und Bogen und der Hilfe ihrer Jagdhunde. Sie hat keinen Zauber angewandt, weder dort noch im Hvalseyjarfjördur, wie auch schon das Mädchen Salný Kolbeinsdóttir vorgetragen hat. Am Ertrinken von Andrés Indridason hat sie nicht die geringste Schuld. Sein Tod war ein tragischer Unfall, das können alle bezeugen, die in Nordurseta waren!«

Der Priester schaute Mikjáll an und sah aus, als wäre er ernsthaft verwundert.

»Du wagst es, meine Worte und die Aussage deines Kameraden in Zweifel zu ziehen?!«

»Sie sind nicht wahr, und die Anklage ist die reinste Erfindung!«

Pfarrer Páll schüttelte den Kopf, wirkte nun fast betrübt, und wandte sich langsam mit erhobenen Armen den Zuhörern zu, als wollte er sie segnen. »Gibt es unter den Nordursetamännern jemanden, der vor dem Gericht einen Eid schwören will, dass die Frau den seligen Andrés am Morgen seines Todestages nicht verflucht hat?«, fragte er laut und deutlich.

Ein Flüstern ging durch die Menge. Álfur der Einfältige, der zur Seite getreten war, guckte beschämt auf den Boden und mied es, den Blick zu heben. Mikjáll schaute hoffnungsvoll auf die Menge und suchte sie nach seinen Kameraden aus Nordurseta ab, entdeckte aber niemanden. Dann bewegte sich etwas in der Mitte der Zuschauerreihen. Jón der Rote kämpfte sich mit den Ellbogen vor das Gerichtspodest.

»Ich wurde von einem Poltern geweckt, als Andrés nackt aus dem Bett des Mädchens plumpste, aber einen Fluch habe ich nicht gehört«, sagte er ruhig. »Gott strafe meine Seele, wenn ich lüge.«

Der Priester zog die Brauen zusammen, doch Jón der Rote hielt dem scharfen Blick stand. Nach einem Moment des Schweigens schnaubte Pfarrer Páll. »Einer der Männer ist bereit, seine Seele durch einen falschen Eid aufs Spiel zu setzen«, sagte er und wandte sich wieder den Richtern zu. »Alle anderen schweigen, denn sie kennen die Wahrheit. Daher ist sein Schwur hinfällig. Wir wissen, dass die heidnische Skraelingjarfrau und Mikjáll Ragnfrídarson von Thjódhildarstadir sich im Króksfjördur der Fleischeslust hingegeben haben. Jetzt offenbart sich die Folge dieser Sünde: Die Heidin hat den jungen Mann blind gemacht, und nun bezichtigt er Gottes Diener vorsätzlich der Lüge, immer noch im Bann der körperlichen Gier und Lust.« Er drehte sich um und zeigte auf Naaja. »Er sagt, diese schwächliche Frau habe einen Eisbären getötet. Wie kann es sein, dass ein erbärmliches Skraelingjarweib eine solche Heldentat vollbringen kann, an der zwei gesunde Männer aus unseren Reihen zuvor offenbar gescheitert waren?!« Er antwortete sich selbst mit höhnisch triumphierender Stimme: »Mikjáll Ragnfrídarson hat soeben selbst bezeugt, dass das Skraelingjarweib magische Kräfte hat walten lassen, denn anders hätte sie eine solche Leistung nicht vollbringen können. Für diese und andere Teufeleien soll sie nach Gottes und der Menschen Gesetz mit dem Feuertod bestraft werden!«

*

Das Stimmengewirr wurde zu einem einzigen Brausen, einem Dröhnen in der Dunkelheit. Während der Priester lautstark seine Rede geschwungen hatte, war sie gedanklich ganz woanders gewesen, bei ihrem Qaamaneq. Ganz langsam hatte der Lärm abgenommen und war in weite Ferne gerückt, bis sie allein war mit ihren Gedanken und Erinnerungen. Momentaufnahmen tauchten hinter ihren geschlossenen Lidern auf. Da war sie als Kind mit Ataata in der Winterdunkelheit, auf dem Weg über das Eis, und das Gleiten der Schlittenkufen wurde eins mit dem Gesang des Windes. Ihr Vater beugte sich nach vorne und sagte, dass sie ihm die liebste von allen sei. Da war das bärtige Walross, dass schreiend im Sterben lag, die großen Stoßzähne blutverschmiert. Einen Augenblick später hockte sie allein draußen auf dem Eis an einem Atemloch, mit dem köstlichen Geschmack von Robbenleber auf der Zunge. Dann war da plötzlich das rote Maul des großen Eisbären. Sie rutschte in seinen Magen und sah die Mutter des Meeres in ihrer Höhle, ihren schwermütigen Blick und das Haar ein einziger Knoten. Sie sah die Trauer über ihr missgebildetes Kind in Tartes Augen. Nach einer Zeit der Finsternis war über den Gipfeln wieder die Sonne aufgegangen: Mikk rief ihren Namen, und sie sah die Liebe, die sich im matten Schein der Lampe in seinen Augen spiegelte. Der große Rabe flog mit ihr über das gebrochene Meereis. Dann hörte sie eine helle Kinderstimme, und das Gesicht der kleinen Salný tauchte auf. Tulugaq lag wiedergeboren in ihrem Arm, und Naaja streichelte über den roten Flaum auf dem Kopf des Jungen, voller Erstaunen und Freude über das Wunder des Lebens.

Jemand packte sie grob am Arm und zerrte sie auf die Beine. Der Lärm drang wieder an sie heran, Rufe und Schreie. Jemand riss ihr an den Haaren, und Spucke landete auf ihrer Wange. Es waren so viele Menschen um sie herum, und es war so eng, dass sie über irgendwelche Füße stolperte. Sie wurde wieder hochgezogen und merkte, dass sie nun draußen im Regen war. Sie wollte die Augenbinde abnehmen, konnte aber ihre Arme nicht bewegen. Zwei starke Männer hatten sie in ihre Mitte genommen und schleiften sie mit. Sie spürte erst Stein und dann Gras unter ihren Füßen. Viele Menschen liefen hinter ihnen her, und sie bekam Angst. Sie rief nach Mikk, hörte aber seine Stimme nicht aus dem Chor heraus, der ihr hinterherbrüllte wie ein Schwarm Küstenseeschwalben, der einen Wolf aus dem Brutgebiet verjagt.

Dann ein Rumpeln, sie wurde eine Treppe hinuntergestoßen und losgelassen. Wieder fiel sie hin, doch diesmal konnte sie die Hände nach vorne nehmen und sich die Binde von den Augen reißen. Unzählige wütende Gesichter starrten sie an, als sie durch einen niedrigen Eingang in eine Kammer geschubst wurde und eine Tür hinter ihr zuknallte. Wieder war sie von Dunkelheit umgeben. Sie kauerte sich in der Nähe der Tür auf den harten Erdboden, da durch die Schlitze an der Türschwelle und zwischen den Brettern ein winziger Lichtschimmer in die Kammer drang. Ein paarmal rief sie nach Mikk, bekam jedoch keine Antwort. Unbekannte, schrille Stimmen befahlen ihr zu schweigen. Sie gab auf. Es war kalt und feucht, der säuerliche Geruch von Angst und Hoffnungslosigkeit lag in der Luft. Sie merkte, dass sie nicht allein in der Kammer war. Eine heisere Männerstimme aus der Finsternis bestätigte ihre Vermutung.

»Wer bist du?«

»Naaja.« Sie erkannte die schwachen Umrisse eines Mannes, der direkt neben ihr mit ausgestreckten Beinen an der Wand lehnte.

»Was hast du getan?«

Sie wusste nicht, was sie antworten sollte, und sagte daher nichts.

»Was soll mit dir geschehen?«, fragte er nach kurzem Schweigen.

»Weiß nicht«, antwortete sie wahrheitsgemäß.

Der Mann hustete, dass es nur so rasselte. »Ich soll morgen hängen«, sagte er dann. »Weil ich nicht zusehen konnte, wie meine Bälger verhungern.«

Da wusste Naaja, dass dies der Mann war, der für sich und seine Familie ein Schaf genommen hatte und weinend aus dem Saal geführt worden war.

»Hängen?« Was meinte er damit?

»Ja. Sie legen eine Rah über die Galgenfelsen und lassen mich dort hängen, bis mir die Luft ausgeht. Und sicher noch länger«, sagte er kühl. »Das wird ein Fest für die Raben, falls sie überhaupt ein bisschen Fleisch an mir finden können.« Er lachte ein seltsames, gebrochenes Lachen, das im nächsten Augenblick in ein herzzerreißendes Schluchzen umschlug.

Ein zartes Kratzen an ihrem Knie ließ Naaja zusammenzucken. Irgendetwas flitzte über ihre Kamikken, ein kleines Tier, das die Kavdlunât Maus nannten. Die Tierchen galten als leidenschaftliche Lederfresser und nagten ständig Löcher in alle Felle und Decken. Sie merkte, dass auch sie hungrig war. Doch es nutzte nichts, sich nun darüber Gedanken zu machen. Sie fing an zu singen, um den schniefenden Viehdieb zu übertönen, vor allem aber, um die angsterfüllte Stimme in ihrem Kopf zu unterdrücken. Vielleicht wollten die Bleichen auch sie hängen, statt sie in die Einöde zu verbannen.

Frau, große Frau dort unten!
Lass es weichen, lass es fort von uns, das Böse.
Komm, komm, Geist der Tiefe!

Einer deiner Erdbewohner ruft dich,
bittet dich, beiße die Feinde zu Tode.
Komm, komm, Geist der Tiefe!

Sie wiederholte wieder und wieder dasselbe Lied. Es waren Verse, die der alte Tulugaq immer gesungen hatte, wenn das Volk am Gletscher in Schwierigkeiten war. Sie merkte, wie sie gelassener wurde und auch ihre Gedanken sich beruhigten. Der Dieb war endlich still. Schwere Müdigkeit kam über sie.

*

Ein Rumpeln ließ sie aufschrecken. Machte sich jemand an der Tür zu schaffen? Naaja setzte sich auf und lauschte. Draußen waren leise Stimmen zu hören. Die Tür knarrte in den Angeln. Jemand kam gebeugt herein, und der breite Körper füllte die schmale Türöffnung fast komplett aus.

»Gott grüße euch.« Die halb erstickte Stimme war dunkel und unbekannt. Alt.

Naaja kauerte sich noch tiefer in die Ecke und hielt den Atem an.

»Naaja?« Eine tiefe Stimme, jünger. Ein weiterer Mann trat hinter dem ersten in die Kammer. Mikk! Sie rappelte sich auf und stürzte zum schwachen Licht, das durch die offene Tür fiel.

»Da bist du, Gott sei Dank!« Er fasste sie am Arm.

»Zieh das an, und sei dabei ganz leise«, flüsterte er und warf ihr einen groben Lodenumhang mit riesiger Kapuze zu.

»Schnell!« Auch er trug einen solchen Umhang. Die Kapuze war so groß, dass sein Gesicht kaum zu sehen war.

»Ist der Tag schon angebrochen?« Der Dieb war aufgewacht, und Furcht lag in seiner Stimme. Mikk drehte sich um, so dass Naaja nicht sah, was er tat, sie hörte nur ein Stöhnen im Schatten.

»Gott vergebe dir deine Sünden und schenke dir wahre

Reue in der Todesstunde«, sagte der andere Mann leise in der Ecke, und schon waren sie draußen in der düsteren Sommernacht unter wolkenverhangenem Himmel. Naaja sah, dass Mikks Begleiter der alte, runzlige Mann war, den er ihr zwischen den Richtern gezeigt und als einen Verwandten vorgestellt hatte, der auf ihrer Seite stünde.

Mikk zog die Tür hinter ihnen zu, hantierte daran herum und reichte seinem Verwandten einen kleinen Gegenstand.

»Hier ist der Schlüssel, gnädiger Brandur, und habe herzlichen Dank für deine Hilfe. Der Himmelsvater möge deine Güte belohnen.«

»Gottes Segen sei mit euch, mein Junge, wo eure Wege euch auch hinführen mögen.«

Die Männer küssten und umarmten sich.

»Was wirst du sagen, Onkel, wenn man uns am Morgen vermisst?«, fragte Mikk leise.

»Einen betagten Abt werden sie wohl kaum um eine Erklärung für eine solche Katastrophe bitten«, antwortete der alte Mann. »Sie werden sich auf die Suche begeben, also beeile dich besser.« Er klopfte Mikk auf den Rücken. »Mögen Gottes Engel auf dem Weg in den Norden über euch wachen.«

*

Wären die beiden bemerkt worden, hätte man sie in den Umhängen mit den großen Kapuzen für Mönche gehalten, die auf dem Weg zur Morgenmesse in der Domkirche waren. Es war eine sehr gute Idee von Abt Brandur. Zu Mikjálls Erleichterung gelangten sie ungesehen hinunter zum Bootsanleger in den Klippen, einem natürlichen Hafen, der selbst großen Booten Platz bot.

Haukur, Katla, seine Mutter und der Stiefvater saßen an den Ruderriemen des Marienkahns, die fünf schlaftrunkenen Kinder kauerten unter einer Decke im Bug. Mikjáll stand wie vom

Donner gerührt da. Außer dem Abt hatte er niemandem von seinem Fluchtvorhaben erzählt! Brandur hatte zwar versprochen, seine Familie zu informieren, aber erst, wenn sich die Aufregung gelegt haben würde. Offensichtlich hatte er sein Wort gebrochen.

»Ihr macht euch mitschuldig!«, stieß er hervor. »Gardar und Pfarrer Páll werden …«

»Sie werden uns ohnehin das Leben schwer machen, ob wir hierbleiben oder gehen«, fiel ihm Valur ins Wort. »Niemand wird glauben, dass du allein dafür verantwortlich bist, und wenn ich mich schon verteidigen muss, dann lieber auf eigenem Grund und Boden als hier.«

»Kommt schnell an Bord«, zischte Ragnfrídur. »Wir dürfen keine Zeit verlieren.«

Mikjáll und seine Mutter sahen sich in die Augen. Ihr Gesichtsausdruck war resolut, sie würde nicht davon abzubringen sein. Er zögerte einen Moment, half dann Naaja ins Boot und sprang hinterher.

»Den Marienkahn wollte ich eigentlich nicht nehmen und auch nicht nach Hause in den Hvalseyjarfjördur rudern«, sagte Mikjáll, während er sich mit Naaja auf die vorderste Ruderbank setzte, direkt vor die Kinder. Der kleine Hrafn lag warm eingepackt im Arm seiner schlummernden Schwester. Die blassen Söhne von Haukur und Katla beobachteten, was vor sich ging. Alle drei waren mucksmäuschenstill, ganz anders als sonst.

»Mein Plan war eigentlich, die Adlerin zu nehmen und in den Norden zu rudern.« Mikjáll warf einen Blick über die Schulter und sah, dass das kleine Boot hinten an den Zehnruderer gebunden war. Der Proviant, den er am Nachmittag darin verstaut hatte, war noch an seinem Platz.

»Und wie weit, glaubst du, wärt ihr wohl in einem Zweimannboot gekommen, das keinen Seegang aushält?« Die Frage kam von Haukur, der sich kräftig in die Riemen legte und weitersprach, ohne eine Antwort abzuwarten. »Selbst wenn euch die Flucht von hier geglückt wäre, hätte die erste Brise euren Tod bedeutet.«

Mikjáll antwortete nicht sofort. Er wusste, dass Haukur Recht hatte, und was hätte er da sagen sollen? Das Einzige, woran er gedacht hatte, war, Naaja so schnell wie möglich aus Gardar herauszubringen. Der Marienkahn war zwar ein verlässliches, schnelles Boot, aber er war groß und schwer und nur mit mehreren Ruderern zu fahren, wenn kein Wind ging. Außerdem wurde der Zehnruderer für die Jagd im Hvalseyjarfjördur gebraucht. Für die Robbenjagd war das kleine Boot ungeeignet, ganz zu schweigen von der Waljagd.

»Wir steigen in die Adlerin um, sobald wir Hreinsey erreicht haben«, sagte er schließlich entschlossen. »Wir können an der Küste entlangrudern und Schutz suchen, sobald Wind aufkommt. Einen anderen Ausweg gibt es jetzt nicht mehr.«

»Sicher gibt es andere Möglichkeiten!« Haukur wollte noch etwas sagen, doch sein Vater, der am Steuerruder ganz hinten im Schiff saß, fuhr ihn an: »Bevor ihr Brüder weitere Reisepläne schmiedet, müssen wir erst einmal hinaus auf den Fjord und außer Reichweite der Leute von Gardar gelangen«, sagte er barsch. »Rudert los, alle zusammen!«

Der Marienkahn kam gut voran, und ehe man sich's versah, war das Boot draußen auf dem engen Einarsfjördur vor der Landspitze, die den Bischofssitz vor den Meerwinden schützte. Wellen und eine leichte Brise schlugen ihnen aus dem wolkigen Südwesten entgegen, daher war es nicht möglich, das Segel zu hissen. Sie ruderten still weiter, und jeder hing seinen eigenen Gedanken nach. Nur die Ruderschläge und vereinzelte Möwenschreie zerrissen die Stille, bis Valur anfing, ein monotones Lied zu singen. Das letzte Wort jedes Verses zog er in die Länge:

Ich habe die raue See berudert
und gekämpft in den wildesten Wogen;
die Flut spült' mich heim in des Ufers Hafen.

Die anderen stimmten ein und sangen den Refrain im Takt der gleichmäßigen Ruderschläge.

Ich habe die ganze See berudert
doch kein einzig' Fisch an Bord gezogen;
die Flut spült' mich heim in des Ufers Hafen.

Die Sicht war schlecht und nahm immer weiter ab. Vor ihnen türmte sich eine düstere Wolkenmauer auf, die den Nebel vom Meer in den Fjord trieb. Gardar war längst nicht mehr zu sehen, doch auch das übrige Land verschwand hinter Wolkenschleiern. Obwohl Valur das Boot noch näher an die östliche Küste lenkte, sah man nur dann und wann durch den dichten Nebel ein Stück Land.

Der Wind ließ nach, kein Haar rührte sich auf den Köpfen der Ruderer, die nacheinander verstummten. Unheimliche Stille herrschte im Grau. Mikjáll ging nach vorne an den Steven und legte einen Riemen flach über die Reling, um zu verhindern, dass er mit den Eisschollen zusammenstieß. Genau in diesem Moment tauchte tatsächlich eine Scholle vor dem Schiff auf. Im letzten Augenblick gelang es Mikjáll, den Riemen dazwischenzuschieben, so dass das Boot ruhig an der weißen Insel vorbeiglitt, kaum eine Elle entfernt. Der eisige Hügel war zerklüftet und geschliffen, winzige Bäche rannen an ihm herab, und es plätscherte an den Stellen, wo sie aufs Meer trafen.

»So ein trübes Mistwetter«, sagte Valur und spähte in den Nebel. »Es müsste etwas aufklaren, wenn wir aus dem Fjord kommen. Bis dahin ist es nicht mehr weit.« Er fing wieder zu singen an:

Obwohl ich in den Süden segle,
trag' ich keine Sorg' in mir;
denk' ich nicht an die Gefahren,
denn mein Gott hilft mir.

Plötzlich verstummte er mitten im Lied. »Was war das?« Sie nahmen die Riemen aus dem Wasser und lauschten. Irgendwo dort draußen im Nebel waren Menschen zu hören. Jemand schrie. Eine schrille Frauenstimme. Nixen? Sie wechselten ängstliche Blicke. Alle kannten die Geschichten über diese gefährlichen Frauen, die am Meeresgrund lebten und ganze Schiffe mit Mann und Maus zu sich in die Tiefe zogen.

Wieder war das Schreien zu hören, noch durchdringender als zuvor.

»Gott der Allmächtige halte Seine schützende Hand über uns alle«, sagte Ragnfrídur und bekreuzigte sich. Leise murmelte sie das Vaterunser. Ihre Schwiegertochter Katla und die Kinder stimmten ein, demütig hauchten sie das Gebet über Gottes Willen, wie im Himmel, so auf Erden, und baten um Vergebung ihrer Sünden.

Mikjáll spähte in alle Richtungen und suchte nach einem Spalt im Nebel. Irgendwo in der Nähe musste ein Boot mit Menschen in Not sein, doch es war, als hätte jemand vor den Bug des Marienkahns eine schwarze Wand gemauert.

»Gnade, Gottes Gnade! Ihr Schurken! Lasst sie los!«

Eine verzweifelte Männerstimme kam aus dem Dunkel, klar und deutlich. Es wirkte fast, als käme sie von oben.

Verdutzt hob Mikjáll den Blick und rang nach Luft, als er unmittelbar vor dem Boot einen himmelhohen Segelmast sah. Der Dunst teilte sich wie Wolle im Kamm und im selben Augenblick wurde ihm bewusst, dass die schwarze Wand ein geteerter Schiffsrumpf war. In kaum drei Bootslängen Entfernung lag ein mächtiger Zweimaster mit Kastellen vorne und hinten. Die Segel hingen schlaff in der windstillen Luft. Auf die pechschwarze Bordwand des Schiffes war in weißen Buchstaben ein Name geschrieben, so klein, dass Mikjáll Schwierigkeiten hatte, ihn zu entziffern. *Maumet*?

»Englische Kaufleute?« In der fragenden Stimme seines Stiefbruders schwang Hoffnung. Ein Handelsschiff würde seine Pläne komplett umwerfen. Wenige Stunden zuvor hatten er und Valur noch darüber diskutiert, ob Haukur und Katla mit Mikjáll und Naaja im Marienkahn hoch in den Króksfjördur segeln sollten oder gar in den Westen, nach Markland oder Vinland. Schon lange hatte Haukur davon geträumt, seinen Verwandten aus dem Lýsufjördur nachzureisen, die sich vor vielen Jahren zu den Inseln im Westen aufgemacht hatten, doch seitdem hatte man nichts mehr von ihnen gehört und sein Vater war strikt dagegen, dass er sich in einem offenen Zehnruderer auf eine solch gefährliche Reise begab. Dabei dauerte es nur sechs Tage, von der Spitze der Króksfjardarheidi nach Markland zu segeln. Dort war der Abstand zwischen den Küsten am geringsten. Aber eine Überfahrt nach England mit einem verlässlichen Hochseeschiff war die bessere, sicherere Wahl. Von England aus würde man auch leicht nach Island gelangen, wo Ragnfrídur Verwandte hatte.

Doch Mikjáll schüttelte skeptisch den Kopf und legte einen Finger auf die Lippen. Das Schiff sah völlig anders aus als die Balinger und Koggen, die daheim in Kolkuós im Skagafjördur vor Anker lagen. Es war größer und hatte eine untypische, fremde Form.

Plötzlich hörten sie einen Schrei in einer fremden Sprache, dann Bewegung an Deck. Zwei Männer traten an die Reling. Sie schleiften ein schweres Bündel in ihrer Mitte, das sie über Bord warfen. Dann machten sie sofort kehrt, ohne dem fliegenden Etwas hinterherzuschauen. Das Bündel war eine Frau, das war eindeutig an der flatternden Schürze und dem weiten Rock auszumachen, der sich im Flug aufbauschte. Es platschte, als sie im Meer landete. Kleine Wellen schwappten an die Bordwand des Schiffes und ließen kurz darauf den Zehnruderer schaukeln.

»Gott steh uns bei!«, stieß Katla hervor und schlug sich sogleich die Hand vor den Mund. Sie starrten auf die Stelle, an der die Frau aufgeschlagen war, doch sie musste wie ein Stein untergegangen sein, da sie nicht wieder auftauchte. Vielleicht war sie auch vorher schon tot gewesen.

»Räuber!«, sagte Ragnfrídur leise, die Stimme voller Hass und Verachtung. »Mörder!« Die Bekanntschaft solcher Menschen hatte sie bereits gemacht. Vor anderthalb Jahrzehnten waren englische Seeräuber am isländischen Höfdarströnd an Land gegangen. Unter den Opfern war ihr blutjunger Neffe und die Frau, die ihn säugte. Daraufhin hatte es ein Gemetzel gegeben, bei dem die Bewohner vom Skagafjördur die Engländer gnadenlos umgebracht hatten. Einige waren dennoch mithilfe des englischen Bischofs entkommen, der seinen Sitz auf dem Gehöft Hólar im Hjaltadalur hatte.

Immer noch waren Klagelaute vom Schiff zu hören, und nun wussten sie, wer da schrie: Gefangene. Entführte Menschen, die in fremden Ländern als Sklaven verkauft werden sollten.

»Lasst die Riemen ins Wasser, und rudert kräftig los«, flüsterte Valur. »Wir müssen zurück, um die anderen zu warnen.«

Sie taten, was er sagte, auch Naaja, die wie von Sinnen das große Schiff anstarrte, während Valur das Boot in die entgegengesetzte Richtung lenkte, zurück in den Nebel, mit Kurs auf Gardar.

*

Im ersten Moment dachte Mikjáll daran, seinen ursprünglichen Plan wiederaufzunehmen, ins Zweimannboot umzusteigen und sich mit Naaja abzusetzen, doch er ließ diesen

Gedanken schnell wieder fallen. Es machte einen großen Unterschied, ob vier Hände mehr oder weniger ruderten. Außerdem würde man in Gardar angesichts der Nachricht, dass Seeräuber im Fjord waren, andere Sorgen haben als die Anklage gegen Naaja.

Er wusste nicht genau, wie lange sie schon vom Schiff weggerudert waren, doch als ihm bewusst wurde, dass sie die Orientierung verloren hatten, waren sie schon eine ganze Weile unterwegs. Nirgendwo war Land in Sicht. Sie waren umgeben von dunklem Nebel.

Mikjálls Stiefvater blickte sich verwirrt um. »Zum Teufel, ich weiß nicht mehr, ob wir in den Fjord hinein, aus ihm heraus oder direkt auf die Küste zusteuern«, sagte er und fuhr sich durch den Bart. »Wir müssen abwarten, bis es ein wenig aufklart.«

Der Anker wurde geworfen, und ein schauderhaft kaltes Warten begann. Die Frauen holten Schalen und Wasserbeutel hervor und aßen. Sie waren hungrig, durstig und todmüde vom Rudern. Der kleine Hrafn weinte bitterlich, und Naaja nahm ihn auf den Arm. Mikjáll musste trotz der Umstände schmunzeln, als er sah, wie sich die Gesichter der beiden aufhellten, als Naaja den Jungen an sich drückte.

Da die Sonne nicht zu sehen war, wussten sie nicht, wie viel Zeit vergangen war, doch als vom Meer endlich etwas Wind aufkam, ging es sicherlich schon auf den Abend zu. Innerhalb kurzer Zeit fegte der Westwind den Nebel weg, und Langey tauchte auf, die äußere der beiden Inseln an der Mündung des Einarsfjördur. Sie waren also aus dem Fjord herausgerudert, von Gardar weg, und hatten es nicht mehr weit bis nach Hause in den Hvalseyjarfjördur. Obwohl es immer noch leicht bewölkt war, sah man im Norden schon das hintere Ende von Hvalsey. Valur fluchte, sowohl über sich selbst als auch über den Nebel.

»Seht mal!«, rief der kleine Ási, der am Bug stand. Er zeigte in den Einarsfjördur.

»Gütiger Gott!«, schrie Ragnfrídur. Das schwarze Schiff flog mit geblähten Segeln in den Fjord hinein.

*

Die Heimkehr war furchtbar. Schon von weitem war der Rauch zu sehen, der aus der Kirche aufstieg. Es stank nach Verbranntem, obwohl der Regen das Feuer gelöscht hatte, bevor es auf die anderen Hofgebäude übergreifen konnte. Das Holzdach der Kirche war niedergebrannt, nur die unverwüstlichen Steinmauern standen noch unversehrt und waren innen ganz schwarz vom Ruß. Die Kerzenleuchter und der Kelch waren verschwunden, das bunte Glasfenster mit dem Bild des Heiligen Nikolas ein einziger Scherbenhaufen.

Die meisten Tiere, die die Diebe nicht mitgenommen hatten, waren getötet worden. Kühe und Schafe lagen kreuz und quer auf der Wiese. Einige waren zerlegt worden und hatten weder Beine noch Schultern, andere waren unversehrt, abgesehen von Pfeil- und Speerwunden, als hätten sie sie nur zum Spaß getötet. Auch die Hunde hatten sie übel zugerichtet und umgebracht, sowohl die Hüte- als auch Naajas Wolfshunde. Nur die Hündin lebte noch. Sie musste durch einen glücklichen Zufall entwischt sein und kam nun winselnd aus Richtung der Felsen geschlichen, nachdem sie in der Ferne ihre Herrin entdeckt hatte.

Von den Knechten und Mägden war niemand mehr da, bis auf Manga, die Einquartierte. Die alte Frau lag leblos im Korridor, doch die Todesursache war unklar, da sie keine sichtbaren Verletzungen hatte. Vielleicht hatte die Furcht ihr Herz zerspringen lassen.

Vorratshäuser und Speisekammern waren natürlich geplündert worden, auch die Räucherkammer, wo Fleisch und Würste an den Deckenbalken gehangen hatten. Die Pökeltonnen im Boden der Speisekammer aber hatten die Räuber zum Glück stehen lassen. Diese waren noch nahezu randvoll mit Robbenfleisch und Flossen von der Frühjahrsjagd. Die Trockenständer hatten sie niedergerissen und den Fisch mitgenommen, die Robben- und Fischernetze hingegen lagen noch unberührt im Bootshaus in der Bucht Eystrivík, ebenso die Walrosslederschlingen und Haken. Auf den Betten hatten sie einige Decken und Felle gelassen. All diese Überbleibsel und alle Haushaltsgegenstände, die beweglich und nützlich waren – Bettkantenbretter, Töpfe, Schalen, Löffel und Deckelschüsseln – wurden hinunter zu den beiden Booten am Anleger gebracht. Einige Steine vom Ballast des Zehnruderers warfen sie über Bord, dann war genügend Platz, um alles gut zu verstauen.

Nachdem sie die alte Manga in einem flachen Grab an der dachlosen Kirche zur letzten Ruhe gebettet hatten, stachen sie wieder in See. Immer noch war es hell, der Himmel leicht bewölkt.

Im rötlichen Licht der Mitternachtssonne wirkten die Eisschollen im Fjord wie in Seide und Purpur gehüllt. Weit draußen am Horizont schien der Himmel in Flammen zu stehen. Der Wind hatte gedreht, und als er das Segel blähte, knarzten die straffen Taue. Es sah ganz so aus, als würde der Marienkahn mit Rückenwind gen Norden segeln. Ein großer Rabe flog dem Boot voraus durch die Meerenge. Die Menschen an Bord deuteten das als gutes Zeichen.

Nachwort der Autorin

Fünfzehn Winter bevor das Christentum nach Island kam, wurde Grönland von Skandinaviern besiedelt, so heißt es im isländischen Landnámabók (»Landnahmebuch«). 25 Schiffe segelten im Jahr 985 unter Erik Thorvaldsson, bekannt als Erik der Rote, von den isländischen Fjorden Breidarfjördur und Borgarfjördur in Richtung Grönland, doch nur 14 Schiffe kamen an. Einige waren umgekehrt, andere verschwunden. Diejenigen, die die Überfahrt überstanden hatten, ließen sich in zwei Gebieten an Grönlands Westküste nieder, die sie Eystribyggd (»Ostsiedlung«) und Vestribyggd (»Westsiedlung«) nannten. Eystribyggd, die größere der beiden Siedlungen, lag ganz im Süden Grönlands, an der Stelle, wo sich heute die Orte Narsaq, Qaqortoq (Julianehåb) und Nanortalik befinden. Bislang wurden dort um die 250 Überreste von mittelalterlichen Höfen gefunden. Vestribyggd lag weiter im Norden, in der Gegend, wo heute Grönlands Hauptstadt Nuuk liegt. Dort fand man Spuren von rund 80 Höfen.

Wissenschaftler gehen davon aus, dass zu Hochzeiten, also um das Jahr 1300, mehr als 2000 Nachkommen der nordischen Landnehmer in Grönland lebten. Während sich Vestribyggd bereits im frühen 14. Jahrhundert auflöste, blieb Eystribyggd noch gut 150 Jahre bewohnt, bis Mitte des 15. Jahrhunderts auch diese Siedlung verschwand. Die Hochzeit von Thorsteinn Ólafsson und Sigrídur Björnsdóttir am 16. September 1408 in der Hvalseyjarfjardarkirche ist das letzte Ereignis in Eystribyggd, das durch Dokumente belegt ist, verfasst im grönländischen Gardar und im isländischen Skagafjördur. Danach ist es still um die Skandinavier in Grönland geworden.

1721, mehr als drei Jahrhunderte nach der Hochzeit im Hvalseyjarfjördur, machte sich der Missionar Hans Egede auf den Weg nach Grönland. Er ging davon aus, dass die skandinavischen Siedler in der grönländischen Abgeschiedenheit vom Glauben abgefallen waren und wollte sie zum Christentum zurückführen. Doch die »Kavdlunât«, die Bleichen, wie die Eingeborenen sie nannten, waren spurlos verschwunden. Das Land war ausschließlich von Inuit bewohnt. Damit begann die zweite Kolonialgeschichte Grönlands. Ein alter Angakoq aus dem Unartoqfjord an der Südwestküste Grönlands berichtete Niels Egede, dem Sohn des Missionars, von Seeräubern, die aus fremden Ländern gekommen waren und drei Jahre in Folge die skandinavischen Siedler angegriffen, ihre Höfe niedergebrannt und Mensch und Vieh getötet hatten. Daraufhin waren viele von ihnen fortgesegelt. Am Ende war außer einigen Frauen, die Einheimische geheiratet und Kinder bekommen hatten, kein Bleicher mehr im Land.

Niemand weiß sicher, was aus den alten Graenlendingar, den »Grönländern«, wie die Siedler sich nannten, geworden ist, doch über die Ursachen für ihr Verschwinden gibt es zahlreiche Vermutungen: Plagen, Notjahre und Hungersnöte aufgrund der zunehmenden Kälte, Piraterie, Konflikte mit den Eingeborenen, die Rückwanderung nach Island oder die Auswanderung nach Westen, in das gesegnete Vinland. Wie der Angakoq berichtet hatte, werden sich einige unter die Inuit gemischt haben, doch Gewissheit darüber wird es erst geben, wenn das Erbgut der mittelalterlichen Skelette untersucht ist. Bis alle Zweifel ausgeräumt sind, werden noch einige Jahre ins Land gehen. Sicher aber ist, dass das Rätsel um das Verschwinden der skandinavischen Siedler aus Grönland all denjenigen, die es zu lösen versuchen, noch lange Kopfzerbrechen bereiten und mit Sicherheit für die eine oder andere Überraschung sorgen wird.

Naajas Geschichte spielt gegen Mitte des 15. Jahrhunderts. Der erste Teil ist in Nordgrönland angesiedelt, in einer Bucht, die von den Dänen Diskobucht und von den Einheimischen Qeqertarsuup Tunua genannt wird, »Hinter der großen Insel«. Die Diskobucht und die große Insel darin, die im isländischen Mittelalter Bjarnarey (»Däreninsel«) hieß, gehören zu der Region, die die Graenlendingar als Nordurseta (»Nordsitz«) bezeichneten und die sie im Sommer zur Jagd auf Robben, Walrosse, Eisbären und Narwale aufsuchten. In historischen Quellen tauchen die Namen Króksfjardarheidi (»Hochebene am Króksfjördur«), Eisunes und Greipar (isländische Bezeichnung für die Handspanne, die Spannweite zwischen Daumen und Zeigefinger) auf. Obwohl wir nicht mit endgültiger Sicherheit wissen, wo genau diese Orte lagen, gehen Wissenschaftler davon aus, dass mit Króksfjördur die Meerenge Vaigat nördlich der Diskobucht gemeint ist und dass die Halbinsel Nuussuaq, die sich nördlich davon befindet, die Króksfjardarheidi ist.

Im Sermermiut-Tal an der Mündung des Ilulissat-Eisfjordes (grönländisch »Kangia«) wurden Überreste von Inuitsiedlungen gefunden, die teilweise aus der Zeit um 1400 vor Christus stammen. Ganz in der Nähe liegt heute die Stadt Ilulissat (Jakobshavn). Am tiefsten Punkt des Fjordes befindet sich einer der aktivsten Gletscher der Welt, Sermeq Kujalleq, der jedes Jahr Eisberge mit einer Gesamtfläche von zirka 35 Quadratkilometern abstößt und durch den Fjord in die Diskobucht schiebt. Gletscher, Fjord und Sermermiut-Tal gehören zum UNESCO-Weltnaturerbe.

Einigen Lesern, die die Diskobucht kennen, ist sicher aufgefallen, dass ich einige Male dichterische Freiheit auf der Landkarte habe walten lassen. Der herzförmige Berg Uummannaq liegt in Wirklichkeit auf einer Insel nördlich der Nuussuaq-Halbinsel. Jene Leser bitte ich, im Hinterkopf zu behalten, dass *Die Winterfrau* ein Roman ist und damit eigenen Regeln und Gesetzen folgt.

Die Inuitlieder in der Geschichte stammen zum Großteil aus dem Buch *Die große Schlittenreise* von Knud Rasmussen, 1946 in der Übersetzung von Aenne Schmücker im Dr.-Hans-v.-Chamier-Verlag Essen erschienen.

Zuletzt möchte ich dem Ehepaar Paul und Kristine Råhauge aus Nanortalik für seine Unterstützung danken, ebenso dem isländischen Grönlandfonds und dem isländischen Bibliotheksfonds der Autoren, ohne deren Unterstützung ich nicht die Möglichkeit gehabt hätte, in die Gegenden zu reisen, die hier beschrieben sind.

Edinburgh, am Fest des Heiligen Michael
29. September 2005
Vilborg Davídsdóttir

Glossar

Aaveq: Walross
Ajúngilaq: Begrüßung und Abschiedsgruß
Amauti: große Kapuze am Anorak, in der Mütter ihre Säuglinge tragen
Anaana: Mutter
Angak: Onkel, Bruder der Mutter
Angakoq: Seelenheiler, Schamane, Geisterbeschwörer, »der Wissende«
Aput: Schnee
Aqqa: Namensvetter
Ârnuaq: Talisman, Schutzamulett
Asavavkit: »Ich liebe dich«
Ataata: Vater
Ateq: Namensseele
Erqigdlit: Hundekopfvolk
Ilisîtsoq: böses Fabelwesen, Hexe, eine andere, böse Art von Angakoq
Illoq: Anrede unter Geschwistern
Inua: Geist, Bewusstsein, Lebenskraft
Inuk (Pl. Inuit): Mensch
Kamik (Pl. Kamikken): Fellstiefel
Kavdlunâq (Pl. Kavdlunât): die »Bleichen«, die skandinavischen Siedler
Maanna: jetzt
Mattak: Walhaut, Walschwarte, ein beliebter Leckerbissen

Naaja: Name, der Möwe bedeutet
Nanoq: Eisbär
Nukâraq: Name, der kleine Schwester oder kleiner Bruder bedeutet
Nuliaq: Ehefrau (Anrede des Ehemanns)
Pâkitsoq: Ortsname, der Enge bedeutet
Qaamaneq: das innere Licht des Angakoq
Qeqertarsuup Tunua: »Hinter der großen Insel«, grönländischer Name der Diskobucht
Saviq: Messer
Seqinniarfik: Name, der »Ort, an dem nach den dunklen Wintermonaten zuerst die Sonne aufgeht« bedeutet
Sermeq: Gletscher
Sermermiut: Ortsname, der »Volk am Gletscher« bedeutet
Sermîaut: Werkzeug aus Knochen, mit dem Kajaks von Schnee befreit werden
Serratit: magische Worte
Sila: Geist von Wind und Wetter
Skraelingi (Pl. Skraelingjar): Bezeichnung der skandinavischen Siedler für Grönlands Ureinwohner, wird oft mit »Schwächling« übersetzt, im heutigen Isländisch bedeutet es so viel wie unzivilisierter Mensch, Barbar oder Wilder
Tarneq: aus den Fesseln des Körpers befreite Lebenskraft, die Schattenseite der Seele, die den Körper beim Tod verlässt
Tôrnaq: Schutzgeist
Tôrnârsuk: der größte und mächtigste aller Schutzgeister, der »kleine, gute Schutzgeist«
Tulugaq: Rabe, auf Isländisch »Hrafn«
Tulugarsuaq: der große Rabe
Tuttu: Rentier
Ujarak: Stein
Ulioq: Name, der Muschel bedeutet

Ulu: halbmondförmiges Frauenmesser, mit dem Felle abgeschabt werden
Umiak: Frauenboot, großes Robbenfellboot, das von Frauen gerudert wird
Umimmak: Moschusochse
Uummannaq: Bergname, der herzförmig bedeutet